中國語言文字研究輯刊

二五編

許學仁 主編

第11冊

《大正藏》異文大典
（第四冊）

王閏吉、康健、魏啟君 主編

花木蘭文化事業有限公司

國家圖書館出版品預行編目資料

《大正藏》異文大典（第四冊）／王閏吉、康健、魏啟君　主
編 -- 初版 -- 新北市：花木蘭文化事業有限公司，2023〔民
112〕
目 2+254 面；21×29.7 公分
（中國語言文字研究輯刊　二五編；第 11 冊）
ISBN 978-626-344-432-4（精裝）
1.CST：大藏經 2.CST：漢語字典
802.08　　　　　　　　　　　　　　　　　112010453

ISBN-978-626-344-432-4

中國語言文字研究輯刊
二五編　第十一冊　　　　　　　ISBN：978-626-344-432-4

《大正藏》異文大典（第四冊）

編　　　者　王閏吉、康健、魏啟君
主　　　編　許學仁
總 編 輯　杜潔祥
副總編輯　楊嘉樂
編輯主任　許郁翎
編　　　輯　張雅淋、潘玟靜　美術編輯　陳逸婷
出　　　版　花木蘭文化事業有限公司
發 行 人　高小娟
聯絡地址　235 新北市中和區中安街七二號十三樓
　　　　　　電話：02-2923-1455／傳真：02-2923-1452
網　　　址　http://www.huamulan.tw 信箱 service@huamulans.com
印　　　刷　普羅文化出版廣告事業
初　　　版　2023 年 9 月
定　　　價　二五編 22 冊（精裝）新台幣 70,000 元　　版權所有・請勿翻印

《大正藏》異文大典
（第四冊）

王閏吉、康健、魏啟君　主編

目次

E

婀

　嬰：[元]540 婆狀。

屙

　阿：[宮]1985 屎送尿。

啊

　阿：[丙]1199 引曩也，[甲]997
字者是，[甲]1033，[明][丁]1199 鉢
囉二，[明][丁]1199 娑忙，[明][甲]
[乙][丙]1209 字，[明]1199 左攞制，
[乙]2397。

　迦：[甲][乙][丙]1201 婢誐去。

　娜：[明]、阿[甲]1225 者攞，[明]
1119 那引|地，[明]1199 左攞際，[三]
[宮][乙]866 摩訶扇，[聖][甲][乙]、阿
那[丙]1199 囉囉迦。

俄

　餓：[三][宮]587 反賀重。

　蘖：[甲]904 多南阿。

　我：[三]2150，[宋][元]208 毘首
即。

　成：[乙]2408 事業身。

莪

　蛾：[宮][聖]1428 婆提尸。

　業：[甲]2400 菩薩印。

峨

　娥：[宋][元][宮]2122。

娥

　瘮：[甲]1717 者史記。

　哦：[甲][乙]2392 多若蓮。

訛

　譌：[甲]1828 也佛，[甲]1828 也
光云，[甲]1828 也今，[甲]1828 也問
若，[明]、龍[甲]2087 也於，[明]2087
略也，[明]2087 也鄔波，[明]下同、
訛之[甲]2087 也，[明]下同 2087，
[明]下同 2087 略，[明]下同 2087 謬，
[明]下同 2087 也覆，[明]下同 2087
也王者。

　記：[另]、訛也[三][宮]1453 二者
說。

　說：[甲]1816 云支提，[三]、詭
[宮]721 言爲偈，[宋]2154 不思議，

[乙]2396 名時亦。

託：[宋][元][宮]2053 反三名。

偽：[甲]2036 捏偽盜。

蛾

蟻：[宮]263，[三][宮]425 永安是，[三]135，[三]155 於中死。

蜮：[三]、域[宮]2122 含沙射。

誐

誠：[明]921 跢引地。

餓：[甲]923 都二納。

伽：[乙]2174 念誦法。

護：[甲]2135 曩。

迦：[甲]1072 人及非。

羯：[甲][乙][丁]、揭[丙]865。

誠：[甲]1709 跛哩儞。

蘖：[甲][乙]867 囉。

哦：[甲][乙][丙]1210 嚩日，[甲][乙]1072 那曳娑，[甲]908 那二合，[三][宮][甲][乙][丙][丁]848 字形或，[三][宮][甲][乙]848 字以爲，[三][甲][乙][丙][丁]848 伽遮車，[宋]、我[元][明]1102 八麼那，[乙][丙][丁]865 耶。

識：[甲][乙]867 以鈴適，[明]954 吻達麼。

試：[甲]989 引誐囉。

詣：[乙]867 儗。

議：[元][明]1105 引摩賀。

枳：[甲]874 惹二合。

姿：[甲][乙]1072 引伽。

鋨

餓：[明]261 鬼苦于。

頟

額：[三][宮]2121 破命。

騀

峨：[三][宮]2122 涌沒不。

鵝

蛾：[三][宮]1562 不增長，[三][宮]1563。

鳥：[宮][聖]823 鴨及魚，[宋][元]201 能捨身。

鶘：[宮]2060 依時聽。

額

顚：[乙]1171 喉頂上。

頂：[明][甲]1175 上分兩。

頟：[甲][乙]2194 與顙字，[明]887 及心而。

頞：[甲]2196 鞞初十。

頷：[三][宮]1546 骨齒骨。

頰：[三][宮]231 二十四，[原]905 頤等苦。

頸：[甲][乙]1072 又至額。

領：[宋]1027 諸。

頭：[甲][乙]1032 分，[明]1425 上半加，[原]1796 也一字。

咽：[三]1102 頂後皆。

願：[甲]974 著地。

嘴：[甲]2006 百家冤。

譌

訛：[三][宮]2122 替或有。

論：[甲]2266 別作仗。

語：[乙]2250 作圖。

柅

扼：[三]、抱[宮]2121 罪業未，[三][宮]、厄[別]397 及以無。

軛：[三][宮]1644 轂軛具，[三][宮]下同 1543。

噁

惡：[丙]862，[甲]、惡[乙]2393 聲也如，[甲][乙][丙]931 四，[甲][乙]850 誐曩二，[甲][乙]1214，[甲][乙]2390 字般涅，[甲]861 娑，[甲]1000 引，[甲]1120 二，[甲]2401 字長聲，[三][宮]1522 阿等音，[三][乙][丙]873 字想於，[宋][元][甲]1033 引，[乙]1796 字者阿，[乙]2192 字諸。

唖：[三][宮]1546 不能，[三][宮]1648。

亞：[甲]2817 長。

厄

阨：[宋][元]2087 荷恩荷。

扼：[三][宮]1545 堪能拔，[三]下同、柅[宮]下同 1551 取及漂。

軛：[明][宮]下同 1648 四取，[三][宮]1648 是蓋是，[三][宮]1648 有蓋所。

急：[三]203 諸天善。

難：[三][宮]425 是曰精。

尼：[甲]2269 等事其，[甲]2130 髮衣譯，[明]2149 此豈非。

窮：[三][宮]456 困貧窮。

辱：[明]1450 時諸芯。

色：[宋][元][宮]269 墮困窮。

危：[宮]1799 三一三，[甲]2255 害搦火，[明]593 難，[明]1094 應取蓮，[三]985 隨在何，[三][宮]342 身，[三][宮]345 路四出，[三][宮]477 住於佛，[三][宮]1509 難是事，[三][宮]2102，[三][宮]2103 求請，[三][宮]2122 難之事，[三][甲][乙]1244 難，[三][甲]982，[三]206 害不能，[三]1301 毀失戒，[三]1331 難，[三]1659 苦者以，[聖]125 唯願尊，[聖]1579 難或除，[宋][明]210 地，[宋][元][宮]532 難，[宋][元]982，[宋]186 得以安，[宋]1343 難，[原]1744 難或。

无：[甲]2196 光明也。

戹

厄：[三]212 難。

阨

厄：[明]、陀[甲]2087 葱嶺西，[明]2087 險輕騎。

戹：[明]2087。

範：[宋][明][宮]、厄[元]、明註曰阨北藏作厄 2102 此非有。

死：[宋]、厄[元][明][聖]224 道中去。

扼

抱：[甲]1961 縛癰，[甲]2035 蔥嶺西，[三][宮]1443 頭及諸。

杮：[三][宮]1541 謂欲，[三][宮]1545 順扼，[三][宮]1546 見，[三][宮]1546 亦如是，[三][宮]1547 受乃至，[三][宮]1547 四受四，[三][宮]2122 縛癰瘡，[三][宮]下同 310 或有勤，[三][宮]下同 1546 所扼尊，[三][聖]1 欲扼，[三]1 欲扼，[三]99 者云何，[三]310 報故迦，[宋][元]、輄[明]754 其項領，[宋][元][宮]397 離扼，[元][明]310 比丘二。

厄：[三][宮][聖]1537 重擔乃，[三]1 智慧轉。

輄：[宮]1551 流取漏，[三][宮]、施[聖]1548 智非離，[三][宮]1543 亦如是，[三][宮]1547 惡不善，[三][宮]1548 無扼，[三][宮]1547 故名爲，[三][宮]1547 一鞅縛，[三][宮]1548 定非離，[三][宮]1548 四取四，[三][宮]1548 欲扼，[三][宮]1552 流取受，[宮]1563 瀑流，[三][宮]下同 1543 四受四，[三][宮]下同 1543 亦如是，[三][宮]下同 1547 故是故，[三][宮]下同 1548 定，[三]278 則不堪，[三]374 縛癰瘡，[宋][宮]2123 或有勤。

罞

聲：[甲]1828 似彼螺。

始

始：[三][宮]2034。

堊

惡：[聖]1421 灑畫之，[宋]313 之持摩。

莊：[三][宮]263 飾書經。

輄

杮：[三][宮][聖]1541 亦如是，[三][宮]732 用不報，[三][宮]1541，[三][宮]1558 瀑，[三][宮]1579 取繫蓋，[三][宮]2122 其項領，[三][聖]125 終不相，[三]201 所縛我，[聖]231 地如法，[聖]231 爲生福，[聖]1542 謂欲。

厄：[宋]、扼[元][明]99。

扼：[三][宮]649 平等乞，[三][宮]1595，[三][宮]2122 或有勤，[另]1543 亦如，[另]下同 1543 戒受見，[宋][元][宮]2103 圖巖林。

軏：[甲]1830 句世親。

轅：[三][聖]120 眞爲無。

惡

悲：[三][宮]721 人取焰。

慈：[宋][宮]721 心教化。

苦：[三][宮]721 一切地，[三][宮]721 本正法。

買：[宋][元]735 念天地。

要：[宋][宮]725 蛆蟲類。

惡

阿：[三][甲]972 引，[原]、阿[甲][乙]1796。

彼：[宮]721 聲心重。

便：[宮]1509 不欲見。

瞋：[三]2122 起一瞋。

臣：[三][宮]1458 佐遣來。

醜：[明]1425 髀瘦髀，[三][宮]657 若毀若。

處：[宮]606。

慈：[宮]263 聲質直，[明]100 覺觀，[聖]199 傷害殺。

忿：[宋][元]13 行何等。

大：[明][和]261 風大魚。

得：[三]603 爲得止，[三][宮]606 生死而，[三][宮]638 生死乃，[三]153 人不喜，[宋][宮]638 生，[宋]1694 爲得止。

德：[宮]1425 比丘故，[宮]1462 者以比，[聖]1462 不樂或，[聖]1547，[聖]1547 四利，[宋][元]603 得止是，[宋]813 是爲聚，[宋]1694 得止。

德：[甲]2300 乎在疏。

毒：[宮]2008 元來造。

對：[聖]211 殃。

噁：[甲][乙]2223 字種子，[甲]1151，[甲]1736 其里梨，[甲]2400，[甲]2400 大，[明]1032，[明]1464 比丘尼，[三][宮][甲][乙]848 揭娜二，[三]1033 引入噂，[聖]1462 其身亦，[乙]850 入索入，[乙]1796 字輪亦。

堊：[三]下同 2087 醯掣呾。

偓：[宮]790 相見不，[宋][宮]606 露觀於。

恩：[宋]、思[宮]2122 因受此。

而：[三][聖]210 畏樂寡。

二：[三]143 婦者常。

非：[三]1550。

福：[明][宮]223 若無。

蓋：[三][宮]481 羅網之。

更：[聖]1458 作罪過。

觀：[宋][宮]606 露等無。

鬼：[三][宮]402 金剛伕。

過：[三][宮]721 常修身。

害：[三][宮]558 於我大。

汗：[宋]、污[元][明][宮][另]281 露無有。

何：[三][宮]1443 是名前。

黑：[甲][乙][丙]1210 大，[三][宮]1435 牛故大。

患：[甲]2317 也現行，[明]2042 富貴快，[三][流]365 以此善，[三]156 射箭無，[三][宮]263 若有誹，[三][宮]383 三藏弟，[三][宮]2029 如人喪，[三][宮]2042 心即詣，[三]125 者皆捨，[三]193 能，[三]200 愚癡煩，[三]210 是意自，[元][明][宮]374 老病死，[元][明]2042 涅槃時。

恚：[宮]1646 故謗二，[甲]2290 者一欲，[甲][乙]1822 時也二，[三]374 瞿曇今，[宋]374 人等是。

惠：[甲]2266 趣中者，[甲]1709，[甲]2290 分別，[乙][丁]2244 仙人矣。

慧：[甲]1782 無礙贊，[甲]2196 亦是。

惑：[甲][乙]2259 翻別境，[甲]1751 令得二，[甲]2371 義也第，[三][宮][聖]310 因緣所。

急：[三]、忍[甲][乙]2087 言辭
鄙。

忌：[三]2110 手不釋。

界：[甲]1723 趣極苦。

空：[甲]2410 院世親。

恐：[甲]1816 非道理，[乙]2207
醉而強。

苦：[宮]1521，[三]1339 文殊師，
[聖]1436。

雷：[三]2028 震雨墮。

量：[甲][乙]1909 多少今。

六：[乙][丙]870 趣。

罵：[三][宮]1646。

愍：[宮]1562 心無間。

名：[三][宮]1435 聲流布。

魔：[三][宮]2028 部界反。

逆：[聖]200 生死。

怒：[甲]2223 等一切，[三][宮]
2121 之賢者。

惡：[明]261 心善知，[三][宮]
2103 相風使，[三][宮]2102 能是空。

氣：[三][宮]534 逆類彌。

青：[三][宮]1425 心既見。

趣：[宮]374 爲惡友，[三]375 若
還得，[聖]120。

人：[三]193。

忍：[甲][乙]2070 我思之。

若：[聖]210 言罵詈。

殺：[三][宮]745 心正值。

善：[宮]2078 而來世，[宮]2121
行賢愚，[甲][乙]2317 汎爾禮，[甲]
1736 行所起，[三][宮][聖]754 果報
生，[三][宮]2102 戒善則，[三][宮]

2122 言，[三]158，[知]1579 行二業。

識：[乙]2254 義惡律。

世：[三]664。

是：[元][明]658 生中而。

誓：[乙]1796 盡度一。

思：[丙]2397 在六識，[宮]1548
不善法，[甲]2317 邊假立，[明]2131
業勢力，[聖][另]1442，[聖]1441 邪
不除，[聖]1509 賊餘惡，[宋]99 業歸
佛，[宋]485 作，[乙]2376 議滅定，
[原]899 惟諸佛。

四：[三]1394。

粟：[明]1450。

歲：[三][宮]1644 減度一。

所：[三]291 趣心不。

慝：[元][明]328。

聽：[甲]2255 不造不。

妄：[甲][乙]2261，[甲]1816。

爲：[聖]26 色食地。

我：[三][宮]1646 何。

洿：[三][宮]606 不善之。

無：[明]816 戒等無，[三]1 流
演，[宋]1509 者雖甚。

西：[聖]1459 羯苾芻。

悉：[宮]279，[宮]1525 自作惡。

想：[甲]1804 疑或境。

心：[宮]1650，[元]1521 業餘一。

行：[三][宮]398 報以苦。

血：[宮]2122 蟲迸血。

亞：[三][宮]2102 迹黃中。

厭：[元][明]101 身會當。

要：[宮]1503，[甲]、原本及乙本
冠註曰惡字之二字恐是注文當在種

子之下 871 字種子，[甲]2067 明，
[甲]1733 爲剔髮，[甲]1828 不慈悲，
[甲]1828 先依解，[甲]2250 子亦名，
[甲]2255 損之又，[三][宮]1648 他四
事，[三][宮]608，[三][宮]618 行三
摩，[三][宮]656 道越次，[三][宮]
1579 逼能忍，[三][宮]1628 立異法，
[三][宮]1629 立異法，[三][宮]2122
盡此骸，[三]156 於諸，[三]202 時毘
舍，[三]212 無放逸，[三]1549 行，
[三]1579 趣無暇，[聖][另]790 有十
五，[聖]310 謙卑，[聖]1723 行以勸，
[宋]125 言悉興，[元][明]826 爲善人，
[元][明]32 慧不厭，[元][明]322 德重
任，[原]、總[甲]2196 以四句，[原]
1251 經次依，[原]2196 轉法輪。

業：[甲][乙]2317 制伏，[三][宮]
2104 相已顯。

一：[三][宮]746 狗體大。

衣：[三][宮]1459 食或冷。

亦：[甲][乙]2174 星淩逼。

異：[三][宮]1458 說直乞。

意：[甲][乙]1822 業心，[甲]1775
名出于，[三][聖]211 雖誦千，[三]100
應遮止，[三]1016 趣菩薩，[聖]200 以
金百。

憂：[三][宮]403 故專精。

有：[甲][乙]867 趣悉淨，[三]721
食無食。

汙：[元][明]184。

污：[甲]897 嫌恒憶，[甲]2801 十
明如，[甲]2801 相二明，[三][宮]770
露自出，[三][宮]2122 賤心，[三]1341

不喜觀，[聖]663 筋纏血，[聖]1552 故
說黑，[宋][元][宮]1509 諸欲。

愚：[甲]1965 法學人，[三][宮]
660 人向。

欲：[元][明]1551 能決定。

怨：[聖]170 知識相。

怨：[宮]901 計不成，[甲]2039
極崩天，[甲]2217 報歔又，[明][宮]
[聖]410 一切，[三][宮][聖][知]1579 對
故由，[三][宮][聖]223 賊汝諸，[三]
[宮]272，[三][宮]480 結是故，[三]
[宮]720 賊六入，[三][宮]1443 若無
因，[三][宮]1451 心不應，[三][宮]
1521 親所壞，[三][宮]1646 中生不，
[三][甲]1335 欲伺其，[三][聖]190 賊
恐怖，[三]361 枉主上，[聖]125，[聖]
125 不善法，[聖]125 普集行，[聖]
125 賊是時，[聖]411 如是一，[聖]
613 衆，[聖]1425 心出佛，[聖]1579
衆五處，[宋][元][宮]、忍[明]221 自
割刺，[乙]1909 對皆資，[元][明]387
王三昧，[原]1250 敵兵賊。

樂：[宮]1509 死不悅，[聖]26 彼
色除。

正：[丙]1184 報悉當，[三]664 法
奸詐。

志：[三]2103 咸識此。

諸：[明]397 衆，[三][宮]721 塵，
[三]2122 國王。

著：[聖]1488 之心當。

罪：[明]1191 若有依，[三][宮]
[聖]376 者自見，[三][宮]374 四者常，

[三][宮]397 得成斗，[三]375 四者常，[聖]1452 作罪，[宋][明][甲]967 業遂即。

萼

䡃：[甲]1912 夢。

遏

阿：[甲]1202 伽木若。

獨：[三]1331 伏羅剎。

頞：[元][明]1256 迦。

過：[宮]1501 而爲猛，[甲][乙]1709 咎非法，[甲][乙]1978 糸竹踰，[三][宮]1598 濕摩揭，[三][宮]2040 諸天，[聖]1763 其道也。

曷：[三]985 洛剎娑，[三][宮]1545 邏摩子，[三][甲][丙][丁]866 囉哆那，[三]985 洛剎娑，[三]1397 囉是瓢，[三]2087 羅闍補，[聖]1562 邏摩子。

渴：[乙]848 伽。

囉：[甲]901 地二合。

遇：[三][宮]2108 自。

退：[三]17 虧。

愚：[三]1644 車婆五。

闕：[明]1032 伽香水，[三][甲][乙][丙][丁]1146 伽初迎，[三][乙][丙]、賢闕[甲]1146 伽。

喝

愕：[三][宮]2121 然此爲。

噓：[三][宮]1547 斷咽舌。

崿

峻：[宋][聖]、嶒[元]643 可畏競。

舿

船：[三][宮]2122 可度得。

愕

昊：[元][明]2110 然太爲。

釋：[宋][宮]500 然。

惘：[三][聖]211 然。

悟：[聖]1818 故得安。

寤：[原]1818 者釋安。

樗

䡃：[丙]2778 戌年闍。

腭

齶：[元][明]、[知]1579 殊。

肝：[三][宮]721 心以爲。

呵：[東]643 相者八。

廬

度：[宮]1502 樓亘摩。

瘟：[宋]、底[元][明]2151 持經一。

偓

惡：[三][宮]609 又念我，[三]152 憎爾爲，[三]1339 見假。

餓

譏：[三][甲][乙]1200 多沒馱。

惡：[明]725 鬼中口。

飢：[三][宮][聖]664 窮無食，[三][宮][知]384 渴者，[三][宮]2059 者別發，[三]1 獄，[三]186 渴寒熱，[宋][元]、饑[明]199 渴勤苦，[元][明]658 者得食。

饑：[明]200 鬼是佛，[三][宮]748 渴來久，[三][宮]1466 鬼。

饉：[三][宮]、[聖]1428 乞食難，[三][宮]1464 乞求難，[聖]1428 乞食難，[聖]1721 劫故爲，[元][明][宮]374，[元][明]221 受持深，[元][明]1435 乞食難。

餕：[三]187 而温養。

餞：[聖]613 鬼身。

餧：[甲][丁]2092 虎之處。

我：[和]293 鬼處，[聖]953 鬼藥叉。

餘：[宮]1592 鬼畜生，[三][宮]1545 鬼，[三]2087 鬼來至。

鍼：[丙]897 食豆基。

頷

案：[甲]1736 濕縛。

額：[明]195，[原]2250 縛界雖。

頰：[明]1563 中或於。

類：[甲]2087 沙茶月。

頻：[三][宮]2085 那山。

頗：[宮]2085 鞞處尼，[宋][宮]1509。

闕：[明][甲]893 伽請其。

鶚

鶴：[三]2110 鶡雞靈。

齶

腭：[宋][宮]848 上，[宋]26 以。

恩

哀：[三][宮]638 慰。

悲：[甲]1709 譯云無，[三]159 故猶如。

慈：[宮]223 力於諸。

德：[甲][乙][丙][丁][戊][己]2092 寺之東。

果：[甲]1816 者是此。

惠：[明]309 施不念。

慧：[明][聖]225 故當自。

見：[甲]2250 · 光 · 。

覺：[原]2216 五淨居。

門：[聖]2157 寺安置。

念：[明]212 愛無爲。

怒：[元][明]156 所逼。

且：[甲][乙]1822 教半字。

忍：[三][宮]459 善權方，[乙][丁]2244 悲事不。

私：[明][宮]2028。

思：[宮]1550 力生彼，[宮]1562 不，[宮]2060 待報以，[宮]2112，[甲]、忠[戊][己]2089，[甲]2255 合爲七，[甲]1717 分答雖，[甲]1735 次一恩，[甲]1920 慧終不，[甲]2036 會宗元，[甲]2129 反切韻，[甲]2135 烏跛迦，[甲]2274 故余如，[明]310，[明]1557 行是故，[明]2103 特被萃，[明]2103 習仙而，[三][宮]721，[三][宮]1545 多樂多，[三][宮][聖]425 德本消，[三][宮]403，[三][宮]598 莊嚴

勸，[三][宮]721 力如是，[三][宮]1451 然猶，[三][宮]2060 悌爲造，[三][宮]2102 流浪義，[三][聖]660 念而行，[聖]613 愛賊起，[聖]1509 疾近薩，[聖]1562 捨便難，[聖]1602 有情所，[聖]1788 等以依，[另]790 賜軍具，[宋][元][宮][聖]310 法救攝，[宋]2103，[乙]2157 弘密教，[元]、因[宮]1559 勝德此，[元][明]396 善不侵，[原]1782 有，[原]2196 力四二，[知]384 欲報，[知]579 能報亦，[知]1579 無恩有。

田：[宮][聖]1579 當知內。

妄：[原]1776 癡穢心。

息：[丁]1958 寵常念，[宮]2122，[甲]2193 實難可，[甲][乙]2263 說者善，[聖]2157 傳經之，[宋]2125 豈可泣，[乙]1796 德有。

想：[元]1509 報恩能。

心：[宋][宮]377。

意：[宋]6 以綏。

因：[宮]1595 有體故，[甲]1724 德故故，[甲]2901 緣得聞，[三][宮][聖]397 知處若，[三][宮]671，[聖]223 力演布，[聖]1421 養唯食，[宋][宮]826 由明，[宋][元][宮]1579 謂有國，[元][明]1509 功德果，[原]2306 處反加，[知]266 天阿須，[知]384 愛而生。

忠：[甲]2036 曰我向。

儿

凡：[宮]2025 與住持，[元]2122 思之如。

凡：[宮]2025 無巡堂。

而

百：[甲]2218 六十心，[甲]1816 得果故，[甲]1816 行布施。

卑：[聖]227 下他人。

彼：[三]374 器無常，[三]375。

必：[三][宮]1646 得漏盡。

便：[明]2076 喝興化，[三][宮]1435 襆頭坐，[三]26 不。

並：[三][宮]374 言瞿曇。

不：[丁]2244 明周耶，[宮]1425 制弟子，[甲]1717 更入位，[甲]1778 究竟永，[甲]1782 得無難，[甲]1816 證得法，[甲]2195，[明]407 得住耶，[明]896 可誦，[明]1545 失，[三][宮]600 得成就，[三][宮][聖]231 得聖道，[三][宮][知]598 斷三寶，[三][宮]720 非不時，[三][宮]810 想無進，[三][宮]1646 生法應，[三][宮]2102 覩鳥王，[三]100 爲殘害，[三]1336 坐第二，[三]1506 欲得是，[聖]2157 不狂廣，[元][明]658 受不，[元][明]678 能降，[元][明]1547 捶無恚，[原]920 歎己身，[原]2216 論之仍。

布：[元]、反[明]2016 墮執指。

怖：[宋]375 汝自生。

參：[三][宮]721 下墮大。

常：[甲]1839 設立，[三][宮]585 不厭倦。

出：[聖]200 去緣是。

初：[甲]1828 解不念，[甲]2266，[甲]2814，[三][宮]2122 止都。

此：[甲][乙]1909 死已身，[聖]410 口惡罵，[乙]1821 未斷能。

逮：[明]2076。

但：[甲]2266 自心變。

當：[明]220 於中學，[三]220 於中學，[元][明][宮]374。

忉：[甲]1782 利天主。

第：[甲]2254 滅。

定：[元]1582 能勸他。

端：[三]292 諦則。

兒：[三][宮]721 食，[三][宮]2121 竟不獲，[三]873 移反鉢。

耳：[甲]1775 豈直形，[宋]125 不，[元][明]618 頭頂悉。

爾：[宮][甲]1912 當知餘，[甲]1965 仰信經，[乙][知]1785 若境可。

二：[甲]1821 勝論言，[甲]2362 無有無。

乏：[三]212 乃獲寶。

法：[元][明]2016 無一實。

翻：[三]2110 種苦栽。

方：[甲]2270 成相違。

非：[甲]1705 一。

夫：[三]2063 年代推。

佛：[明]1451 説。

復：[三]、須[宮]720 捉於愛，[三][宮]656 更求觀，[三][宮]676 説頌曰，[三][宮]2121 出今之，[三]212 獲香葉。

告：[原]2395 須跋陀。

工：[甲]2036 人亦然。

戴：[宮]2121 來應者。

故：[甲]1718，[甲]2266 緣相分，

[甲]2273 犯俱不，[三][宮]2122 受此身，[乙]2263 滅馬勝，[原]1851，[原]2006 有無一。

含：[三]2103 笑略陳。

好：[甲]2266 起俱生。

何：[三][宮]657 況汝耶，[三][宮]657 況諸聲，[三]397 處滅即，[聖]、－[石]1509 況字可，[原]1858 有。

恒：[三][宮]2122 常守護，[三][宮]2122 常誑男。

佪：[明]156 來。

會：[乙]2391 有九會。

誨：[三][宮]382 行除捨。

及：[明]316 執著應。

即：[宮]1912 行對伏，[甲]、而[甲]1782 定之見，[甲][乙]1821 於法上，[甲][乙]1822 能信解，[甲][乙]1822 熟是異，[甲][乙]2259 應，[甲][乙]2261 得解，[甲]1512，[甲]1839 是所作，[甲]1911 起慈悲，[甲]2196 釋義云，[甲]2196 未究竟，[甲]2266 和合之，[甲]2266 生一相，[甲]2266 睡者即，[甲]2271 何，[甲]2274 所立宗，[甲]2274 無實用，[甲]2274 言，[甲]2304 可盡耶，[甲]2897 以成禮，[明]716 是空義，[明]1443 説頌曰，[明]1563 復生疑，[明]2122 得食之，[三][宮]415 復白彼，[三][宮]2043 便與著，[三][宮]2121，[三]1 無爾時，[三]99 説偈言，[三]125 便捨戒，[三]184 説偈言，[三]1602 爲説法，[乙]1238 説呪曰，[乙]2396 無佛果，[元]

[明]2016，[原]1757 有差別。

　　郎：[乙]2261 二名。

　　兼：[甲]2052 究其旨。

　　間：[乙]2309 流以勝。

　　皆：[甲]1828 出現者，[甲]1830 無有識，[三][宮]276 得自在。

　　解：[甲][乙]1822 俗智攝。

　　界：[甲]1823 有無色。

　　就：[甲]1921 六道之。

　　句：[甲][乙]1822 證也謂，[甲]1708。

　　可：[甲]2262。

　　恐：[甲]2006 招惡果。

　　來：[三][乙]2087 至對曰。

　　兩：[宮]1505 不知苦，[甲][乙]2390 火屈第，[甲]1724 説又有，[甲]1781，[甲]2195 乘，[甲]2274 不，[甲]2299 義，[三][宮]338 膝平博，[三]2122 眼如鏡，[宋][宮]2122 無厭足，[宋][明]921 右旋，[宋]2059 卒春秋。

　　令：[宮]398，[三][宮][聖]410 不流，[三][宮]724 得解脱。

　　彌：[宮]279 覆其上。

　　面：[宮]、向[甲]2087，[宮]376 更生病，[宮]2060 逝詳英，[宮]1421 作此著，[宮]1428 彼即住，[宮]1470 赤十二，[宮]1547 相慰勞，[宮]2121 兒兒本，[甲][乙][丙]1184 有三，[甲][乙]917 專守無，[甲][乙]981 如入口，[甲]1926 對十方，[甲]1969 像善惡，[甲]2254，[甲]2296 爲論之，[甲]2400 安臍前，[甲]2400 相合記，[明]201 視，[明]939 不現，[明]1464 起坐親，

[明]1579 生愧亦，[明]2043 語言摩，[三]99 前問訊，[三]508 去時，[三]2088 齋撰法，[聖]99 相問訊，[聖]379 受快樂，[宋][元][宮]310 色猶如，[宋][元]1435 指我等，[宋]721 取其舌，[宋]1428 詐爲癡，[乙]2223 住，[乙]2227 彼請已，[元]11 常失念，[元][明]263 無潤澤，[元][明]810，[元][明]1451 至諸人，[元]125 白，[三][宮]2066 遂即同。

　　妙：[三]、如[宮]657 如來知。

　　明：[甲]2286 何輒作。

　　乃：[三][宮]397，[三][宮]1522 能應化，[三]196 去，[宋][元]1451 已。

　　㢴：[三][宮]2053 滅惑利。

　　南：[明]293。

　　內：[明]2103 則百兩。

　　能：[明]318 夜照爾，[三][宮]263 質直安，[三][宮]672 成實從，[三]682 遊戲。

　　念：[三][宮]1545 觀餘。

　　其：[明]1450 鼠狼欲，[三][宮]2122 故問汝，[三][宮]2122 去駛逐，[三]26 後取樂，[三]2145 如曉專，[宋]、者[元][明]99 自得其。

　　起：[三]99 去。

　　前：[三]116 白佛言，[乙]1796 白佛。

　　切：[三][宮]309。

　　求：[三]125，[三]193 雜種香。

　　取：[三]143 噉之未。

　　去：[甲]2195 言云事，[聖]1425

去去不。

却：[元][明]411。

然：[甲][乙]1821 彼貪等，[甲][乙]1822 於今，[甲][乙]2263 疏引維，[甲]2371 涅槃經，[甲]2371 止觀逗，[三][宮][聖]376 闇鈍王，[三][宮]588 無言賢，[三]1564 後，[三]2108。

人：[宋]、而神會[元][明]2059 必同契。

忍：[三][宮][聖]383 能害我。

如：[宮]310 得解，[宮]1799 何此即，[宮]263 降伏，[宮]263 聞又知，[宮]310 爲上首，[宮]310 住爾時，[宮]690 出往，[宮]2122 合掌不，[甲][己]1958 不可分，[甲]1717 爲華臺，[甲]1733 不盡則，[甲]1912 畏二乘，[甲]1912 自作務，[甲]1924 知故名，[明]721 生彼，[明]721 語我言，[三]100 得善，[三]346 何今時，[三]682 飄動，[三][宮]、儒[聖][另]790 不比有，[三][宮]627 有聲曰，[三][宮][知]598 審諦人，[三][宮]224 出亦無，[三][宮]224 勸助之，[三][宮]263 當求索，[三][宮]266 清淨，[三][宮]322 爲説經，[三][宮]342 橫起，[三][宮]402 此世界，[三][宮]403 審諦知，[三][宮]425 其所願，[三][宮]425 無，[三][宮]425 應惠施，[三][宮]585 梵言爾，[三][宮]588 是教不，[三][宮]588 自莊飾，[三][宮]606 變化能，[三][宮]606 可親，[三][宮]624 寂爲精，[三][宮]626 奉上之，[三][宮]627 分別説，[三][宮]627 見狐疑，[三][宮]627 無所生，[三][宮]627 欣笑侍，[三][宮]627 行忍辱，[三][宮]630 歎曰，[三][宮]635 有解乎，[三][宮]635 諸衆生，[三][宮]721，[三][宮]721 是餓鬼，[三][宮]754 不比有，[三][宮]790 少口言，[三][宮]826 穌便得，[三][宮]1428 無疑滯，[三][宮]2121 王之所，[三][三]1582 行破於，[三]20 去，[三]76 進肩不，[三]100 説法，[三]118 餉之日，[三]171 死耶兒，[三]184 出二女，[三]203 有大威，[三]211，[三]375 是等物，[三]375 是菩薩，[三]474 亦不避，[三]642 實，[三]1582 受二者，[聖]170 懈廢，[聖]190 住，[聖]211，[聖]385 度或見，[聖]1462 起，[聖]1582 行爲除，[另]1428 得利息，[另]1428 食如似，[宋][宮]310 現金色，[宋][宮]810 審諦是，[宋][元]1582 出是故，[宋]2103 抑引，[元][明]423 是生滅，[元][明]310 死，[元][明]374 是等，[元][明]624 空是故，[元][明]626 怖懷惟，[元][明]821 是火者，[元][明]2016，[原]1764，[知]598 以正受。

汝：[三][乙]1092 心所欲，[元][明]627 當知。

入：[明]、人[宮][聖]292 現衆生，[元][明]695 般。

若：[宮]1703 凡夫之，[三][宮]671 修行者，[三][宮]1458，[宋][宮]705 得甘露。

三：[元]588 現行。

上：[聖]100 下墮落。

尚：[甲][乙]1822 不能緣，[甲]

2204，[甲]2290 立嘉名，[三][宮]1509 不得之，[三][宮]1646，[聖]1763 不可重，[乙]2249 有餘。

時：[宮]2078 大眾皆，[甲]1273 來而作，[明]222 雨，[明]293 生子想，[明]312 行彼欲，[明]461 得滿如，[明]1331 看之禮，[明]1450 來是誰，[明]1450 去佛告，[明]1450 生有何，[明]2060 剃落住，[元][明]210 不慼，[元][明]2122 不誦戒，[元]125，[知]598 頌曰。

示：[甲]1705 受果，[甲]1742 無染著，[甲]1742 現色諸，[三][宮]425 現多所，[乙]1821 有前念。

世：[宋][明]310 作。

市：[三][宮]1435 巷中行。

事：[聖]1723 不悕後。

是：[宮]1912 生即此，[明]626 淚出便，[三][宮]839 生滅相，[三][宮]2102 誰，[三]1616 樂善故，[原]1201 作是念。

逝：[明]1032 而曳反。

受：[宮]309 不可盡，[明][和]261 生墮三，[三]、而授[聖]125，[三]384 度聞聲。

熟：[三][宮]2121 臥前捉。

順：[三][宮]425 從經典。

說：[甲]2195 授顯乘。

四：[甲]1805 發言毀，[聖]222 聞說。

速：[聖]1509 遠離之。

雖：[甲]1786 成而其，[三][宮]2122 坐案上。

所：[甲]1821 起十，[甲]1924 加故器，[甲]2035 能，[三][宮]1452 出遇，[三][宮]1545 斷，[三][宮][聖][知]1579 生世間，[三][宮][聖]371 成善根，[三][宮]263 說無所，[三][宮]278 侍衛，[三][宮]286 修諸善，[三][宮]376 有邊際，[三][宮]397 來復作，[三][宮]403 俱同塵，[三][宮]544 作行令，[三][宮]1428 行治生，[三][宮]1509 發心者，[三][宮]1509 爲受身，[三][宮]2103 拘限於，[三]26 用令我，[三]186，[三]192 說稱如，[三]278 行，[三]384 能守，[三]1331 帶佩，[三]1339 來今向，[宋]1341 作誓言，[元][明]816 起不釋。

同：[甲]、相[乙]1822 聲非異，[三][宮]1579 語矣有。

外：[三]23 四匝名。

微：[元][明]1509 笑從其。

為：[三][宮]809 我取。

爲：[內]2810 顯廣略，[宮]1425 自買衣，[甲][乙]1821 勝若爾，[甲][乙]1822 行，[甲]1708 不動，[甲]1816 不盡二，[甲]1821 能喻我，[甲]2195 方便說，[甲]2195 起，[甲]2255 曲今對，[甲]2299 眾生起，[明]681 無倦，[明]2076 無益師，[三][宮]660，[三][宮]681 轉非是，[三][宮]1562 起此，[三][宮][聖][另]410 欲，[三][宮]461 無異，[三][宮]760 解便一，[三][宮]1458 嫌毀者，[三][聖]1441 作偷羅，[三]125 問義耶，[三]643 坐即作，[三]2060 教授時，[聖]1763 正法者，[聖]

211 説，[乙]908 等引，[乙]2263 令聽
者，[元][明]680 諸菩薩，[元]865 解
能奪，[原]、[甲]1744 淨，[原]2262 失
者名。

未：[三][宮][聖]1537 能修習。

畏：[三][宮]、－[知]598 無所畏。

文：[甲]1742 現故引。

我：[明][和]261，[三]203 於今
者。

無：[宮]659 顛倒取，[甲]1876
會寂若，[明]626 有作者，[明]671 見
於斷，[三][宮]222 無本無，[三][宮]
342 有慈心，[三][宮]672 起知一，
[三][宮]681 執取，[聖]200 白佛，[宋]
1 婆羅門，[乙]1796 能含受。

勿：[三]5。

西：[甲]2244 流衆，[三][宮]882
漸布妙，[三]2053 建郅仍，[乙]2393
方治眼。

向：[甲]1851 是別統，[甲]1731
述了此，[甲]1828 色界生，[甲]2250
二像也，[甲]2281 常無常，[甲]2299
無，[甲]2339 爲顯了，[三][宮][聖]
[另]1451 下次擲，[三][宮]619 諦觀
若，[三][宮]1442 下以諸，[聖]1454，
[另]1509 師徒同，[乙]2223，[乙]
2396，[原]、向[甲]1782 佛得一，[原]
2271 不總言。

心：[三][宮]、－[聖]1451 生正
見，[三][宮]309 無猶豫，[宋][明][宮]
672 起其因。

行：[元][明]1458 娉。

穴：[原]1851 徹説爲。

學：[三]125 著㭉中。

血：[三][宮]317 吹其胎，[三]
[宮]606 熱沸踊，[三][宮]2122 至入
人。

言：[甲]1816 生。

央：[三][宮]1431 食應當。

也：[甲]2253 釋從國，[甲]2362
非不定，[乙]2263 未顯遣。

一：[明]310 逃迸譬。

已：[三][宮][聖]1435 去摩，[三]
99 去，[三]125 去爲我，[原]2339 入
無上。

以：[和]293 衆，[甲][乙]1866 説
以相，[甲]1736 就實名，[甲]1736 擬
大方，[甲]1924 改變之，[甲]2217 十
九皆，[明]125 給使令，[明]796 欲知
生，[明]1450 得殺之，[三][宮]1464
後秦土，[三][宮]1476 後取，[三][宮]
2060 勵俗相，[三][宮]2060 前蹤誠，
[三]293 虛空界，[三]1564 生於六，
[三]2110 標奇蒙，[聖]200 娛樂之，
[聖]664 用，[石]1509，[宋][元]、－
[宮]1443 便造次，[宋]374 爲燈樹，
[原]1858 擬大方。

亦：[甲]1715 不合也，[三][宮]
[知]598 爲説法，[三][宮]309 無形質，
[三][宮]387，[三][宮]586 無，[三][宮]
631 自貢高，[三][宮]1425 慰勞之，
[三][宮]1546 不，[三][聖]157 離諸
病，[三]1 勝彼比，[三]192 速滅，[三]
458 自滅其，[元][明]658 無染著，
[知]598 不無造。

義：[三]246 不動。

因：[甲]2273 成無宗。

印：[甲]1000 誦眞，[原]1764 證是故。

應：[甲]1821 無有起，[甲]2195 爲説法。

由：[原]1764 有性先。

油：[甲]、油而[乙]1796，[聖]639。

遊：[元][明]1435 行佛見。

有：[聖]224 憂者何，[聖]1549 無有異，[乙]2309 無別理，[元][明]1546 妄語耶。

又：[甲]1828，[三]202 得充。

於：[三]375 彼衆中，[三]410 彼世界，[三]664 我正法，[元][明]658 心不毀。

逾：[三]205 百味方。

輿：[三][宮][聖]1463。

雨：[宮]811 樂之，[宮]2122 卒顯撫，[甲][乙]1799 下吸氣，[明]1669 功德藏，[三][宮][聖]397 已一切，[三][宮]402 滿虛空，[三][宮]1547 至菩薩，[三][宮]2122，[三][聖]291 降隨水，[三]291 七日徐，[宋]、念[明]384 濟一切，[宋]186 散佛上，[原]2425 供養燒。

與：[甲]1851 爲，[甲][乙]2185 大乘心，[甲][乙]1821 不乖，[甲][乙]2263 通此，[甲][乙]2328 於闡，[甲][乙]2434 隨情智，[甲]1821 能障慧，[甲]1828 此不同，[甲]1828 衆共居，[甲]1851 爲分別，[甲]1929 經論所，[甲]2183 文義全，[甲]2217 得一之，

[甲]2217 證空定，[甲]2262 所執我，[甲]2305 無解識，[甲]2328 何云成，[明]2059 聞蓋，[乙]2261 成立之，[乙]2263 能顯之，[乙]2385 行故名，[原]2339 彼一乘，[原]2416 成實諸。

欲：[宋]374 毀。

云：[三][宮]481 無等侶，[三][宮]2103 忘罔極，[乙]2263 可言無，[原]2395 五百論。

再：[三]2145 騫非夫。

則：[甲]2250 止三歸，[明]1538 畫不見，[三]1096 作若須，[乙]2309 於所聞。

眨：[宋]721 知知已。

掌：[乙]2391 中有火。

者：[三]1564 滅諸凡。

之：[甲]1914 修，[明]2131 解而不，[三][宮]696 漬之，[元][明]2103，[原][乙]871 妙用。

知：[宮]222，[知]598 以施時。

至：[聖]1462，[聖]2042 坐作是。

治：[三]203 已婆羅。

中：[三][宮]1646 説一切。

衆：[乙]1821 生爲有。

自：[明]2087 言曰吾，[三][宮]1425 迴，[三][宮]2121 心不，[三]187，[三]196 陳情曰，[三]1662 稱讚。

走：[三]171 歸。

卒：[三][宮]2122 終。

作：[三]100 債負爲。

兒

兜：[三]1331 沙門多，[三]2153

本經一，[宋][宮]536 本，[宋][元]2155 本經一，[元][明]445 三耶三。

　　兌：[宋][元]101。

　　光：[三]2154 經舊。

　　鬼：[甲]2035 曰我和，[明]663 子周匝，[三]984 龍王毘，[三][宮]664 子，[三]2149 來聽經。

　　果：[甲]2017 執石爲。

　　孩：[三]1442 子送與。

　　見：[甲]1736 是化作，[甲]2036 孫丈曰，[明]1505 彼不初，[明]2145 經，[宋][宮]2053 寺。

　　男：[甲]1922 當知離，[三][宮]1435 今。

　　倪：[石]1509 子己身。

　　其：[三]203 意兒將。

　　人：[宮]746 殺生，[甲]2006 遇餿飯，[明]209 欲與，[明]209 作樂喻，[三]100 云何生，[三]209 欲與富，[三]209 著，[三]209 作樂，[乙][丙]2092 甚厚。

　　若：[明][聖]311 處者淨，[三][宮]、－[聖]1435 比丘，[三][宮]625 處是少，[三][宮]1435 處若近，[三][宮]1435 處有一，[三][宮]1435 處有疑，[三]311，[聖]1464 諸君已，[元][明]1435 處若住，[元][明]1435 處亦爾，[元][明]1435 處有二，[元][明]1435 納衣乞。

　　僧：[宮]1998 不奈何。

　　身：[三][宮]745 胎是故。

　　是：[三]171 語倍增。

　　鼠：[宮]下同 553 子何敢，[三]

[宮]2121 子何敢。

　　胎：[明]2076 向紫微。

　　往：[三][宮]1428。

　　無：[三]100。

　　現：[聖][另]1453 同室白。

　　凶：[宋]、兇[元][明]152 頑吾致。

　　匈：[另]1453 卵遂生。

　　也：[宋][元][宮]、由[明]2122 孫相係。

　　與：[明]1450 眷屬悉。

　　樂：[三][宮]1425 而觀比。

　　者：[三]202 抱之洟。

　　呪：[三][宮]2103 癩無端。

　　子：[三][宮]1435 在是中，[三][聖]178 欲作何，[三]202 即屬此，[三]202 其非母，[聖]211 何，[聖]211 在內相。

呪

　　兜：[乙]1238 莎訶。

轐

　　輨：[三][宮]2085 車但無。

尒

　　小：[甲]2128 雅云蘆。

耳

　　闍：[三][宮]2121 復有羅。

　　百：[元]、足[聖][另]790 即時使。

　　鼻：[三]945 根。

　　畢：[乙]2408。

　　等：[乙]2408 永承三。

多：[甲][乙]2254 云云，[乙]872
矣今塔。

而：[明]474 作之爲，[宋]125 放。

珥：[明]663 瑠種種，[三]203 瑠
眞奇，[宋][聖]310 瑠瓔珞。

爾：[甲]1735 問云既，[甲]1736
但文影，[甲]1736 疏習氣，[甲]1736
爲且略，[甲]1736 問意也，[甲]1775，
[甲]1786 二今，[甲]1792 即知神，
[甲]1846 也此中，[甲]2006 洞山悟，
[甲]2073 不從仰，[甲]2266 嘉祥，
[甲]2814，[明]1 時種德，[明]2060 願
各早，[三]187 答，[三][宮]2122，[三]
[宮]1425 佛言從，[三][宮]1507 初説
法，[三][宮]1507 今稱拘，[三][宮]
1507 其父月，[三][宮]1610 者是亦，
[三][宮]2122，[三][宮]2122 右，[三]
[宮]2122 右三驗，[三][宮][下同 1507
以是言，[三][甲]955 不應依，[三]68
母即到，[三]212 調達聞，[三]212 夫
欲止，[三]212 今以相，[三]212 時波
斯，[三]212 我所被，[三]212 猶如有，
[三]375 乃至本，[三]2122 右此五，
[宋]2122 右三驗，[乙][丙]2092 及，
[乙]1092，[乙]1723 贊曰，[乙]1871。

鉺：[聖]310 莊嚴其。

二：[甲]1782 爲門熏。

風：[乙]1246 風者呪。

甘：[甲]2129 反周禮，[甲]2130
第八十。

害：[三]154 窮困無。

乎：[甲]2217 大，[三]2110 禮云
退，[乙][丙]2396，[乙]2263。

互：[乙]1866 問若一。

華：[三]189 青。

脊：[聖]1462 弱者此。

句：[甲]2271。

可：[丙]2163，[宮]1428 爾時世，
[甲][乙][丙]1866 名現佛，[甲]1268
又法若，[甲]2266 已上今，[甲]2270
聞故即，[聖]1421 比丘即，[聖]2157
出於究，[石]1509 無礙亦。

口：[元][明]125 中若授。

來：[甲]2339 故云一。

了：[甲][乙]1822 因，[甲][乙]
1822 緣覺及，[甲]1823 也第，[原]
1796。

門：[乙]1736 三相。

目：[明][甲]1324，[明]1354 等
痛齒。

乃：[甲]、聞[乙]1821 皆俗諦。

片：[甲]2309。

破：[宮]1428 諸比。

其：[甲]2266 識由此，[甲]2290
又別，[乙]2391 約法鬘。

竊：[三][宮]1581 語極微。

取：[宮]224 亦不知，[宮]790 卿
一人，[宮]2034 意經與，[宮]2108 非
是約，[甲][己]1958 聞其念，[甲][乙]
[丙]1866 勿妄執，[甲]2068 又陳至，
[明]125 鼻，[明]1432 大德上，[三][宮]
1523，[三][宮]1523 以法財，[三][甲]
1229 淨巾，[三][聖]1441 即生疑，[三]
190 作是念，[聖]1523 以順行，[聖]
223 何以故，[聖]224 聞，[聖]225 學
是法，[聖]1421 僧今與，[聖]1425 作

是語，[聖]1428，[聖]1509，[聖]1670 王問那，[宋]、是[元][明]553 故今者。

去：[聖][另]790 小怨成。

茸：[甲]1717 羹以世，[三][宮]1462 若極多，[聖]1436 著內衣。

散：[甲]1080 子燒取。

身：[丙]1141 上，[宮]2040 於是迦，[宮]278 陀羅尼，[宮]638 所以者，[宮]839 復，[宮]2121 如見他，[和]293 清淨量，[甲]2186 以花散，[甲][丙]2397 識若一，[甲][乙]1822 鼻，[甲]867，[三][宮]610 本，[三][宮]1521 相災，[三][宮]2121 願師隨，[三]20 不爲道，[聖][另]342 思惟疾，[聖]26，[聖]222 鼻，[宋][元]732 但有，[乙]950，[乙]1200 必，[元][明]20 無有眞，[元][明]721 田心之，[知]266 一切所。

聲：[明]220 界。

時：[明]1464 便往掃，[三]23 中有點。

事：[甲]951 而亦不，[甲]2266 上至故。

是：[元][明]1536 識所了。

手：[甲][乙]1037 邊誦患。

首：[三]152 祝誓何。

聞：[甲]1733 但聞聲，[三][宮]、－[森]286 何況如，[三][聖]、門[宮]278 何況如，[石][高]1668，[知]266。

享：[元]2061 簡聞之。

邪：[原]1858 夫言迹。

牙：[原]1856 何以故。

芽：[甲]1723 難憚也。

眼：[宮]882 識，[三][宮]606 徹聽隨，[聖]1509 天。

耶：[甲]1737，[甲]2053 法師從，[甲]1733 此，[甲]1873 菩薩知，[甲]2039 日官奏，[甲]2128 二曰設，[甲]2217 規矩，[甲]2266 予更評，[甲]2274 答智了，[甲]2309，[三][宮]2123 那先比，[三]193，[聖][甲]1763，[宋][元]156 佛，[乙]1775。

也：[甲][乙]2263，[甲][乙]2328，[甲]1718 若法華，[甲]1775，[甲]1775，[甲]1775 但用觀，[甲]1775 以見，[甲]1811，[甲]1924 是故行，[甲]1929 故，[甲]2217 問若爾，[甲]2263，[甲]2299，[甲]2367 會聞氏，[甲]2367 一卷法，[三][宮]2040，[三][宮][聖]376 是故當，[三][宮][聖]512，[三][宮]263 佛告族，[三][宮]745，[三][宮]1428，[三][宮]2040，[三][宮]2103，[三][宮]2103 道士乃，[三]185 迦葉，[聖]、耶[聖]1721 小乘明，[聖]225 秋露子，[石]1509 涅，[乙]2232，[乙]2263，[乙]2408 或説。

矣：[甲]1775，[甲]2217 問有爲，[明]2034，[三]196，[三]196 佛告，[宋]23，[宋]23 天地共。

異：[聖]99 乃至依。

永：[知]2082。

哉：[三][宮]2103。

再：[甲]1736 若定説，[甲]2266 間生。

則：[三][丙]、－[甲]1202 當須結。

之：[甲]2068，[聖][另]790 王曰，[乙]2263。

迩

爾：[聖]292 分數諸。

珥

耳：[宮]513 臂指環。
弭：[甲]2036 絫每決。
玗：[宋]2103 貂凡此。
玩：[三]152 若不獲。

毦

餌：[宮]1435 衣。
毦：[宮]405 帶垂飾。

爾

彼：[三][聖]190 時聖子，[聖]200 時彼長，[聖]200 時彼仙，[聖]200 時供養，[聖]200 時蓮華，[聖]200 時鹿王，[聖]200 時善面。

辨：[甲]1782 名二出。
變：[三][宮]1421 我終不。
別：[甲][乙]1822 不可和。
波：[乙][丁]2244 修跋陀。
不：[甲][乙]2261 至不盡，[甲][乙]2309 從意瞋，[甲]2255 得也又，[聖]1547 廣説四，[聖]1451，[乙]2309 親緣離，[原]1780 爲而實，[原]1780 滅續經。

瞋：[三][宮]1425 者我悔。
持：[三]157 時行菩。
觸：[甲]2792 已亦犯。

此：[甲]1736，[甲]2274 有十二，[三][宮]1579 時。

等：[甲]、爾[甲]1851 離文字，[甲][乙]2261 者彼疏，[甲][乙]2263，[甲][乙]2263 故知緣，[甲][乙]2263 況器，[甲][乙]2263 如何，[甲][乙]2263 是以，[甲][乙]2263 耶若，[甲][乙]2263 依，[甲]1782 許可定，[甲]2263，[甲]2263 變之爲，[甲]2263 無有超，[甲]2263 依之，[甲]2263 依之有，[甲]2263 有義所，[乙]1822 惠應至，[乙]2263 耶依之。

而：[甲]1816，[甲][乙]1211 尾囉，[甲][乙]2070 化世異，[三][宮]1464 長者夫。

耳：[丙][丁]1141，[甲]1969 其後七，[甲][乙][丙]1866，[甲]1728 大論云，[甲]1728 今，[甲]1728 有人，[甲]1728 至如兜，[甲]1735 七現，[甲]1736 故云連，[甲]1775 達者體，[甲]1775 而實設，[甲]1783 將此勝，[甲]1783 爲欲開，[甲]1785，[甲]1924 沙門曰，[甲]2837 縱行六，[三]、一[宮]563 女用佛，[三][宮][甲]895 若不食，[三][宮]710，[三][聖]125 是時世，[三]202，[三]362 其人於，[三]2059，[宋]212 人生一，[宋]1092 以索一，[原]1796 雖，[知]1785 次五行，[知]1785 故言捨，[知]1785 觀心解，[知]1785 如。

邇：[丙]2092，[明]2060 竹林，[明]2076 手不執，[三][宮]2121 稱賢師，[宋][宮]、近[元][明]2103 世代非。

分：[丙]1833 何得同，[宮]1552 炎觀已，[甲]1772 後爾時，[甲]1731 兩，[聖]1477 我已受。

個：[甲]2400 字不可。

箇：[甲]2001 時節陶。

恭：[明]2122 後二日。

果：[宮]299。

含：[宮]221 酷壽自。

合：[甲]1735，[三]1424。

許：[甲][乙]1822 生於色，[甲][乙]2263 者演祕，[甲]2814 殘界尚。

曾：[宮]732 已爲盜。

或：[甲][乙]2390 通三部。

將：[三]125 來可生。

界：[甲]2312 無漏種，[聖]1547 者斷彼。

今：[甲]2219 同阿字，[甲][乙]1705 時人胎，[甲]1719 下別破，[甲]1731 無句而，[甲]2217 乃合地，[甲]2263 今疏且，[甲]2299 二乘惡，[三][宮]263 諸賢者，[三][宮]310 所說義，[三][宮]1690 所問我，[三][宮]2122 時說處，[三][宮]2123 須，[三]190 已後恒，[三]201 燋然若，[三]415 日復，[三]2123 夜年壽，[聖]1579 時大醫，[聖]125 時世尊，[聖]649 許福如，[聖]834 時一切，[聖]1421，[聖]1421 時諸比，[聖]1425 時世尊，[聖]1433 許比丘，[聖]1433 所長衣，[另]1435 時諸比，[另]1443，[乙]1715 時衆也，[乙]1822 時創至，[元][明][聖]125 如來之，[原]1851 此唯取。

金：[聖]397 句分別，[另]285 境

界英，[另]613，[宋]155。

就：[甲]2305。

可：[甲][知]1785 竪法，[三]、耳[宮][甲]895 若欲成，[原]、然[甲]1796 皆悉以。

了：[知]1785 世尊以。

黎：[聖]2157 耶舍八。

離：[聖]190 於一切。

令：[宮]358 無心意，[宮]1530 法界爲，[宮]1594 又無染，[明]220 受用種，[三][宮]434 使一切，[三][宮]1562 轉勝，[三][宮]2103 轉，[三]1562 彼說有，[三]2121 殺奴子，[聖]272 時雖，[聖]380 時知彼，[聖]613 時自然，[聖]1428 時如法，[宋]468 於汝意，[元][明]1562，[元][明]1585 種子不。

漏：[甲]2266 時如世。

羅：[三]903 迦半音。

彌：[宮]2060 穆又善，[三]884 唧多室。

襧：[三]375 瞿曇姓。

命：[三][甲]901 露處作，[宋][元]2122 時子須，[宋]2122 不答言。

儞：[宮]1683 野二合，[甲]2036 是上乘，[甲]2036 四伴，[甲]2036 語僧云，[三][宮]1545 彌告御，[三]209 世人聞，[元][明][宮]333，[元][明]665 瞿哩。

念：[宮]263 世時衆，[宮]414 時於是，[宮]1506 若爲人，[宮]1546 是故說，[宮]2103 流遷塗，[三][宮]1544 謂未知，[三][宮]1546，[三][宮]1546 說力則，[三]362 自思惟，[聖][石]

1509 無能作，[聖]311 時世導，[聖]1509 何以故，[宋][元][宮]225 無形無，[宋]125 給辦，[宋]479 時世尊。

其：[明][乙]994 福，[原]2208 時身色。

企：[三][宮]、[聖]397 尼波隸。

全：[三]1562。

然：[高]1668 而起故，[宮]669 所得至，[甲]、[乙]2263 者何，[甲]1782 一自性，[甲]2223 諸經法，[甲][乙]1821 總説增，[甲][乙]2259 破亦許，[甲][乙]2263 凡，[甲][乙]2263 者餘處，[甲][乙]2263 者不叶，[甲][乙]2296，[甲]1709 不久定，[甲]1731 舍那釋，[甲]1775 而往泊，[甲]1823 者現，[甲]1866 此云何，[甲]2195 迦旃延，[甲]2217 也頻申，[甲]2249 者，[甲]2263 是以，[甲]2263 依之見，[甲]2263 者置所，[甲]2266，[甲]2266 初語是，[甲]2266 乃至觸，[甲]2266 且如色，[甲]2266 隨觀諦，[甲]2266 以梵，[甲]2266 眞如雖，[甲]2281 先勝宗，[甲]2286 於此玄，[甲]2305 取所境，[明][聖]225 其，[三][宮][聖]1562 都滅如，[三][宮]1442 無對難，[三][宮]2123，[三]1 佛於是，[聖]211 身出水，[聖][甲]1733 爲他宣，[乙]1821 若言衆，[乙]2263，[乙]2263 而勘瑜，[乙]2263 淨土佛，[乙]2263 耶付第，[乙]2263 正法藏，[乙]2263 者爲大，[乙]2393 餘，[元][明]375 貧窮是，[原]1841 非遍許，[知]741 者佛有。

仁：[乙]2390 入天側。

如：[三][宮]477 是道則。

汝：[明]1435 所物得，[三]、一[宮]1424 若先不，[三][宮]590 心念無，[三][宮]1443 愚，[三][宮]2123 爾若，[三]1 中分國，[三]129 曹，[三]202，[三]203 婦人之，[三]209 平，[三]2087 爾今，[三]2106 來何爲，[元][明]617 者汝如，[元][明]152 遶吾居，[元][明]385 所問吾。

入：[三]873 嚩二合，[聖]125 時世尊。

神：[三]185 未及於。

生：[三][宮]1608 色亦已。

食：[甲]2207 仁反，[三][宮][另]1435 佛以是，[三][宮]2060，[三][宮]2122 多許金。

時：[甲]2782 之時如，[明]361 皆過度，[三]、爾時[宮]606 其人學，[乙]2426。

示：[甲][乙][宮]1799 見體，[甲][乙]850 囉引野，[甲][乙]1816 彼義微，[甲][乙]2309 何法而，[甲]1700，[甲]1700 積代梵，[甲]1709 無目者，[甲]1719 之與假，[甲]1782 小徑贊，[甲]1783 如來游，[甲]2250 耳又寶，[甲]2255 也准之，[甲]2261 三四以，[甲]2266 眞如，[三][宮]1546 滅盡涅，[三][宮]866 哩二合，[三][宮]2053 其雕軒，[三][宮]2102 三王有，[三][宮]2102 爲師無，[三]1534 又復有，[聖]1437，[聖]1763 所生能，[宋][元]1581 自度度，[乙]2394 其第三，[原]1776

彌勒令，[原]1818，[原]1840 釋文隨，[原]1863 小徑彼，[原]2339 也義如。

是：[甲]1735 遮犯戒，[甲]1736 故初四，[甲]1781 時彼，[甲]2897 時無邊，[明]1450 賢釋種，[明]2076 靈驗傳，[明]2123 時被罵，[明]125 時世尊，[明]154 以來佛，[明]310 時無有，[明]316 時以五，[明]633 時即，[明]997 時尸，[明]1450 時復自，[明]1450 時即乘，[明]1450 時具壽，[明]1548 不異不，[明]2110 日並皆，[明]2122 時舍利，[三][宮]1644 語，[三][宮]2121 時鷹在，[三][聖]125 時尊者，[三][聖]157，[三]99 時尊者，[三]125 時諸比，[三]168 時太子，[三]311 時戒法，[三]375 時雖受，[三]643 時佛心，[聖]200 時世尊，[聖]200 時諸比，[聖]227 乃爲難，[聖]663 時，[聖]1428 不耶識，[石]1509 時若地，[元][明]375 時知是，[元][明]2016 定心有，[元][明]2122 當有髮，[元]2122 我今。

死：[聖]200 心悟非。

巳：[宮]2123 時鸚鵡。

他：[明]1424 犯者突。

貪：[三]1562 爲難唐，[聖]1579 若瞋恚。

同：[甲]1834 故此二，[甲]2195 也。

未：[甲]2266 生得其。

聞：[甲]1735 故顯眾。

無：[三][宮]671，[三][宮]397，[元][明]626 有所想。

昔：[丁]2244 昔菩薩。

下：[宮]1805 轉迷俱。

小：[甲]1912 乃有徑。

也：[甲]2128，[三][宮]1433 此衣眾，[聖][另]1543 誰不成。

業：[甲]2195 無。

一：[原]1828 時賴耶。

伊：[甲]2006 一念無。

亦：[甲]1742，[甲]1742 此塵，[甲]1816 有，[甲]2039 尚止戈，[甲]2266 發心未，[明]2131 何故云，[三][宮]1595，[三]2145 久緣來，[聖]1425 更問一，[聖]1547 問曰何，[原]2339 就白牛。

于：[甲]1816 時既得，[三][宮]724 時世尊，[三][宮]1425 時魁膾。

余：[甲]2266 已無識。

於：[甲]、于[甲]1816，[明]1450 彼藥叉，[三][乙]953 時世尊，[三]186 時波旬，[三]186 時父王，[三]186 時菩薩，[三]186 時日照，[三]186 時王后，[三]201 時尼提，[宋][元]223 所時行，[元][明]125 時世尊。

兪：[東][元]721 非有比。

餘：[甲]、亦[乙]2249 者苦苦，[甲]2299 已前未，[甲][乙]1822 時，[甲][乙]1822 者是果，[甲]2254 第八得，[甲]2262 釋文如，[甲]2290 故云不。

喩：[甲]2135 嚩。

樂：[宮]374。

云：[甲][乙]2263 合生者，[甲]2271 非眼識，[三][聖]211 比丘聞。

再：[甲]2266 説其別。

知：[甲]1822 以親緣。

至：[元][明]2122 三。

置：[宮]2034 朱榮殺。

中：[宋][宮]1509 時佛知。

衆：[乙]1816 多心。

子：[三][宮]2103 巖靈旅。

足：[三][聖]125 時世尊。

罪：[乙]2092 朱。

作：[宋][元][宮]、見作[明]1435 世尊佛。

鉺

餌：[三][宮]720 鉤牽於。

金：[三][宮]310 莊嚴其。

餌

錢：[甲]1805 寶。

取：[三][宮]1463。

邇

爾：[宋][宮]2103，[元][明][甲][乙][丙][丁]、誓[宮]848 迦微妙。

迹：[宮]2087 遂踰雪，[三][宮]2103 而梵響，[三]2103 有悟必。

近：[甲]1709 承事成，[甲]2300 隣國，[三][宮]2060 經耳不。

二

礙：[甲]1736 釋二利。

八：[三][宮]1542 界二處，[三]2060 願莊嚴，[聖]2157 卷，[另]1435，[乙]1909，[元][明]2146 卷。

別：[甲][乙]1832 以爲若。

并：[甲]1924 釋名義。

並：[明][宮]1579 爲依止。

不：[甲]2214 流通，[三][聖]120 隱覆四。

禪：[甲]、－[乙][丙]2812 靜慮近。

出：[甲]1828 第二即。

初：[宮][甲]1912 禪治外。

此：[宮]1421 比丘尼，[甲]、－[乙]2397 竝非法，[甲]1728 土明義，[甲]2261 且如慈，[明]470 皆魔業，[三][宮]1595 智用有，[乙]1723 陳，[原]1842 量教於。

次：[甲]1736 引論正，[甲]1718 釋三結，[甲]1735 慈三堅，[甲]2381 菩薩戒，[聖]1721 騰今，[乙]2227。

大：[三][宮]2060，[聖]1421 指大磨，[元]1559 千三千。

得：[三]159 三地乃。

多：[甲]2263 慧故之。

惡：[宮]2102 剛強無。

而：[甲]1736 釋經文，[甲]1828 發心者，[明]1563 染及學，[三]1545 得無，[元][明]1532 聖諦成。

耳：[甲]2266 根即許。

爾：[明]1450 衆行並，[原]2262 耶答約。

二：[丙]2249 夏臘四。

貳：[三]2103 之。

法：[三][宮]2058 忍具足。

反：[三][宮]1461 護亦爾。

方：[聖]1509 入。

非：[宮]2060 皂白非。

婦：[明]1458。

復：[三][宮]1600 各分爲。

高：[甲]1158 德以比。

各：[明]1521 三種口。

工：[三]1545 巧處慧，[聖]1763 用立稱。

合：[宮]885 莎婆引，[元]、三[明][乙]1092 濕廢諡。

後：[甲]1735 若。

或：[甲]1828 修和敬。

及：[三]1058 中指直。

教：[甲]2261 故已上。

經：[宋][元]2155 或無行。

九：[甲]1828 數有論，[甲]2261 百，[明]2121，[明]26，[元][明]2034 部一千，[原]1721 陶練小。

句：[三]1337 麼訶夜。

立：[宮]1545 能互相，[宮]1505 也見摸，[原]2339 一二種。

兩：[丙]2092 重北門，[敦]262 足尊已，[甲]、－[乙]1069 目兩鼻，[甲]1708 偈半顯，[甲]1718 行半頌，[甲]1722 智互相，[甲]1735 卷是出，[甲]1775 土然後，[甲]1811 一通心，[甲]1816 論義同，[甲]1821 句喻事，[甲]1913 頓耶答，[甲]1929 種不同，[甲]2006 分，[甲]2263 釋本疏，[明]1538 手捧持，[三]、四[聖]1427 礫手若，[三]、一[甲]2125 岥有，[三][宮][聖]1425 和上，[三][宮][聖]1429 三鉢受，[三][宮]721 海如前，[三][宮]1425 鉢他，[三][宮]1595 偈，[三][宮]1595 智，[三][宮]2033 部一薩，[三][宮]2034 卷未詳，[三][宮]2103 篇合，[三][宮]2121 大王云，[三][甲][乙]972 中，[三][聖]178 道人其，[三][聖]1426，[三][聖]1427 礫手，[三][聖]1427 礫手若，[三]2149 經合，[三]2149 録失譯，[三]2153 卷佛頂，[聖][另]1721 偈合，[宋][元]2149 卷，[宋][元]2149 卷塔寺，[乙]1171 乳想，[乙]1736 乘既唯，[乙]1821 對可知，[乙]2263 方，[乙]2263 釋未云，[原]1764 對就無，[原]2248 師義初，[知]1785，[知]1785 行結歎，[知]1785 一長。

六：[甲]1718 一行童，[甲][乙]2425 中漸，[甲]2339 地乃至，[甲]2408 種蠟燭，[明]2122 驗，[三][宮][知]1579 無知攝，[三][宮]731 千三百，[三][宮]2034 月八日，[三]602 物，[三]1462 毘尼滅，[乙]1736 心有十，[乙]1736 一佛即，[乙]2263 説若約，[元][明]1397 南無壤，[元][明]1397 馱囉馱，[原]、三[甲]1863 解有，[原]2262 趣。

龍：[三]2121 龍王往。

論：[宮]1585 文影略。

毛：[甲]2214 在所和。

滅：[宋][明][宮]223 是。

名：[宮]310 菩薩證。

明：[宋]1562 愛因果。

能：[甲]1828 取諸。

匹：[聖][倉]1458 捨前遮。

平：[甲]1828。

七：[宮]1546 七日沒，[甲]2036

崩于東，[甲][乙]1822 力，[甲][乙]1929 明別，[甲][乙]2250 十二紙，[明]26，[三][宮]397，[三][宮]2040，[聖]1458，[乙]2228 尊，[乙]2263 卷中相，[原]、六[原]1308 十五十。

其：[明]19 眷屬天，[三][宮][甲]2053 月十日。

切：[明]939。

人：[原]1776 者所謂。

仁：[三]190 邊生平，[元][明]2103 王也心。

三：[丙][丁]865，[丙]930 娑嚩二，[丙]1141 尊位，[丙]1246 指總屈，[丙]2396 菩薩或，[丙]2397 般若釋，[宮]、一[甲]876 合嘌，[宮]310 億由旬，[宮]876 羽金剛，[宮]1435 人是名，[宮]1522 種，[宮]1544 苦法智，[宮]1545 法緣識，[宮]1545 蓋現在，[宮]1545 界起各，[宮]1545 靜慮近，[宮]1545 乃至四，[宮]1545 智作，[宮]1550 損減欲，[宮]1558 界由因，[宮]1562 界色爾，[宮]1595 行爲煖，[宮]1596 種緣生，[宮]1912 通即諦，[宮]2034 百九十，[宮]2122 人說皆，[宮][甲][乙]1799 初總標，[宮][甲][乙]1799 義一有，[宮][甲][乙]1799 種法諸，[宮][甲]1805 歸結是，[宮][甲]1884 句即全，[宮][甲]1911 種天人，[宮][甲]1912 諦之理，[宮][甲]1912 十二文，[宮][甲]1912 者助道，[宮][甲]1998 十二分，[宮][聖]411 緣清淨，[宮][聖]1425，[宮]222 千佛土，[宮]223 相是名，[宮]225 事

斷明，[宮]231 乘名其，[宮]231 緣是故，[宮]244，[宮]263，[宮]263 千人，[宮]279 乘道深，[宮]310，[宮]310 具善根，[宮]345 品悉趣，[宮]352 爲名稱，[宮]461 菩薩，[宮]760 願一者，[宮]847 乘義理，[宮]866 種資糧，[宮]882，[宮]901 合底阿，[宮]901 合去曳，[宮]1425 波夜提，[宮]1425 歲學戒，[宮]1428，[宮]1432 第三亦，[宮]1433 衣亦爾，[宮]1435 百五十，[宮]1452 子攝頌，[宮]1455 病衣從，[宮]1461 處如時，[宮]1462 羯磨白，[宮]1489 行，[宮]1515 身成滿，[宮]1525 顛倒念，[宮]1540 處三蘊，[宮]1541，[宮]1544 緣生耶，[宮]1545 杜多功，[宮]1545 靜慮，[宮]1545 十八行，[宮]1545 通所依，[宮]1546 禪眼見，[宮]1546 諦復次，[宮]1547 禪覺三，[宮]1549 苦相眼，[宮]1550，[宮]1553 時現在，[宮]1558 故，[宮]1559 倍此力，[宮]1562 即此無，[宮]1562 羯磨等，[宮]1562 十一心，[宮]1562 顯色甘，[宮]1562 種作意，[宮]1592 三是相，[宮]1595 行二行，[宮]1595 依止，[宮]1596 乘歸命，[宮]1596 種決定，[宮]1605 靜慮亦，[宮]1648 心共起，[宮]1799 鬼趣三，[宮]1799 取相故，[宮]1912 句及餘，[宮]1912 三豈無，[宮]1912 心後以，[宮]2025 拜，[宮]2025 下然後，[宮]2025 下衆寮，[宮]2034 部三卷，[宮]2034 部十，[宮]2034 部五卷，[宮]2034 教論，[宮]2034 卷亦云，[宮]2034 錄與世，

[宮]2034 秦録什，[宮]2034 沙門法，[宮]2034 十，[宮]2034 十七卷，[宮]2034 譯與漢，[宮]2034 月二日，[宮]2060 世續曆，[宮]2060 月十五，[宮]2102 事，[宮]2103 代造我，[宮]2121 金環，[宮]2121 十二卷，[宮]2122，[宮]2122 藏合三，[宮]2122 大金剛，[宮]2122 頃許四，[宮]2122 日事了，[宮]2122 種一者，[和]261 合羯吒，[甲]、－[乙]、乙本次行有能生覺受唯限身根歟之目 2263 方，[甲]、[丙]2397 乘，[甲]、二人[丁]2244 以同，[甲]901 合哩埵，[甲]1289 味，[甲]1579 說者行，[甲]1721，[甲]1724 智四說，[甲]1727 互具四，[甲]1735 佛子下，[甲]1735 是時下，[甲]1735 先九十，[甲]1735 意一離，[甲]1735 云何下，[甲]1736，[甲]1736 嚴相成，[甲]1766 師立義，[甲]1766 天妄常，[甲]1778 種行人，[甲]1784 各三之，[甲]1784 明今觀，[甲]1805，[甲]1813，[甲]1813 云又，[甲]1821 語四，[甲]1828 復次初，[甲]1828 頌合有，[甲]1828 唯依憂，[甲]1828 文訖自，[甲]1832 師皆不，[甲]1833 句合爲，[甲]1835 句結前，[甲]2035 八集僧，[甲]2035 隨舅令，[甲]2035 終，[甲]2037 千一百，[甲]2037 十二年，[甲]2053 日逢突，[甲]2067 日也滅，[甲]2128 山名也，[甲]2187 行一句，[甲]2217 劫者付，[甲]2249 分爲等，[甲]2249 文云彼，[甲]2255 段以明，[甲]2255 十云是，[甲]2261 初標機，

[甲]2261 種一祕，[甲]2262 心，[甲]2269，[甲]2269 十，[甲]2290 問讓廣，[甲]2290 字，[甲]2301 諦二諦，[甲]2339 句者義，[甲]2339 類中亦，[甲]2362 周領解，[甲]2390 示地藏，[甲]2400 度相鉤，[甲][丙]1246 尺口吐，[甲][丁]2092 百年來，[甲][乙]1822 靜慮，[甲][乙]1822 念住釋，[甲][乙]1822 受能順，[甲][乙]2186 乘教人，[甲][乙]2227 十二云，[甲][乙]2254 十五體，[甲][乙]2263 分教證，[甲][乙][丙]1201，[甲][乙][丙][丁][戊]2187 第一，[甲][乙][丙][丁][戊]2187 正勸別，[甲][乙][丙]2286 年歲次，[甲][乙]957 合，[甲][乙]966 合引七，[甲][乙]981 吃，[甲][乙]1072 迦嚕，[甲][乙]1132 時必不，[甲][乙]1709 名如文，[甲][乙]1709 明除災，[甲][乙]1709 明所被，[甲][乙]1736 用，[甲][乙]1751 初牒起，[甲][乙]1751 初問答，[甲][乙]1821 道未來，[甲][乙]1821 明行，[甲][乙]1821 毘婆沙，[甲][乙]1821 約三道，[甲][乙]1821 云得唯，[甲][乙]1822，[甲][乙]1822 諦，[甲][乙]1822 斷也非，[甲][乙]1822 歸，[甲][乙]1822 十二同，[甲][乙]1822 釋有人，[甲][乙]1822 一句明，[甲][乙]1822 依文解，[甲][乙]1822 義得其，[甲][乙]1822 自性非，[甲][乙]1823 禪起見，[甲][乙]1978 忍乃至，[甲][乙]2070，[甲][乙]2192，[甲][乙]2227 初明因，[甲][乙]2228 合此云，[甲][乙]2250 釋者

準，[甲][乙]2254 釋云云，[甲][乙]2259 大之相，[甲][乙]2259 月七日，[甲][乙]2259 字始領，[甲][乙]2261，[甲][乙]2261 識所變，[甲][乙]2261 業不說，[甲][乙]2261 業俱敬，[甲][乙]2297 是破二，[甲][乙]2376，[甲][乙]2385 輪是寶，[甲][乙]2385 引合訶，[甲][乙]2387 印了便，[甲][乙]2390 十二相，[甲][乙]2390 字結前，[甲][乙]2393 日作曼，[甲][乙]2397 乘及別，[甲][乙]2397 乘令入，[甲][乙]2397 處建立，[甲][知]1785 乘雖復，[甲]・2261 人謂在，[甲]850 合賀，[甲]850 之外，[甲]864 重當門，[甲]876 合二三，[甲]901 合哩擔，[甲]901 合嚧嚧，[甲]950 合，[甲]966 鉢囉，[甲]995 合，[甲]1032 頭指並，[甲]1039 合木如，[甲]1059 七，[甲]1110 合邏耶，[甲]1112 度建如，[甲]1112 合麼，[甲]1120 合，[甲]1122 舉如鈎，[甲]1201 時念誦，[甲]1268 遍禁縛，[甲]1512 句也以，[甲]1705 答所化，[甲]1708，[甲]1708 長壽天，[甲]1708 初有，[甲]1708 句及，[甲]1708 明其發，[甲]1709 二明所，[甲]1709 廣明七，[甲]1709 後得，[甲]1709 界雨花，[甲]1709 略答一，[甲]1709 明遍諸，[甲]1709 染二淨，[甲]1709 時講説，[甲]1709 雖多，[甲]1709 以無相，[甲]1709 徵，[甲]1709 正明宗，[甲]1709 總結非，[甲]1710 住中若，[甲]1717 草二木，[甲]1717 初，[甲]1717 初對部，[甲]1717 初列

次，[甲]1717 初中言，[甲]1717 記總而，[甲]1717 亦然如，[甲]1717 正釋中，[甲]1718 乘亦好，[甲]1718 五行偈，[甲]1718 智三智，[甲]1719 乘昔來，[甲]1719 住一顯，[甲]1721 者用妙，[甲]1721 種一者，[甲]1723 乘同息，[甲]1724 智相資，[甲]1727 初引兩，[甲]1728 乘，[甲]1729 初以少，[甲]1733，[甲]1733 乘等是，[甲]1733 初本智，[甲]1733 初汝今，[甲]1733 法圓，[甲]1733 句初四，[甲]1733 名功德，[甲]1733 相盡故，[甲]1733 修因契，[甲]1733 一切世，[甲]1735，[甲]1735 初知香，[甲]1735 當機授，[甲]1735 段各具，[甲]1735 觀所化，[甲]1735 教授時，[甲]1735 結，[甲]1735 清淨者，[甲]1735 忍又四，[甲]1735 色身次，[甲]1735 十句問，[甲]1735 十四偈，[甲]1735 四五後，[甲]1735 有一偈，[甲]1735 怨賊六，[甲]1735 徵釋云，[甲]1735 徵數列，[甲]1735 種見道，[甲]1736，[甲]1736 成總，[甲]1736 初總辯，[甲]1736 從若據，[甲]1736 發普賢，[甲]1736 佛業智，[甲]1736 合云無，[甲]1736 會爲成，[甲]1736 解約習，[甲]1736 人以念，[甲]1736 説同十，[甲]1736 先明，[甲]1736 先釋名，[甲]1736 先總科，[甲]1736 也法華，[甲]1736 一正述，[甲]1736 引晉，[甲]1736 約相即，[甲]1736 則輕微，[甲]1736 者疑答，[甲]1736 中一滅，[甲]1736 自足妻，[甲]1751 初問頻，[甲]1775 種一

[甲]2262 恒一恒，[甲]2263，[甲]2263 釋之中，[甲]2266，[甲]2266 遍遣一，[甲]2266 處同，[甲]2266 但就界，[甲]2266 地中即，[甲]2266 諦下無，[甲]2266 劫如，[甲]2266 界四大，[甲]2266 卷云意，[甲]2266 七紙左，[甲]2266 師説伏，[甲]2266 十，[甲]2266 十二右，[甲]2266 十九左，[甲]2266 十六，[甲]2266 十左，[甲]2266 是也，[甲]2266 説十隨，[甲]2266 四左云，[甲]2266 顯，[甲]2266 性疏主，[甲]2266 一五忍，[甲]2266 義也約，[甲]2266 因皆前，[甲]2266 有，[甲]2266 右云，[甲]2266 紙三末，[甲]2266 紙右云，[甲]2266 左大衆，[甲]2266 左説此，[甲]2266 左説尋，[甲]2266 左先明，[甲]2266 左云論，[甲]2270 句是相，[甲]2270 義初義，[甲]2270 云，[甲]2271 年其量，[甲]2271 釋之中，[甲]2273 第四或，[甲]2273 違佛地，[甲]2281，[甲]2287 種外可，[甲]2290 種之能，[甲]2299 諦三諦，[甲]2299 問有處，[甲]2299 智今家，[甲]2301，[甲]2313 乘五性，[甲]2317 師意，[甲]2317 所行性，[甲]2323 師會故，[甲]2323 時中不，[甲]2337 種類者，[甲]2339 乘教，[甲]2339 乘五乘，[甲]2339 乘有，[甲]2339 句者下，[甲]2339 無性皆，[甲]2339 一非三，[甲]2339 種之三，[甲]2348 月一日，[甲]2362 釋，[甲]2366 種二諦，[甲]2367 周決三，[甲]2371 種世，[甲]2376 京兆府，[甲]

2391 節如蓮，[甲]2394 院，[甲]2395 年壬，[甲]2397 乘識於，[甲]2397 語祕密，[甲]2397 種六道，[甲]2401 初引第，[甲]2401 院，[甲]2401 院畫牟，[甲]2408 十一月，[甲]2425，[甲]2434 諦耶答，[甲]2434 番，[甲]2434 俗諦通，[甲]2434 轉救答，[甲]2778 明折伏，[甲]2801 論，[甲]2801 如論三，[甲]2801 如論五，[甲]2801 一立因，[甲]2814 句顯業，[明]、四[甲][乙]1000 唧帝，[明]、一[宮]1435 種病人，[明]158 萬歲世，[明]220 乘諸善，[明]220 千苾芻，[明]397 千龍王，[明]894 合七遍，[明]1336 七遍誦，[明]1544 集法智，[明]1544 未來六，[明]1545 繩所，[明]1545 乃至極，[明]1562 界境故，[明]1571 現受用，[明]2076 日茶毘，[明][宮]671 種體相，[明][宮]476 乘不墮，[明][宮]1525 禪故，[明][宮]1545 靜慮有，[明][宮]1546 解脱，[明][甲]1177，[明][甲][乙]996 合特嚩，[明][甲]901，[明][甲]901 遮文地，[明][甲]1119 合，[明][甲]1176 合鼻，[明][聖]643 億衆發，[明][聖]663 千大千，[明][乙]953，[明][乙]994 合諦此，[明]26 遠離，[明]244，[明]259 合左薩，[明]285 乘一時，[明]293 乘功德，[明]293 乘菩提，[明]309 三昧及，[明]311 宿三宿，[明]312 合嚩都，[明]316 請，[明]375 諦，[明]397 千菩薩，[明]424 法以諸，[明]425 十里君，[明]643，[明]668 法者義，[明]

671 惡世，[明]824 種，[明]848 合娜夜，[明]848 合婆，[明]848 合引，[明]882 葛哩沙，[明]883，[明]887 合多囉，[明]891 合婆乞，[明]901，[明]921 慧豎三，[明]948 囉捺囉，[明]989 合賀，[明]1107 合引野，[明]1131，[明]1169 合曩摩，[明]1243 合囉離，[明]1272，[明]1341 處和合，[明]1377 合野曩，[明]1402 合憾麼，[明]1424 部取如，[明]1435，[明]1441 處説波，[明]1458 俱不爲，[明]1458 十歲若，[明]1458 種情及，[明]1461 十人受，[明]1509，[明]1541 十七一，[明]1544 少分互，[明]1544 四五六，[明]1545，[明]1545 業謂則，[明]1549，[明]1550 痛，[明]1551 界三當，[明]1552，[明]1552 境不近，[明]1559 釋曰，[明]1560 界由因，[明]1562 識因皆，[明]1562 途應善，[明]1562 亦緣道，[明]1563 如第二，[明]1585 種現唯，[明]1595 人但得，[明]1596 戒依止，[明]1597 資糧菩，[明]1672 時中當，[明]1683 合摩賀，[明]1808 重，[明]2034 百五十，[明]2034 教論一，[明]2034 卷，[明]2034 卷周武，[明]2059 諦以詮，[明]2059 注文殊，[明]2076 大，[明]2076 年丙子，[明]2103，[明]2103 乘，[明]2103 光西流，[明]2111 歸一迴，[明]2121 卷，[明]2121 十，[明]2122，[明]2122 百，[明]2122 代之後，[明]2122 句説無，[明]2122 日終於，[明]2122 事見搜，[明]2122 天輔臣，[明]2123，[明]2123

時中失，[明]2131 非能非，[明]2145，[明]2145 日於道，[明]2145 首，[明]2146 卷一名，[明]2149，[明]2149 卷，[明]2149 卷二十，[明]2149 卷五，[明]2149 十卷二，[明]2149 十七紙，[明]2151 卷，[明]2153，[明]2153 卷二十，[明]2153 十二紙，[明]2154 百六十，[明]2154 經與前，[明]2154 卷闕本，[明]2154 十九，[明]2154 言，[明]2154 譯，[三]、[宮]1602 界心心，[三]、四[宮]619 十事以，[三]201 天王者，[三]220，[三]220 聚名聲，[三]310 種義失，[三]607 種在，[三]1105 合訖隸，[三]1288 合引多，[三]1541 是外入，[三]1545 靜慮若，[三]1545 隨眠得，[三]1597 種俱不，[三]2145 乘欲住，[三]2154 譯，[三]2154 譯勘，[三][丙]、－[甲][乙]930 步引囉，[三][丙]930，[三][宮]、以下准之記數各加一數[三][宮]402 毘毘，[三][宮]310 種相，[三][宮]397 千菩，[三][宮]666 十億菩，[三][宮]1428 事亦如，[三][宮]1545 世有，[三][宮]1545 謂即前，[三][宮]1547 三昧相，[三][宮]1562 等如前，[三][宮]1563 是第三，[三][宮]1563 緣若已，[三][宮]1592 別相違，[三][宮]1594 智譬如，[三][宮]1641 相喧動，[三][宮]1646 世法中，[三][宮][甲][乙]901 寸許二，[三][宮][甲]876 麼折，[三][宮][甲]901 合夜一，[三][宮][甲]901 節二大，[三][宮][甲]901 試訖，[三][宮][甲]2053 百餘人，[三][宮][聖]278，

[三][宮][聖]1425 諫是名，[三][宮][聖]1579 無數大，[三][宮][聖][另]1543 道不得，[三][宮][聖][石]1509 事滅諸，[三][宮][聖]272 種王隨，[三][宮][聖]419，[三][宮][聖]425 第，[三][宮][聖]1421 事答言，[三][宮][聖]1462 事而壞，[三][宮][聖]1541 是緣緣，[三][宮][聖]1544 智，[三][宮][聖]1546，[三][宮][聖]1547 見立見，[三][宮][聖]1595 地，[三][宮][聖]2034 德爭名，[三][宮][聖]2034 經同本，[三][宮][另]1458 類非受，[三][宮][另]1543 何繫，[三][宮][石]1509 菩薩何，[三][宮][石]1558 示導教，[三][宮][石]1558 心所俱，[三][宮][知]384 人度數，[三][宮]221，[三][宮]263，[三][宮]263 劫不得，[三][宮]263 天至第，[三][宮]274 天無有，[三][宮]278 者轉向，[三][宮]310，[三][宮]313 十，[三][宮]374 十年住，[三][宮]381 脫，[三][宮]384 十二，[三][宮]384 尊教，[三][宮]397，[三][宮]397 佛現陀，[三][宮]397 七日始，[三][宮]425，[三][宮]443 莎呵，[三][宮]443 憂，[三][宮]456 肘光，[三][宮]485 十億那，[三][宮]613 節，[三][宮]630 百劫當，[三][宮]653 千佛皆，[三][宮]657，[三][宮]657 萬二千，[三][宮]671 界中，[三][宮]675 分三昧，[三][宮]702 階道或，[三][宮]721 地花鬘，[三][宮]721 世愛敬，[三][宮]721 種遍行，[三][宮]848 薩婆怛，[三][宮]848 種護摩，[三][宮]876 合十六，

[三][宮]891 合祛囉，[三][宮]1428 指遶腰，[三][宮]1435 時淨者，[三][宮]1442 行六十，[三][宮]1443 大鉢受，[三][宮]1443 惡作，[三][宮]1451 夏者同，[三][宮]1452 十人乃，[三][宮]1462，[三][宮]1462 僧伽婆，[三][宮]1462 者數也，[三][宮]1462 指洗，[三][宮]1463 時，[三][宮]1464 是非法，[三][宮]1476 足眾生，[三][宮]1505 法，[三][宮]1505 恚問云，[三][宮]1505 皆得坐，[三][宮]1521 法能壞，[三][宮]1525 禪如是，[三][宮]1530，[三][宮]1540 處三蘊，[三][宮]1541 入二陰，[三][宮]1543 行不前，[三][宮]1545，[三][宮]1545 杜多功，[三][宮]1545 解脫棄，[三][宮]1545 靜慮二，[三][宮]1545 隨眠相，[三][宮]1545 謂對治，[三][宮]1545 現觀邊，[三][宮]1545 支一切，[三][宮]1545 種作意，[三][宮]1546，[三][宮]1546 劫不墮，[三][宮]1546 句鼻，[三][宮]1546 三昧俱，[三][宮]1546 種慧復，[三][宮]1547 禪地眼，[三][宮]1547 淨行似，[三][宮]1547 事故說，[三][宮]1547 問曰何，[三][宮]1548，[三][宮]1548 無有中，[三][宮]1552 非，[三][宮]1558 種智中，[三][宮]1559 苦如，[三][宮]1559 釋曰觸，[三][宮]1562 解脫中，[三][宮]1562 十八或，[三][宮]1562 四五倍，[三][宮]1562 種攝彼，[三][宮]1563，[三][宮]1563 乘悲愍，[三][宮]1563 種緣一，[三][宮]1571 各別無，[三][宮]

1571 取一乃，[三][宮]1579，[三][宮]
1579 於現在，[三][宮]1592 所執，
[三][宮]1595 界苦集，[三][宮]1596
練治心，[三][宮]1596 身具者，[三]
[宮]1596 種，[三][宮]1604 十二，[三]
[宮]1618 言答兩，[三][宮]1634 破僧
害，[三][宮]1646 禪生樂，[三][宮]
1646 禪問曰，[三][宮]1648 無色一，
[三][宮]1808 人不得，[三][宮]1808
衣足不，[三][宮]1809 人詣比，[三]
[宮]2034，[三][宮]2034 部三百，[三]
[宮]2034 藏法師，[三][宮]2034 出與
漢，[三][宮]2034 卷德護，[三][宮]
2034 十七卷，[三][宮]2034 十三年，
[三][宮]2034 十萬人，[三][宮]2034
十一，[三][宮]2040 者舉舍，[三][宮]
2041 百一十，[三][宮]2053 千餘人，
[三][宮]2053 丈餘，[三][宮]2059 年
卒春，[三][宮]2060，[三][宮]2060 百
領以，[三][宮]2060 年又，[三][宮]
2060 千錢償，[三][宮]2060 十五發，
[三][宮]2060 十五十，[三][宮]2060
旬於，[三][宮]2060 衣，[三][宮]2066
年五月，[三][宮]2066 矣，[三][宮]
2085 四里作，[三][宮]2087 千餘里，
[三][宮]2102 十餘丈，[三][宮]2102
者無効，[三][宮]2103，[三][宮]2103
百六峽，[三][宮]2103 年二月，[三]
[宮]2103 聖亦可，[三][宮]2103 字懷
芬，[三][宮]2105 年至長，[三][宮]
2121 卷，[三][宮]2121 十日辭，[三]
[宮]2122 百年如，[三][宮]2122 乘之
宏，[三][宮]2122 年二月，[三][宮]

2122 千天地，[三][宮]2122 十許人，
[三][宮]2122 十須臾，[三][宮]2122
紙六十，[三][甲][乙]901 叉戟頭，[三]
[甲][乙]1092 分石蜜，[三][甲][乙]
1244 者聞四，[三][甲]930 合，[三]
[甲]951 種意持，[三][甲]1039 甜日，
[三][甲]1080 種藥處，[三][甲]1085
部，[三][甲]1102 合五，[三][甲]2125
杜，[三][聖]99 學何等，[三][聖]158，
[三][聖]158 億劫觀，[三][聖]210 望
莫作，[三][聖]375 十年往，[三][乙]
[丙][丁]865 合，[三][乙][丙]954 合，
[三][乙]1076 合野地，[三][乙]1092，
[三][乙]1092 瑟絮覩，[三][乙]1200
合野地，[三]4 說經有，[三]23 事光
明，[三]23 因，[三]25 月三月，[三]
156 行爾乃，[三]157 佛同號，[三]
188，[三]212，[三]222，[三]244 惹
誐地，[三]285 離垢，[三]375 業雖善，
[三]425 會九十，[三]438 有得解，[三]
585 十二億，[三]643 萬歲如，[三]749
繩床肉，[三]848 伐折，[三]869 十五
種，[三]873 合，[三]873 合播，[三]
873 囀日囉，[三]882，[三]882 曼拏
羅，[三]883 合覩瑟，[三]939 合沒
馱，[三]1018 恒河沙，[三]1023 合帝
十，[三]1031 合，[三]1056 十，[三]
1085 合引羯，[三]1096 種成就，[三]
1125 合曩娑，[三]1132 涅哩二，[三]
1243 合賀引，[三]1300 日極重，[三]
1331，[三]1331 七神王，[三]1332，
[三]1332 升水，[三]1336 句呪水，
[三]1336 七遍於，[三]1377 合引四，

[三]1408 合莎哩，[三]1424 人和賞，
[三]1428 種器不，[三]1433 人欲分，
[三]1440 種罵，[三]1440 重作漉，
[三]1459 三種略，[三]1521 善不善，
[三]1533 以何義，[三]1543 十日出，
[三]1544 者謂異，[三]1545 律儀天，
[三]1546 愛如七，[三]1547 禪四禪，
[三]1559 殘法何，[三]1559 謂最後，
[三]1560 餘無，[三]1562 遍義謂，
[三]1562 心説色，[三]1569 法生時，
[三]1579 相名煩，[三]1644 天左右，
[三]1644 億六千，[三]1682，[三]
2034，[三]2034 十五，[三]2034 譯與
蜀，[三]2041 百五十，[三]2063 年皇
后，[三]2063 年王景，[三]2087 里有
窄，[三]2088，[三]2088 百餘尺，[三]
2088 人捧之，[三]2088 所僧徒，[三]
2103 美顯豈，[三]2104 年六月，[三]
2106 達真人，[三]2109 百人戒，[三]
2110 十許日，[三]2110 十九真，[三]
2110 十餘吏，[三]2112 女服，[三]
2121 弟諸王，[三]2122 卷，[三]2122
自歸故，[三]2145 戒或能，[三]2145
卷曇摩，[三]2145 僧各坐，[三]2145
十四，[三]2145 月十八，[三]2146 卷，
[三]2146 年維，[三]2146 人相愛，[三]
2149，[三]2149 部二百，[三]2149 部
七，[三]2149 出小異，[三]2149 出
與，[三]2149 出與法，[三]2149 德，
[三]2149 卷，[三]2149 卷論，[三]2149
卷三，[三]2149 卷上三，[三]2149 卷
五十，[三]2149 年沙門，[三]2149 品
成三，[三]2149 十紙，[三]2149 相

解，[三]2149 譯或五，[三]2149 譯與
晋，[三]2149 紙，[三]2149 紙六十，
[三]2149 紙一名，[三]2151 卷濡，
[三]2151 卷魏滅，[三]2151 十卷大，
[三]2153，[三]2153 經同卷，[三]2153
卷，[三]2153 卷一名，[三]2153 因緣
經，[三]2154，[三]2154 百三十，[三]
2154 部六十，[三]2154 部五，[三]
2154 出房云，[三]2154 出與姚，[三]
2154 佛名神，[三]2154 經初明，[三]
2154 卷，[三]2154 卷二百，[三]2154
卷經，[三]2154 卷其本，[三]2154 卷
與文，[三]2154 闕，[三]2154 日於
東，[三]2154 日於京，[三]2154 十，
[三]2154 十八部，[三]2154 十二亦，
[三]2154 十卷，[三]2154 譯，[三]2154
譯一，[聖]1442 龍王已，[聖]1470 應
白二，[聖]1509 種毒，[聖]1544 部及
遍，[聖]1547 根本結，[聖]1733 結通
十，[聖]1733 是菩薩，[聖]2157 譯，
[聖][甲]1733 初正趣，[聖][另]1458，
[聖][另]1543 頗有，[聖][另]1543 種
及通，[聖][另]1548 分或共，[聖][另]
1552，[聖]223，[聖]278，[聖]371 菩
薩即，[聖]397 千衆生，[聖]410 乘，
[聖]423 夢見大，[聖]440 千，[聖]639
日猶故，[聖]663 王子言，[聖]1421
有因緣，[聖]1440 犯時乃，[聖]1454
法中隨，[聖]1456 十，[聖]1458 謂覆
心，[聖]1488 相一者，[聖]1541 者二
禪，[聖]1542 種，[聖]1547 事故説，
[聖]1548 分或聖，[聖]1549 有爲諦，
[聖]1552 禪現在，[聖]1552 滅後際，

[聖]1562 定所有，[聖]1579 宿所作，[聖]1595，[聖]1595 體離阿，[聖]1602 種名不，[聖]1646，[聖]1733 義一全，[聖]1763，[聖]1763 乘果也，[聖]1763 爲思慧，[聖]1763 問七句，[聖]1788 界有情，[聖]1818 者即是，[聖]2034 百三十，[聖]2157，[聖]2157 本合成，[聖]2157 部合一，[聖]2157 乘無，[聖]2157 出，[聖]2157 出與梁，[聖]2157 出與摩，[聖]2157 卷闕本，[聖]2157 錄與世，[聖]2157 年五月，[聖]2157 年乙未，[聖]2157 千偈，[聖]2157 闕，[聖]2157 日勅編，[聖]2157 日發安，[聖]2157 日於東，[聖]2157 十，[聖]2157 十八，[聖]2157 十八卷，[聖]2157 十卷並，[聖]2157 頭陀經，[聖]2157 譯，[聖]2157 譯見眞，[聖]2157 月於興，[另]1458 第三亦，[另]1548 分或報，[另]1563 字時，[另]1721 大段正，[石]1509，[石]1509 事中不，[石]1509 種一者，[宋]、－[甲]1124，[宋]213，[宋]220 大士相，[宋]1545 界隨眠，[宋]2149 卷，[宋]2155 卷亦直，[宋][宮]2034 年，[宋][宮][聖]2034 經同本，[宋][宮]587 十萬阿，[宋][宮]1488 者畏財，[宋][宮]2034 千經，[宋][宮]2034 十七卷，[宋][宮]2060 十日又，[宋][宮]2103 車書已，[宋][宮]2122 聚衣間，[宋][明]1170 合怛囉，[宋][明][宮][甲][乙]901，[宋][元]、－[乙][丁]865 復入常，[宋][元]、－[乙][丁]865 合賀，[宋][元]1603 種應知，[宋][元]1603

最勝智，[宋][元][宮]、九[明]2060，[宋][元][宮]1546 是解脱，[宋][元][宮]397 寶亦復，[宋][元][宮]882 合句，[宋][元][宮]901，[宋][元][宮]1433 第三亦，[宋][元][宮]1451 子攝頌，[宋][元][宮]1462 禪定有，[宋][元][宮]1558 樂非即，[宋][元][宮]2122 驗出異，[宋][元][甲]、－[乙]1069 合，[宋][元]721 十三夜，[宋][元]883 合馱囉，[宋][元]890 合引當，[宋][元]939，[宋][元]982 合野南，[宋][元]1092 句沒，[宋][元]1100 薩底也，[宋][元]1101，[宋][元]1105 合鉢囉，[宋][元]1125 合薩怛，[宋][元]1371 姤計，[宋][元]1562 趣轉慢，[宋][元]2154 卷，[宋][元]2154 紙陳眞，[宋][元]2155 無性論，[宋]125 我當現，[宋]310 時一切，[宋]384 劫退轉，[宋]865 合一切，[宋]1054 合諦滿，[宋]1092 主，[宋]1129 合摩引，[宋]1170 合引七，[宋]1545 隨眠相，[宋]1545 心頃謂，[宋]2034 部二卷，[宋]2061 百餘首，[宋]2149 卷延興，[宋]2153，[宋]2153 經同本，[宋]2153 卷或四，[宋]2153 紙，[宋]2154 乘實難，[宋]2154 卷，[宋]2154 十六部，[宋]2154 譯，[乙]、－[丙]2777 明弟子，[乙]1772，[乙]1816 初標名，[乙]2157 天園觀，[乙]2218 種法一，[乙]2227 明持誦，[乙]2249 師説非，[乙]2249 顯宗十，[乙]2408 十三四，[乙][丙][丁]865，[乙]848 句當知，[乙]868 合，[乙]973 鉢，[乙]1171 合，

[乙]1171 去冐引，[乙]1709 初，[乙]1709 住地，[乙]1723，[乙]1736 假集，[乙]1736 宗，[乙]1772 初歡業，[乙]1796 合釵粃，[乙]1816 地施設，[乙]1816 攝福德，[乙]1816 眼亦通，[乙]1821 大如金，[乙]1821 生後故，[乙]1821 云答解，[乙]1822，[乙]1822 德也問，[乙]1822 果故身，[乙]1822 十九一，[乙]1822 釋發，[乙]1822 説此，[乙]1822 云問何，[乙]1830，[乙]2087 百餘尺，[乙]2087 百餘里，[乙]2087 百餘人，[乙]2157 百九十，[乙]2157 俱誤也，[乙]2157 卷與文，[乙]2157 年五月，[乙]2157 十三卷，[乙]2174 紙長策，[乙]2218 聖此統，[乙]2219 都無者，[乙]2228 合上第，[乙]2249 中云律，[乙]2250 十二左，[乙]2250 之二十，[乙]2261 釋以之，[乙]2261 賢聖者，[乙]2261 義成就，[乙]2261 者護法，[乙]2263 可爲心，[乙]2263 類人家，[乙]2263 事，[乙]2263 釋依初，[乙]2263 相者應，[乙]2263 心旣無，[乙]2263 性耶若，[乙]2376 十餘里，[乙]2376 無州貫，[乙]2390 遍安定，[乙]2390 度次以，[乙]2390 字布身，[乙]2390 左里也，[乙]2391 重也觀，[乙]2393 説中初，[乙]2393 字唯用，[乙]2397 三昧耶，[乙]2404 品一增，[乙]2408 年九月，[乙]2408 年六月，[乙]2408 年四月，[乙]2408 年正月，[乙]2408 十日説，[乙]2408 月二十，[乙]2408 種，[乙]2812 年後至，[乙]2879 十里縱，[元]1257 合，

[元]1522 種，[元]1579 名三分，[元][宮]、一[明]1509 生菩薩，[元][宮]221 萬優婆，[元][明]、一[甲]876，[元][明]220 靜慮乃，[元][明]220 世安樂，[元][明]411，[元][明]1541 陰攝九，[元][明]1545 因即同，[元][明]1579 日或經，[元][明]2016 諦義成，[元][明][宮]1462 世皆從，[元][明][宮]1543 種及通，[元][明][宮]1562，[元][明][宮]1644 天王亦，[元][明][甲]901 合盧迦，[元][明][甲]951 頭指頭，[元][明]6，[元][明]100 寶我持，[元][明]158 禪彼處，[元][明]158 禪三昧，[元][明]278 尋廣七，[元][明]410 乘共不，[元][明]440 十三千，[元][明]485 者彼覺，[元][明]565 業，[元][明]598，[元][明]626 千五，[元][明]816 千四天，[元][明]848 莎訶，[元][明]882 殐伽沙，[元][明]885 合那引，[元][明]940 肘量即，[元][明]1107 合帝引，[元][明]1424 阿闍梨，[元][明]1435 比丘呪，[元][明]1505 第二天，[元][明]1509 毒多者，[元][明]1540 處五蘊，[元][明]1541 智知謂，[元][明]1545，[元][明]1545 解脱道，[元][明]1545 靜慮十，[元][明]1545 三摩地，[元][明]1545 善業道，[元][明]1562 純作識，[元][明]1562 界體聖，[元][明]1579 種道有，[元][明]1585，[元][明]1595 惑所染，[元][明]2016 解俱明，[元][明]2016 性一半，[元][明]2041 萬魔妻，[元][明]2103 年壬申，[元][明]2121 卷，[元]

[明]2145 部三百，[元][明]2149，[元][明]2154 出見長，[元][明]2154 卷，[元][明]2154 卷及唐，[元][明]2154 年十月，[元][明]2154 品或二，[元][明]2154 十七品，[元][明]2154 童子見，[元]186 十六，[元]221 道地若，[元]223，[元]351 法得稱，[元]848 莎訶，[元]873 二路，[元]882 滿駄野，[元]1105 合沒囉，[元]1173，[元]1435，[元]1488 寶若觀，[元]1546 種過一，[元]1562 俱非雖，[元]1579 藏覆依，[元]1598 憶持識，[元]1604 依歸依，[元]1646，[元]1683 合，[元]2016 覺二覺，[元]2122 驗出，[元]2122 洲刺史，[元]2149 十四，[元]2154 卷四十，[原]、甲1744 初總明，[原]、[甲]1744 對邪顯，[原]、[甲]1744 心也下，[原]、三[甲]、二[甲]1781 乘法滅，[原]、三[甲][乙]1796 所，[原]、三[聖]1818 初即是，[原]1780 爲二論，[原]1832 云依染，[原]1844 種勝縁，[原]1861，[原]1862 聚二令，[原]1898，[原]1898 縫答曰，[原]2271 有釋約，[原]2362 種平等，[原]2373 十一尊，[原][甲][乙]2263 十一諍，[原][甲]1721 者轉重，[原][甲]2183 卷太賢，[原]853 合引娑，[原]853 卷虛空，[原]864 合滿，[原]965 摩賀引，[原]1239 眼執伏，[原]1308，[原]1308 壁奎奎，[原]1308 七十，[原]1695 際佛功，[原]1744，[原]1744 我，[原]1744 種一藉，[原]1818 種，[原]1840 因一喻，[原]1851 禪三種，[原]1863 云諸天，[原]1890 人現身，[原]2001 座尊者，[原]2196 德一滅，[原]2196 地，[原]2196 句先下，[原]2196 一誠許，[原]2196 有第七，[原]2205 法無去，[原]2208 義至此，[原]2248 師義也，[原]2248 云除尸，[原]2262 教，[原]2263，[原]2317 眞詮旨，[原]2339，[原]2339 乘但可，[原]2339 乘皆成，[原]2339 乘令，[原]2339 乘自分，[原]2339 初漸教，[原]2339 故即釋，[原]2339 和合成，[原]2339 十卷或，[原]2408 年四月，[知]384 天此石，[知]1579 品攝，[知]1785。

上：[宮]2034 主二十，[和][内]1665 執雖能，[甲]1706 也二信，[甲]1706 界界繋，[甲]2274 過也初，[甲]2299 相説明，[三]1421 處毛腋，[聖]2157 二十，[乙]2261 成，[原]2247 變影像。

生：[乙]2215 者是指。

十：[甲]1830 唯迷苦，[宋]100 瞋罵，[乙]2397，[原]、九[原]1308 八六五。

時：[甲]1227 千八滿。

實：[丁]1831 證二者。

士：[甲]2037 參之。

示：[甲]1717 開合次。

事：[宮]、－[聖]1421 十七。

是：[宮]1610 治道滅，[宮]659 想菩薩。

水：[聖]1428 道斷賊。

四：[宮][聖]1421 羯磨一，[宮]

882 合作叝，[宮]1425 人三人，[宮]1507 護各各，[宮]2034 月八日，[甲]1736 門四然，[甲]2255 種佛等，[甲][乙]1822 類一蘊，[甲]1717 並攝在，[甲]1821 十九更，[甲]2157 卷四十，[甲]2250 惠暉云，[甲]2255 十五復，[甲]2255 云，[明]882，[明]2121 卷佛以，[明]2145，[明]2149 經同本，[明]2149 論同本，[三]1161 種清淨，[三][宮]、九[聖]223，[三][宮]1462 羯磨一，[三][宮]223，[三][宮]785 鉆環，[三][宮]2034 年乙卯，[三][宮]2034 月訖沙，[三][宮]2060 二道璋，[三][宮]2103，[三][宮]2108 年四月，[三][聖]157 十歲如，[三]189 月八日，[三]1033，[三]1340 相在頭，[三]2034 十三卷，[三]2059 戒等凡，[三]2060 日也滅，[三]2149 卷，[三]2149 卷晋孝，[三]2149 年終南，[三]2149 十二紙，[三]2153，[聖][石]1509 千由旬，[聖]1427 礫手若，[聖]1435 羯磨僧，[聖]1733 半意，[宋][元][宮]、四人[明]2060，[宋]374 牙相，[乙][知]1785 月十五，[乙]1822 字如是，[乙]2261 有，[乙]2408 年説，[乙]2408 月，[乙]2408 月二十，[乙]2812 傳，[元]2122 日忽語，[元][明]2151 善呪術，[元]901 卷竪，[原]、四弘[甲]1721 正明應，[原]1840 兼後二。

所：[甲]1832 取二取。

同：[甲]2157 帙上帙，[明]2154 帙，[三]2153 帙。

土：[宮]1459 皆犯罪，[宮]1545 近因是，[宮]1610 者能所，[甲]1705 中亦有，[甲]1782 因不生，[甲]1782 中二乘，[甲]2299 等也又，[明]1227 十七日，[三][宮]623 度如，[三][乙]1092 畫藥，[宋]2061 人。

亡：[三]2122 之地。

王：[甲][乙][丙]1833 言願常，[元][明]157 光微妙。

往：[三][宮]、遂[甲]2053 十。

我：[三][宮]1428 兒時惡。

無：[宮]1509 分，[甲]1863 滅爲，[三][宮]478 法智者，[乙]2249 明四，[元][明]1509。

五：[宮]225 百億閻，[宮]1545 蘊有作，[宮]2122 年來，[甲][乙]2227 明持誦，[甲]1736 廣如十，[甲]1931 百，[甲]2036，[甲]2262 云引疏，[甲]2266 根，[甲]2266 紙，[甲]2339 百點已，[甲]2395 年以，[明]162 日至七，[明]1595，[明]1636，[明]2103，[明]2121，[明]2131，[三]2060 年幸玉，[聖]、二[聖]1818 法證釋，[聖]2157 部二千，[宋][明][宮]2122 更中聞，[宋][元]1559 生由行，[宋]2153 紙，[乙]2376 十，[乙]2396 失何，[元][明]1414 合吠引，[元][明]2103 千九百，[原]1840 解云證，[原][甲]1721 種一定。

下：[甲][乙]2259 二界一，[宋][元][宮]、下新[聖]279，[宋][元][宮]279，[元]310，[原]853 生所。

小：[甲][乙]2317 乘由此，[甲]2300 乘又明，[原]2299 摳。

心：[甲]1816 心，[甲]2366 無。

修：[乙]2249 惠無間。

也：[甲]1724 爲受梵，[甲]2271 一十八，[原]2271 亦合是。

夜：[甲]1735 神。

一：[丙]1056 疠，[丙]2163，[丙]2249，[丁]1831，[宮]、三[聖]1595 乘所聞，[宮]223 相八十，[宮]721，[宮]882，[宮]1540 處四蘊，[宮]1542，[宮]1544 行彼一，[宮]1544 智現在，[宮]1545 業自性，[宮]1546 解脱故，[宮]1549 因緣故，[宮]1558 法一有，[宮]1562 因非無，[宮]1809 解彼應，[宮]1912，[宮][甲]1804 何爲不，[宮][甲]1804 則身輕，[宮]244，[宮]263 十五歲，[宮]318 姟佛土，[宮]384 億結縛，[宮]397 百眷屬，[宮]425 百億弟，[宮]549 童子尚，[宮]556 十丈從，[宮]649 千婦女，[宮]670 見顛倒，[宮]721 岸邊，[宮]754 者愚癡，[宮]847 條行，[宮]848 迦引耶，[宮]882，[宮]882 合達囉，[宮]882 合骨，[宮]882 合尼，[宮]882 合薩埵，[宮]882 合引吽，[宮]885 合，[宮]885 合部多，[宮]885 吽引吽，[宮]886 合那引，[宮]890，[宮]891 合十五，[宮]891 合娑引，[宮]901 合陀囉，[宮]901 摩訶藥，[宮]901 那上音，[宮]901 小指二，[宮]1421 優婆塞，[宮]1424 拘盧舍，[宮]1425 人還付，[宮]1428 人乞食，[宮]1428 事納衣，[宮]1428 突吉羅，[宮]1428 治

病也，[宮]1435 別住人，[宮]1435 衆意能，[宮]1437 歲學六，[宮]1452 肘縫之，[宮]1453 乃至白，[宮]1462 者，[宮]1488 不自在，[宮]1489 歡牛跡，[宮]1509 如是三，[宮]1509 因緣世，[宮]1536 無轉從，[宮]1541 識識欲，[宮]1544 是他心，[宮]1545，[宮]1545 處中二，[宮]1545 地諸色，[宮]1545 或義説，[宮]1545 刹那況，[宮]1545 無礙解，[宮]1545 心愚三，[宮]1545 則於，[宮]1546 門如説，[宮]1546 種，[宮]1546 種或有，[宮]1547 者清，[宮]1548 無量是，[宮]1549 人馳走，[宮]1550 行是空，[宮]1552 界當知，[宮]1552 俱不可，[宮]1552 至十味，[宮]1558 趣中間，[宮]1558 如初解，[宮]1558 三四靜，[宮]1558 數增失，[宮]1558 中洲者，[宮]1559 定從此，[宮]1559 利謂自，[宮]1562 定，[宮]1562 定成三，[宮]1562 謂不共，[宮]1562 心若出，[宮]1562 種辯，[宮]1585 不生故，[宮]1593 義故是，[宮]1593 障永滅，[宮]1598 分識亦，[宮]1644，[宮]1646 月鬼等，[宮]1647 心因愛，[宮]1650 千歲修，[宮]1799 一備陳，[宮]1809 羯磨應，[宮]1809 日等復，[宮]1988 菩薩，[宮]2034，[宮]2034 百九十，[宮]2034 部，[宮]2034 部二卷，[宮]2034 出與寶，[宮]2034 卷，[宮]2034 卷上二，[宮]2034 録，[宮]2034 人，[宮]2034 十八年，[宮]2034 十卷，[宮]2034 十五，[宮]2040 夢文多，[宮]2103 百，[宮]2103 教議周，

[宮]2103 十萬眾，[宮]2108 十四日，[宮]2108 氐挺大，[宮]2122 瞋恚蓋，[宮]2122 十年西，[宮]2122 月八日，[宮]2122 專心聽，[甲]、二[甲]1782 卷中世，[甲]、以下至十五記數甲本減一982，[甲]1700 第，[甲]1717 經證可，[甲]1721 失心子，[甲]1721 十三行，[甲]1721 所以明，[甲]1735，[甲]1735 有所表，[甲]1736 見顛倒，[甲]1736 釋，[甲]1736 無現威，[甲]1806 衣二重，[甲]1833，[甲]1870 正蓋義，[甲]2035 諦之教，[甲]2035 十三年，[甲]2039 月王都，[甲]2339 地，[甲]2409 箇度，[甲][宮]1799 五十共，[甲][乙]、－[丙][丁]1141 合，[甲][乙]2250 紙右言，[甲][乙][丙][丁]2092 人勝之，[甲][乙][丙]1141 七遍即，[甲][乙][丙]2163 部二卷，[甲][乙]1239 節半分，[甲][乙]1821 形生捨，[甲][乙]1822 明，[甲][乙]1822 評曰應，[甲][乙]1822 天，[甲][乙]1832 云遍計，[甲][乙]2250 業但感，[甲][乙]2288 心二門，[甲][乙]2390，[甲]951 尺八寸，[甲]952 印呪名，[甲]1103 設食供，[甲]1151 性無性，[甲]1156 中指二，[甲]1705 卷名仁，[甲]1705 歲也云，[甲]1709 結，[甲]1709 明別問，[甲]1709 且初第，[甲]1717，[甲]1717 部者大，[甲]1721 授藥門，[甲]1721 五行別，[甲]1722 部經，[甲]1723 形同震，[甲]1729 常途，[甲]1729 又請下，[甲]1729 支佛二，[甲]1731 佛祇，[甲]1731 一故，[甲]1731 者汝

非，[甲]1733，[甲]1733 諦決定，[甲]1733 離染緣，[甲]1733 失於善，[甲]1733 頌調柔，[甲]1733 謂照三，[甲]1733 義，[甲]1735 初後友，[甲]1735 大，[甲]1735 法慧下，[甲]1735 門皆從，[甲]1735 能化智，[甲]1735 先誡勸，[甲]1735 一切佛，[甲]1735 約信等，[甲]1735 諸天子，[甲]1736，[甲]1736 乘心者，[甲]1736 處光重，[甲]1736 處謂，[甲]1736 慈悲利，[甲]1736 對並如，[甲]1736 法智，[甲]1736 觀諸行，[甲]1736 果攝報，[甲]1736 即生，[甲]1736 經二釋，[甲]1736 句等，[甲]1736 論釋即，[甲]1736 論者即，[甲]1736 師汝，[甲]1736 世因果，[甲]1736 釋不分，[甲]1736 喜故標，[甲]1736 緣生故，[甲]1736 眞緣集，[甲]1736 支也有，[甲]1736 中有三，[甲]1736 種今略，[甲]1782，[甲]1782 如無異，[甲]1782 者執無，[甲]1804，[甲]1804 入重遇，[甲]1805，[甲]1805 對作釋，[甲]1805 名故均，[甲]1816，[甲]1816 論同，[甲]1821 四成八，[甲]1828 除愛無，[甲]1828 解，[甲]1828 門分別，[甲]1828 向是無，[甲]1828 於諦簡，[甲]1828 圓滿清，[甲]1828 種，[甲]1829 句不説，[甲]1830 釋故其，[甲]1842 喻一分，[甲]1851 數相應，[甲]1863 有體能，[甲]1900 者自然，[甲]1912，[甲]1924 乘神通，[甲]1929，[甲]1969 皆心性，[甲]2008 乘人於，[甲]2008 月改，[甲]2017 夜，[甲]2035，[甲]2035 忍爲弊，[甲]2035

[明]1595 如來，[明]1602 相一非，[明]1675 相亦非，[明]1683 合旦引，[明]1810 覆藏第，[明]2016 乘無學，[明]2016 決擇分，[明]2016 字經耳，[明]2034 百五十，[明]2034 經同本，[明]2034 卷，[明]2034 十九出，[明]2034 十五日，[明]2058 名無勝，[明]2076 世住僧，[明]2076 世住也，[明]2087 千餘里，[明]2103 日起齋，[明]2103 象之外，[明]2110 乘何名，[明]2121 天，[明]2122 驗出，[明]2122 依文殊，[明]2123 天下乃，[明]2131 解脫種，[明]2131 空契會，[明]2131 願拔苦，[明]2146 卷一名，[明]2149，[明]2149 部二，[明]2149 出與羅，[明]2149 卷失譯，[明]2149 秦衆經，[明]2149 紙，[明]2149 紙失譯，[明]2149 紙一名，[明]2149 帙，[明]2154 出見長，[明]2154 卷，[明]2154 卷成部，[明]2154 闕，[明]2154 譯，[明]2154 月二十，[明]2154 帙，[三]、一[宮]2034 卷，[三]、此[宮]2122 驗出搜，[三]24 名難，[三]883 合二薩，[三]1433 篇偷蘭，[三]1522 乘中解，[三]1617 但應，[三]2149 卷一帙，[三]2153 卷，[三]2154 百二十，[三][丙]930 曩謨引，[三][宮]、以下記數減一數[三][宮]402 揭伽婆，[三][宮]1421 部僧爲，[三][宮]1545 心謂色，[三][宮]1546 重革，[三][宮]1558 支等八，[三][宮]1558 種謂屬，[三][宮]1567 謂，[三][宮][聖][另]1459 夜如次，[三][宮][聖]1428 日明相，[三][宮][聖]1547 增

可知，[三][宮][聖]2034 卷，[三][宮][另]、記數准此 1458 宮人有，[三][宮][另]1543，[三][宮]225 分取書，[三][宮]225 分我於，[三][宮]228 無別是，[三][宮]393 千弟子，[三][宮]402 毘摩，[三][宮]402 毘文第，[三][宮]618 種重煩，[三][宮]738 墮，[三][宮]847 條行，[三][宮]882，[三][宮]884 合三摩，[三][宮]885 合引捺，[三][宮]1421 女而說，[三][宮]1425 部，[三][宮]1425 歲應隨，[三][宮]1435 清淨人，[三][宮]1442 肘闊三，[三][宮]1458 肘，[三][宮]1459 分與一，[三][宮]1462，[三][宮]1521 從口生，[三][宮]1523 相故言，[三][宮]1541 若有漏，[三][宮]1546，[三][宮]1546 諦三轉，[三][宮]1546 方，[三][宮]1546 種使義，[三][宮]1548 相應門，[三][宮]1562 眼者應，[三][宮]1563 界其相，[三][宮]1579 是定因，[三][宮]1579 是薩迦，[三][宮]1646 邪正謂，[三][宮]2034 百人虔，[三][宮]2034 卷，[三][宮]2034 卷等並，[三][宮]2034 卷太始，[三][宮]2034 卷一名，[三][宮]2034 年，[三][宮]2034 年二月，[三][宮]2053 人收捧，[三][宮]2059 摩訶僧，[三][宮]2059 年至長，[三][宮]2060 慧景寶，[三][宮]2060 菩薩坐，[三][宮]2104 年也爾，[三][宮]2121 卷，[三][宮]2121 名跋，[三][宮]2121 由旬衣，[三][宮]2122 卷，[三][宮]2122 萬人，[三][宮]2122 王子言，[三][宮]2122 字重點，[三][宮]2123

種復加，[三][宮]以下記數至十一減各一數[三][宮]402 阿磨婆，[三][甲][乙]1092，[三][甲]1007 手仰展，[三][甲]1102 娜莫，[三][乙]1092，[三]1 清冷以，[三]24 級縱廣，[三]158 恒河沙，[三]202 劫乃從，[三]212，[三]374 智智者，[三]382 法而行，[三]539 象上種，[三]656，[三]883 合引舍，[三]891 合十八，[三]951 無，[三]982 鉢囉二，[三]1332 遍一吸，[三]1332 烏摩勒，[三]1336 彌彌尼，[三]1341 魔身起，[三]1421 比，[三]1424 部律者，[三]1464 是雁王，[三]1558 眼俱，[三]1559 三生家，[三]1564 俱相離，[三]1579 相説爲，[三]1579 業以速，[三]1579 種諸出，[三]1629 種喻中，[三]1649 門四種，[三]1649 種生人，[三]2034 十一部，[三]2034 譯，[三]2034 月董卓，[三]2053 大河西，[三]2059 日乃執，[三]2063 日上定，[三]2087 長者獻，[三]2088，[三]2110 下，[三]2110 責之應，[三]2122 驗出，[三]2145 卷舊録，[三]2145 日挍定，[三]2146，[三]2149 部五卷，[三]2149 出，[三]2149 卷三十，[三]2149 紙，[三]2149 帙，[三]2150 卷，[三]2151 卷八吉，[三]2152 十二卷，[三]2153 出與法，[三]2153 卷，[三]2153 卷今有，[三]2154 部，[三]2154 部三百，[三]2154 卷，[三]2154 卷安公，[三]2154 卷光和，[三]2154 卷或翻，[三]2154 卷是十，[三]2154 卷與舊，[三]2154 十四部，[三]2154 譯，[三]2154

譯謹按，[三]2154 譯兩，[三]2154 月八日，[聖]1428，[聖]2157 譯，[聖][甲]1733 身遍滿，[聖][甲]1763 問，[聖][另]1543 百，[聖][另]1548 二分或，[聖][知]1441 種著安，[聖]125，[聖]190 女從城，[聖]210，[聖]224 分我從，[聖]1428 人不得，[聖]1428 人俱來，[聖]1579 百五十，[聖]1763 佛衆生，[聖]1763 證性常，[聖]2157，[聖]2157 卷，[聖]2157 卷或云，[聖]2157 卷一名，[聖]2157 十二帙，[聖]2157 譯，[聖]2157 月二十，[另]1428，[另]1435，[另]1458，[另]1721 中途取，[石]1668 種門故，[宋]、《二十録》七字《自恒水不説戒經至此祐録失》十二字[明]2153 十七紙，[宋]、五[元][明]2146，[宋]、言[宮]847 條行，[宋]397 威儀，[宋]882 合，[宋]2034 因縁章，[宋]2103 卷可爲，[宋][宮]397 界平等，[宋][宮]2103 列毀滅，[宋][元]、－[明]1288，[宋][元]、一句[明]1169，[宋][元]2154 百四十，[宋][元]2154 出與大，[宋][元][宮]1442 謂，[宋][元][宮]228，[宋][元][宮]400，[宋][元][宮]882，[宋][元][宮]882 合三摩，[宋][元][宮]882 合引摩，[宋][元][宮]882 合引毘，[宋][元][宮]882 合引婆，[宋][元][宮]885 合底，[宋][元][宮]885 莎婆引，[宋][元][宮]1435 肘半是，[宋][元][宮]1552 眼而説，[宋][元][宮]1558 三四後，[宋][元][宮]1559 洲壽量，[宋][元][宮]1610 種因縁，[宋][元][宮]2121 事鼠十，

[宋][元][宮]2122 驗見侯，[宋][元]297 恒佗引，[宋][元]882，[宋][元]882 葛哩摩，[宋][元]882 合葛哩，[宋][元]882 合句那，[宋][元]882 合禰引，[宋][元]882 合野莎，[宋][元]882 合引二，[宋][元]882 合引羅，[宋][元]901 合呼，[宋][元]930 合嚩引，[宋][元]939，[宋][元]1069 合播抳，[宋][元]1069 合也唵，[宋][元]1169，[宋][元]1425 歲學戒，[宋][元]1433 道合道，[宋][元]1435 別住竟，[宋][元]1520，[宋][元]1548 學未知，[宋][元]1552 見上界，[宋][元]1564 俱不相，[宋][元]1579 或三乃，[宋][元]1598 攝善法，[宋][元]1604 名滿法，[宋][元]1644 名達，[宋][元]1648 或以八，[宋][元]2034 卷亦云，[宋][元]2061 日泊然，[宋][元]2137 苦三癡，[宋][元]2149 十二卷，[宋][元]2149 因緣經，[宋][元]2154，[宋][元]2154 闕，[宋][元]2154 紙，[宋][元]2155，[宋][元]2155 卷隋天，[宋][元]2155 紙臨，[宋]186 萬婦生，[宋]220 分故善，[宋]381 假使菩，[宋]384 乘智獨，[宋]397 種所謂，[宋]624 事母人，[宋]848 合囉孋，[宋]848 莎訶，[宋]882 合，[宋]882 合紇哩，[宋]882 合引那，[宋]883 合一句，[宋]887 合二十，[宋]1051 合，[宋]1092 跋北沒，[宋]1129 合羯，[宋]1131 三部引，[宋]1369 社耶社，[宋]1428 偷蘭遮，[宋]1435 人二人，[宋]1510 種中爲，[宋]1545 名説謂，[宋]1546 斷智，[宋]1550 時覺所，

[宋]1552 禪第三，[宋]1598 性若無，[宋]1604 無我一，[宋]2034 代造我，[宋]2034 卷，[宋]2040 稱己聖，[宋]2061 卷後有，[宋]2061 目曾夜，[宋]2146 卷一名，[宋]2147 卷一名，[宋]2149 出與支，[宋]2154 出與竺，[宋]2154 品分爲，[宋]2154 譯，[乙]1821 種者此，[乙]2218 劫猶，[乙]2261，[乙]2263 釋中初，[乙]972 娑賀娑，[乙]1709 仁王發，[乙]1736 善光海，[乙]1736 約化法，[乙]2174，[乙]2174 卷善無，[乙]2192 點即是，[乙]2218 卷云何，[乙]2249 分雖有，[乙]2249 文全，[乙]2249 文云若，[乙]2249 心觀前，[乙]2250 得若爾，[乙]2250 形同戶，[乙]2261 心由三，[乙]2261 性要達，[乙]2263 果別故，[乙]2263 舉因喻，[乙]2263 生順決，[乙]2263 相增處，[乙]2263 終，[乙]2296 劫以爲，[乙]2396，[乙]2397，[乙]2408 唯滅惡，[元]、三[明]2149 教論，[元]882 合，[元]1452 師者應，[元]1521 不隨，[元]1542 應斷二，[元]1579 種一，[元]1604 六謂內，[元]2016 分等，[元]2016 覺但是，[元]2016 一相覺，[元]2016 者，[元][宮]901，[元][宮]1599 一境故，[元][明]901 大指下，[元][明]1540 處五，[元][明]1540 蘊不信，[元][明]1545 頌言，[元][明]1547 禪枝非，[元][明]1579 相增盛，[元][明]2016，[元][明]2016 處，[元][明]2016 法門寶，[元][明]2016 分現故，[元][明]2016 果種性，[元][明]2016 種本法，

[元][明]2149 卷三，[元][明][甲]901
尺許，[元][明][甲]2053 年駕幸，[元]
[明][乙]1092，[元][明]99，[元][明]
212，[元][明]302 千衆一，[元][明]
721，[元][明]901 十一遍，[元][明]901
頭指少，[元][明]1092 百句枳，[元]
[明]1195 故敬禮，[元][明]1341 處中
魔，[元][明]1428 形麁惡，[元][明]
1435 部僧中，[元][明]1435 畜生是，
[元][明]1442 年中，[元][明]1459 三
吐羅，[元][明]1488 功德田，[元][明]
1525 種之法，[元][明]1542 處五蘊，
[元][明]1545 謂，[元][明]1545 心俱
行，[元][明]1545 種無知，[元][明]
1546 心頃見，[元][明]1552 種陰，[元]
[明]1558 千踰繕，[元][明]1563 靜慮
近，[元][明]1563 説，[元][明]1579 處
一，[元][明]1579 根於遊，[元][明]
1585 謂第二，[元][明]1595，[元][明]
2016 覺有二，[元][明]2016 明毀者，
[元][明]2016 相善男，[元][明]2016
義問若，[元][明]2016 智所知，[元]
[明]2034 百五十，[元][明]2034 靜帝
闍，[元][明]2102 易云積，[元][明]
2106 僧證云，[元][明]2121 卷，[元]
[明]2121 十，[元][明]2146 卷，[元]
[明]2149 卷，[元][明]2149 卷一決，
[元][明]2149 十紙無，[元][明]2149
紙，[元][明]2151 卷，[元][明]2153 卷，
[元][明]2154 年五月，[元][明]2154 千
七百，[元][明]2154 譯，[元][明]2154
譯兩，[元]26 道跡，[元]99 俱非當，
[元]125 人是悉，[元]141，[元]156 時

得見，[元]157 王，[元]190 人相競，
[元]203 人共爲，[元]220 乘作，[元]
310 第三人，[元]403 事，[元]657 法，
[元]866 合俱奢，[元]882 合引，[元]
890 合窟囉，[元]901，[元]901 髆上，
[元]901 合曳二，[元]901 合曳四，[元]
901 吉利，[元]901 手頭中，[元]901
中指頭，[元]1003 合馱都，[元]1051
合嚩，[元]1102 合，[元]1102 合夜引，
[元]1257 菩薩北，[元]1425，[元]1425
者輸那，[元]1428 第三如，[元]1435
俱，[元]1435 時大會，[元]1435 無罪
非，[元]1451 名月面，[元]1509 因緣
故，[元]1545 類一非，[元]1546 禪定
道，[元]1559 力謂因，[元]1563 并六
欲，[元]1563 性懶，[元]1563 眼見色，
[元]1579 不善了，[元]1579 能正安，
[元]1579 日已至，[元]1579 王執理，
[元]1579 爲一算，[元]1579 一者於，
[元]1579 者利根，[元]1579 種一無，
[元]1595 入唯二，[元]1595 身以不，
[元]1598，[元]1667 真實不，[元]1810
年學戒，[元]1810 十四覆，[元]2016
動一滴，[元]2016 法更無，[元]2016
何得有，[元]2016 力用交，[元]2016
能變識，[元]2016 性性事，[元]2053
僧各披，[元]2103 報非現，[元]2103
二三有，[元]2110 諦五乘，[元]2121
世尊頭，[元]2122，[元]2154 卷亦直，
[元]2154 譯新編，[元]2155 帙計三，
[原]、一二[甲]2196 障二障，[原]、[乙]
1744，[原]、一[甲]1828 體二體，[原]
1821 明有爲，[原]2001，[原]2339，

[原]2339 流故是，[原][甲]2183 卷上下，[原]973 肘隨時，[原]974 遍拂，[原]1239 方紙上，[原]1308，[原]1832 云一識，[原]1851 門竟次，[原]2271 種以下，[原]2339 更不修，[原]2339 會經是，[原]2339 乃至從，[原]2339 至，[原]2393 卷，[知]1785 行明法。

以：[甲]1736 圓融通，[甲]2274 二燈光，[明]994 手塗香。

亦：[丙]2396 隨緣顯，[丙]2397 各二云，[己]1830 義說之，[甲]1782 與性空，[甲]1828 有五識，[甲][乙]1822 能依，[甲][乙]1822 助能故，[甲][乙]2391 名召入，[甲]1821 成不退，[甲]1828 立種，[甲]1839，[甲]2396 名同彼，[明][宮]2053 三思，[三][宮]2034 十五年，[聖]1435 行摩那，[乙]1822 名食又，[乙]2227 說此增，[乙]2390 名后若，[乙]2397 約五智，[乙]2408 用三種，[原]、[甲]1744 同彼也，[原]1776，[原]1776 復爲本，[原]1776，[原]1776 不墮衆，[原]1776 不有，[原]1776 無對我，[原]1776 無故曰，[原]1776 須淨文。

異：[甲]2339 答論云，[乙]2249 義且。

因：[宋][元]1546 果一。

姻：[三]、恩[宮]493 親情。

引：[丙]948 合，[明]1170 娑，[三][甲][乙][丙]930。

由：[三][宮]2026 延阿難。

猶：[甲]1736 因猶少。

有：[甲][乙]1822 又勝故。

又：[甲][乙]1822 不緣他，[原]、－[甲][乙]1796 亦不可。

右：[明]890 手安臍，[三][甲]1031 大拇指。

于：[甲]2337 十住地，[宋]2034。

餘：[明]1551 別譯，[明]2122，[三][宮]、二卷四[聖]675，[三][宮]1425，[三][宮]1451，[三][宮]二卷五[聖]675，[宋][元][宮]、明註曰二南藏作餘 1536，[宋][元][宮]1536，[宋][元][宮]1595，[宋][元]125，[宋][元]157。

欲：[宮]1546 欲盡十。

元：[宋][元]2153 年，[乙]2157 凶搆逆，[元][明]2154 年丁丑，[元][明]2154 凶構逆。

願：[原]2196 正勤發。

云：[甲]1512 云一者，[甲]1735 菩，[甲]1772 馬勝二，[甲]1799 何，[甲]2266 疏若同，[甲]2339，[甲]2395 初七思，[乙]2261 分明義，[乙]2263 不思議，[乙]2408 戶。

者：[宮]1662。

正：[甲]1828 法爲先，[甲]2037 月詔，[甲]1727 意但立，[明]2110 月十五，[三][宮]374 因獲得，[三]375 因獲得。

之：[丙]2396 身不說，[甲]2087 王分治，[甲]2230 乘佛義，[甲]2261 法蘊，[甲]2269 能作何，[甲]2401 今但於，[三]397 相善能，[三]2109 典論其，[原]2350 戶。

止：[甲]2371 觀三德，[明]1545。

至：[三][宮]1462 擲石外。

智：[甲]1816 義相不。

中：[甲]850，[甲]1512 乘。

種：[三][宮]1548，[元][明]1509
種變化。

衆：[乙]2782 物凡夫。

住：[明]2154 因緣觀。

自：[甲][乙]2249 性。

左：[甲]861 大指在。

作：[元][明][甲]951 毘藥。

刵

削：[三]156 耳鼻截。

耶：[宋]、刵[宮]2060 而惠之。

刖：[明]261 耳劓，[三][宮]1644
耳亦復，[宋][元]2060 耳道士。

呫

咁：[原]904 引次應。

貳

裁：[宋][宮][乙]2087 菩薩曰。

貸：[三][宮]2121 使還。

尼：[三]、膩[知]418 吒天各，
[三][宮]223 吒天光，[三][宮]224 吒
天等。

膩：[明]224，[明]1331，[明]1546
吒天亦，[明]1547 吒功德，[明]1547
吒如，[三][宮]380，[三][宮]1546 吒
天身，[三]157 吒天天。

貳：[三]、二[宮]2103。

貳

貸：[原]2870。

F

汱

浇：[三][宮]2121 地二者。

沃：[三][宮]1656 養，[三]1195。

發

懓：[三]26 力盛牙。

癹：[明]、[甲]1086 吒薩囀，[明][丙]866 羅挐，[明][丙]866 囉挐三，[明][丙]1214 二合，[明][甲]964 二合吒，[明][乙]下同 1225 吒，[三]1033 吒半，[宋][明]1272 吒半音，[乙]1100 吒半聲。

奔：[甲]1512 生聞。

變：[甲][乙]1821 化事以，[聖]1509 音報衆。

別：[甲][知]1785 願。

並：[聖]1425 微笑往。

撥：[甲]2392 去三度，[三][宮][聖]1428 捕鹿機，[三][宮]2103 無緒獨，[聖]1428 若，[元][明]156 五蓋并。

察：[三][宮]2102 伏覽玄。

慈：[甲]2401 心，[三]193 心求願，[三][聖]157。

存：[三]196 前禮佛。

大：[甲]1909 菩提心。

得：[宮]374 阿耨多，[宮]1509 其因，[甲]2897 阿。

登：[宮]2102 義照，[甲]1973 一念，[甲]893 山峯或，[甲]1709 地者矣，[甲]1709 起平等，[甲]1918 眞斷結，[甲]2897 無上菩，[三][宮]2060 戒便阻，[聖]1462 平等心，[宋][明]969 正覺路，[乙]2296 一車地。

燈：[甲]2269 無相。

對：[聖]397 六情皆。

發：[宋][明]1272 吒當食。

廢：[宮]425 衆念無，[宮]2102 其自然，[甲]1717 迹從其，[甲]1828 立問七，[甲]2068 宗致，[三]1563 麁惡業，[三][宮]271，[三][宮]2103 立，[三]125 斯須如，[三]397 畢竟已，[三]425 貪嫉是，[三]2034 覺淨心，[三]2087 反捍國，[宋][宮]791 憂慼之，[宋][元]201 現於三，[宋]2103 有天命，[乙]2207 其功不，[元][明]2087。

法：[甲]1784 趣位者，[甲]1920 壞佛法，[明]186 意轉法，[明]192 令覺，[明]381 也顛倒，[明]1547 於神足，[明]1636 如彼所，[元]2016 言爲非，[元][明]443 行如來。

反：[甲]1733 化引生。

放：[乙]2391 起。

癡：[甲]2270 所成獨，[聖]1442 願言我。

敷：[三][宮]822 者謂已。

改：[三][宮]483 舉自發。

故：[甲][乙]894 行者以，[甲][乙]1822 起多思，[三]2041 也。

紅：[原]、紅[甲]2006 焰却清。

護：[元]384 此問今。

毀：[聖]1440 言有損。

獲：[甲]1921 一境或，[甲]1937 也次示。

檢：[三]2034 意向正。

薦：[三][宮]397 治土石。

教：[甲]1816 心已後，[甲]2262 若初學，[三]2088 行者周。

苦：[甲][乙]1822 無表戒。

令：[三]、－[宮]276 其人心，[三][宮]619 觀佛喜。

六：[三][宮]1548 依貪憂。

螺：[三]2060 又見僧。

蒙：[三][宮]384 福。

摩：[甲]1717 讚偈。

能：[甲]1893 能劫戒。

泮：[乙]867 發吒。

啜：[甲]1122 伸進力，[三]891 吒半音，[元]890 吒。

潑：[乙]2207 眞鈔云。

破：[甲][乙]2393 已即用。

起：[甲]2266 貪慢癡，[甲]1733 言方音，[甲]2266 通名定，[甲]2371 慈悲也。

啓：[宮]1491 露已後。

牽：[甲]2035 心俱從。

窮：[甲]2410 故，[甲]2410 給事。

求：[聖]278 菩提心。

趣：[原]2263 向大乘。

散：[三][宮]2104。

殺：[宮][甲]1805 故兼指。

射：[元][明]310 箭皆如。

設：[三][宮]1549 善心有。

深：[三][宮]657。

盛：[三][宮]1435 冷發。

施：[甲]2204 心萌動。

示：[甲]1922 心實相。

誓：[三]1582 願。

受：[甲][乙]1822 律儀故，[三]154 心所遣。

數：[三]26 斷解脫，[三][宮]813 如是想。

説：[明]236 大乘者。

藪：[丁]2244 夜絶視。

蘇：[甲]2130 盧尼者。

無：[原]、元[原]2339。

心：[甲][乙]2328 成佛理，[聖]476 勸勵其。

修：[甲]1782 無願贊。

學：[三][聖]157 緣覺聲，[宋][元]220 大願未。

嚴：[甲]893 身娛，[乙]2393 身赫奕。

養：[聖]953。

業：[三][宮]345 之應是，[三][宮]1523 者，[三]1646，[聖]199 求無極，[聖]717 因果諸，[石]1509 意應當。

依：[甲]2266 處者第。

已：[元][明]411 露懺悔。

勇：[甲]2274 宗眼所，[甲]2281 物是無。

友：[甲][乙]2228 甲胄暴。

欲：[原]1744 菩提。

願：[宮]310，[宮]411 正願力。

韻：[三]、因[宮]2103 響願遊。

造：[乙]2263 何立行。

正：[別]397 行平等。

證：[三][宮]1531 實法故，[三][宮]1531 種無盡。

廢

撥：[三][宮]2122 也以開。

不：[乙]2263 如此讚。

癡：[宮]292 善，[宮]657 忘，[宮]810 迷荒纏，[宮]1509 故，[已]1958，[甲][乙]1822 論三，[甲]1700 故，[三][宮]1425 若毘，[聖][另]1442 他受用，[聖]1509 退是菩，[宋]99 荒安隱，[知]598 一切之。

度：[甲][乙]1822 趣，[甲]2087 正見今，[三][宮][聖]292，[聖]1721 化，[原]1771 經。

發：[宮]895 數當漸，[甲]1846 諸行不，[甲]2307 蒙況又，[三][宮]591 行，[三][宮]278 諸蓋裂，[三][宮]401 真正之，[三][宮]403 故順真，[三][宮]1490 捨，[三][宮]1548 退是

名，[聖][另]790 立審所，[聖]125 後世橋，[聖]2157 佛法事，[聖]2157 僧侶，[宋]152 疾又生，[宋]2145 宗，[元][明][宮]310 坑塹消。

癈：[宮]279 如是大，[甲]、乖[甲]1781 空義存，[甲]1805 正業釋，[甲]1735 法逐情，[甲]1805 立下云，[甲]1805 所以涅，[甲]1893 不行，[甲]1924 常用，[甲]1924 失所修，[甲]1924 息觀行，[甲]1924 像論鏡，[明]220 修菩薩，[明]721 坐禪讀，[明]2102 疾回也，[明]2122 中夜誦，[明]2123 心中無，[三][宮][聖]1585 長時，[聖][另]1509 行道是，[宋]、癈[宮]342 以此至，[宋][宮]403 故其發，[宋][元]2122 窮尋理，[宋]901 忘是呪，[元]310 忘是樂，[知]266 羸劣等，[知]598，[知]786 置又作，[知]1441 更求難，[知]1579 又。

隔：[乙]2263 聞於。

廣：[甲]2261 明摩訶。

忽：[甲]1736 忘教化。

疾：[甲][乙]1822 立所以。

離：[三][宮]1509 財施法。

落：[甲]2089 眾僧各。

摩：[甲]952 羅天婆。

配：[甲][乙]2263 立上列，[乙]2263 立，[乙]2263 立故寄，[乙]2263 立四緣，[乙]2263 立相名，[乙]2263 立異彼。

疲：[甲]1736 然彼三，[三][宮]286 厭。

破：[甲]1805 有宗二，[三]157 壞

正法。

設：[宮][聖]318 火燒身。

失：[三][宮]1521 求道隨。

息：[三][宮]657 爾。

休：[三][宮]2121 殺鬼至。

厭：[三][宮]585 瞋恚心。

疑：[宮]、癡[另]1509 畏有，[宋]
[宮]221 須臾持。

臻：[三]、福[宮]2103 臻融然。

橃

撥：[甲]2129 上述緣。

乏

愛：[宋]、憂[元][明]203 三藏比。

促：[聖]606 心亂即。

厄：[聖]125。

服：[三][宮]729。

復：[聖]606 少宗室。

盡：[三]202 作是念。

久：[聖]1421 便可取。

苦：[三]172 且共還。

乞：[甲]1733 悉與。

窮：[三]161 無以相。

人：[三][宮]1451 此衣難。

少：[宋][明]1128。

者：[三]152 吾欲等。

之：[宮]1521 無所惜，[宮]1604
一，[宮]2103 者頒，[宮][知]1579 解
了求，[宮]263 深自欣，[宮]324 欲造
宮，[宮]411 二者爲，[宮]694 少五者，
[宮]721 食，[宮]820 食救身，[宮]1471
使其得，[宮]1488 於財物，[宮]1522

少善根，[宮]1545，[宮]2060，[宮]2060
聲，[宮]2121 絶飢渴，[宮]2122 鎖其
身，[宮]2123 父母亡，[甲]2039 了無
火，[甲]2128 也詩云，[甲]1782 舊曰
一，[甲]1922 即便放，[甲]2044 所在
郡，[甲]2128 聲又音，[甲]2250 墮水，
[甲]2261 阿，[甲]2261 書不得，[久]
397，[明]1 者四天，[明]202 時擲鉢，
[明]2123 者法亦，[三]152 無也若，
[三][宮]、人[聖]222 乎答曰，[三][宮]
[聖][另]1451 信心不，[三][宮][聖]
1602 資糧，[三][宮]314 爲此事，[三]
[宮]374，[三][宮]606 心等如，[三]
[宮]721 苦是名，[三][宮]1562 沈溺
復，[三][宮]1604 中復有，[三][宮]
2102 以財救，[三][宮]2108 研析且，
[三][宮]2121 并顯道，[三][宮]2123
莫墮慳，[三][宮]2123 人誰有，[三]
[聖]199 飲不與，[三]26 汝，[三]190
大，[三]190 贏，[三]211 行是爲，[三]
375 人遇安，[三]985 怖魯孤，[三]1340
欲進不，[三]1341 臥起，[三]1603 資
糧，[聖]1425 若親里，[聖]1442 少遂
於，[聖]1442 王曰善，[聖]1579 餘隨，
[聖][另]1442 此，[聖][另]1442 廣説
如，[聖][另]1442 男子於，[聖][另]
1442 衆作羯，[聖][另]1458 過異諸，
[聖]125，[聖]158 無珍寶，[聖]158 於
七財，[聖]190 困苦而，[聖]278 修菩
薩，[聖]291 或現法，[聖]361，[聖]397
爲諸衆，[聖]410 少衣服，[聖]411 絶
而死，[聖]627 而欲，[聖]663 餘命無，
[聖]1452 答言聖，[聖]1452 醫藥遂，

[聖]1458 水處於，[聖]1462 土衆僧，[聖]1579，[聖]1763 欲得母，[聖]2042 於善法，[聖]2157 時屬秋，[另]1428 耶即皆，[另]279 心，[另]310 短五欲，[另]1435 餘居士，[另]1442 少沙門，[另]1451 好，[另]1458 故若，[宋]375 或見成，[宋][宮]2122 所以貧，[宋][宮]820 日日供，[宋][宮]2059 懷書抱，[宋][宮]2103，[宋][元]1559 財非自，[宋][元][宮]322，[宋]362 有其名，[宋]811，[宋]820 不信死，[宋]2060 賢友足，[宋]2123 少，[乙]1816 因緣故，[乙]2391 復於自，[元]156 思惟是，[元]190 少時頻，[元]596 者悉詣，[元]1097 少，[元]2016 者左眼，[元]2122 馬得出，[知]1579 來至希，[知]1581 少堪忍。

主：[宋][宮]2060 擬迹師。

走：[三]201。

足：[甲]970 衣食貧，[三][宮]2103。

伐

跂：[三][甲][乙]970 帝一啼。

城：[三][宮]1443 來時鄔。

代：[宮][甲]1805 奉法，[宮]451 拏，[宮]866 覩瞑婆，[宮]2034 紂，[宮]2060 門設長，[宮]2122，[甲][乙]2087 地國，[甲]1068 羅伐，[甲]1240 羅泮呵，[甲]1736 勝染雜，[甲]1805 已，[甲]2035 齊滅之，[甲]2075 襄陽取，[甲]2087 菩提樹，[甲]2087 猶高四，[甲]2128 反顧野，[甲]2128 小

春，[甲]2207，[明]1523 故説貧，[明]1362 里莫訶，[明]2076 麼珍重，[明]2145 鼓近郊，[三][丙]1075 施迦羅，[三][宮][別]397 故忍節，[三][宮][聖][石]1509 須菩提，[三][宮]330 者，[三][宮]495 殺湯涌，[三][宮]1443 俗論非，[三][宮]1646 不，[三][宮]1646 不爲善，[三][宮]2059 訴，[三][宮]2102 德是其，[三][宮]2102 其，[三][宮]2122 人仕魏，[三][宮]2122 謝，[三]212 其歡喜，[三]956 吒木爲，[三]1332 鬼引猫，[三]2103 德遷達，[三]2153 安世高，[三]2153 河內沙，[聖]211 兄，[另]1451 既破彼，[另]1451 羅，[宋]1451 諸臣各，[宋][宮]2103 分非首，[宋][元][宮]450 折羅大，[宋][元][宮]2053 羅譯曰，[宋][元][宮]2103 衆以僻，[宋][元]2122 勞，[宋]2061 木熏習，[宋]2122 彼國王，[乙][丁]2244 諸釋四，[乙]1796 底轉也，[乙]2087 彈那，[乙]2087 地國唐，[乙]2426 師曰莫。

貸：[聖]2157 暫勞貌。

筏：[甲]1799 城二所，[明][宮]1458 城給孤，[明]217 城逝多，[明]756 城逝多，[明]801 城逝多，[明]1458 城給，[明]1458 城給孤，[三][宮]1458 城給孤，[三][宮]799 城逝多，[三][宮]1458 城告諸，[三][宮]1458 城給孤，[三][宮]1458 城亦由，[三][甲]1323 城逝多，[宋][元][宮]1451 城時有，[宋][元][宮]1458 城給孤，[乙]1822 蘇密

多，[元][明]1458 城逝多，[原]2339
蹉外道。

罰：[宮]1545 樹人昇，[宮]2058
無不摧，[宮]2121 取之給，[三][宮]
1462 者伐，[三]1331 民多，[宋][宮]
2122 不足爲，[宋][宮]2123 所以升，
[宋][元]125 至大，[宋]754 百日之，
[宋]1331 於是結，[元][明][聖]790 奸
各。

伏：[三]2034 有若通，[乙]901
唎陀五。

破：[宮]374 樹。

弑：[甲]2036 之而立。

我：[明]1341 隣國王，[聖][另]
1451 多跋。

戊：[明]2122。

行：[三][宮]2059 敗。

域：[聖]2157 龜。

仗：[三]984 有五神。

竹：[聖]1458 尸沙妄。

吱

跋：[三][宮][聖]397 咩栴突，
[三][宮][聖]625 尼多十，[三]1341 帝
十二。

吠：[甲]2401 唎口童，[三]1336
途婆兜。

莜

岱：[三][宮]2102 列幽武。

筏：[三][宮]1545 多，[宋][宮]、
伐[元][明]1545 悉底城。

茂：[甲][乙]1796 好，[三][聖]

[宮]234 盛癡冥，[乙]1796 盛開萬。

栿

撥：[明]721。

柢：[甲]2434 達於彼。

橃：[明]721 或有叫。

筏：[甲]1816 而，[明]236 喻法
門，[明]1559 喻義必，[明]1604，[三]
[宮]619，[三][宮][聖]606 山川江，
[三][宮]1428，[三][宮]1547 大石山，
[三]374 臨路之，[三]375 臨路之，
[三]1341 喻應如，[三]2149 明況備，
[三]下同 374 以怖畏，[聖]397 令眾
生，[聖]481 尚當除，[元][明]375 以
怖畏，[元][明]606 欲渡廣。

航：[三][宮]、桁[聖]1421 能濟
深。

祇：[甲]1785 喻。

杙：[聖]1733 等境想。

筏

筏：[甲]1896 將趣斯，[甲]1896
可也言。

筏

俄：[三][宮]639 名爲。

伐：[宮]1799 城祇桓，[明]1450
城若彼，[明]1450 城外有，[三][宮]
[聖]1442 城逝多，[三][宮]1443。

栿：[宮]752 水，[宮]1911 安寄
賢，[甲][乙]1821 等皆名，[甲]下同
1512 喻也又，[三][宮]310 善知水，
[三][宮]337 浮度不，[三][宮]397 如是

善，[三][宮]1546 喻法者，[三]187，[三]187 意樂圓，[三]220 珠寶等，[宋][宮]425 徑，[宋][元][宮]、橃[明]、茂[聖]425 相濟愍。

機：[甲]1512 喻。

茂：[宮]1558 羅遮，[三][宮]345 者如，[三][宮]2043，[三][宮]2122 耶七昵，[宋][宮]2043 渡有彼。

我：[三][宮]1547 無量衆。

抵：[甲]1709 其。

罸

鬭：[甲][乙]1822 罪殺斷。

伐：[甲]2748，[甲]1786 者規求，[明]193 諸王死，[明]663，[明]1425 迦維羅，[三][宮]1442 遂勅大，[三][宮][博]262 王見兵，[三][宮][聖]1563 斷罪彈，[三][宮]754 兩家並，[三][宮]1435 得者是，[三][宮]1442 廣嚴，[三][宮]1452 遂被他，[三][宮]1558 及餘聽，[三][宮]2040 爾，[三][宮]2040 橫殺萬，[三][宮]2053 亦不能，[三][宮]2122 太子有，[三][宮]2122 者受殃，[三]1343 耆泜摩，[宋]155 負須達，[乙]1909 國掠民，[元]、代[明]120 彼羅刹，[元][明][宮]754 經於多，[元][明]1 不足爲，[元][明]1 王不足，[元][明]120 之佛告，[元][明]125 其國爾，[元][明]200 饒諸象，[元][明]203 先遣諸，[元][明]384 爾時釋，[元][明]665 我等，[元][明]1442 諸僞惡，[元][明]1451 佛栗氏，[元][明]2042 四海之，[元][明]2053 攻，[元][明]2121 不足爲，[元][明]2121 大王身，[元][明]2121 多年，[元][明]下同 2121 廢退之。

闕：[三][宮]2122 賓頭盧。

就：[三][甲]895 龍鬼之。

討：[原]1780 不應是。

語：[甲]1268 故泮爲。

罪：[宮][聖][另]1458，[甲][乙]2317 故返問，[明]1153 說伽陀，[三]721 閻魔羅，[三][宮]1595 外道等，[三][宮]2058 耆梨瞋，[另]1463 更無生，[元][明]210 加身死。

罸

伐：[聖]99。

法

按：[甲]2035 大權經。

白：[甲]1828 法海。

敗：[三][宮][知]384 此意非。

寶：[宮][石]1509 僧寶如，[宮]674 樹下各，[宮]1509 則無僧，[甲]1782 人中寶，[甲]2218 崛一，[甲]2270 一一，[乙]2223 性論第，[乙]2263 幢論，[乙]2263 六不，[乙]2385 謂成就，[原][甲]2409 螺四口，[原]1089 三種眞，[原]1851 彼宗說，[原]2339 最法師。

報：[甲]2412 身表金，[甲][乙]2250，[甲][乙]2391 身羯磨，[甲]1512 身顯用，[甲]1816 施得無，[甲]1863 身，[原]2410 莊嚴表。

本：[甲]2434 身常。

比：[甲]2337 忍，[三][宮]1546
智現在，[宋]1546 忍所斷。

彼：[甲]1924 即非有，[明]99 聰
明梵，[宋][元][宮]1432 如大比。

別：[宮]1545 問若爾，[三][宮]
398 辯，[三]1522 方便行，[三]1593
義得生，[宋][宮]839 名爲菩，[宋][元]
[宮]231 身無。

波：[聖]1509。

不：[聖]1509 不生不。

財：[聖]1509 施。

策：[三]2110 而患熱。

禪：[三][宮]2122 師。

懺：[明]1428 懺悔諸。

長：[三][宮]1458 而吞咽，[三]
2153。

陳：[甲]2322。

乘：[明]316，[三][宮]671 大乘
無，[聖]223 而般。

池：[宮]327。

持：[宋]2043。

出：[聖]1509 空不可。

除：[聖]425 淨其道。

處：[宮]374 無不碎，[甲]2263，
[三][宮]1459，[三]1672 世尊説。

慈：[三][宮]585 恩流布。

此：[宮]398，[甲]、－[乙]2434
果分境，[甲]2218 相續生，[甲][乙]
1822 唯於至，[甲]2195 不忘之，[甲]
2249 師意有，[宋][元]、人[明]1566
從此世，[乙]2297 不行答，[乙]1723
希三，[乙]1822 不，[乙]2263 執也
此，[乙]2297，[元]2016 心得安，[原]

851 輪。

次：[宮]1545 故。

崔：[宮]2122 瑗無病。

殆：[甲]2195 惡樹正。

道：[宮][聖][石]1509 若得是，
[宮]263 吾，[宮]310，[甲]1920，[三]
[宮]286，[三][宮]425 不中懈，[三]
[宮]632，[三][宮]1549，[三]185 何況
佛，[三]186，[乙]2376 甚遠若，[元]
[明]310。

得：[宋]374 久住如。

德：[甲]1828 十三讚，[甲]1909
藏佛南，[甲]2219 修證次，[甲]2249
智離色，[三][宮]221 者當，[三]2149
記，[聖]1723 無，[乙]1723 故或教，
[原]2412 出現增。

地：[宮]223 中爲衆，[宮]376 濁
水之，[甲]2371 具三千，[三]212 不，
[元][明]1648 是其事。

等：[三][宮][聖]397 二法而，
[乙]1724 所。

典：[明]、－[宮]276 威神之，
[三][宮][敦]262，[三][宮]292 如。

定：[甲]1735 別。

斷：[甲]2204 常故云。

惡：[甲]2339 名索羊。

二：[宮]2087，[乙]1736 無定，
[元][明][宮][石]1509 乃至自。

發：[甲]、法[甲]1799，[甲]1735
故不由，[甲]1735 決定是，[明]376，
[明]1435 滅想還，[三]278 願充滿，
[宋][明]1128 光大王。

髮：[明]2154 號智嚴。

犯：[明]1428 別衆復。

方：[甲]、淫[甲]2261 數合是，[甲]1912 破亦準，[甲]2167 等懺悔，[聖]397，[聖]639 王速辦，[宋][明]921 行感招，[原]1780 名爲假，[原]2339 等涅槃。

放：[宮]221 亦無所。

非：[宮]672 佛説大，[三][宮]1542 念住若，[三][宮]1546 結非使，[三]1548。

誹：[宮]1425 謗。

分：[三][宮]618。

風：[明]2103 雨俯授。

奉：[宮]425 最。

佛：[宮]1565 皆無自，[甲][乙][丙]2381 口生，[甲]904 隨其誦，[甲]1717，[甲]1717 教，[甲]2196 空不染，[甲]2219 中未得，[甲]2250 名爲布，[甲]2250 無也瑜，[甲]2266 菩薩不，[甲]2397 界無空，[甲]2428 及三種，[甲]2434 本生經，[甲]2434 者，[甲]2778 實相中，[明]359 謂其無，[明]1000 界遍周，[三][宮]286 差，[三][宮]399 之，[三][宮]656 所行聞，[三][宮]1507 爲在先，[三][宮]1611 事如彼，[三][宮]2104 化弘廣，[三][宮]2104 有益若，[三]204 言染神，[三]220 菩薩亦，[三]1484，[聖]99 僧不，[聖]221 之法無，[宋]2146 念譯，[乙]2397 即彼説，[原]920 音一切，[原]1744，[原]2328 體故。

服：[明][宮]425 袈裟行。

府：[三][宮]2060 誓不身。

伽：[甲][乙][丙]973 左手當。

根：[甲]2400 願悉皆，[三][宮]618 先當知，[三]2122 令受戒，[乙]2263 種子非，[原]1744 謂發。

公：[甲]2271 師文已。

供：[乙]2408 養時。

共：[甲]1805 內凡兩，[明]1541 法及，[三]157 同事三。

垢：[三][宮]385，[三][宮]624 甚明甚。

故：[丙]2812 縱成無，[宮]223 念，[宮]227 爲非，[宮]1546 二以，[宮]1647 勝餘同，[甲][乙]2263 文付，[甲]950 不應面，[甲]2249 望現在，[甲]2270 名齊釋，[明]〔異〕220 爲如所，[三]220 是故般，[三][宮]221 墮於凡，[三][宮]374 是，[三][宮]665 獲得最，[三][宮]765 絶生死，[三][甲][乙]950，[三]220，[三]1532 不知道，[聖]1595 定猶相，[石]1509 不動法，[乙]1723 如殺兎，[乙]2263 善惡俱。

軌：[甲]853 則久修，[甲]2176 一卷仁。

果：[甲]893 況餘世，[三][宮]341 聞此法，[三]765 當受。

海：[三]1331 今皆得，[三]2121 經第五，[聖]1523 無我不，[聖]1595 得弘自，[聖]2157 依占察，[乙]2392 更各舉。

浩：[甲]2036 器堪繼。

合：[甲]1736 下遮救。

河：[三][宮]387 非二乘。

洪：[丁]2089 二，[宮]1536 若與

師，[甲]2339 遵僧統，[明]1340 不從他。

後：[三][宮]1808 式律中，[三][宮]2034 出家召，[原]1771。

化：[甲]1816 既成外，[明]212 野馬者，[三]、正法聖化[宮]263 若在天，[原]2339 身攝言，[原]2339 願是異。

壞：[三][宮]385 是。

歡：[三][宮]1509 喜爲食。

洹：[另]1543 耶若須。

悔：[乙]1909 所懺除，[乙]1909 同得清。

會：[宮]901 會作。

慧：[宮]2059 期道果，[三]2060 成，[三]2149 朗。

活：[明]210 身，[三][宮]443。

惑：[宮]598 故諸法。

計：[甲]1828 是，[三][宮]1647 由想行，[原]1851 我人即。

偈：[三]125 者便以。

假：[三]1485。

間：[三][宮]587 通達法，[三][宮]660，[聖]1721 故，[原]、門[甲]1089。

將：[德]26 將説眞。

教：[宮][聖]801 如甘露，[甲]1736 根本，[甲]2395 東被五，[明]248 大師，[明]594 大師，[明]1116 大師，[明]1359 大師，[明]1408 大師，[三][宮]601 大師，[三]100，[三]1047 大師臣，[三]1107 大師，[三]1370 大師，[三]1371 大師，[三]1404 大師，[三]1410 大師，[三]1413 大師，[宋][元]711 大師，[宋][元]1398 大師，[宋][元]1409 大師，[元][明]882 門。

皆：[甲][乙]1821 有生有，[甲][乙]1822 喻可，[甲][乙]1822 起厭背，[甲][乙]1822 有等流，[甲][乙]1822 在餘未，[甲]1846 準，[甲]2255 空句是，[元][明]220 爲饒益，[原]1829 依此計。

劫：[三][宮]1519 故如經，[聖]1549 分別法。

結：[甲][乙][丙]1222 此印應，[甲][乙]894 明王手，[甲][乙]1929 句云是，[甲]2270 與陳那，[甲]2392 界置腋，[甲]2400 此印即，[甲]2778 不憂不，[三][宮]2122 使，[三][宮]2059 浪邅迴，[乙]2408 界大底，[原]2196 興即。

羯：[乙]2391 者以前。

戒：[宮]1421 應如是，[明]220 無所執。

界：[甲]1786 亦能。

經：[博]262，[宮]222，[宮]385，[宮]810 靡不通，[宮]2034，[甲]1512 非獨釋，[甲]1775 即誨之，[甲]1781，[甲]2195 已皆發，[甲]2195 者暫時，[甲]2300 非有非，[甲]2300 毘尼時，[三]185 便入定，[三]2151，[三][宮]1689，[三][宮][聖]586 於當來，[三][宮]263，[三][宮]263 聲又萬，[三][宮]351 不能，[三][宮]397 當受無，[三][宮]620 卷上，[三][宮]637 所處無，[三][宮]657 與空相，[三][宮]666，[三][宮]1425 爲聲聞，[三][宮]1689，

[三][宮]2103 王微妙，[三][宮]2121 一心聽，[三][宮]2121 云，[三]154 咸，[三]199 諸力一，[三]1011 要神面，[三]1331 當何名，[三]2153 記一卷，[三]2153 一卷，[三]2154 行寺翻，[聖][另]675 亦復如，[聖][另]1721，[聖]211 令得道，[另]1509 中城喻，[乙]1871 五收異，[乙]2192 也行，[乙]2228 中以愛，[乙]2263 之義顯，[元][明]664 聽是經，[元][明]2154 如幻化，[知]418 斷絕婬。

精：[甲]2396 進得。

淨：[宮][甲]1804 施，[甲]1781 智慧，[三]2103，[另]1721 戒衣是。

境：[乙]1724 及能入，[原]2196 是十如。

俱：[原]2270 同名同。

聚：[宋][元]228 聚集相。

決：[甲][乙]1822 定應，[明]1559 相應於。

覺：[三]1331 歸命自。

可：[三][宮]221 不生不。

空：[甲]2217 未云既，[甲][乙]1816 亦不能，[甲]1705 無不是，[三]1509 名色，[原]1744 者言。

苦：[三]375。

快：[三][宮]2122 言於是。

來：[宋]125 去住有。

類：[甲]2305 名之爲。

冷：[明]1549 者此非。

理：[甲][乙]1866 以分教，[甲]2195 者何不，[甲]2249 故。

力：[三][宮]2104 所斷廢，[三][宮]2121 謂選擇。

流：[甲]、流[乙]1744 水不住，[三]193 水滿江，[三][宮]1435 出阿難，[三][宮]2122 利無所，[三]387 不可思，[三]2110 之類能，[聖]1462 亦爾多，[原]2339 之因正。

漏：[聖]1563 爲苦麁。

輪：[甲]1733。

論：[甲][乙]2263 師學瑜，[甲]1841 正説道，[甲]2217 中外道，[甲]2339 師會此，[乙]1736 答謂見，[乙]2397 龍樹持。

律：[甲]2035 師道宣。

沒：[三]190。

門：[甲][乙]2397 供養，[甲]2408 等我，[明]194 智慧照，[乙]1736 皆充法，[乙]2397 作金剛，[元]1451。

妙：[甲]2167 門抄一，[明]1439 王，[三][宮]2103 善揚旌，[元][明]375 身言本。

滅：[宮][聖]268 平等，[宮]647 佛轉法，[三][宮]1646 所謂，[聖]1509，[宋][元]1545 最極少。

名：[甲]1709 而爲次，[甲]2266 略去等，[三][宮]1548 色因若。

明：[三]397 王爲諸。

命：[聖]2157 放生軌。

沫：[甲][乙]1796 義了，[甲]1782 至。

能：[宮]2034 汰刪改，[甲]1828 悟入，[甲]2195 説一乘，[甲]2266 留故云，[甲]2266 引非義，[三]158 轉法輪，[聖]1721 三句明。

念：[三][宮][聖]222 界意識。

品：[甲]2273 虛空等，[甲]2276 名爲，[聖]481 在於賢，[乙]1822，[原]1840 者若於，[原]1840 宗之法。

破：[甲]2270。

普：[甲]2073 安。

七：[宋][元]、－[宮]1548 無當取。

起：[聖]1595 是證得。

前：[明]882 觀想於，[元][明]2145 勝迦旃。

淺：[甲]2434 頂上所。

強：[甲]2299 名爲空。

切：[甲]1721 生一，[明][宮]1579 當，[明]1562 因及緣，[三][宮]309 斷諸習，[三][宮]1536 謂有情，[三][宮]1646 諸法皆，[三]375 所爲具，[宋]721 有生而。

怯：[宮]1571 實性雜，[宮]2104 上統威。

勤：[三]278 修四如，[三]1485 善法未。

清：[宮][聖]1462 迦利沙，[宮]848 音，[甲][乙]2219 水如是，[聖]279 皆悉寂。

請：[宋]2110 集。

佉：[宮]848 優陀，[甲]1805，[甲][乙][丙]908 木令堅，[甲]1007 欲求一，[甲]1806 闍尼食，[甲]1816 具足諸，[甲]2250 幷羯磨，[甲]2250 得自，[甲]2250 中，[甲]2266 必有體，[三][宮]2121 作是念，[三][乙][丙]1076 貝玉石，[三]1 闍沙麗，[三]

1582，[聖]2157 羅剎言，[聖]2157 勤國人，[宋][元]、阹[明]1341 染著臭，[乙]2393 作是告，[元][明]1336 晉言無，[原]1780 計神。

屈：[甲]2266 名無怯。

袪：[三][宮]2102 朗然無。

取：[三][宮]397 攝取衆。

去：[宮]223 無與無，[宮]1433 同應作，[宮]1547 等正趣，[甲]1805 聖時遙，[甲]2266 來之法，[明]1536 空無我，[明][甲][乙][丙]1214 取烏翅，[明]200 見，[明]228 已入涅，[明]671 即滅，[明]722 守護正，[明]2076 會麼只，[明]2145 商人已，[三][宮][另]1459 是世尊，[三][宮]310 離難甚，[三][宮]461 亦不滅，[三][宮]1543 此邪見，[三][宮]2122 然有殃，[三][聖]26 隨其食，[三]154，[三]1549 復作是，[聖]425 種度無，[聖]1542，[聖]1763 則不至，[宋][宮]639 智悉成，[宋][宮]398 失所以，[宋][宮]721 必當有，[宋][元][宮]269 未見如，[宋][元][聖]419 念，[宋][元]2154 句集法，[元][明]433 甚高，[元]375，[元]380 樂著生，[元]397 得久住，[元]2059 情深忘。

然：[甲]2309 亦謗佛。

染：[甲]2262 者若有，[甲]2266，[甲]2266 種子對，[明]2103 衣剔，[三][宮]627 者乃能，[元][明]1579 道理獲。

人：[甲]2255，[聖]1509 算一乃，[宋][元][宮]2122 者得生。

忍：[甲]2266 光明亦。

日：[宋][元][宮]791 增危敗。

如：[聖]223 不捨僧，[聖]225 中無所，[聖]1509 他法。

汝：[宮]1566 體差別，[宮]1546 不用想，[三]722 非法行，[三][宮]721 到惡地，[三][宮]2122 等比丘，[三][宮]461 者耶須，[三][宮]1521 應以智，[三][宮]1646，[三]55 大力士，[三]198 極無所，[三]198 願復見，[三]1008 已成就，[三]1435 若比丘，[聖]26，[聖]99 修諸善，[聖]223 實相已，[聖]1427 是比丘，[聖]1509 者，[聖]1602，[另]1435 擯有言，[另]1435 若施者，[宋]2121 故都，[元][明][聖]99，[元][明]75 安樂住。

若：[甲]1239 集一切，[甲]1239 欲斷一，[甲]1239 欲令人，[甲]1239 呪蛇三，[甲]1805 事，[明]1631 應分分，[元]、法若[明]339 大德須。

三：[元][明]125 爾。

色：[甲]1912，[甲]2255 故爲無，[三][宮]1544 或無色，[三][宮]1581 本來自，[三]1564 是事則。

沙：[明]1549 衆生，[明]2149 願抄集，[聖]639。

善：[三][宮]1520 成就故。

少：[三][宮][石]1509 障解脫。

攝：[甲][乙]2263 論辨同，[三][宮]1540 八界二。

身：[宮][聖]376 我，[聖]224 身佛法，[聖]279，[宋]125 吾身亦。

深：[甲]2339 昏闇謬，[明]2076，[三]1340 故摩那。

生：[宮]1559 生已引，[甲]952 故，[甲]2814 應頓滅，[三][宮]1459 去可語，[三][宮]1546 是名，[聖]231 如是一，[另]1721 無常如，[宋]360 歡喜，[宋]848 至寂靜，[元][明]1530 身諸功，[原]1696 身即是，[原]1744 身常住。

施：[明]331 護。

濕：[甲]1778 覺觀毒。

時：[甲]1823，[三][宮]1458 俗生信，[三]196 默然。

實：[乙]1821 布施，[原]1863 爲了因。

識：[元][明]212 遂成意。

始：[原][甲]1851 從欲界。

世：[宮]1489 界不思，[甲][乙]1822 正生位，[甲]1709，[甲]1816 界無量，[甲]1961 界念佛，[甲]2337 界對地，[甲]2396 界，[明]1522，[森]286 性究竟，[宋][宮]、明註曰法南藏作世 279 界如於，[乙]2397 界無所。

事：[明]314 智者正，[三][宮][聖]376 常，[三][宮]223 亦不分，[三][宮]657，[三][宮]657 不須廣，[三][宮]657 當得阿，[三][宮]657 令多衆，[三][宮]657 散壞，[三][宮]657 往來生，[三][宮]657 修行菩，[三][宮]1488 則不得。

是：[甲]1744 無常法，[甲]2393 加持自，[三][宮][石]1509 常空以，[三][聖]26，[三]193 輪如佛。

室：[三][宮]1547 解脫。

叔：[三]2034 蘭等相。

屬：[宮]2045 此五陰。

數：[乙]913 已前縱。

順：[聖]125 教著。

説：[宮]425 遍，[宮]310 得隨其，[甲]1848 故云相，[甲][乙]1866 假部等，[明]201 難聞值，[明]99 難測量，[明]1425 説若波，[明]1546 不爲他，[明]2122 而行自，[三][宮]263，[三][宮]461 而不恐，[三][宮]1546 念處，[三][宮]1611 不相離，[三]588 無所持，[三]2123 而行自，[乙]1724 亦名漸，[元][明][宮]374 是名爲，[原]2262 有其四。

寺：[明]2060 掃地。

俗：[三][宮]285 界奉行，[三][宮]2102。

雖：[甲]2339 是通十。

所：[宮]310 故發起，[甲]1733 無常法，[甲]2073 遊履必，[甲]2266 皆是分，[甲]2266 最勝所，[明]1579 不，[明]1579 説由彼，[三][宮]1579 同時安，[三][宮]1606 斷自所，[三][宮][知]1579 於何各，[三][宮]1571 不能自，[三][宮]1579 行相亦，[三][宮]1592 體，[聖][知]1581 求云何，[聖]1579 諸隨煩，[原]2266 此不應，[知]1579 或有未，[知]1579 俱起答。

曇：[宋][元][宮]2059 遇。

檀：[乙]1709 默然不。

體：[甲]2263 闕，[甲]2339 生起既。

天：[三]193 中天正，[宋]969 王

聞是。

徒：[元][明]212 少趣惡。

土：[甲]1786 以海，[甲]2174，[明]1636 身光菩，[三]291。

吐：[宋][宮]721 餓鬼之，[宋]721 諸餓鬼。

往：[甲][知]1785 竪擬諸，[甲]2255 不復能，[甲]2395 緣已熟，[三][宮]2121 聽，[三][宮][甲]2053，[三]1340 有所願，[三]2106 精舍見，[三]2145，[三]2145 古造行，[聖]425 未，[聖]1440 不盡學，[聖]1462 來入寺，[原]1776 問疾迦，[原]2196 略説名。

惟：[原]1156 涅槃不。

爲：[宮]1425 僧自爲，[甲]1911 緣空起。

位：[甲][乙][丙]2394 堪作金，[甲]2299 若無眞，[三][宮][聖]1562 前已起，[乙]2249，[乙]2249 起與果，[乙]2408 薩，[原]、意[甲][乙]2328 無習即，[原]2317 蠱之言。

謂：[甲]1816 若善男，[甲]2297 衆生定。

文：[甲]2409 次唱禮，[聖]1433，[聖]1433 先作舉。

聞：[原][甲]1851 有三一。

我：[甲]2266 似義之，[三][聖]211 當來五。

無：[宮]1545 知故暫，[甲]1828 依者，[聖]1509 可示無，[原][甲]1825 滅分三。

物：[甲][乙]2219 者是邪，[甲]2217 不能捨，[三][宮]374 菩薩摩，

[三][宮]1435 令諸比，[三]375 菩薩摩，[三]1582 二施具，[聖]223 故受後，[乙]2263 望意許，[原]、物[聖]1818 相應。

悟：[聖]278 悉能具。

悉：[甲]2348 則。

先：[甲]908 如前。

現：[明]220 謂修布，[元][明]656 在未來。

相：[宮]650 凡夫爲，[甲]1735 二盡虛，[甲]1736 不成故，[甲]1736 性空，[甲]1911 不須捨，[甲]2266 皆現量，[明][宮]603 觀止內，[明]410 空寂滅，[三]2122 漸漸出，[三][宮]1521 以何業，[聖]223 一切，[石]1509 性相空，[元][明][宮]374 凡夫不，[元][明]310，[元][明]2060 品末題。

想：[三][宮]1548 如比丘。

心：[甲]1795，[甲]1782，[甲]2285，[甲]2287 界可知，[甲]2371 無，[明]1014，[明]1544 循法觀，[明]2016 生隨所，[三][宮]1562 現起時，[乙]2396 此等，[元][明]157 若學聲。

信：[宮]1428，[宮]1646 中如是，[甲]2320，[聖][另]1548 及餘趣，[聖]375 出家無，[聖]1548 人，[另]1548 人若法，[乙][丙]2777 名爲傷，[元]824 行地。

行：[宮][石]1509 不錯謬，[宮]1540，[甲]1816 涅槃有，[甲]2196 具如別，[甲]2401 此等並，[三]278 非行而，[三][宮]263 而致墮，[三][宮]282 他人長，[三][宮]399 無，[三][宮]588 得無能，[三][宮]1646 無常生，[三]1 也云何，[三]1161 者念念，[三]1532 中勤修，[聖]481 不，[宋][元]1579 行當知，[宋]2154，[乙]2408 耳又，[元][明][宮]657 成佛入。

形：[三][宮]656。

性：[丙]2190 其數無，[宮]221 性者佛，[宮]1494 無所作，[宮]1602，[甲][乙]1736 佛告大，[甲]974 我，[甲]1089 護世界，[甲]1763 也僧宗，[甲]1821 不同略，[甲]1851 是佛境，[甲]1912 及三自，[甲]1929 四門皆，[甲]2273，[甲]2281 文意云，[甲]2281 自，[三][宮]482 故分別，[三][宮][聖]223 是般，[三][宮]221 中成阿，[三][宮]286 道差，[三][宮]478 不可得，[三][宮]586，[三][宮]1509 無爲，[三][宮]1598 自相相，[三][宮]1613 爲業，[三][宮]1626 空智所，[三][宮]1646 無分別，[三]374 爲第五，[三]1582 檀波羅，[三]1666 以不解，[聖][甲]1763 云何言，[聖]1509 無法云，[聖]1523 所讀誦，[宋][宮]223 中亦無，[乙]2249 一切地，[元][明][宮]374 梵行廣，[元][明]310，[元][明]375 爲第五，[原]2278 唯遮，[原]1863 即楞伽，[知]384 性。

姓：[甲]1828 人若汝，[三][宮]630。

修：[三]721 行，[三][宮]839 位成就。

須：[甲]1828 分別下。

序：[三]187 行步安。

泫：[甲]2036 日麗乎，[宋]846 者思惟。

言：[甲]2397 云云。

衍：[甲]1851 名爲病。

瑤：[三]2110 開播其。

要：[三][宮][聖]376 義十。

耶：[明]1544 耶答如。

也：[甲]、法也[乙]2263，[三][宮]586 菩薩於，[三][宮]1646 是滅結。

業：[甲]1742 常行教，[三][敦][流]365 而自莊，[三][宮]374 純營世，[三][宮]2104 皆有果。

一：[宮]2103 雷一音，[甲][乙]1821 或四不，[三][宮]1552，[聖]1434 與上大。

依：[甲]2075 裂，[甲]2271 自他共，[石][高]1668 各各差。

以：[甲][乙]1822 爲障令，[甲]1846 法起不。

佚：[宋][宮]、泆[元][明]1505 婦人初。

益：[宋][元]2061 之友雖。

意：[甲]1912 即事論，[明]220 界意識，[三][宮][聖]376 勤加枝。

義：[甲]2204 一念説，[甲]2281 云，[甲]2397 平等現，[三][宮]657。

音：[三]120 生意法，[三][宮]665 心生悲，[元][明]278。

陰：[宋][宮]606 向。

淫：[乙]2194 華。

婬：[三]、惡[宮]2122 業盛故。

印：[三][甲]901，[宋][元]1057

爾時羅。

用：[甲]2299 耳，[三]1532 樂門。

油：[宮]397 是。

有：[甲]2261 執非無，[明]220 譬喻論，[明]1545，[三][宮]224，[三][宮]1546 不善以，[三]489 論義十，[宋][元]、－[明][宮]237。

又：[甲]1239 取兵死。

汚：[甲][乙]1822 爲因故，[甲]1822 因增長，[甲]2263 與煩惱，[三][宮]1602 由彼捨，[三][聖]26 害，[三]1562 爲等流，[乙]2250 因故由，[乙]2263 根本一，[乙]2263 由心王。

於：[甲]1735 故色法，[甲]1778 無量，[甲]2270 中，[明]99 受想行，[三][聖]99 觀念住，[三]1485 實得法，[元]657 城何謂。

雨：[宮]278。

與：[原]1829 前第。

語：[三][宮][聖]1421，[三][宮]786 時大衆，[三]642 時二萬，[三]1331 此神女，[聖]1509 言。

喻：[乙]2215 喻性淨。

緣：[明]1562 闕故謂。

遠：[甲]2371 也一念。

願：[三][宮][聖]376，[三][宮]278 悉能滿。

月：[甲]1828 云若無。

云：[宮]223 何等是，[甲]1717 好，[宋]、佉[元][明]2110 亦殺人，[元]、道[明][宮]433 未曾習。

雲：[聖]2157 經等。

雜：[三]277 華經中。

造：[明]2034 常住經。

則：[三][宮]481 奉行。

湛：[三][宮]1610 然清淨。

障：[甲]893 者應依，[甲]2266 故文彼，[甲]2735 復能速。

者：[宮]2103 已悟其，[宮]1509 亦歡喜，[甲]1920 得解脱，[三][宮]263，[三][宮]585 計有吾，[三]1435 和上法，[三]1599 名眞實，[宋][宮][乙]866 加持者。

眞：[三]1331。

正：[甲]1744，[三][宮]1459 教得增，[原]1744 不同凡，[原]2216 已上凡。

之：[甲]2219 門無有，[乙]1736 身亦非。

汁：[乙]1816 二眼何。

知：[宮]671 是故譬，[三][宮]479 如實際，[宋][宮]、智[元][明]278。

止：[甲]2434。

旨：[宮]1703。

治：[宮]397 能示一，[宮]901 印呪第，[宮]901 印呪若，[宮]1605 何等隨，[宮]1613，[甲][乙]1816 煩惱結，[甲][乙]2259 顛倒既，[甲]1733 從内生，[甲]1816 二文即，[甲]1816 論説業，[甲]1924 有成有，[甲]2262 色無，[甲]2266，[甲]2266 及所知，[甲]2792 罪之法，[甲]2878 津能潤，[明][宮]1428 自言治，[明]1562 智品非，[明]1562 諸師豈，[三]721 如是，[三]1525 故以眼，[三][宮]1646 故問曰，[三][宮]397 莊嚴，[三][宮]1421 諸比

丘，[三][宮]1545 理，[三][宮]1562，[三][宮]1562 以理，[三][宮]1562 者說有，[三][宮]1563 實義皆，[三][宮]1563 中法蘊，[三]292 塔廟念，[聖]1552 智集，[宋][明]2122 論云復，[宋][元]1532 故説，[乙]1816 説四善，[原][甲]1851 辨宗法，[原]1776 修前摧，[知]1579 所作謂，[知]1579 由。

智：[宮]397 名之爲，[甲]2362 無有優，[明]1579 普於一，[元][明]2059 整。

中：[甲]1736 爲最爲。

種：[宮]765 盡滅故，[甲]1912 等者是，[三][宮]671 説法如，[三]1441 成就擧，[乙]1736 皆。

衆：[三][宮]2045。

呪：[三]956 人入明。

諸：[宮]657 罪業皆，[甲]、一[原]1863 空界有，[甲][乙][丙]1202 印每念，[甲][乙]1822 應如是，[甲][乙]2328 門令衆，[甲][乙]2390 佛加持，[甲][乙]2396 佛各身，[甲][乙]2396 佛三，[甲]1512 非是非，[甲]1733 機何由，[甲]1782 説者及，[甲]1828，[甲]1828 大滅壞，[甲]1828 漏無漏，[甲]1839 不能動，[甲]1839 有至疑，[甲]2195 師啓請，[甲]2219 寶鏡中，[甲]2227 事釋曰，[明]220 願滿足，[三]220 有情心，[三][宮]677 善男子，[三][宮]1545 得生老，[三]657 相是名，[三]1340 波羅蜜，[三]2149 別，[聖][甲]1733 相數數，[宋][宮]656 寶無盡，[宋]99 説耶法，[乙]

2249 法相正,[乙]2261 皆是如,[乙]2261 説爲我,[元][明]984 諦所滅,[元][明]2153 經録云。

住:[甲][乙]2219 本寂無,[甲]1723 待機濟,[三]、往[宮]322 正術,[三][宮]278 一切莫,[三][宮]376 爾時世,[三][宮]376 於閻浮,[三][宮]397 見此四,[三][宮]532 入正道,[宋]374 床常爲,[元]、明註曰法宋南藏作住 2122,[元][明][宮]322 義喪師,[元][明][宮]376 示現泥。

注:[宮][甲]1805 所出注,[宮][甲]1805 文斥古,[宮]2034,[甲]1830 應唯初,[甲]2128 公羊誥,[甲]2128 云夏執,[甲]2128 制也從,[明]1340 世間普,[三]2149 並見別,[乙]1821 可知,[乙]2157 云先譯。

壯:[原]2196 三不懈。

濁:[甲]1579 而自稱。

自:[宮]1631 體是聖,[三][宮]1631 體是聖,[三]418 念是法。

足:[三][宮]657。

最:[三]193 沙門服。

尊:[甲]951 指授時。

作:[甲]1736 佛法先,[原]1851 三聚戒。

海:[三][宮]414 音聞高。

諸:[乙]2777 佛身土。

髮

跋:[甲]2297 陀婆羅。

鬟:[宮]2103 釋累辭。

頂:[三][宮]2122。

佛:[明]2041 爪塔。

毀:[甲]2782。

髻:[甲][丁]1141 於左耳,[甲][乙][丙]877 際眉間,[甲][乙]1909 佛南無,[甲][乙]1929 中生子,[甲]893 明妃及,[甲]898 天冠衣,[甲]1101 戴寶冠,[三][宮]1451,[三][宮]2121 即落耳,[三][宮]2121 自,[三]1033 眞言曰,[乙]2394 冠其頂。

鬘:[宮][甲]1805 八齊開,[明]721 旋時天,[三]、鬚[宮]384 發起衆,[元][明]1457 衣花。

氂:[三][宮]2122 尾用覆。

破:[三][宮]2121 弊衣日。

頭:[三][宮]397 不,[三][宮]657 被法服。

須:[宋][元]375 髮出家。

鬚:[宮]397 示不貪,[甲]1893 爪利如。

髭:[三][宮]2053 舍利伽。

髮

髮:[甲]2128 反廣雅。

長:[宮]224 取海水。

跪:[聖]125 露身如。

後:[三]25 皆相連。

髻:[甲][乙]1796 爲冠此,[甲]2087 爪窣堵,[三][宮]271 紺青而,[三][宮]1425 梵志聞,[三][甲][乙]1200 印以二,[三][聖]99 著獸皮,[三]21 以珠珞,[三]1435 鷄尼耶,[聖]643 間從,[宋][元]447 佛南無,[乙]1204 而著法,[原]1201 表七菩,

[原]2408 如古。

孔：[三][聖]643 中皆出。

鬘：[宮]721 爲水衣，[甲]2130 也，[明]201 爪塔近，[三][宮]397 手，[三][宮]425 捐重擔，[三]154 而行手，[元][明]1442 繫不調。

毛：[宋]、髦[元][明]1509 師子黃。

髦：[三][宮]2041 朱本起。

頭：[三][宮][聖]1435 若頭痛。

鬚：[宮]1545 外道若，[別]397 生不知，[三]179 令被王，[三]99 皓白辟，[三]100 而坐彼，[三]125 皓白王，[三]190 諸具度，[聖]1425 剃，[宋]、鬘[元][明]99 白牛糞，[元][明]26 或有剃，[元][明]153 刺豎覆，[元][明]721 若以惡，[元]1428 不剃鬚，[原]1239 頭上。

眼：[三][宮][聖]1421 已下膝，[三]125 紺青色。

猶：[三][宮][聖]310。

髭：[宮]425 母字那，[三][宮][另]1428 佛言不，[三][宮]425 遊晃，[三][宮]1428 佛言不，[三]1644 翠黑恒，[三]2104 亦剔眉，[乙]2157 赤善解。

帆

貌：[甲]2084 甚閑聽。

番

蕃：[三][宮]2122 乘赤草。

幡：[宮]1425 中有外，[三][宮]2102 著則重，[三][宮]2122 餅夫婦，[三]988 然七油，[三]1336 誦若行。

憣：[聖]1440 餅盜心。

藩：[宋][元][宮]2059 禺化清。

翻：[甲]1735 窮其所，[甲]1829 釋第三，[甲]1733 問，[甲]1782 中分之，[甲]1929 復次簡，[甲]2217 眼赤鳥，[三]、憣[聖]361 輩飛行，[三][宮]2103，[三][宮]下同 1464 餅與一，[聖]1733 解釋論，[乙]1736 語異俱，[乙]2263 三見，[原]1776，[原]1780 爲淨名。

飜：[甲]1717 疊等者。

卷：[甲]2266。

善：[甲][乙]1822 往來。

審：[甲]1735 彰其本，[甲]2274 察支等。

言：[甲][乙]2393 四種合。

畬：[三]2060 縣建安。

蕃

番：[甲][戊][己]2089 僧入朝，[三][宮]2103 麾預，[三][宮]1595 禺儀同，[三][宮]2053 惟宜翊，[三][宮]2060 王府宰，[宋][宮]、藩[元][明]2122，[宋]203 息時彼。

藩：[甲]1799 斯之謂，[明]2103 俸十遺，[明]2103 寄每用，[明]2103 屏之任，[明]2108，[三][宮]2122 牆，[三]1537 蘺之望，[元][明]1421 北面相，[元][明]2145 牆之，[元][明]2145 守。

翻：[甲]2006 茂貴在。

旛：[明]2103。

殊：[宮][甲]2053 俗之曲。

幡

僠：[宋]2122 蓋羅。

播：[三][宮]1442 我當隨，[三]457 頭三者，[宋][宮]、翻[元][明]2045 人所驅，[宋][明][宮]2122 內向明，[乙][丙]1098，[乙]850 珮綺絢。

幢：[宮]278 莊嚴悉，[甲][乙]2391 軌，[明]220，[三][宮]278 供養如，[三][宮][甲]2053 蓋送至，[三][宮][西]665 旗於一，[三][宮]263 蓋瓔珞，[三][宮]309 蓋來供，[三][宮]314 寶蓋衣，[三][宮]397 壞諸煩，[三][宮]403 蓋供養，[三][宮]1522 雨天，[三][宮]2122 蓋，[三][聖]157，[三]158 倒已令，[三]186 蓋，[三]643 中無量，[三]1075 蓋飲食，[聖]278 雲雨百，[宋][宮]377 蓋香花，[戊][己]2089 燒香喝，[戊][己]2089 一百二，[乙]957 超勝魔，[乙]2390 准，[元][明]377，[原]1796 於標也，[中]223 蓋。

番：[丁]2187 問答作，[甲][乙]2186 問答，[甲]2186 第一因，[甲]2186 問答往。

幡：[甲][乙]852 準前屈，[聖]125 蓋世所，[聖]125 蓋香汁，[聖]190 蓋種，[宋]、旛[元][明]212 蓋斯謂。

旛：[三]1582 蓋供養，[元]、旛[明]244 幷傘蓋，[元]、旛[明]244 金剛部，[元]、旛[明]244 印當右，[元]、旛[明]244 關伽，[元][明]883，[元][明]244，[元][明]244 等各作。

翻：[甲]1802 經者，[甲]2075 動否眾，[甲]2305 虛爲實，[三][宮]721 然隨風，[三]361 輩出入，[三]2145 覆展轉，[元][明]2145 覆周，[元][明]2145 餘悉依，[原]2196 道果德。

旛：[甲]、幡旛[乙]2207 廣韻曰，[甲]1963，[甲][乙]901 蓋於壇，[甲][乙]下同 901 蓋寶鈴，[甲][乙]下同 901 蓋其，[甲][乙]下同 901 蓋雜寶，[甲][乙]下同 901 蓋種，[甲][乙]下同 901 壇開四，[甲]1805 莊嚴生，[明]130，[明]130 種種寶，[明]848 蓋奉攝，[明]1636，[明][乙]1260 以種種，[明]26 蓋遍行，[明]44 令一切，[明]80 得十，[明]80 得十種，[明]81 有十功，[明]135 懸繒鈴，[明]157 等種種，[明]157 蓋珍，[明]157 衣服而，[明]184 伎樂導，[明]189 蓋散花，[明]190 幢蓋等，[明]190 蓋華香，[明]190 作於衣，[明]193 壞破貢，[明]196，[明]196 其所修，[明]200 香水灑，[明]894 繖，[明]894 上有傘，[明]1005 蓋，[明]1005 其大壇，[明]1005 瓔珞嚴，[明]1636，[明]1636 蓋，[明]憧[聖]125 蓋人，[明]下同 1451 以麾大，[乙]1822 等，[乙]下同 953 作三橛，[元][明]187 幢，[元][明]158，[元][明]158 蓋及以，[元][明]158 蓋令自，[元][明]159 持以供，[元][明]173 珠繒，[元][明]187 寶蓋處，[元][明]187 蓋種種，[元][明]244 傘蓋等，[元]

[明]450 長四十，[元][明]480 蓋如是，[元][明]657 爲諸如，[元][明]848 相。

　幭：[甲][乙]912 蓋。
　璠：[三]2087 循環。
　風：[甲]2075。
　幅：[宮]354 枝上樹。
　蓋：[元][明]360 若有諸。
　華：[三][宮][聖]272 蓋執諸。
　結：[三]2110 其。
　蟠：[三]1443 竿處來。
　墻：[原]924 眞言曰。
　香：[甲]1092 華諸香。
　子：[元][明]379 速見大。

幡

　番：[甲]2348 仙童，[原]1776 其一幡。
　幡：[三]848 蓋種種。
　翻：[甲]1512 經漏，[甲]1512 爲力勝。

旛

　幢：[三][宮]2053 蓋寶案。

藩

　蕃：[宮]2103 英鼎，[三][宮]2102 王居士，[三][宮]2103 籬之卉，[乙]872 屏心王。
　婆：[甲]1718 拘羅第。

翻

　播：[甲]1775 前也所，[甲]1775

之，[聖][石]1509 覆難須，[宋][元][宮]1425 離地離。

　翅：[甲]1723 爲金翅。
　出：[三][宮]2034 五月二。
　幢：[聖]278 覆刹無。
　但：[甲]2274 言實非。
　對：[甲]1733 治，[甲]1841 彼故須。
　而：[甲]2300 種苦栽。
　法：[三]2154 經，[乙]2157 經所撰。
　番：[宮]387 覆往，[甲][乙]1822 釋名竝，[甲]1763 以忘相，[甲]2006 成壅塞，[甲]2006 復讀之，[三][乙]866 妄歸眞，[聖]1721 爲輕捷，[宋]203 如是經，[乙]2194 依，[知]1785 增長領。
　幡：[三][宮]2102 囊之倒，[聖]1851 名道果，[聖]278 覆刹，[聖]278 覆世，[宋][宮]2060 以爲標，[宋]362 輩出入。
　旛：[聖]278 覆，[聖]278 覆三昧，[聖]278 覆世界，[聖]1464。
　潘：[三]212 水羨疾。
　反：[三][宮]2122 讎怨報。
　返：[甲]2263 同染定。
　見：[甲]1811 不言三。
　離：[甲]1829。
　翩：[乙]2376。
　娜：[原]2216 童子六。
　曩：[乙]852 童子三。
　鄱：[明]2034 四十二。

謂：[甲][乙]1822 爲齋或。

顯：[聖]2157 出衆經。

香：[甲]2195 明女故。

新：[甲][乙][丙]1210 譯復不。

鎰：[宮]1451 更露形。

譯：[甲]2195 安經中，[甲]1722 經之人，[甲]2255 經圖云，[甲]2266 又義淨，[三]2149 二賢聖。

羽：[甲]1912 名具如。

製：[甲]2263 經文云，[甲]2299 經論目。

旛

幡：[宮]310 懸諸寶，[宮]下同 1435 在前願，[甲]1007 傘蓋懸，[甲]1007 子懸，[甲]1918 雖執鉢，[甲]1921 燒海岸，[宋]2061 蓋於淨，[宋][宮][敦]450 然燈續，[宋][元]2061 數，[宋]848 相空點，[宋]1092 華幢蓋，[宋]2061 蓋果實，[宋]2061 蓋木佛，[宋]2061 蓋擁之，[宋]2061 豈榮冠。

供：[宮]2025 剃頭按。

旘

幡：[宮][聖]278，[宮][聖]278 覆仰伏，[宮]278 覆世界。

旛：[聖]278 覆世界。

旛：[三][宮]1425 身離本。

凡

斥：[甲]1512 有十六。

處：[原]2410 中者。

此：[甲][乙][丁]、凡一作凡夾註 [甲][丁]2092 婢雙聲，[甲]2219 經。

儿：[三][宮]2122 施四塔。

帆：[甲]1911 令講説。

反：[乙]1796 如上所。

汎：[甲]1828 爾有漏，[甲]1828 舉七分，[甲]1828 釋經，[聖]1440 説布施，[原]1764 標舉客。

梵：[三][宮]2026 行比丘，[三][宮]2121，[聖][甲]953 類，[宋][宮]2026 衆無數，[乙]1736 天自在。

風：[甲]1886 俗尚不，[乙]2391 羯磨會。

佛：[甲]1816 所有善。

絓：[三][宮]2103 是僧尼。

尸：[甲]2128 瀉藥爲。

几：[宮]374 所食噉，[宮]2025 定爲九，[甲]2120 楊刹，[甲]2128 可食之，[甲]2035 管内寺，[甲]2128 希反尚，[三]411 反隸二。

己：[三][宮]2060 法講揚。

見：[宮]721，[宮]1453 意輒作，[三]643，[宋]529 人耳不，[元]2016 聖等心。

經：[明]2034 四卷共。

究：[三]2112 其偽狀。

九：[甲]2035 有功德，[甲]1735 小難思，[甲]2261 小不，[甲]2269 所現身，[三]643 十萬遍。

況：[乙]2249 案道理，[元][明]1341 所用者。

禮：[三][宮]2103 男女至。

名：[乙]2092 有。

尼：[甲]1805 褰衣渡，[宋]321，[宋]1521 夫人應，[元][明]1341 有事者。

其：[明]2110 隱顯居。

然：[甲][乙]1821 言異者。

師：[三]25 師欲燒。

巳：[明]1508 有三事。

所：[乙]2192 有顯教。

瓦：[甲]1847 器皆，[甲]2084 舍有人，[甲]2128 闕古文，[三][宮]263 石打爲，[三][宮]374 器得七，[三][宮]674 礫糞，[三][宮]1558 時瓶覺，[三][宮]1579 石沙礫，[三][宮]1579 鐵金師，[三][宮]2060 官諸寺，[三][宮]2121 器之類，[宋][宮]2059 城皆被，[原]、[甲][乙]1744 之師。

丸：[甲]1729 有下總，[三]、瓦[宮]1547 然後師，[乙][丙]973 香等及。

甕：[三]2122 成三枚。

先：[乙]2263 法華經。

兄：[宋][元]99。

也：[三]43 人身行。

已：[宋][元]2121 爲五十。

異：[原]1832 性。

有：[三]2154 二百。

又：[三]2154 四品。

於：[三][聖]211 道士俱。

元：[甲]2394 手中無。

允：[宮]2060 此。

周：[三]23 匝四合。

子：[三][宮]790 爲沙門。

總：[宋][元]2155 六百三。

足：[宮]1452 授事人。

煩

瞋：[三]、顛[聖]158 惱亂淨，[三][聖]1345 惱。

存：[宮][聖]1428 文故不。

燈：[乙]2263 儲會釋。

短：[甲][乙]1822。

頓：[甲]2266，[宋]211 而還入。

繁：[甲]1718，[明]1450 去時彼，[三][宮]1428 多常行，[三][宮]1428 多以，[三][宮]1558 多故應，[三][宮]1563 廣略示，[三][宮]2122 故不可，[三]2103 就省州，[三]2103 載，[三]2154 後竺法。

垢：[甲]1782 惱故三。

結：[三][宮]1646。

苦：[甲]2309 又福德。

憒：[三][宮]813 亂。

類：[宮]394 惱病之，[和]261 惱習故。

迷：[三][宮]1435 悶吐逆。

滅：[元][明]626 亦不以。

惱：[甲][乙][丙][丁][戊]2187 則是悔，[三][宮][聖][另]1552 業彼業，[三][宮]1551 惱他故，[三][宮]1563 立隨眠，[三]198 啼哭無。

頗：[宮]2059 冗，[宋]186。

燒：[聖]157 惱淤泥。

順：[宮][聖]310 擾人止，[三]193 度。

頌：[丙]2810 文隨義，[甲]1830 出，[甲]2068 勅三處，[甲]2250 即一

千，[甲]2261 不具録，[甲]2261 惱障體，[甲]2399 云囈字，[甲]2401 是問也。

惼：[甲]1782 惱若有。

須：[明]654 惱障無，[三]553 師督促，[三]2108 致惑耶，[元][明]2123 燈燭如。

憂：[三][宮]1451 惱掌，[三][宮]1521 惱。

繁：[甲]2266 不具然。

樊

奥：[三]2145 者心不。

燔：[甲]、煩[乙]2194 生死窟。

焚：[元][明][宮]332。

禁：[三][宮]1476 中若盜。

燔

焙：[三][宮]1509 煮不可。

焚：[三][宮]263 燒無量，[三][宮]2122 香禮拜，[三]212 燒諸善。

蟠：[甲]2128 亦燒也。

繁

等：[宋]2150 多或要。

煩：[甲]1719 文，[甲]1719 耳當知，[甲]1719 文還同，[甲]1735，[甲]1929 多廣，[甲]1929 兩句八，[明]2112，[三]220 天，[三]220 天無，[三]220 天無熱，[三][宮][聖][另]1458 説有四，[三][宮]2103 憂山泉，[三][宮]2122，[三][宮]2122 蕉章偈，[三]220，[三]220 天無，[三]220 天無熱，[三]

2154 後竺法，[三]2154 惑矣什，[三]2154 重載，[宋][元][宮]2040，[元][明]220 天此是。

樊：[元][明]2123 籠處塵。

廣：[甲]2309 故止之。

繫：[甲]2193 也如是。

敏：[元][明]322 誓之誓。

懃：[甲][乙]1796 盛或親。

縈：[甲]2339 重天人，[原]1887 迴屈曲。

竪：[甲]2362 文不寫。

繁：[甲][乙]2194 故不載，[甲]2194 重出四，[明]2122 息子孫，[三][宮]1653 於中内，[元][明]2122 廣述屢。

反

坂：[甲]2039 香寺犯。

板：[聖]1427 抄衣入。

版：[宮]2122。

彼：[明]220 境界亦。

邊：[三]291。

遍：[甲]2266 計是遍，[甲]2266 計所執，[原]1287 次闕伽。

變：[甲]2362 復而聲，[甲]951 震動是，[甲]1728 損聖容，[甲]1828 一分不，[甲]1828 異可知，[甲]1828 異行二，[甲]1830，[甲]1830 反，[甲]1830 難云，[甲]1887 前即是，[甲]1922 觀，[甲]2362 質寶公，[三]125，[三]202 震，[聖][另]285 震動皆，[乙]2396 迷歸悟，[乙]1830 質過去，[乙]2261 者答前，[原]1818 名一切。

不：[甲]、及[甲]1816 受生死，[原]2270 改舊翻。

又：[甲][乙][丁]2244 浮地，[甲]2130 譯曰。

歹：[甲]2128 考聲云。

多：[宋]、切[明]1559 多羅莎。

發：[聖][另]790 汝事自。

翻：[甲]、返[乙]1866 顯，[明]1443 上應知。

返：[東]643 覆，[敦][縮]450 生誹謗，[高]1668 顯示此，[宮]376 覆如，[宮]1598 照真如，[宮]1646 戾堅執，[宮]2121 成敗十，[甲]1737 爛漫無，[甲][乙][丙]1866 相成也，[甲][乙]1821 者復難，[甲][乙]1821 徵至有，[甲][乙]1822 難外，[甲][乙]1833 問且三，[甲][乙]1866 以，[甲][乙]2263 難耶是，[甲]895 損獲善，[甲]1708 從喻名，[甲]1718 復凡夫，[甲]1718 故云久，[甲]1718 去道轉，[甲]1733 此又以，[甲]1733 舉不忍，[甲]1733 舉謂於，[甲]1733 顯非梵，[甲]1733 徵謂雖，[甲]1735 本還源，[甲]1799，[甲]2261，[甲]2270 故故名，[甲]2270 宗，[甲]2792 王疑比，[明]50，[明]189 何，[明]190，[明]190 歸亦如，[明]190 受樂而，[明]220 生憍慢，[明]322 復盜賊，[明]323 足却行，[明]618 迷啓歸，[明]1421，[明]1463 言語相，[明]2053 本還，[明]2059 卒以見，[明]2060，[明]2102 者哉貧，[明]2103 迷岸識，[明]2121 此二兒，[明]2121 疲乏不，[明]2121 人天常，

[明]2123 餘福此，[明]2131 本還，[明]下同 1545 善根方，[三]、反復忍十七字不[宮]399 覆者則，[三]185 顧忽然，[三]187，[三][宮]324 復知報，[三][宮][聖][另]1459 禑是名，[三][宮][聖]1459 詰，[三][宮][聖]1579 生起何，[三][宮][另]765 戾遞相，[三][宮]285 復無詔，[三][宮]285 覆之海，[三][宮]294 復不識，[三][宮]323 復所建，[三][宮]323 復無止，[三][宮]330 復晝夜，[三][宮]342 無進無，[三][宮]381 復加以，[三][宮]385，[三][宮]397 輪迴具，[三][宮]398，[三][宮]398 生死又，[三][宮]401 於心離，[三][宮]403 不當復，[三][宮]433 數時童，[三][宮]433 震動三，[三][宮]544 復，[三][宮]610 復，[三][宮]620 覆一千，[三][宮]627 山不，[三][宮]635 光明，[三][宮]635 于生死，[三][宮]635 震動普，[三][宮]653 逆破國，[三][宮]664 至大王，[三][宮]683 典，[三][宮]695 作轉輪，[三][宮]730 復故二，[三][宮]805 復違樹，[三][宮]1421 行欲乃，[三][宮]1425 遮我如，[三][宮]1435 自在目，[三][宮]1442 報廣爲，[三][宮]1442 生恐怖，[三][宮]1462 覆觀以，[三][宮]1474 復不造，[三][宮]1478 之緣，[三][宮]1487 念在所，[三][宮]1545 有彼，[三][宮]1547，[三][宮]2027 震動百，[三][宮]2029 生民，[三][宮]2043 往至雞，[三][宮]2053 故共俱，[三][宮]2060 每上鍾，[三][宮]2060 蒲，[三][宮]2060 鄉意絕，[三]

[宮]2060 形易性，[三][宮]2060 咽不棄，[三][宮]2060 有異香，[三][宮]2103 遵老教，[三][宮]2104 今捨舊，[三][宮]2109 魯詎述，[三][宮]2122，[三][宮]2122 覆從烏，[三][宮]2122 果，[三][宮]2122 生此大，[三][宮]2122 剃頭爲，[三][宮]2123 凡十四，[三][宮]2123 復不如，[三][宮]2123 疲乏不，[三][宮]下同 274 更興心，[三][宮]下同 1451 掌翻鳴，[三][甲]895 逆父母，[三][甲][乙]2087 往菩提，[三][聖]125 復時臣，[三][聖]172，[三][聖]643，[三]23 遂喜即，[三]44 生天爲，[三]50 復者此，[三]100，[三]125 復爾時，[三]125 復好，[三]125 復之人，[三]149 復心猶，[三]152 曰，[三]154 義絶稀，[三]156 不移投，[三]180，[三]184 其，[三]184 終而復，[三]187 天上，[三]187 未摧釋，[三]189，[三]189 致令大，[三]192，[三]193，[三]193 大震動，[三]193 其事者，[三]193 震動，[三]196 覆三召，[三]196 身出水，[三]199 鬱單曰，[三]201 欲見毀，[三]203 覆尋之，[三]203 執辭如，[三]205 迦葉鉢，[三]212 退還至，[三]222，[三]374 聖教向，[三]374 我，[三]398 其流十，[三]398 數也而，[三]398 震動寶，[三]399 震動甚，[三]401 復而不，[三]1424 之不能，[三]1440 亂王，[三]2060 跡，[三]2063 後，[三]2063 止此一，[三]2103 合藥須，[三]2106 視果及，[三]2145 乃現形，[三]2145 之，[三]2149 北天復，[三]2149 九首，[三]2154 覆大義，[三]2154 還去以，[三]2154 路窮幽，[三]2154 乃現，[三]下同 1301 耳時衆，[三]下同 1339 得衆苦，[聖]、變[甲]1851 作辟支，[聖]125 親他人，[聖]1602 此三有，[宋][宮]2060 遂，[宋][元][宮]495，[宋][元][宮]2060 導應聲，[宋][元]401 震動大，[乙]850 鉤向身，[乙]1723，[乙]1822 難論，[乙]1822 釋此即，[乙]2812 更爲惡，[元]2016 時非覆，[元][明]292 退還不，[元][明]658 恭，[元][明]1301 逆爾時，[元]190 還，[原]、[甲]1744 解反，[原]、[乙]1744，[知]384 復修諸。

恢：[宋][元]201 側無可。

復：[聖]383 説是麁。

改：[三]2102 往修來。

更：[甲][乙]1822 問也，[三]71 免爲人，[三][宮]374 飲諸欲。

功：[明]469 字時是。

歸：[甲]2204 之者是，[三][宮]2060 俗三年。

還：[三][宮]2060 乞貧人。

及：[丙]897 濕二合，[宮]222 復事所，[宮]1503 助他言，[宮]221 誹謗言，[宮]224 呼有身，[宮]263 聞所在，[宮]374 食之二，[宮]901 手，[宮]1425 縛兩手，[宮]1425 欲繫我，[宮]1562 詰聲論，[宮]2060 求所明，[宮]2111 經以勸，[宮]2121 見過患，[宮]2123，[甲]899 諸音樂，[甲]2266 著，[甲]2299 照義耶，[甲][乙][丙]1866 前相即，[甲][乙]1822，[甲][乙]

1822 難也難，[甲][乙]2219 心故興，[甲][乙]2778 說法不，[甲]1246 相又二，[甲]1512 質者然，[甲]1709 明空從，[甲]1718 迷還正，[甲]1731 爲穢此，[甲]1733 通如理，[甲]1775 之也非，[甲]1805 追教逐，[甲]1816 解論逐，[甲]1816 受生死，[甲]1828 緣五根，[甲]1834 問長者，[甲]1863 彼妄通，[甲]1863 示小徑，[甲]1965 然則不，[甲]2128 孔注論，[甲]2128 聲類槽，[甲]2128 下居月，[甲]2217 顯而，[甲]2266，[甲]2266 分別通，[甲]2266 順五趣，[甲]2270，[甲]2339 以會歸，[明]1559 問記耶，[明]2123 勝過此，[明]701 報之福，[明]1648 於非行，[三][宮]351 去求外，[三][宮]1507 爲對，[三][宮]2122 命不久，[三][宮]221 爾法所，[三][宮]288 復，[三][宮]397 向他人，[三][宮]589 與聲聞，[三][宮]606 捨無有，[三][宮]618 是三淨，[三][宮]622 濁清，[三][宮]624 成就菩，[三][宮]636 欲滅之，[三][宮]1421 揩拭若，[三][宮]1425 欲繫，[三][宮]1462 觀以此，[三][宮]1488 善男子，[三][宮]1545 詰難者，[三][宮]1546 有漏意，[三][宮]1579 生誹謗，[三][宮]1605 懷怖畏，[三][宮]1606 懷怖畏，[三][宮]2029 輕重亂，[三][宮]2045 放逸行，[三][宮]2060 之二子，[三][宮]2102 內修簡，[三][宮]2102 之況精，[三][宮]2103 邑先生，[三][宮]2122，[三][宮]2122 報，[三][宮]2122 觀香泥，[三][宮]

2122 念婬泆，[三][宮]2122 張奴與，[三][宮]2123，[三][聖]158 樂爲三，[三]23 婬亂是，[三]26，[三]146 明日我，[三]152 覆，[三]188 見空馬，[三]198 應不過，[三]292 盡其原，[三]361，[三]865 安弟子，[三]1096 又在掌，[三]1123 相鉤，[三]1341 欲誹謗，[三]1442 破自腹，[三]2103 僧亦相，[三]2110，[三]2145，[三]2154 僧祐錄，[聖]、乃[乙]2157 敬心祈，[聖]1421 不如後，[聖][另]790 婬人婦，[聖]26 尾迴或，[聖]125 言是樂，[聖]210 食其身，[聖]224 滅無處，[聖]225 念用我，[聖]324 趣當知，[聖]1421 抄衣人，[聖]1440 三問得，[聖]1440 於出家，[聖]1459 盜他財，[聖]1562 詰彼宗，[聖]1763 故云自，[聖]1763 與四，[聖]1788 以，[另]1721 本名爲，[宋]、返[宮]477 逆事，[宋][宮]、友[元][明]606 身廣大，[宋][宮]224 見小王，[宋][宮]403 眞因得，[宋][宮]2060 剋，[宋][宮]2103 則僵尸，[宋][宮]2122 命初帝，[宋][宮]2123 此六種，[宋][明][宮]813 依穀苗，[宋][元]、乃[宮]411 生憎嫉，[宋][元][宮]1566 成重，[宋]322 欲人承，[宋]2041 啓其，[宋]2121 震動雨，[乙][丙]2777 論而不，[乙]1069 相，[乙]1772 修七聖，[乙]2223 供能生，[乙]2394 當於道，[乙]2408 生花木，[元][宮]721 胃逆，[元][明][宮][聖]351，[元][明]99，[元][明]150，[元][明]1421 倒露形，[元][明]2102 禮古

今，[元]2102 去道不，[元]2122 爲虛
説，[原]2408 自身心。

汲：[甲]1924 流盡源。

交：[甲]1775 有明爲，[甲]1151
入縛，[明]2125，[三][宮]2122 違佛
教。

久：[三][宮]269 呼未，[三][宮]
2122 遂總釋，[三][知]418，[聖]210
入淵棄，[原]2196 劫在生。

具：[甲]2410 也。

力：[明][乙]1092 濕二。

列：[甲]2128 作古字。

六：[明]258 訖三二。

乃：[宮]1558 詰捨置，[甲]1816
釋若塵，[明]225 作是念，[三]99 拱
而出，[三][宮]2121 其舊居，[三][宮]
2122 説其善，[三][宮]598 不能發，
[三][宮]2060 同腐芥，[三]99 得甘露，
[三]212 貴重，[宋][宮]、及[聖]1509
成病是。

切：[丙]954 悉地悉，[甲]、一
[乙]2207 説文，[甲][乙]2207 進也尊，
[甲][乙]2207 又，[甲][乙]2250 黃門
者，[甲][乙]2250 閑謂習，[甲][乙]
2250 又音封，[甲]893 那曳欲，[甲]
1024 下同弊，[甲]2128 謂，[甲]2207，
[甲]2207 或言因，[甲]2207 糺，[甲]
2207 老子曰，[甲]2207 牟子曰，[甲]
2207 説文出，[甲]2207 説文振，[甲]
2207 又音，[明]、一[甲]971 下同沒，
[明]、一[甲]1356 沙摩，[明]、反已
下並同音五字[宋][元][宮]、反已
下

並同四字[明]397 二阿婆，[明]、不
[宮]1464 來入城，[明]、反三[宮]397
麼帝，[明]310 理底曩，[明]397 頭摩
帝，[明]405 下，[明]1018 體疊一，
[明]1365 已下同，[明]2123 般若波，
[明][丙]866，[明][丙]930，[明][丙]
931 五，[明][丙]954 儞也二，[明][丙]
1202 叱瑟吒，[明][丙]1211 下同瑟，
[明][丙]1214 麼他，[明][丁]1199，
[明][宮]、也[甲]2053 赤建國，[明]
[甲]901 跢曳二，[明][甲]951 下同
勃，[明][甲]1177 曼，[明][甲][丙]866
十二跋，[明][甲]893 比并也，[明]
[甲]901，[明][甲]901 二三藐，[明]
[甲]901 毘社夜，[明][甲]901 三莎去，
[明][甲]901 十五莎，[明][甲]901 四
莎訶，[明][甲]901 娑上，[明][甲]901
陀壇，[明][甲]951 四，[明][甲]951 下
同伽，[明][甲]964 賀，[明][甲]995，
[明][甲]1009 一阿谿，[明][甲]1173
普囉捺，[明][甲]1175 吠，[明][甲]
1175 一薩嚩，[明][甲]1176 乞叉，
[明][甲]1177 薩嚩怛，[明][甲]1227
下同婆，[明][甲]1323 四軍拏，[明]
[甲]下同 901 去音上，[明][甲]下同
901 三，[明][甲]下同 901 四薩婆，
[明][甲]下同 989 婆去引，[明][甲]下
同 989 瑟恥二，[明][乙]1092 窒，[明]
[乙]1092 窒都結，[明][乙]908 娑嚩
二，[明][乙]921 訶跢儞，[明][乙]921
引，[明][乙]950，[明][乙]950 誐枳
禮，[明][乙]983 引，[明][乙]1008 瑟

恥二，[明][乙]1075 他三唵，[明][乙]1076 微曳二，[明][乙]1086，[明][乙]1092 縒六囉，[明][乙]1092 麼戍悌，[明][乙]1092 五，[明][乙]1092 下同，[明][乙]1092 下同多，[明][乙]1092 下同音，[明][乙]1145 二揭魚，[明][乙]1146，[明][乙]1174，[明][乙]1260 三訶謨，[明][乙]下同 1092，[明][乙]下同 1000 娑嚩二，[明][乙]下同 1092，[明][乙]下同 1092 下同，[明][乙]下同 1092 下同音，[明][乙]下同 1092 窒丁，[明][乙]下同 1092 窒丁結，[明][乙]下同 1100 迦引野，[明]190 尼書，[明]246，[明]246 者娜引，[明]258 下同野，[明]261 濕嚩二，[明]262，[明]262 隸一摩，[明]294 釤音跊，[明]295 字時入，[明]383 至，[明]397，[明]397 伽摩，[明]397 賀耶斯，[明]397 唎夜跋，[明]397 麼帝三，[明]397 寐十，[明]397 毘夜，[明]397 伔必利，[明]397 十，[明]397 十五蘇，[明]397 提，[明]397 提二伽，[明]397 頭摩帝，[明]397 炎阿泥，[明]397 欝盧達，[明]402 殊二十，[明]402 耶母闍，[明]405 漏母漏，[明]443，[明]443 遇魯胡，[明]486 婆見是，[明]586 南無佛，[明]620 迦伏丘，[明]620 陀邏崛，[明]665 喇娑喇，[明]665 囇安，[明]665 摩也，[明]719 舍佉二，[明]847 字奢摩，[明]848嘌多二，[明]848 寧上，[明]848 諾，[明]848 下同一，[明]848

一微濕，[明]856 賀，[明]865，[明]865 哆捏，[明]865 微騰迦，[明]866 護，[明]873 耽，[明]873 囉引，[明]873 毘藥二，[明]876 下同婆，[明]894，[明]894 尸吠扇，[明]937 帝阿播，[明]937嘌麼二，[明]943 下同野，[明]948 下同曩，[明]950 賀，[明]954 尼印側，[明]972 三尾始，[明]978 野波哩，[明]982 諛，[明]991 兜引修，[明]991 師，[明]992 毘闍耶，[明]993 師，[明]994 微，[明]997，[明]1005 瑟恥二，[明]1005 馱上，[明]1007 瑟咤二，[明]1014 一阿，[明]1034 耶，[明]1035 夜弋可，[明]1037 引，[明]1046 地除隸，[明]1048 二合覩，[明]1048 二合哆，[明]1056 引跛娑，[明]1056 引三，[明]1058 耶薩婆，[明]1058 耶一那，[明]1069 娑嚩二，[明]1069 下同，[明]1071 十一社，[明]1087 廢亡兮，[明]1092 曩輕呼，[明]1092 四，[明]1092 下同音，[明]1096 燒物也，[明]1097 迦印，[明]1132 鐸薩嚩，[明]1137 三摩陀，[明]1157 十曼底，[明]1165 室囉二，[明]1169 娑引達，[明]1237 路，[明]1299 底耶二，[明]1331 下同遮，[明]1340 婆利，[明]1341 摩也隋，[明]1341 聖實諦，[明]1341 手迦何，[明]1341 兮，[明]1346 句三，[明]1347 娑嚩二，[明]1354 隸寐隸，[明]1354 他優波，[明]1355 嚩跰准，[明]1356 娑禰七，[明]1360 羼諦羼，[明]1374 怛姪他，

[明]1397 談，[明]1402 稱名五，[明]1509 波他秦，[明]1543 耆羅，[明]1559 差多羅，[明]1559 法不爾，[明]1559 是彼正，[明]1682 娑，[明]2033 那心及，[明]2053 露多國，[明]2110 燿於日，[明]2122，[明]2122 般若波，[明]2122 怛邏，[明]2122 陀邏崛，[明]2122 重者，[明]2123 室重者，[明]2125，[明]2125 是呪願，[明]2154，[明]2154 反步隋，[明]2154 奘法師，[明]下同 220 下悉同，[明]下同 293 字時能，[明]下同 310 二合挈，[明]下同 340 哆答鞞，[明]下同 411 摩讖蒲，[明]下同 587 自下皆，[明]下同 614 呵阿，[明]下同 614 路，[明]下同 665 尸羅末，[明]下同 672 下同二，[明]下同 831，[明]下同 847 體曡一，[明]下同 968 二合鉢，[明]下同 969 薩普，[明]下同 974 帝，[明]下同 982 伽去，[明]下同 982 九，[明]下同 984 後皆同，[明]下同 984 羅訶羅，[明]下同 986 毘迦帝，[明]下同 1006，[明]下同 1032，[明]下同 1080 上，[明]下同 1106 轉舌哩，[明]下同 1139 下皆同，[明]下同 1164 帝引四，[明]下同 1243 引攞計，[明]下同 1284 婆羅惹，[明]下同 1336 呪反梨，[明]下同 1337 下同姪，[明]下同 1392 誐婆蒲，[明]以下眞言皆同 1147 謨八左，[三][乙]950 字毒不，[三][乙]1244 上同九，[三][乙]1244 引濕嚩，[三]2154 幼至大，[乙]1238

牟尼牟，[乙]2207 西國。

人：[宮]1421 上。

聲：[三][宮]2122 迦夜。

雙：[甲][乙]2387 相鉤轉。

四：[明][和]261 怒。

頭：[乙]2408 叉，[原]2248 者一方。

爲：[甲][乙]1822 難也心，[甲][乙]1822 問有部。

文：[甲]2128 也。

訓：[甲][乙]2207。

也：[甲][乙]1796，[甲][乙]1796 嚩無汗，[甲]2128，[甲]2129，[甲]2129 下秦昔，[乙]2207。

易：[甲]2266 況得聖。

引：[三]1336 聲反，[三]1682 弩。

友：[宮]2121 射前大，[宮]2122 覆喜殺，[甲]2128 禮記龜，[甲]1735 力師資，[甲]1736 此者，[三][宮]606 不顧念，[三][宮]2122 不施福，[三]5 賊毀仁，[聖]225 隨其行，[聖]1509，[宋][元]1548 稱其善，[元]、返[甲]895 生邪見。

有：[宮]1425 天。

又：[甲]2128 此云妙，[甲]2128 所以聰，[甲]2207。

與：[甲]2255 不共無。

仄：[甲]、峻[乙][丙][丁][戊][己]、反一作峻夾註[甲][丁]2092，[甲]1969 右建塔。

支：[甲]2128 國善眩，[乙][丁]2244 二反心。

[三][宮]2060 故林有，[三][宮]2103，[三][宮]2121 更以我，[三][宮]2121 逆害父，[三][宮]2121 逆王勅，[三][宮]2121 逆無義，[三][宮]2122，[三][宮]2122 本八念，[三][宮]2122 惡爲善，[三][宮]2122 覆，[三][宮]2122 何以故，[三][宮]2122 迴旋飛，[三][宮]2122 來舐我，[三][宮]2122 路見一，[三][宮]2122 舍報夫，[三][宮]2122 生兜術，[三][宮]2122 是謂瞻，[三][宮]2122 震，[三][宮]2122 震動阿，[三][宮]2122 周旋常，[三][宮]下同 1421 復以此，[三][宮]下同 1421 誓不，[三][聖]190 更與其，[三][聖]26 念不向，[三][聖]26 已汝問，[三][聖]99 俗還戒，[三][聖]125 縛遶，[三][聖]125 更有汗，[三][聖]157 雨寶復，[三][聖]190 還入迦，[三][聖]190 脫至城，[三][聖]190 欲向家，[三][聖]375 生死繩，[三][乙]下同 1092 大，[三]1 必成道，[三]1 身體碎，[三]1 談論爾，[三]1 無數廣，[三]1 作轉輪，[三]24 墮落，[三]99 亦不害，[三]100，[三]100 常沒於，[三]100 戾聞世，[三]125 受其苦，[三]152 告伯曰，[三]152 具聞國，[三]152 七寶宮，[三]154 王宮彼，[三]156 入於大，[三]157，[三]158 受龍身，[三]158 雨種種，[三]185 獨空歸，[三]193，[三]202 更樂惡，[三]203，[三]203 成壞時，[三]203 到迴淵，[三]203 唯一婆，[三]203 問如王，[三]203 言多入，[三]203 猶故不，[三]

209 得苦惱，[三]245 逆或赤，[三]245 逆罪言，[三]245 照樂虛，[三]264 遊行縱，[三]279 震，[三]375，[三]375 成，[三]375 濟，[三]375 爲在何，[三]375 震動提，[三]375 周旋名，[三]397，[三]397 震動無，[三]1331，[三]1466 聞狂先，[三]2088 爲一小，[三]2154 覆大義，[聖]125 報想快，[聖]125 是謂，[聖]190，[聖]375 所止，[聖]1509 生死修，[聖]1788，[聖]2157 覆大義，[聖]2157 乃現形，[另]1458 報，[宋][甲]971 傍生之，[宋][明]、及[元]186 一切皆，[宋][元][宮]721 是名第，[宋][元][宮]1463 言，[宋][元][宮]2122 疲乏不，[宋][元][宮]2122 爲天王，[宋][元]1 必成道，[宋][元]155 即便説，[宋][元]751 復經，[宋][元]2060 還住舊，[宋][元]2103，[宋]262 遊行縱，[宋]374 所止之，[乙]1929 從念受，[元]945 源，[元][明]309 逆不以，[元][明]329 足鬼者，[元][明]589 復心常，[元][明]945 如是故，[元][明]945 息循空，[元][明]945 徵其剩，[元]272 而不相，[原]1869 前可。

還：[甲]2778 妙喜，[甲][乙]1866 經時，[甲][乙]2263 遍在色，[甲][乙]2263 非，[明]658 無所畏，[三]2087 獨無，[乙]2263 緣自之。

及：[宮]2060 而二親，[甲]1717 者通舉，[三][宮]1593 遊五，[聖]211 不遜彼，[聖]1788 成一假，[聖]2157 道小，[聖]2157 至執師，[原]1851 爲

非因。

來：[三][宮]、反[聖]266 佛慧難。

匹：[三][宮]2102 婦近入。

示：[三]212 其原。

送：[宮]2041 宮。

通：[乙]2215 對除遣，[乙]2263 前師可，[原]1851 障。

退：[明]261 不獲一，[元][明]2060 即大業。

違：[甲]2271 宗故因，[甲]2249 者尤，[甲]2270 故名爲。

五：[三]1331 逆無反。

遙：[甲]2217 同如來。

犯

把：[甲]2366 刃之時，[三][宮]2121 七步蛇。

抱：[甲]1238 觸女人，[宋][宮]2103 越常情。

不：[乙]2795 請足四。

成：[三][宮]1464 棄捐不，[乙]2263 也。

得：[三][宮]1435 突吉羅，[三][宮]1437 波羅，[聖]1427 波羅夷，[元][明]2122 罪也輕。

法：[三][宮]1500 失菩薩。

共：[三][宮]2103 使怒及。

故：[另]1428 突吉羅。

還：[三][宮][聖][另]1458。

害：[甲]2878 者衆招。

化：[甲]1733 他故名，[甲]1744 戒今知，[甲]1806，[甲]1813 並准可，[甲]1813 不傳故，[甲]2270 身來下，

[聖][另]790 弱，[原]1744 頓制小。

患：[三]1336 難者拯。

紀：[知]741 不與取。

記：[元]2122 律往至。

狂：[甲]1813 亂及地，[甲]2299 亂云云，[三][聖]1462 失心者，[另]1435，[宋][元][宮]1466 二事方。

名：[明]2123 染污起。

能：[三][宮][甲]901 如是速。

尼：[宮]1428 突吉羅。

狃：[宋]321。

念：[三][宮]1428 罪今從。

判：[甲]1763 爲犯也。

破：[甲]2261 二在。

起：[甲]2195 利益廣。

缺：[三]1433 戒應更，[三][宮]389 若人能。

忍：[三]、急[聖]211 他。

勝：[甲]2381 戒力作。

稅：[聖]1462 師曰我。

説：[宋][元][宮]、破[明]1435 戒相貌。

死：[甲]1813 約心得，[三][宮]1462 此比丘，[乙]1822 邪行總，[原]1778 罪悔除。

祀：[三]、禮[宮]2102 亦猶蟲。

他：[甲][乙]2254 也蔑者，[甲]2217 勝處法，[甲]2270 故得名。

邪：[三][宮]500 吾自攝。

已：[宮]1808，[三]1458 由依污，[宋][宮]1428 其受戒，[元]1424 波逸提。

罪：[三][聖]1441 突吉羅，[乙]

2795 翻覆水。

作：[三][宮]1428 能持不。

氿

氾：[三][宮]398 流已度，[三]2145 然因法。

記：[甲]2128 同敷釘。

絕：[三][宮]342 流不懷。

汎

從：[甲][乙]1822 明有貪。

凡：[甲]1821 生勝解，[甲]1828 佛說法，[甲]1851 解有二，[甲]2305 舉諸德，[三][宮]2123 僧食後，[宋][元][宮]2103 俗乃輪，[乙]1709 論漸頓。

氾：[三]474 不中流，[宋][宮][聖]627。

泛：[甲]1733 論列衆，[甲]1932 爲通，[甲][乙]1821 爾起者，[甲][乙]1822 爾，[甲]1804 明前後，[甲]1821 明諸士，[甲]1828，[明][和]293 生死海，[三]、沈[宮]2060 旋轉合，[三][宮]1644 漾，[三][宮]2053 彩，[三][宮]2060 愛通博，[三]220 漾遊，[宋][元][宮]1428 漲漂失。

浮：[甲]1728 海向扶。

瓠：[甲]2261 見文相。

況：[聖]1733 是。

流：[三]2110 長川至。

沈：[甲]2270 思詞窮，[甲]1782 濫而起，[甲]2211，[甲]2266 爾有漏，[甲]2297 隱之法，[三][宮]2060 博，

[三][宮]2060 泳少時，[三]159 水故力，[三]2060 氏丹陽，[宋][宮]2060 愛寺忽，[元]208 之輒如。

汛：[甲]1828 聲有三。

沆：[甲]2290 爾。

泛

從：[甲]1821 明得果，[乙]1821 明諸事。

法：[甲]1821 爾起下，[甲]2396 明根性。

汎：[宮]2059 海影化，[甲]1736 明受，[甲]1751 明諸佛，[甲]1792 論一切，[甲]1805 爾無記，[甲]2013 禪波於，[甲]2015 信渾沌，[三]、況[宮]2102 無主轉，[三]、沈[宮]2059 顯傍文，[三][宮][聖][另]1428 漲，[三][宮]664，[三][宮]1562 爾害故，[三][宮]2059 漾洪波，[三][宮]2059 舟東下，[三][宮]2085 海而至，[三][宮]2102 海像來，[三][宮]2103，[三][宮]2103 此欲，[三][宮]2121，[三][宮]2121 汝舶入，[三][乙]1092 花四門，[三]220 嘉名而，[三]2066 滄溟風，[三]2085 海西南，[三]2103 八解之，[三]2106 濫頃之，[宋][元]2110 愛優美。

廣：[乙]1821 明愛有。

況：[甲]1736 舉因緣。

洽：[甲]2119 提河援。

沈：[宮]2059 空飛篤，[宋]、汎[元][明]2102 三染之。

雖：[甲]1821 明諸論。

隨：[明]1000。

頯：[明]2060 淺流。

汪：[甲]2250 漫無簡。

范

華：[甲][乙]2120 史。

苑：[宮]2040 路由恒。

梵

寶：[原]1890 網。

楚：[甲]2128 語上奴，[甲]2128，[甲]2128 之楚夏，[明]212 志無有，[三]616 行梵乘，[原]2196 乙反刀。

瓷：[甲]874 等。

等：[宮]657 諸天來。

翻：[甲]2219，[原]2194 語。

凡：[三]187 聖生諸，[原]1771 夫修行。

犯：[宮][甲]1912，[甲]2787 行也所，[宋][明]1336 不恚之。

飯：[甲]1912 王領四。

焚：[三][宮]2122 地，[宋][元]2061 香端坐，[乙][丙]1201 燒。

故：[宮]、胡[聖]1522 文口自，[三][宮]1505 曰自有。

胡：[宮][甲]2053 僧至爲，[宮][聖][另]1543 本一百，[宮][聖]1543 本四百，[宮]618 本中無，[宮]1464 書佛念，[宮]1505 佛念佛，[宮]1543 本一百，[宮]1552 音云毘，[宮]1552 音云三，[宮]1552 音中亦，[宮]2045 本三百，[宮]2059，[宮]2059 本羅什，[宮]2059 漢，[宮]2059 僧入，[宮]2059 僧散華，[宮]2059 僧數人，[宮]2059

音以詠，[宮]2122 書見西，[甲]1775，[甲]1775 本，[甲]1775 本菩提，[甲]1775 本云，[甲]1775 本云無，[甲]1775 本云雜，[甲]1775 音中，[甲]2068 僧入坐，[甲]2255，[三][宮][聖]1425 本還，[三][宮]227 文雅質，[三][宮]1466 本云與，[三][宮]1634 本耳問，[三][宮]2034，[三][宮]2121 言韋，[三][宮]2122 道人頭，[三][宮]2122 漢事有，[三][宮]2122 僧，[三][宮]2122 沙門衣，[三][宮]2122 書見西，[三][宮]2122 音，[三][宮]2122 語梵，[三][宮]2122 語數番，[三]2059 道人拔，[聖][另]1543 本二百，[聖]823，[宋][宮]、－[聖][另]1543 本二百，[宋][宮]、－[聖][另]1543 本一百，[宋][宮][聖][另]1543 本二百，[宋][宮][聖][另]1543 本三百，[宋][宮][聖][另]1543 本五百，[宋][宮][聖][另]1543 本一百，[宋][宮][聖]1543 本一百，[宋][宮]285 本手自，[宋][宮]387 本長三，[宋][宮]387 本長一，[宋][宮]679 音云木，[宋][宮]833 文廣崇，[宋][宮]1425，[宋][宮]1466 本用，[宋][宮]2034 爲秦有，[宋][宮]2059 本相，[宋][宮]2059 語數番，[宋][宮]2122，[宋][宮]2122 本還至，[宋][宮]2122 服披綾，[宋][宮]2122 僧來云，[宋][元][宮]1546 本十萬，[宋][元][宮][聖][另]1543 本，[宋][元][宮][聖][另]1543 本二百，[宋][元][宮][聖][另]1543 本三百，[宋][元][宮][聖][另]1543 本五百，[宋][元]

[宮][聖][另]1543 本一百，[宋][元][宮]
[聖][另]1543 本一千，[宋][元][宮][聖]
1543 本三百，[宋][元][宮][聖]1543 本
五百，[宋][元][宮][另]1543 本三百，
[宋][元][宮][另]1543 本一百，[宋][元]
[宮][另]1543 言明智，[宋][元][宮]794
本口自，[宋][元][宮]1421 文于，[宋]
[元][宮]1425 本蠱，[宋][元][宮]1462，
[宋][元][宮]1462 本無有，[宋][元][宮]
1543 本三百，[宋][元][甲]1007 語蘇
乾，[宋]2145 本善見，[宋]2145 文書。

晃：[聖]310 曜。

禁：[甲]1804 戒本等，[三][宮]
338 戒，[三][宮]585 行亦無，[三][宮]
625 行，[三]1435 罰不使。

淨：[聖]1428 行謗清，[聖]1579
志無常。

舊：[三][宮]2122 云毘舍。

居：[元]26 志居士。

類：[宋][元]1544 志名數。

林：[丁]2244 宅山宅，[宋]1582
行亦一。

螺：[三]2110 蟲聲功。

門：[明][丙]、鑊[甲][乙]1214。

魔：[三]203 衆無有。

燒：[聖]1721 者上直。

施：[乙]2408 無畏。

是：[三][宮]1646 名涅槃。

樹：[聖]1818 云信力。

宋：[宋][元][宮]2122 言阿那。

唐：[甲]2081 云不空。

萬：[明]30 行之法，[明]2125 言
即是。

無：[聖]200 所眼。

正：[明]2103 於寂泊。

執：[甲]1816 本不長。

販

敗：[甲]1969 九十六。

財：[宮]1804 易衣物。

度：[甲]1811 賣良人。

及：[明]1484 賣。

買：[三][宮]1437 賣者尼。

飯

餅：[宮]901 粳米乳，[宮]1428
麨，[宮]1435 中著不，[宮]1442 而
出，[宮]1462 至家與，[宮]1470，[宮]
1602 所長常，[明]1458 謂雜，[明]
1462 供諸衆，[明]1466 魚肉，[明]
1545 是，[三]、飲[宮]1428 乾，[三]
[宮][另]1442 二，[三][宮]1428 魚及
肉，[三][宮]1442 而食熱，[三][宮]
1443 即以俗，[三][宮]1452 或，[三]
[宮]1453 麥豆餅，[三][宮]1456 酪葉
承，[三][宮]1459，[三][宮]1459 或時
命，[三][宮]1459 粥，[三][宮]1462 不
得乞，[三][宮]1462 至家與，[三][甲]
901 乳酪等，[三]1435 麨，[三]1441
取餘物，[三]2125 方長身，[三]2125
一，[三]下同 1441 得食不，[聖][另]
1442 食訖收，[聖][另]1442 食訖執，
[聖][另]1451 便熟持，[聖][另]1451
二得鞭，[聖]1451 鉢自將，[聖]1451
次著羹，[聖]1451 食訖收，[聖]下同
1442 者以鉢，[另]1442 食訖，[另]

1442 食訖收，[另]1442 食訖往，[另]1442 食已剃，[另]1442 王生一，[另]1442 中者謂，[另]1451 加以清，[另]1451 熟，[另]1451 之人非，[元]下同1462。

餅：[三][宮]748 恒飢不，[三][宮]1809 糗乾飯，[宋][宮]、飲[明]226 食床。

鉢：[三]685 右手搏。

梵：[甲]1736 王是疏。

餅：[宮]226 或時就。

供：[三][宮]2123 佛請。

華：[明][乙]994 果等。

麥：[宮]1425 佛即以。

弄：[聖]643 羅漢者。

食：[甲][乙]1866 餓，[明]1462 得，[三][宮]317 春更萬，[三][宮]606 麥飯，[三][宮][聖]1429 若比丘，[三][宮]534 惟，[三][宮]626 滿鉢齎，[三][宮]638 自然燒，[三][宮]685，[三][宮]2121 與我我，[三][聖]178 來耶婬，[三][聖]1426 器應當，[三]643 污父母，[三]2063 不，[聖]125 彼如來，[聖]1421 水，[聖]1436 應當學，[宋][元]150，[宋][元]374 香美食，[乙]2777 之餘以，[原]1287 上分供。

飾：[甲]2748 饍者稱。

飼：[三]2088 虎處東，[三][宮]1558 將，[三][宮]2121 虎今唯，[三][宮]2121 師子，[原][甲]、飢[原]、餓[原]2196 虎求法。

餉：[聖]172 諸仙衆。

欽：[明]1341 食種種。

飲：[三][宮]549 食供養，[三][宮]2121 食日日，[三][宮][聖]1435 食，[三][宮][聖]1602 食爲治，[三][宮]425 食澡手，[三][宮]433 食畢訖，[三][宮]538 食訖比，[三][宮]544 食即，[三][宮]553 食佛言，[三][宮]570 食被服，[三][宮]744 食甘美，[三][宮]824 食大如，[三][宮]1435 食犯突，[三][宮]1435 食自恣，[三][宮]1435 作羹作，[三][宮]1435 作粥作，[三][宮]1436 食是比，[三][宮]1442 食訖收，[三][宮]1443 食及諸，[三][宮]1648 食應自，[三][宮]2122 食，[三][宮]2122 食是劫，[三]732 食見好，[三]1435，[三]1435 食在露，[聖]1443 若返問，[元][明]721 食賤取，[元][明]2122 食甘菓，[原]1957。

飲：[宋][宮]337 食汝何，[宮]263 食自恣，[宮]310 食臥具，[宮]618 低頭內，[宮]1428 若在温，[甲][乙]894 三兩十，[甲][乙][丙]1098 食真言，[甲][乙]912 食以石，[甲][乙]2393 食如法，[甲]912 食置小，[甲]1709 食供養，[甲]1804 僧訖，[甲]2120 食，[甲]2128 大釜也，[甲]2130，[明][宮]1425，[明]125 食床臥，[明]162 食不我，[明]212 食床臥，[明]1464 食，[明]2110 牛，[三][宮]、餘[聖]1421 食長者，[三]721 於聚落，[三][宮][聖]1458 食衣花，[三][宮]263 食，[三][宮]309 食床，[三][宮]324 食之具，[三][宮]376 食供養，[三][宮]632 食床臥，[三][宮]635 食床臥，[三][宮]

640 食得安，[三][宮]1425，[三][宮]1425 不得吸，[三][宮]1425 食盛，[三][宮]1428，[三][宮]1428 飯食若，[三][宮]1428 食，[三][宮]1428 食得肉，[三][宮]1428 食飯佛，[三][宮]1428 食即，[三][宮]1428 食時慈，[三][宮]1428 食以衣，[三][宮]1453 食將獻，[三][宮]1463 食不尊，[三][宮]1464 此比丘，[三][宮]1464 兩分亦，[三][宮]1464 食病瘦，[三][宮]1464 食十二，[三][宮]1464 食以相，[三][宮]1482 食訖仍，[三][宮]1508 食得出，[三][宮]2121 食會竟，[三][宮]2121 食既訖，[三][宮]2121 食具時，[三][宮]2121 食三五，[三][宮]2121 食送與，[三][宮]2121 食已畢，[三][宮]2121 食已竟，[三][宮]2122 食遣婢，[三][宮]2123 小飯食，[三][甲][乙]1200 食及諸，[三][甲]1313，[三][聖]125 食所從，[三][聖]125 食，[三][聖]125 食床臥，[三][聖]125 食皆悉，[三][聖]643 食行坐，[三][乙]1092 食持藥，[三]1 食，[三]1 食乘輿，[三]5 食氣力，[三]26，[三]69，[三]125 食，[三]125 食比丘，[三]125 食床，[三]125 食床褥，[三]125 食床臥，[三]125 食廣敷，[三]125 食惠施，[三]125 食知足，[三]150 食易消，[三]152 群烏衆，[三]156 食，[三]169 食常樂，[三]187 食訖詣，[三]190 食或應，[三]190 食將與，[三]196 食，[三]197 食時地，[三]200 食施與，[三]202 食，[三]202 食百味，[三]202 食供養，[三]202 食自然，[三]206 不積財，[三]206 食其香，[三]211 食教殺，[三]212，[三]212 食狀臥，[三]309 食病瘦，[三]362 食時前，[三]374 食供養，[三]1331 食之餘，[三]1433 食淨果，[三]2060 答曰非，[三]2063 而已，[三]2121 食自然，[聖]100 以奉世，[聖]125 食，[聖]125 食又有，[聖]200 食已，[聖]211 食皆，[聖]1463 酒亦不，[另]1428 食六群，[另]1428 者散棄，[宋][宮]626 食者悉，[宋][宮]2122 因發願，[宋]152 已，[乙]897 初，[乙]2394 歡喜漫，[元][明]、飯并餅[石]2125 并稠豆，[元][明]220 食衣服，[元][明]1425，[元][明]1464 食厨，[原]904 食燈明，[原]1251 食印准。

餘：[明]1472 時有三，[三][宮]2103 粱肉少。

飤

飲：[三]212。

範

薄：[三][宮]2060 究宗領。

梵：[三][宮][聖]272 波提般。

軌：[甲]893 則若，[甲]1733 又安布，[三][宮]2059 率素不，[乙]1723 訓匠群。

流：[宮]2060 攻研數。

式：[原]2410 云於。

軌：[三]22 屈伸進。

方

八：[甲]1870 界中根。

北：[乙]2391 不動東，[乙]2408。

比：[三][宮][甲]2053 之明。

不：[三][宮]2122 覩故内，[元]
[明]2103。

誠：[甲]1802 禮敬向。

處：[三][宮][聖]1428 跋難陀。

大：[甲]2274 非，[三]721 焦熱
處。

單：[甲]、單有疑[乙]2263 如何，
[甲]2263 有疑如。

當：[甲]1828 生喜捨。

刀：[甲]1782 神變示，[甲]2039
爲五常。

得：[甲]1736 名審諦。

等：[甲]1736 成故有。

對：[乙]2092 此則夷。

而：[三]26 作是念，[原]1818 能
示無。

法：[宮]659 所出語，[宮][聖]278
則得法，[甲][乙]2207 言云窈，[甲]
[乙]2328 能發心，[甲]2266 從，[甲]
2412 界修生，[明]1086 亦舒直。

芳：[明]2060 墳用旌，[乙]2092
征長沙。

妨：[甲]2003 人僧舉，[明]1602
他及，[三][宮]1552 他，[元][明][宮]
374 處此彼。

房：[明]1458 僧若。

昉：[三]2153 州玉華。

舫：[宋]、枋[另]1509 舟而渡。

訪：[甲]2181 誌二卷。

放：[三]1341 大小便，[聖]606 求
之而。

分：[甲][乙]1822 得命終，[甲]
1512 故不可，[甲]1873 起與本，[甲]
2269 證所縁，[甲]2274 立，[甲]2300，
[甲]2396 四部云，[明]1336 四維上，
[三][宮]440 若干世，[三][宮]1509 若
微塵，[原]2339 段身即，[原]2339 申
遍計。

風：[甲]2036 觀俗指。

佛：[三][宮]2122 便説偈。

根：[三]2110 逗藥示。

宮：[甲]1089。

國：[甲]1736 應云覺。

海：[三][聖]211 自在所。

漢：[三]294。

號：[甲]1828 隨眠邪，[甲]2196
爲通，[明]432 莊嚴其，[聖]291 俗志
性，[宋][宮]2034 廣總持，[乙]2394
皆誦私。

後：[甲]1863 學餘教。

戶：[聖]2157 延聖壽。

互：[三][宮]2122 有羌蠻。

界：[甲]2244。

金：[元][明]2123 身丈六。

眷：[三]201 與諸婆。

來：[甲]1000 方廣大。

力：[宮]1799 鬼中品，[宮]403，
[宮]2102 訕高命，[宮]2103 外之人，
[甲]2128 謂四方，[甲][乙]1736 成緣
起，[甲][乙]1816 施福不，[甲]857 如
教説，[甲]1733 於諸佛，[甲]1735 得
生家，[甲]1735 等云一，[甲]1736 智
下會，[甲]1826 也雖復，[甲]1961 始
得生，[甲]2266 猶微至，[明]190，[明]

293 威德尊，[明]310 種種成，[明]
[甲]1177 懈怠，[明]1562 成麟角，
[明]1562 生故或，[明]1627 尊，[三]
[宮]310 無上最，[三][宮]278，[三][宮]
279 無餘智，[三][宮]398 以勢超，[三]
[宮]415 諸世尊，[三][宮]633 珍寶聚，
[三][宮]657 及四無，[三][宮]1428 人
象馬，[三][宮]1509 諸佛所，[三][宮]
1552 起見故，[三][宮]1563 成所許，
[三][宮]2059 仍於其，[三]291 者聖，
[三]310 諸如來，[聖]1581 於諸衆，
[乙]1796 所超越，[乙]1816 以父母，
[元][明]378 從本無，[元][明]1562 能
審慮。

劣：[宮]1507 乃得道，[甲]2262
無勝無。

林：[明]2060 之弗遠。

六：[甲]1736 有此有，[甲]1834
分極，[三][宮]1579 處有世，[三][乙]
1092，[聖][另]285 土見不，[元][明]
2016 大士一。

曼：[宋]、謾[元][明]125 今現在。

門：[明]694 毘沙門。

面：[三]375 有門一。

名：[宮]2104 爲譯。

乃：[宮]1509 遶，[甲]1722 名，
[甲]1744 起染淨，[甲]1782 初禪梵，
[甲]1805 全依曇，[三][宮]2060 舊，
[三]23 呼來相，[三]196 成其信，[宋]
2061 扁舟入，[乙]1723 敢食，[元]、
何[明]1425 言本誓。

巧：[三][宮]839 便宣顯。

切：[三][宮]286 光明，[醍]26 成

就遊。

取：[甲]1735 受取。

人：[甲]1921 有所求。

如：[甲]1736 法慧菩。

散：[三]201 推覓。

申：[三][宮]2122。

身：[甲]2396 何故經，[甲]2408
結護者，[三][宮]2125 即成觸，[乙]
2397 佛，[乙]2408。

十：[甲]1751 名爲深。

石：[三][聖]99 廣高大。

時：[元][明]1614。

世：[甲]1733 諸劫之。

歲：[宮]2122 卒於宅。

他：[原][甲][乙]2254 解等如。

天：[三][宮]、大[聖]272 國大薩。

帖：[乙]2263。

土：[甲]2128 榇其味，[甲]2195
凡見彼，[三][宮]2112 之教天，[聖]
1425 或和尚，[乙]1736 劫壞。

万：[宮]2058 羅漢飛，[宮]2108
委傳者，[甲]1736 等下辨，[甲]917 便
作斯，[甲]2035 是此土，[甲]2035 織
之次，[甲]2036 楊文郁，[甲]2039 方，
[甲]2261 大小，[甲]2339 統收，[三]
[宮]2102 翹轡手，[宋][元]2034 等決
經，[宋][元][宮]2058 羅漢及，[宋]278
世界亦，[宋]1562 斷故由，[原]1309
不失一，[原]1872 中。

萬：[丙]2381 受，[宮]2103 矯，
[甲][丙]2092 途隨意，[甲]1782 行，
[甲]2339 法異類，[甲]2395 一人得，
[明]2060 千，[明]2103 斯蔑如，[三]

[宮][甲][乙]901 劫超生,[三][宮]2121 氷山一,[三][宮]2123 一,[三]1 餘梵天,[三]135 里其地,[三]2121 毒不得,[三]2154 明王緣,[聖]613 二丈益,[聖]1512 大用是,[宋][宮]309 天子散,[宋][宮]2026 百由延,[宋][宮]2109 方猶,[宋]171 人民皆,[宋]2122 炎昊,[乙][丁]2244 怪令其,[元][明][宮]337 佛設爲,[元]155 衆僧沙,[原]1311 事通和。

王:[甲]966 多聞天,[三][宮]1494 經書呪。

望:[宮][甲]2008 得解。

爲:[甲]1736 何所,[甲]2299 言,[三][宮]1552 造論。

下:[宮]263 尊未曾,[甲]1805 二句明。

相:[原]2410 習。

行:[明]293 有一國。

玄:[明]2110 等經兩,[三]220 音罕。

言:[甲]2266 若任運,[三][宮][聖]1451 歸遂被,[乙][丙]1833,[元][明]2027 學之,[原][丙]1833 定道大。

央:[甲]2412 法界,[三]988。

樣:[甲]2312 如何答。

夜:[三][宮]1462 夢精出。

葉:[甲][乙]2192 名爲方。

一:[原]2396 所現四。

以:[甲]2202 鷙。

亦:[甲]2217 得止住,[三]1562 生又本,[聖]1563 便生自。

因:[甲]1736 便間名。

應:[甲]2314 知,[三][宮]2123 還若不。

友:[甲]1806 便不見。

有:[甲][乙]1822 成佛,[甲]1816 現他受,[甲]2269 譬喩故,[甲]2271 過之文,[明]398 損耗者,[明]1571 分無動,[三]2122 堪受法,[三][宮]425 便將養,[乙]2250 若准支,[元]660 所慈二。

於:[明][和]261 生,[原]、於[甲]1782 威儀應。

隅:[三][甲]1227 寧帝執。

緣:[乙]2249 此外不。

云:[宮]2059 思悔孫,[宮]2122 自悔責,[甲]2270 乃無過,[甲]1512 得無生,[甲]1733 得佛二,[甲]2270 是他比。

則:[三]1532 能畢。

者:[甲]2266 爲對下,[三]1033 爲成辦。

正:[宋]310 宗一普。

之:[三]1331 事亦復。

旨:[甲]1736 便得成。

治:[宮]2122 修治行。

中:[甲]1828,[三][宮]1442 國美,[三][宮]2103 會萬國。

子:[甲]2266 名二,[宋]之[元][明]212 便報其。

作:[元][明]2122 如。

邡

方:[三]2106 並是。

坊:[宋][元][宮]2122。

坊

等：[明]1299 諸畜坊。

兒：[三][宮]2122 罪等。

方：[甲]2036 鷹犬及，[明]1421 言沙門，[明]2110 至德清，[三][宮]321，[三]1058 誦呪一，[聖]2157 來觀盛。

枋：[元][明]2059 頭坊。

防：[甲]2266 皆是砌。

妨：[宮]411 罪等刹，[宮]2103 民居事，[甲]2266 亦須說。

房：[博]262 以四，[宮]1428 若三，[宮]1435 舍中即，[甲]2017 供養讚，[明]375 則生不，[明]749 見諸人，[明]1435 分作，[明]1435 以是事，[三]、防[知]1441 若空，[三][宮]1435 中有，[三][宮][聖]586，[三][宮][聖]1425 中患，[三][宮]848 若在巖，[三][宮]1425 不得使，[三][宮]1425 何等，[三][宮]1425 淨厨遣，[三][宮]1425 欲更治，[三][宮]1425 中敷席，[三][宮]1425 中患蚊，[三][宮]1425 中坐若，[三][宮]1435，[三][宮]1435 共某比，[三][宮]1435 居士即，[三][宮]1435 內高聲，[三][宮]1435 內諸比，[三][宮]1435 刹利婦，[三][宮]1435 舍不應，[三][宮]1435 舍中，[三][宮]1435 突吉羅，[三][宮]1464 時六群，[三][宮]2042 中有維，[三][宮]2122 已見僧，[三]26 中未曾，[三]2060 春秋七，[聖]200 精舍除，[聖]1425 院若，[宋][宮]397 中供養，[宋][宮]397 中無量，[宋][宮]397 中坐，[元][明][宮]下同 1435

中草若。

樓：[三][宮]2122 須達長。

垣：[三][聖]、援[宮]1425 中若有。

中：[三][宮]1421 案次食。

芳

苾：[宮]321。

等：[甲]2168 三藏傳。

方：[明]2131 物。

芬：[甲]1831 馥者其，[三][宮]2103 馨跡隨，[三][宮]2123 馥馨香。

號：[聖]2157 音布。

勞：[甲]2275 說若此。

茅：[甲]2196，[原]2130 底履那。

榮：[三][宮]2108 感福慶。

若：[三]1237 草若木。

芍：[三]833 華中曼。

鋩

餝：[甲][乙]1074 道場其。

防

阿：[元]1442。

塝：[宮]2102。

彼：[宮][聖]1421 雨露塵。

發：[宮][甲]1912 必爲未。

坊：[原]1898 州顯際。

妨：[甲]2087 也從此，[甲]2266，[甲]2266 種子第，[甲]2317 亦約，[明]2016 伴伴不，[三][宮][聖]272 礙是，[三][宮]2122 患八少，[原]2369 難何言。

訪：[三]2150 之，[宋]2106 人曳鎖。

功：[甲][乙]1822 備自。

阮：[三]2110 氏七錄。

守：[三][宮]1537 無罪感。

妨

謗：[甲]1851 他自舉，[乙]2263 難而。

弛：[三][聖]211 廢其兒。

方：[宮]745 修道業，[甲]1921 禪寂復，[甲]2218 故可，[三][宮]2122 從吾乞。

坊：[聖]1763 若不爾，[宋][元]2122。

防：[甲]、他[乙]1821 善心據，[甲][乙]2317 即隨所，[甲][乙]1821 不能成，[甲][乙]1822 也若不，[甲]1724 修故，[甲]1912 障者若，[甲]2125 道之極，[石]1509 知諸法，[乙]2328 難返破，[原]1776 過儀三，[原]2196 衆非故。

訪：[甲]2196 得金女。

放：[甲]1719 故。

故：[乙]1830 作是言。

廣：[三]2060 世稱筆。

好：[甲][乙]2250 文寶云，[甲]1816 難後逐，[甲]1816 難謂有，[三][宮]2060 我辱矣，[聖][另]1509 何況小，[另]1509 廢行道，[乙]2194 佛世有，[原]2262 然生無。

況：[三][宮]2122。

難：[乙]1736 中謂有。

然：[元][明]1488 何。

如：[甲]1884 還遍此，[宋][元]721 礙謂彼，[宋]1509。

殊：[甲][乙][丙]2089。

肪

肪：[甲][乙]2397 法師及。

房

本：[甲]2183 四分律。

部：[另]1443 知與此。

處：[三][宮][聖]625 敷座而，[聖]1435 者應與。

方：[聖][另]1451 所扣門，[聖]1440 舍竟僧。

坊：[宮]2025 中無人，[甲][乙][丙]2381 中若經，[甲]2792 破界有，[甲]下同 2371 云天台，[明]、地[宮]1435 僧地房，[明]203 住處其，[明]1435 別房垣，[明]1484 主，[明]2040 殺害比，[明]下同 1435 中直出，[三][宮]1421 具向諸，[三][宮][聖]586 若在宴，[三][宮][聖]1425 止宿晨，[三][宮][聖]下同 1436 人若優，[三][宮]374 靜處六，[三][宮]426 到僧，[三][宮]426 入塔禮，[三][宮]456 四事供，[三][宮]1435，[三][宮]1435 中清淨，[三][宮]2042 寺當布，[三][宮]2122 取之又，[三]155 精舍衣，[三]156 供養衆，[三]203 中，[三]1161 堂閣阿，[三]2122 巷正中，[聖]1421 彼上座，[聖]1421 內地行，[聖]1425 中及經，[聖]1435 舍四邊，[聖]2042 舍多諸，

[宋][元][宮]749 流，[宋][元][宮]1435 重閣何，[宋][元]1435，[戊][己]2089 與僧住，[乙]2376。

防：[三][宮]1478 遠男子，[三][宮]2109 等一。

佛：[三]1421 飲食其。

戶：[甲]2017 靜眠愛，[明][宮][聖]1462 戶扇窻，[三][宮]1421 佛自爲。

居：[甲]2068 而反唯。

茅：[甲]893 座。

舍：[聖][另]1435 內乞食。

聲：[三][宮]613 地動是。

十：[明]2154 云毘尼。

頭：[聖]158 舍種種。

尾：[原]1308 尾風斗。

屋：[三][宮]1428 安著支，[三][宮]1488 舍臥具。

物：[三][宮][聖]1428 者如上。

仿

防：[聖]1670 佯經行。

罔：[明]2076 象若三。

昉

訪：[三][宮]2122 地圖云。

助：[甲]2035 化源敢。

倣

仿：[宮]2122 之猶高，[甲]1717 之結網，[三][宮]2122 田文亦。

昉：[久]1452 此爲東。

放：[宮]1562 學數毀，[甲]、効

[乙]2394，[三][宮][甲][乙]866 此當衝，[三][宮]1562 本質高，[三][宮]2053，[三][宮]2060 邯鄲之，[三][宮]2103 充庭之，[三][宮]2103 之則師，[宋]2087 昔下垂，[乙][丙]2394 此，[乙]866 此。

仿：[三][宮]2122 彼而生。

彷：[三][宮]2122 稻田。

効：[乙]2394 此私云。

於：[宮]、放[甲][乙]866 此誦前，[三][宮]2102 前良恐，[宋][元]、于[明]、仿[宮]2059 舊法正。

置：[三][宮]2060 在天之。

舫

舶：[三]2145 一時覆。

舡：[宋]、船[元][明]2059 後至檀。

船：[三][宮]2042 來，[聖]1462 乘往迎。

飾：[三][宮]2122 不亦。

訪

謗：[宮]2103，[甲]2426 佛法隨，[三]1692 善朋。

方：[三][宮]1521 求時天，[三][宮]2066 寂無消。

防：[甲]1828 欲界破，[原]2220 非止惡。

妨：[甲]2290，[甲]2837 礙。

復：[甲]2067 云是大。

討：[原]2248 一切經，[原]2248。

問：[三]2059 訪什。

訊：[明]2063 欣然若。

語：[元][明]2149 弘度云。

髟

髮：[甲]1719 髟二字。

髟：[甲]2000 髟石斕。

放

傲：[乙]2391 此次結。

拔：[聖]2157 牛經。

板：[宮]2040 大赦境。

謗：[三][宮]729 滅苦辛。

暴：[三]212 逸象。

被：[三]54 髮行者，[三]1096。

迸：[聖]1428 散狼。

波：[甲]2895 白佛言。

吹：[三]221 大。

得：[明]186 出家。

都：[乙]2394 散五指。

而：[三][宮]1435。

發：[甲][乙]867 光明，[三][宮]1525 逸十二，[三]203 箭皆沒。

方：[明]、施[宮]2103 淨光明，[明]2103 命封樹，[明]2103 命繼其。

倣：[甲][乙]2393 此而説，[三][乙]1261 此印以，[乙]1796 此，[乙]1796 此此是，[乙]1796 此如因，[乙]1796 此也次，[乙]2391 此轉。

訪：[三][宮]2103 眞源談。

故：[宮][聖]1595 箭得離，[宮]279 智慧淨，[宮]822，[甲]1830 逸者彼，[甲]1273 何謂非，[甲]1781 明以空，[甲]2266 加以手，[甲]2266 心暫

起，[明]154，[明]2060 去不以，[三]46 意，[三]202 憂在後，[三]2122 令歸張，[聖]1552 作者是，[元]400 無量慧，[元][明]1425 恣大，[元][明]1428 去婢，[元][明]1648 手腳覆，[元]721 逸懈怠，[元]1425 曉當除。

光：[三][宮]2122 照百億。

毫：[三][宮]2121 光普照。

許：[甲]1708 我七日。

教：[甲]2035 之化成，[明]99 汝令去，[明]2104 還初，[三]2110 品經玉。

敬：[甲]2217 捨之心。

救：[三][宮][聖]425 諸所著。

攽：[明]2131 據可重。

誑：[宮]1425 汝汝。

旅：[甲]2128 詭而隨。

牧：[明]1425 牛女被，[三][宮]425 牛使，[三][宮]2123 牛人於，[三]125 牛品第，[三]156 牛人遍，[元][明]211 牛來還，[元][明]2109 馬治致。

散：[三]、於[宮]278 華莊嚴。

捨：[三]721 離而，[三]1340 棄不得。

赦：[三][宮]2122 既。

施：[宮][聖]272 八，[宮]278 光名示，[宮]278 一光明，[宮]299 光明名，[宮]397 毒氣吹，[宮]1581 捨示，[宮]2122 光明無，[明][甲]1177 衆生不，[三]212 意無有，[三][宮]1442 隨緣若，[三][宮]425 覺船，[三][宮]461 法雨皆，[三][宮]630 令無餘，[三]101

手常與，[三]193 教靡不，[三]225，[三]278 多聞智，[三]1543 婆羅門，[聖]189 光明照，[聖]1509 逸多睡，[聖]1582 逸生死，[宋][宮]、於[元][明]481 存窮匱，[宋][元]1547 惡音聲。

收：[甲]1833，[元][明]458 當作種。

聽：[三][宮][聖]1425 而度。

投：[宮]313 水。

妄：[聖]310 逸是則。

繫：[三]2110 至意修。

劫：[甲]2270 掌珍身，[甲]2394 此南方，[三][宮]2121，[三]193 受其報。

效：[乙]1796 此一切，[原]1796 此凡。

泄：[三][宮]1425 之放下。

心：[聖]、施[石]1509 捨故福。

旋：[甲]1225 之，[三][宮]2122 踵，[三]203 來後當，[宋][明][宮]2122 光天雨。

依：[甲][乙]2309 深蜜三。

逸：[明]212 逸人能。

婬：[聖]1425 逸人如。

遊：[三]192 山藪間。

於：[甲][乙]2261 四十，[甲]1828 近住中，[甲]2266，[甲]2266 諸見至，[明]2110 心於四，[明]212 光明有，[明]337 光明怛，[明]1582，[明]2154 光般若，[三]1257 大光明，[三][宮][聖]481 諸根猶，[三][宮]266 無著，[三][宮]378 大，[三][宮]397 種種神，[三][宮]426 白毫大，[三][宮]810 施若遭，[三][宮]1581 大光明，[三]209 正法彼，[三]1451 大光明，[聖]1562 逸非無，[聖]272 一切智，[聖]272 逸輕作，[宋][宮]397 此光明，[宋][元]、于[明]682 一切衆，[宋][元]205 日再洗，[宋][元]1032 赤色光，[乙]1211 金色光，[乙]2408 下畫，[元]379 大光明，[元][明]26 恣不自，[元][明]1139 大人相，[元][明]1547 使奔趣，[元][明]2122 心，[元]379 斯光已，[元]579 中光照，[元]673 頂上百，[元]1442 此兒任，[原]、於[甲]1897，[原]1780 一淨質。

哉：[宋][明][宮]2122 主相引。

杖：[三]2145 鉢經一。

照：[乙]2397 種種淨。

終：[甲]2244 還此人。

著：[三][宮]1435 地徐取。

族：[甲]952 大光滿，[三][宮]2060 故留兒。

妃

姵：[甲][乙]2390 即結金。

采：[聖]425 媬女八。

梵：[三][宮]2122 寺寺有。

婦：[聖]211 今以年。

后：[丙]1209 爲座如。

記：[甲]2250 於睡眠。

忙：[甲][乙]2390 莽鷄金。

奴：[三]1336 律帝胡，[元]2112 嬪之愛。

瓶：[甲]874 閼伽水。

如：[宋]882 從自心，[乙]2393 加持自，[元]882 像於世。

太：[三]190 子悉達。

天：[丙]2231 前經疏，[甲]850。

非

班：[甲]2266 由擇力。

悲：[甲][乙]1833 不能拔，[甲][乙]938 愍三昧，[甲][乙]1821，[甲][乙]2263 增一類，[甲]1782 所，[甲]2261 影本即，[甲]2266 非想處，[甲]2266 想地下，[甲]2266 想一，[甲]2266 願力故，[甲]2339 想地見，[甲]2339 想第九，[甲]2339 餘行如，[三][宮]322 哀加彼，[三][宮]618 彼造色，[三][宮]636 慧得自，[三][宮]721 闇是，[三][宮]1530 願力爲，[三][宮]1545 餘廣説，[三][宮]1548，[三][宮]2102 哉，[三]125 喜由財，[三]153 施因緣，[三]1982 作有無，[聖]376 常想，[聖]425，[聖]1509 阿耨多，[聖]1763 大慈，[另]1451 是枉，[宋][元][宮]1546 如聲聞，[乙][丙]2381 想等天，[乙]1816 心住義，[乙]2381 想天王，[乙]2777 盡理不，[元][明]157，[元][明]1552 欲憍慢，[元][明]2016 願圓滿，[原]2339 增，[知]741 鬼神亦。

北：[甲]2087 印度。

背：[石][高]1668 天演水。

輩：[三][宮][聖]790 好惡天。

本：[甲]1736 眞一有。

比：[聖]1435 法遮自。

彼：[甲][乙]1822 散善者，[甲]2218 實體不，[甲]2299 處火見，[原]1829 境而起，[原]920 苦時念。

必：[乙]1821 具或言。

標：[甲]1736 以。

別：[三][宮]671 眞如正。

并：[宮]2104 大賢。

並：[甲]1816 結。

不：[丁]1831 親助潤，[宮][聖]1428 賊共伴，[宮][知]384 無，[宮]221 五亦不，[宮]223 時語貪，[宮]278 餘寶生，[宮]374 失壞故，[甲]1719 滅必久，[甲][乙]1821 婆沙，[甲][乙]1822 遍緣已，[甲][乙]1822 能障是，[甲][乙]2263 云七地，[甲][乙]2263 云五全，[甲]1783 平，[甲]1922 散非合，[甲]1924 無相雖，[甲]2195 屬累者，[甲]2263 如疑難，[甲]2263 同世故，[甲]2263 爲盡，[甲]2300 見聞不，[甲]2312 別法故，[甲]2312 齊等，[甲]2322，[明]220，[明]220 義，[明]1442 自在言，[三][宮][聖][另]1543 護是謂，[三][宮][聖][石]1509 畢定二，[三][宮][聖]376，[三][宮][聖]1436 屏覆處，[三][宮][石]1509 寂滅受，[三][宮]223 離後，[三][宮]376 可盡非，[三][宮]606 淨潔弗，[三][宮]606 要骨鎖，[三][宮]1425 如佛教，[三][宮]1425 嫌不呵，[三][宮]1435 但沙門，[三][宮]1509 趣，[三][宮]1521 實非説，[三][宮]1548 端，[三][宮]1565 去，[三][宮]1579，[三][宮]1579 觀眞，[三][宮]1599 淨非不，[三]

[宮]1646 唯地有，[三][宮]2121 好也
出，[三][宮]2123 衆人言，[三][聖]210
眞老則，[三]99 自作非，[三]125，
[三]125 經行亦，[三]125 恐懼若，
[三]125 兩舌亦，[三]125 念苦亦，
[三]125 言惡即，[三]125 在岸上，
[三]157 以異音，[三]187 隨喜恐，
[三]632 盡，[三]1562 應作非，[三]
1569 一故修，[聖][另]1548 心相應，
[聖][另]1548 修云何，[聖]26 眞或軟，
[聖]125，[聖]223 行非不，[聖]1488
身口意，[聖]1509 離後焰，[聖]1541
覺觀相，[另]1721 可具列，[石]1509
離色非，[石]1509 諸須菩，[石]1509
眞色但，[宋][宮]221 也世尊，[乙]
2810 可見而，[乙]1220 他，[乙]1736
正說佛，[乙]2263，[乙]2263 不定，
[乙]2263 即非，[乙]2263 隨能緣，[乙]
2263 致相違，[乙]2426 經者何，[原]
1840 諍空常，[原]1851 識故依，[原]
1858 有相亦，[知]418 貪躯體，[知]
598 聖賢所。

怖：[三][宮]1646 畏後世。

成：[甲]1828 業。

斥：[甲]1799 毀經像。

出：[原]2271 文。

此：[甲]2261 不見此，[甲]2274
作無所，[三][宮]341 一切法，[三][宮]
1563 道計爲，[三][宮]1464 事乃至。

道：[宮]、非道邪道道[聖]397 道
若不。

得：[宮]1435 法何以。

第：[甲]1861 四十心。

而：[明]1545 起住第，[乙]1821
據捨少，[原]、－[甲]2337 清淨非。

二：[明]1539 後二心。

發：[甲]2266 業者自。

法：[明]261 智所作，[明]1425
王子耶，[明]1428 隨順行，[三][宮]
[聖]1548 比類智，[三][宮]310 虛妄
所，[宋][元]1545 下地耶。

飛：[甲]1969 遠即爲，[甲][聖]
1723 下故，[甲]2266 定俱行，[三][宮]
226 人來語。

菲：[明]2060，[元][明]2016 蒜等
故。

渄：[甲]1238 人能得，[乙]1772。

腓：[明]317 處二骨。

匪：[甲]1833 唯三界，[三][宮]
1591 全無一，[三][宮]2104 因談紋，
[乙][丙]2092 險崤關。

誹：[甲][乙]1822 謗眞道，[甲]
[乙]1822 撥不，[甲]1863 謗三寶，[三]
2103 毀且學，[乙]1821，[元][明]211
聖不能，[原]1869 佛弟子。

夫：[宮]2080 傳法衆。

根：[甲]2262 因相若，[甲]2266
實性耶，[甲]2299。

共：[甲]1918 等云云。

故：[三]1441 法受非。

乖：[甲]2128 也。

過：[甲]1811 從教人，[三][宮]
374 從欝陀，[三][聖]375 從欝陀，
[三][乙]1202 分妄取。

化：[明]1551 一時作。

或：[宋]1545。

及：[明]1536 生異熟。

即：[甲]1828 總相非，[乙]1796 是先無，[原]2266 不離義。

記：[甲]2195 由如是，[甲]2266。

教：[甲][乙]1866 若隨門。

皆：[明]220 如幻事，[三][宮]816 是如，[元][明]716 少分無。

九：[甲][乙]1822 所識也，[甲]2299 辟支不，[原]1840 周備理，[原]2339 無爲者。

苦：[宮]839 想非非，[元][明]603 二爲解。

離：[甲]2281 實意許，[三][宮]227 色受想。

力：[三]、一[宮]2121 者強。

眠：[三][宮]1542 隨增。

明：[甲]1709 離可知。

那：[甲]2195 更近當。

能：[宮]489 法器者，[甲]1937 滅罪之，[三][宮][聖]222 堪任爲。

排：[原]1760 障曰五。

泮：[甲]2244 我本心。

其：[三][宮]606 所趣遠。

騎：[原]1851 故名解。

豈：[甲][乙]2192 無其體。

青：[甲]2274 等色之。

求：[甲]1828 第二此，[甲]2259 觀，[乙]2297 法衆生。

勸：[甲][乙]1821。

雀：[原]2196 孔纂決。

然：[甲]2195 一，[甲]2227 是散善，[甲]2266 發福非。

人：[甲]2006 難和藻。

如：[甲][乙]1822，[甲]1828 本地分，[甲]1863 須陀洹，[三][宮]397 相非種，[三]1440 法色故，[宋]657 是法亦。

入：[宮]1548 餘。

若：[甲]1698 因而因，[甲]1775 達其根，[明]1539 不隨增，[元][明]1421 法別衆。

色：[甲][乙]2261 體若言，[元][明]2016 空達者。

上：[甲]1786 三識即。

攝：[元][明]1579。

生：[宮]585，[三][宮]382 此，[三][宮]657 眞心若，[三][宮]1545 諸有情。

失：[甲]2250。

時：[聖]1763 學。

實：[甲]1912 護怨責。

是：[甲][乙]1822，[甲][乙]1822 觸爲因，[甲]1736，[甲]2274 實即實，[三][宮]671 實莫分，[三][宮]1421 佛耶答，[聖]1541 四大造。

收：[甲]2259 業所造。

説：[甲]1700。

所：[宮]1598 餘非智，[甲]2255 見，[原]1788 餘義如，[原]1863 知障知。

他：[三]1579 有情。

外：[甲][乙]1822 無爲非，[甲]2249。

妄：[三]1435 法人雖。

唯：[甲][乙]1822 是法滅，[甲][乙]2263 無記恒。

未：[元][明][宮]1559。

謂：[甲]2271 有性應。

聞：[甲]2255 大乘法。

我：[宮]1545 心無間，[宋]309 不本亦。

無：[甲]2036 生矣則，[甲]2195 有四品，[甲][乙]1821，[甲][乙]2263 相，[甲]1733 無智也，[甲]1736 我諸法，[甲]1781 心故平，[甲]1783，[甲]2317 顯色而，[明]220 相應非，[明]312 餘信，[明]770 常之對，[明]1544，[三]、－[宮]1548 受定内，[三][宮][聖]231 常心不，[三][宮]357 名者非，[三][宮]606 我從，[三][宮]632 作不可，[三][宮]1435，[三][宮]1548 教有漏，[三][宮]1558 常諸餘，[三][宮]1562 常等，[三][宮]1562 常異，[三]184 悉達乎，[三]185 常福，[三]192 常壞，[三]682 識所行，[三]1341 正威儀，[三]1542 見非見，[三]1548 悔法於，[三]2110 色爲色，[聖]222 有造亦，[聖]376 量非到，[宋][元][宮]2121 常得羅，[元]945 暗若與，[原][甲]2320 超俱超。

五：[明]1552 斷知者。

誤：[甲][乙]1822 也若能。

想：[宮]1559 釋曰由。

小：[聖]1548 住分住。

邪：[宮]278 我所覺，[元]159 法無政。

虛：[甲][知]1785 法體名。

須：[明]1442 我自行。

言：[甲]1789 不生不，[甲]2358。

妖：[三][宮]2102 法之極。

耶：[三]1425 答言是。

也：[宮][甲]1805 能授四，[甲][乙]1822 法滅若，[宋][宮]、無[元][明]1646 想處滅。

業：[明]1541 四大造。

以：[甲]1873 已離解，[甲]2273 名不定，[三]156 宿命智。

亦：[甲]1731 所，[甲]1736 是色亦，[明]1545 相應縛，[明][宮]1562 無無貪，[明]2102 匏瓜不，[三][宮]1539 無色界，[三][宮]1571 有瓶依，[三]2060，[聖]1562 此相應，[宋][元]751 我之力，[乙]2261 一來答。

益：[明]2112 謬。

應：[乙]897 有情身。

永：[甲]1830 必是心。

有：[甲]2814 定染淨，[三][宮]1547 是常。

淤：[甲]1781 泥無繫。

於：[三]184 常山中，[聖][石]1509 無衆生，[宋]682 定常淨，[原]2416 一一心。

在：[乙]2263 實意唯。

則：[三]945 同無有。

乍：[甲]2263 計即望。

兆：[甲]1805 河南即，[甲]1828 數那庾。

者：[甲]2195 一何云。

知：[甲]2266 非上座，[三][宮]1592 染已入。

智：[元]220 不知色。

諸：[甲][乙]1909 怨親同，[三]

896 部所攝。

罪：[宮]2034，[甲]2300 二能顯，[甲]1805 於八夷，[甲]1813 謂若於，[三]1560，[三][宮]1435 若遮布，[三][宮]616 樂甚可，[宋][元]1545 餘洲故，[元][明]1425 法非律，[元][明]1459 不覺知，[元][明]1461 心法爲，[元][明]1463 犯一者。

作：[宮][甲]1912 褚六音，[宮]1571 有性故，[宮]2122，[甲]、非一相釋歟八義釋也異唐所翻非相違也[乙]2263 一相釋，[甲]1709 闡提故，[甲]2266 意能警，[甲][乙]1822 因，[甲]1709，[甲]1744 此解者，[甲]1924 此觀已，[甲]2275 大有有，[甲]2434 無作四，[明]824 功德當，[明]1425 身行或，[三][宮]1545 一來者，[三][宮]1545 自性安，[三][宮][聖]397 界至一，[三][宮]1549 捨離墮，[三][宮]1562 唯不作，[三][宮]2102，[三]682 緣，[三]1545 長養非，[宋][宮]225 五陰亦，[宋][明]2145 頌贈沙，[宋][元]1545 因此有，[宋][元]1579 於六處，[宋]75 愚癡人，[宋]414 是如來，[宋]1558 此火，[乙]1796 可疑之，[乙]1816 眞中道，[乙]2391 念誦是，[元][明]1569 未來相，[元][明]1438 伽絺那，[元][明]1545 福增長，[元][明]1597 異此是，[元]1566 所相能。

艹：[甲]2196 取金喻。

難：[乙]2297。

飛

而：[聖]190 行。

翻：[三]2145 譯轉梵。

非：[三][宮]397 於彼娑。

蜚：[三][宮]741 蠕動類，[三][宮]816 蠕動皆，[聖]224 蠕動悉。

封：[三][宮]2060 龍山誦。

風：[宮]2122 塵直上，[三][宮]1552 塵爲靜。

紅：[甲]2006。

教：[原]2410 體達。

起：[明]2087 故我今。

死：[三]、非[宮]2122 墮火刀，[三]、非[宮]2123 墮火刀。

虛：[甲]1287 空諸幻，[明]997 空遇猛。

作：[明]2060 道路無。

菲

非：[甲]2036 其食勤。

斐：[宋][明]、靡[元][宮]2122。

啡

非：[甲]2128 此義。

淲

非：[甲]2017 用，[甲]2244 天脇其。

洮：[宮][甲]1805 米。

扉

禪：[三]、扇[宮]2103 排疾然。

扇：[三][宮]1442 遂令溫，[三]

[宮]2103 考卜巖，[三]2154 扇垂諸，[聖][另]1459 及居并，[宋][明][宮]2122。

蚩

非：[三][宮]721 墮火刀，[知]、飛[宮]741 蠕。

飛：[宮]419 鳥意以，[三][宮]263 蠕動群，[三][宮]425 蛾自投，[三][宮]460 蠕動心，[三][宮]558 鳥，[三][宮]590 蚑行蠕，[三][宮]729 蛾，[三][宮]1487 蠕動之，[三][宮]2122 之字豈，[三]23 蠕，[三]186 類懃苦，[三]2121 蟲鳥獸，[元][明]1487 蠕動之。

扉：[甲]2879 尸鬼若。

緋

非：[明]2076 衣功德。

俳：[甲]909 幡二天。

青：[三][宮][甲]901 綾四尺。

霏

浮：[宋][元]2103 雲卷遙。

肥

胞：[三][宮]607 三七日。

臕：[聖]26 有色香。

伏：[三]2060 遁巖谷。

服：[宮]、－[聖]1428 美食不，[宮]720 飽都是，[甲]2044 好日殺，[三]1340 常懷貪，[三][宮]1648 美淨潔。

肌：[明]663 膚，[三][宮]1602 瘦等變，[三][宮]613 肉漸漸，[三][宮]2122 肉消盡，[三]152 體，[宋][宮]2060 充恐有，[宋][宮]2121 大作是。

見：[原]、見[甲][乙]1822 我現見。

留：[宮]2122 遯。

毘：[三]1343 那。

脫：[宮]2121 反見髡。

脂：[三]2088。

腓

脛：[宋]984 髀手腳。

朏

惱：[元][明]328 坐欲亡。

咄：[元]2103 孔。

壯：[三][宮]2103 其如日。

匪

非：[甲]2125 人教有，[甲]1722，[甲]2129 席不可，[三][宮]310 如此界，[三][宮]2102 珪璋而，[三]2110 唯孤負。

迹：[甲]1786 一途亦。

靡：[元][明]2053 寧今已。

悱

匪：[宋][宮]322。

斐

被：[三][宮][聖]224 袈裟前。

非：[甲]1728。

裴：[宮]2109 子野撰，[宋][宮]、斐南藏作裴2122 遂希。

翡

脩：[宮]721 翠。

濯：[宋][元][宮]2040 翠鴽。

慈

薙：[三][宮]606 後則復。

誹

謗：[三][宮]821 於正法。

被：[三]197 謗坐此。

非：[三][宮]275 正，[三][宮]1558 撥我不，[三][宮]1558 撥現見，[三][宮]1579 謗滅諦，[三]1440 謗犯罪，[宋][元][宮][聖]、作[明]1602 撥現量。

毀：[甲]2274 謗論五。

俳：[元][明]1339。

説：[三]1548 謗常憶。

損：[甲]2195 謗果報。

誣：[甲]1821 謗好人。

緣：[宮]638 謗正法。

詐：[聖]643 謗何不。

吠

拔：[宮]2122 索縛迦。

跋：[甲]893 日囉枳，[明][甲]901 跢智，[明][乙]1092 女，[三][宮][甲]901 囉二合，[三][宮][乙][丙]866 捨呼彼，[三][宮]397，[元][明][宮][甲]901 跢智十。

彼：[甲][乙]2261 陀怛爲。

大：[甲]2244 率怒天，[宋][宮]279 瑠璃寶。

吹：[甲]1007 草擬充，[三][甲]1007 怛羅怛，[聖][另]790 之字見。

伏：[宋][元]1006。

喚：[聖]1425。

毘：[乙]1821。

犬：[甲]2129 那野迦。

如：[甲]1069 瑠璃如。

尾：[甲]2229 舍吽斜，[甲]2245 嚧左曩，[乙]917 吠尾。

肺

哺：[三]、[宮]721 風之所。

肝：[原]905 鑊字是。

計：[三][甲][乙]950 反波。

脯：[三]、哺[宮]721 過住在，[聖]278 肢節，[聖]1670。

髓：[三][宮]541。

沸

痱：[三][宮]1442 瘡若晝。

糞：[三][宮]741 屎或爲。

弗：[三][宮]730 迦沙王。

佛：[宮]1521，[宮]2040 宿應下，[三][宮]2122 星下現，[聖]1，[聖]157 宿坐於，[宋]、－[元][明]626 佛復有，[宋]747 湯。

拂：[宮]1509 動如磁，[宮]2059，[甲]2181 林。

洴：[乙][丁]2244 潦淹也。

痱

沸：[宮][聖]1428 出，[宋][元][宮][聖]1428。

費

寶：[元][明]1013 足而已。

廢：[宮]738 群黨相，[甲]2017 光陰勞，[甲]2036 詞章。

弗：[三]984 多羅常。

貴：[聖]210 學無求。

賣：[甲]2082 見其妻。

遺：[甲][乙]1822 耳若不。

痱

靡：[三]152 忓之困。

癈

癡：[原]2271 夜無曉。

疵：[甲]2299 假偏論。

發：[甲]1828 善心行，[三]、廢[宮]1442 闕告諸。

廢：[甲]951 囉天名，[甲]1816 詮以證，[甲]1820，[甲]1828 假論實，[甲]1828 立，[甲]1828 立會釋，[甲]1847 染機即，[甲]2039 而喜見，[甲]2039 至法興，[三][宮]410 忘今悉，[三][宮]2060 立文旨，[三][宮]2060 利人大，[三][宮]2060 修道業，[三][宮]2103 諸州寺，[三]220 善現若，[三]2125 現得六，[宋][元][宮]2103 立抗詔。

肺：[宋]901 風慜風。

配：[乙]2263 立，[乙]2263 立且第。

殺：[元][明][宮]374 其父王。

應：[甲]1821 修道故。

分

阿：[三][宮]588 耨文陀。

八：[甲]2339 器界等，[甲]1828 別取應，[甲]1830 別等也，[甲]2087 穿，[甲]2266 量語爲，[聖]1548 或善或，[宋]、入[元][明]1552，[宋][元]1628 爲因又，[乙]2250 萬。

本：[明]2154 比丘尼。

比：[甲]2262 量已成。

必：[三][宮]623 有所感。

弁：[甲]1851 異。

別：[甲][乙]1822 六種，[甲][乙]1866 斷故問，[甲][乙]1866 斷要至，[甲]1708 位謂三，[甲]1964 六進退，[甲]2266 別寂靜，[三][宮][聖]606，[三]193 境界已，[乙]2263 三餘非，[乙]2296 相故得。

邠：[明]816 耨須菩，[宋][宮][另]、那[元][明]1428 坻與五。

兵：[元][明]649 力衆并。

不：[甲][乙]1822 同五，[乙]1822 別記者，[乙]1822 常等證。

部：[三]1 其一。

差：[甲]1960 別皆乘，[甲]2266 別雖有，[元]220 別無分，[原]1858 有既有。

持：[三][宮]1425 作一分。

出：[甲][乙]1822 界名也，[甲]2263 二途未。

處：[甲]1828 名如理。

傳：[甲]2006 焰十方。

此：[甲]1922 別憶。

得：[三][宮]1425。

登：[甲]1729。

斷：[甲]2266 色無色。

多：[聖]1579 差別意。

爾：[三]291 乃及衆，[三]986。

法：[三][宮]1451。

方：[甲]2250，[甲]2261 而不可，[甲]2266 得起故，[甲]2266 面不同，[甲]2299，[甲]2339 生，[明]2060 未廣宣，[乙]2381 廣。

非：[三][宮]1548 陰界入。

芬：[宮]272 陀利華，[宮]272 陀利華，[宮]371 陀利，[宮]387 陀利華，[甲]2193 陀利華，[甲]下同 1722 陀，[明][宮]665 陀利花，[明][宮]268 陀利華，[明][聖]305 陀利華，[明]1 陀利花，[明]1 陀利十，[明]157 陀利華，[明]231 陀利華，[明]310 陀利等，[明]485 陀利花，[明]639，[明]下同 265 陀利經，[三]375 陀利花，[三][宮]272 陀利，[三][宮]306 陀利花，[三][宮]402 陀利等，[三]1 陀，[三]2122 陀利經。

紛：[明]2103 流繞曲，[三][宮]2108 然不羈。

粉：[宋][元][宮]2040 糅相反。

忿：[甲]1736 誨他所，[甲]2087 忘身以，[甲]2157 陀利經，[甲]2266 故，[明]2016 等十各，[明][甲][乙][丙][丁]1199 怒誦吽，[三][宮]1646 慢等是，[三]203 瞋心，[乙]2394 謂大者。

佛：[乙]2261 相應增。

伽：[甲][乙]2261 第。

各：[甲]2266 別不。

弓：[甲]2244 一弓爲。

供：[甲]2409。

故：[甲][乙]2263。

瓜：[明]、爪[宮]2042 分。

合：[甲][乙]2259 非離能，[甲]2266 成悔眠，[甲]2273 同故已，[三]2146 一百一，[乙]2391 至頂後。

弘：[乙]2194 三毒等。

或：[甲]2270 有同相。

及：[甲]2006 邊岸事。

集：[宋][元][宮]397。

介：[甲][乙][丁]2092 宣幽州，[甲][乙]1723 相連一，[三][宮]2059 可稱輒，[三][宮]2060 亦髣髴，[三][宮]2103 福儷日，[三][宮]2103 可稱輒，[三]2102 之小善，[三]2122 爾一身，[元]、爾[明]212 其意是，[元][明]736 志不，[元][明]2103 然可求。

界：[甲]1709 三愚有，[甲]2266 同趣同，[三]657 數若干，[乙]2263 若定類。

斤：[元][明]671。

今：[宮]1548 攝是名，[宮]468 業爲生，[甲]1736 說今但，[甲]2266 二謂因，[甲]2266 亦生此，[甲]2271，[宋][元]、合[明]2110 緘口以，[原]、[甲]1744 明不然。

經：[三][宮]、分思惟品之餘[聖]416 卷第二，[三][宮]、分觀察品之餘[聖]416 卷第三，[三][宮]、分現前三昧中十法八法品第十三[聖]416 卷第五，[三][宮]415 卷第八，[三][宮]415 卷第二，[三][宮]415 卷第九，

[三][宮]415 卷第六，[三][宮]415 卷第十，[三][宮]416 卷第四，[宋][元][宮]397 護塔品，[宋][元]397 中三歸。

久：[甲]2792 住散亂。

句：[甲]2274 他比量。

卷：[宮]2121 別，[三][宮]2121，[三][宮]2121 彌沙塞，[三][宮]2121 譬喻，[三][宮]2121 又出，[三][宮]2121 又出彌。

卷：[三]2145。

科：[甲]1705 文道安。

了：[三][宮]1461 別律中，[原]2270 同喻後。

力：[甲]1724 別作意，[三][宮]310 乃能不，[三][宮]1521，[乙]2263 多少時，[知]1581 都盡是。

立：[甲][乙]1822 處界。

令：[甲]2036 於生死，[甲]2397 體，[明]293 身普往，[聖]1435 取臥，[另]1459，[宋]672 別所分，[宋]1545 而成就，[原]、[乙]1744 起無明。

論：[甲]2261 攝故猶。

門：[乙]2782 分別解。

眠：[甲]1828 亦起分。

名：[宮]1530 別劫與，[三][宮]1550 斷智。

明：[甲]2274 別今云，[甲]2305 其夢心。

男：[宋][元]1537 女作用。

念：[甲]1821 是類分，[甲]2266 是。

牛：[三]203 中忽有。

品：[甲][乙][丙]1866 爲性依，[甲]1733 等。

器：[甲]1735 本。

千：[聖]2157 枝不空。

切：[宮]1563 等豈除，[明]721 交牙二，[三][宮]1545 隨眠相，[三][宮]1562 是彼同。

取：[甲][乙]1822 別受遠。

去：[原]2264 事。

全：[甲]1835 得通，[甲]2274 者邑云。

然：[元]2016 悟眞體。

人：[乙]2249 云世間。

忍：[宮]2123 意欲。

入：[甲]1735 爲六初，[三][宮]1547 男根云，[三][宮]2042 地下至。

色：[甲]2263 少非色。

身：[甲]2337。

食：[甲]、分食[乙]2227 亦同置。

時：[甲]2266 中略去。

使：[甲][乙]1736 明如欲。

世：[三]192 人。

釋：[甲][乙]2288 或雖解。

雙：[甲]2339 穢濁弟。

水：[甲]2195 則不能。

外：[甲]1736 生起於。

萬：[聖]823 相應滿，[原]2248 不盈一。

位：[甲]2266。

文：[甲]2204 字謂言，[乙]2249 者分離，[乙]2263 言第二，[乙]2408 唱禮次。

問：[明]220 難信解。

無：[甲]2266 量邊際。

五：[三][宮][石]1509 分行正。

細：[原]、細分[甲]1851 亦有相。

心：[甲]2814 非凡夫，[明][宮]1608 識復有，[明]293 法，[三][宮]1523 無。

性：[乙]2370 少分有。

修：[乙]1821 修。

養：[乙]2309 也。

也：[甲]2371 和尚云。

亦：[宮]235 復以恒。

義：[甲][乙]2219 何云所，[乙]2249。

引：[甲]2250，[甲]2277 子孫得。

應：[乙][丙]2812。

勇：[三]2028 務懷嫉。

用：[甲]2323 不現是。

有：[甲]1804 四一能，[甲]2266 所進趣，[乙]1723 二初十。

污：[乙]2263 邊而雖。

餘：[甲]1816 涅槃及，[甲]2339 滅定障。

則：[甲]2195 方便又，[甲]2337 也理實。

爪：[明]194 極細滑。

之：[甲]1736 爲三初。

支：[明]1648 八正道，[明]1653 以爲果，[原]1141 八聖道。

重：[甲]2218 妄執。

逐：[三]2145 品寫出。

足：[宮]659，[三]375 五根五，[元][明][宮]374。

芬

芳：[三][宮]639，[三][宮]2053 假瓊章，[三][宮]2060 羞兼，[三]2088 烈從空，[聖]639 甚可愛。

分：[宮]279 陀利華，[明]2131，[三][敦][流]365 陀，[三][宮][甲]901 陀利華，[三][宮][聖]341 陀利花，[三][宮][聖]341 陀利華，[三][宮]341 陀利華，[三][宮]374 陀利花，[三][宮]380 陀利花，[三][宮]816 陀利華，[三]99 陀利生，[三]267 陀利華，[宋][元][宮][聖]268 陀利華，[宋][元][宮][聖]639 陀拘牟。

氛：[三][宮]1442 馥猶如，[宋][宮]、氣[元][明]638 熏。

紛：[宋][元][宮]、分[明]2122 陀利經。

馚：[三][宮]2122 馥王談，[三]2122 馥馨香。

芥：[宮]2059，[三]、[宮]2108 於其間，[宋]671 馥未曾。

氛

芬：[甲]1211 馥遠離。

氣：[宮]2108 功既廣，[甲][乙]1709 息光，[甲]1211 馥供養，[三][宮][甲][丙]2087，[三]2154 委命遭，[聖]2157 必盡吾，[聖]2157 祲底定，[聖]2157 廓清素，[聖]2157 委命遭，[宋][宮]2060，[元][明]2122 祲廓清。

氤：[三][宮]1451 氳異，[三][宮]2053 氳獨有，[三][宮]2053 氳聖迹。

氲：[宋][元][宮]、氚[明]2060 氲
遍滿。

紛

扮：[明]2122 著獨。

分：[甲]2261 靜但以，[乙]2092
泊色雜。

芬：[明]310 陀利華，[聖]1723 披
虫鬼。

汾：[乙]897 荼羅迦。

粉：[宋][元][宮][甲][乙]901 帶華
鬘。

忿：[三]、分[宮]322 諍者而，
[三][宮]1509 亂一，[三]2112 行，
[三]2112 之能誠。

紃：[甲]2087 永言于。

綫：[甲]2129 衆多兒。

約：[甲]2217 動行菩。

紜：[三][宮]742 其善念。

終：[甲]1718 愀靜散。

紒：[甲]1783 紜是即。

轉：[聖]1 紛路側。

霧

雲：[宋][元][宮]2102 於有。

汾

絺：[聖]2157 陽郡。

分：[甲][乙]2070 州人第，[甲]
2128 出名派。

紛：[聖]2157 陽王單。

沠：[三][宮]2053 陰。

師：[甲]2006 云汝是。

枌

棼：[明]6 橑棟宇。

棼

熱：[三][宮]627 龍。

焚

樊：[宮]2059，[甲]2400 香。

梵：[德]1563 燒上地，[甲]853，
[甲]853 閣，[甲]2217 滅得至。

燔：[聖]125 燒草木。

負：[元][明][宮]374 燒不來。

禁：[宮]534 毒飯足。

熱：[丁]2244 燒宮殿。

爇：[宋][宮]、熱[元][明]2034 經
驅僧。

傷：[三][宮]618。

燒：[甲]957 香飲食，[三][宮]
2059 灼於火，[三][宮]2060 之自行，
[三][宮]2122 身受相，[三]264 水不
能，[三]793，[三]1043 薪永。

炎：[明]720 燒我今。

焰：[三]201 燒時兩。

爨：[甲][丙]2397 香鉤。

灾：[甲]1969 豈可安。

酚

芬：[明]721 流其色，[三][宮]
1545 馥命諸，[三][聖]310 天曼陀，
[三]375，[三]375 馥充滿，[宋]374 馥
甚可。

流：[三][宮]674 馥寶臺。

薰：[甲]893 馥空。

焚

　焚：[三][聖]125 燒山野。

豶

　特：[三][宮]2122 猪潞州。

粉

　分：[三][宮][甲]901 爲界道。
　奮：[三]2103 高車於。

份

　分：[三][宮]607 道地隨。
　价：[宋]1694 在所隨。

坋

　扮：[甲]2128 從土分。
　坲：[三][宮][聖]224 無，[元][明]125 是時尼，[元][明][宮]614 膿腦，[元][明]125 爾時天，[元][明]125 三者身，[元][明]125 三者腋，[元][明]125 在側而，[元][明]212 上弊日。

忿

　分：[甲]917 恨等諸，[甲]1823 齊此所，[甲]2266 恚懊，[三]148 爭興軍，[乙]1736 僑鸝因，[元]1536。
　紛：[乙]1909 擾一切。
　忽：[宮]2059 赴，[三]2088 露摩國。
　懷：[三][宮]606。
　恚：[甲]2250 殺，[三][宮]721 彼人以。
　惱：[三][宮]1458 恨自損。
　念：[甲]1828 等，[三][宮]1545

語言汝，[宋][元]1614 二恨三。
　怒：[甲]2399 尊十鑁，[三][宮]754 辯才，[三][宮]2103 運命。
　盆：[乙][丙]1830 等顯揚。
　威：[甲][乙][丙]1210 怒形相。
　相：[甲][乙][丁]2244。

墳

　債：[宋][元]2061 裂聞者。
　憤：[甲]2087 素九皐，[宋][宮]、憤[元][明]2103 悲哭嗚。
　損：[三]2123 故伽藍。
　填：[三][宮]2060 堂中舍。

憤

　焚：[原]904 燒身中。
　忿：[明]1602 恚，[乙]2263 恚二天。
　怪：[三][宮]2122 惋祖曰。
　憒：[三]202，[宋]2122 發五恩。
　情：[三][宮]2122 發輕微。
　責：[三][宮]1503 由，[三]202 取波婆。

奮

　奪：[宮]459 大光諸，[甲][乙]957 破諸地，[聖][甲]1723 衣作褯。
　放：[三]211 大光明，[三]2121 大光明。
　奮：[聖]222 其光明。
　盡：[三][宮][聖]421 其勢力。
　舊：[宮][聖][另]310 得舍摩，[宮]292 慧光明，[聖]291 演大光，

[原][甲]1778 迅薰禪。

　　甕：[宮]598 威神。

糞

　　草：[宮]1425 穢塵土。

　　塵：[明]1450 穢來煎。

　　戴：[甲]1179 乳酪蘇。

　　番：[甲]2299 人也云。

　　蕃：[三][宮]2122 土遂令。

　　垢：[元][明]564 穢。

　　穢：[三]375 觀所食。

　　墨：[知]384 隨人所。

　　囊：[原]2271 所不及。

　　屎：[三][宮]721 流脈者，[元][明]
[宮][聖]1435 人皆噉。

　　喜：[宋]1341 穢已勤。

　　異：[宮]1488。

　　蘊：[宋]1545 壞定耶。

丰

　　手：[甲]2128 長聲或，[甲]2128
聲下甘，[甲]2128 斬聲或。

封

　　邦：[三]1331 之處有。

　　刺：[甲]2400 戶之勢。

　　村：[甲][乙]1822 邑此明，[三]
[宮]2122 不。

　　對：[甲]1706 疆之界，[甲]1805
土作疆，[甲]2299 執故說，[元][明]
2016 生滅者，[元][明]2122 著情，[原]
1744 形存見。

　　計：[甲][乙]2223 執愛見。

　　期：[明]2053 百億須。

　　邪：[三]2103 境未清。

　　印：[三]202。

　　於：[甲]2036 塔謚大。

　　執：[宮]722，[甲][乙]2426 著愛
三。

風

　　凡：[甲]2266 聞前師，[甲]2290
觀心則。

　　非：[甲]2087 壞之差。

　　楓：[甲]951 香木，[元][明]664
香。

　　諷：[三]2154 味。

　　鳳：[三][宮]2122 神名曰，[三]
[宮]2123 祀結驚，[三]2103 於青丘。

　　扶：[宮]2053 迅羽累。

　　感：[三][宮]2102 其一章。

　　國：[甲]2087 俗。

　　華：[三]2059 香之瑞。

　　界：[甲]2782 者虛通。

　　嵐：[三][宮]2121 所持城。

　　浪：[三][宮]2053 波於嶮。

　　涼：[明]99 颻颻從。

　　氣：[宮]721 和順調，[明]1463
出聲若，[三][宮]721 噎，[三][宮]
1470 二者，[三][宮]1596 隨轉至，
[三][宮]2102 人含一。

　　颯：[宮]2087 起則人。

　　虱：[甲]1839 吒案多，[甲]2128
不成字，[元]26 日所。

　　夙：[宮]278 不能學，[甲]2266
心稽其，[三][宮]2103 居涼峻，[三]

[宮]2103 流于譙，[三]425 供事如，[三]2103 隸乖往。

　　貪：[三][宮]2121 著香味。

　　威：[明]2121 神心敬。

　　胃：[原]1308 氐四畢。

　　印：[乙]850 住眉前。

　　雲：[甲]1728 能吹黑。

　　□：[乙]2408 輪者。

峯

　　岸：[三][宮][甲]2053 爲幽谷。

　　岑：[丙]2087 重閣層，[甲]2087 南巖間，[三]2149 號及寶，[乙]1796，[元][明]2059 永安諸。

　　嶝：[宮][甲]2087 險阻。

　　風：[明][丁]1199 住空面。

　　烽：[乙]895 熾多其。

　　蜂：[宋]721。

　　鋒：[明]2103 累仞靈，[三][宮]657 利則爲，[三][宮]2103 辯。

　　豐：[三][乙][丙][丁]865 我禮金。

　　夆：[元]2122 潤谷。

　　擧：[乙]2218 爲性即。

　　嶺：[三][宮]2122 嶺開四，[乙]1723 山散花。

　　蓬：[三][宮]2060 釋靜藹。

　　拳：[甲]2223 等。

　　樹：[三][宮]2121 葉次來。

　　形：[乙]2397。

峰

　　蜂：[宮]721 其音美。

烽

　　蜂：[明]2103 火煙龍。

犎

　　峯：[甲]950 牛毛作。

　　蜂：[聖][另]1428 牛鬪或。

　　鋒：[三]201 者況辯。

　　豐：[宋]1185 牛次畫。

楓

　　風：[甲]952 香木橫。

蜂

　　峯：[宋]2122 驗唐時，[元][明]721 無量衆，[元][明]721 出妙音。

　　峰：[三][宮][乙]2087。

　　鋒：[甲]2006 起不能。

　　蝮：[三][宮]1425 蝎蜈蚣。

鋒

　　鉢：[聖]1421 欲交。

　　鐸：[乙]2391 記者私。

　　風：[明]2076 師鳴指。

　　峯：[明]2076，[宋][宮]310 利。

　　蜂：[甲]2076 起師遐，[明]2122 起賊獲。

　　絳：[聖]1563 刃烈河。

　　鉾：[元][明][宮]848 端銳自。

　　針：[三][宮]721 數如毛。

豐

　　充：[三]187 盈五。

　　風：[元][明]1509 雨宜五。

　　富：[三][宮]1425 樂三毒，[三]

161 樂而無。

具：[明]156 加復音。

隆：[明]293 起一。

體：[宋]、禮[元][明][宮]480 人
師子。

逢

便：[乙]1736 力一字。

達：[宮]2105 大士神，[甲]1782
緣起想，[甲]2039，[三][宮]2102 迹
成異，[元]638 惡賊安。

峰：[乙]2092 岑愛曲。

還：[甲][乙]2317 於仙者。

回：[明]2076 落葉。

徑：[宮]2040 見老人。

逆：[宮]2123 便欲嗽，[三][宮]
2034 毀二教，[三]22 占觀相，[三]
732 惡對魂，[三]2145 占多有，[元]
[明]1331 忤魅鬼。

蓬：[甲]1700 遇諸佛，[三][宮]
2053 棘蘿蔓。

鬐：[三][宮]721 亂身毛，[三][宮]
721 亂身體。

求：[明]1450。

途：[三][宮]612 苦索受，[三]
1451 迎菩薩，[宋][元][宮]、塗[明]
2122 四百九。

望：[原]1879 也故經。

違：[宮]732 是爲惱，[甲]2395 玄
奘一，[乙]2396 何今得。

遙：[三]26 見無患，[三]194 見
如來，[三]203 見如來，[聖]99 見佛
來。

遙：[宮][甲]1912 指法華，[三]
[宮]500 見兩賢，[三][宮]1442 見鄔
陀，[三][宮]1507 見謂是。

有：[三]171。

余：[三][宮]2060 豫州黃。

遇：[甲]2255 緣變等，[明]2076
本父母，[三][宮]585 苦設。

造：[三]2034 此經聚。

值：[三]190 遇或不。

馮

憑：[三]2060 受學。

思：[宋]、馬[元]2061。

濘

蓬：[宋][宮]、燵[元][明]2121。

絳

雺：[甲]1786 俗呼爲。

縫

撻：[聖]200 衣時須，[聖]1435
衣時不。

線：[三][宮]1428 若穿孔，[聖]
1428 若斷壞。

縱：[三]26 囊乃至。

諷

持：[明]293 誦普攝。

詞：[三][宮]2060 文理轉。

讀：[三][宮]544 誦宣傳，[三]
[宮]2121 誦是般。

風：[聖]1462 誦通利，[知]741 爲
勉善。

門：[三]2145 孜孜不。

佩：[三]2110 九章膺。

誰：[三][宮]606 誦。

誦：[宮]657 修習，[甲]2068，[甲]2036 唄帝一，[明]2076 蓮經志，[三][宮]656 誦受亦，[三]418 誦今我。

奉

棒：[三][宮]2042 接處又。

本：[宮]425 行四恩，[宮]630，[明]220 行。

併：[元][明][宮]310 養恒河。

布：[元][明][宮]310 施佛僧。

承：[三][宮]263 佛法，[三]1374 佛教觀。

春：[聖]2157 德音曲，[元][明]152 天之德。

湊：[三][宮]606 譬，[三][聖]1 時，[三]1。

分：[甲]952 獻佛神。

逢：[甲]1724 事無量。

俸：[三]、捧[宮]376 祿唯知，[三][宮]376 祿我能，[三][宮]410 祿人民，[三][宮]626 祿而自。

給：[三]754 事隨時。

恭：[甲]2207 上。

共：[三][宮]1421 事之是。

祭：[甲]1717 之儀遂。

講：[三][宮]403 第一禪。

今：[宋]2155 附東晉。

敬：[三][宮]1656 自家尊，[三]2063 如。

舉：[宮]425 平等法，[宮]2053

香花讚，[甲]1911 一門爲，[甲]2195 化佛明，[甲]2243 一，[甲]2271 一足者，[三][宮]896 種種，[三][宮]2102 自明公，[宋][元][宮]2102 戒四衆，[宋][元]1451 施爾，[乙]2223，[原]2263 鉢品往。

流：[甲]1733 行答此。

捧：[甲]2401 瓶虔敬，[甲][乙]1225 契又當，[甲]2087 書至世，[甲]2301 備法，[三][宮][聖]501 佛足下，[三][宮]2122 三十舍，[三]1 舉王身，[三]1 香水於，[三]2103 寶瓶巡，[乙]2087 輿發引，[元][明]192 持床四。

秦：[三][宮]2109 漢以葱，[三]100 錄。

拳：[甲]2129 持也切，[甲][乙]2391 獻普皆，[甲]1828，[甲]2337 誑小兒，[甲]2400 供養但，[宋]459 養歸命，[乙]2390 教金剛，[元][明][宮]660 祕而不，[元][明][宮]660 四者遠。

群：[聖]2157 儒。

散：[明]715 大夫試，[三][宮]244 大夫試，[三][宮]762 大夫試，[三][宮]802 大夫試，[三]9 大夫試，[三]18 大夫試，[三]41 大夫試，[三]63 大夫試，[三]69 大夫試，[三]1288 大夫試，[三]1380 大夫試。

上：[三]1435 佛及僧。

施：[三][宮]1425 佛及僧。

事：[三]25 因爾得，[三]1044 護世守，[聖]211 長。

侍：[宋]、往[元][明]186 事之是。

受：[甲]2006 持，[明]310 師教

已，[三][宮][聖]790 行，[三][聖]361 施行經，[三]34 行，[三]59 行，[三]196 行是時，[三]245 持天上。

授：[宋][元][宮]2040 鉢唯願。

太：[三][宮]2103 常。

泰：[宮]2060 之顧其，[宮]2103 爲云云，[明]2154 爲文德。

退：[乙]2087。

未：[甲]2412 持修行，[三][宮]2060 可怪。

信：[三][宮]741 三尊誹。

幸：[三][宮]、任[聖][另]790 字，[三]2060 無謬者。

尋：[甲]2299 問絕待。

養：[宮]657 之，[甲]2167 談，[三]156 於汝不，[三][宮][聖]425 者，[三][宮]408 世，[三][宮]420 佛故，[三][宮]627，[三][宮]657 給，[三][宮]657 其尸，[三][宮]657 如來爲，[三][宮]657 諸世尊，[三]186 王后殊，[聖]190，[另]1459 解時便，[宋][宮]2060 知判道。

以：[三][宮]1435 銀。

亦：[乙]1909 爲父母。

與：[三][宮][知]384。

哉：[三]2125 阿奴。

齋：[元][明]5 戒畢九。

章：[甲]1781 前問次。

掌：[原]2216 當腰側。

重：[三][宮]687 貢君長。

奏：[丙]2120 中使李，[宮]2123 現王令，[甲]2068 帝問諸，[甲]2089 傔四十，[三][宮]2034 答云非，[三]

[宮]2053 伏願，[聖]2157 表陳謝，[宋][宮]、湊[元][明]263，[宋][宮]、湊[元][明]401 制止一，[宋][元]930 送聖，[乙]2092 朝請尋。

俸

奉：[明]2154 至交阯，[聖]125 祿悉，[乙]2157 至交阯。

鳳

風：[甲]2128 反鄭玄，[聖]2157 皇樓西，[宋]2103 泉寺雍。

皇：[甲][乙]2092 爲床脚，[聖]211 孔雀或，[乙][丙]2092 似欲沖。

凰：[宋][元][宮]2102。

鳥：[宮]2102 怪瑞小。

壽：[宮]、鹹[甲]2053 逳邇慶。

缶

兵：[甲]2196 石山林。

否

不：[甲][乙]2426 那伽羅，[甲]1709 答如大，[甲]1929 比丘答，[甲]1929 答曰若，[甲]2263 云，[甲]2901 汝涉遠，[明]2076 曰，[三]375 是故行，[三][宮]374 如佛所，[三][宮]416 賢護報，[三][宮]2060 未知乃，[三][宮]2102 殊貴賤，[三]375，[聖]、不[甲]1851 答言亦，[聖]190 而白王，[石]2125 行捨隨，[宋]2059 將不支，[乙]2263，[乙]2263 於實業。

充：[元][明]2149 塞飾詐。

丕：[甲]2129 聲傳文，[宋][宮]2108 運深懼。

痆：[明]2122 隔手足，[三]1227 像前誦。

厺：[明]2076 僧問和。

舌：[明][宮]630 皆是衆。

吾：[明]221。

瓱

瓳：[宋][宮]、[元][明]2122 詣河取。

焦

煝：[知]266 煮所以。

夫

次：[明]1425 令其忿，[三]2122 妻。

大：[宮]342 所爲也，[宮]374 涅槃者，[宮]397 涅槃者，[宮]635 人婇女，[宮]2103 鳥居山，[宮]2121 未脱諸，[宮]2121 執信誠，[甲]1735 願益上，[甲]1763 道流千，[甲]1781 宗而言，[甲]2017 師釋，[甲]2017 因縁之，[甲]2036 人之大，[甲]2087 數量之，[甲]2212 乎煩張，[甲]2826 求禪定，[久]761 虛妄者，[明]322 汪洋之，[明]2103 道者以，[三][宮][甲]2053 菩薩藏，[三][宮]1451 王寵祿，[三][宮]1562 種類同，[三][宮]1633 可恥是，[三]2087 擊，[三]2103 道者以，[三]2104 美惡之，[聖]223 眼云何，[宋]220 調御士，[宋][宮]329 口臭穢，[宋]

[元]100 爲智者，[宋]721 多欲者，[元][明]2103 取相，[元]591 無生者，[元]847，[元]1579 用者謂。

勠：[三]202 其夫意。

兒：[三]200 來應其。

法：[宋][元]587 行即是。

凡：[原]1818 起惑。

趺：[聖]1464 鉤。

扶：[甲]2426 會阿字，[三]212 利養泥。

佛：[三]185 得至妙。

父：[甲]2039 新羅之。

婦：[明]156。

告：[宮][聖][另]342 族姓子。

宮：[三]、－[聖]125 人婇女。

共：[乙]1736 傳誦。

記：[明]2110 子河上。

謹：[甲]1789 楞伽。

決：[甲]1778 不深見，[甲]1828 五行略。

立：[甲][乙]1822 等流果。

良：[三]125 人夫人。

流：[三]2105 所能。

末：[三]220 結好貴。

女：[明]2110。

妻：[三]1 之於，[乙]1220 夫厭妻。

且：[三][宮]2034 麞鹿生。

去：[甲]2250 人生日，[明]1450 故心懷，[宋]1451 人，[宋]2103 四塵五。

犬：[明]1584 無智無。

然：[原]1858 理微者。

人：[宮]402 形斷女，[宮]1509 所失故，[甲][乙]2207 之，[明]、夫妻[丙]1277 形書名，[明]154 生有終，[明]510 供養受，[明]2087 有，[三][宮]1509 未得實，[三][宮][聖][石]1509，[三][宮][聖]425 布，[三][宮][聖]1509 所著凡，[三][宮][石]1509，[三][宮]627 之法其，[三][宮]650 聞怖畏，[三][宮]721 行放逸，[三][宮]1509 不能如，[三][宮]1509 無厭足，[三][宮]1509 學起不，[三][宮]1509 中瞋心，[三][宮]2121 靡有人，[三]35 所應坐，[三]143 伺而殺，[三]156 力劣故，[三]185，[三]205 言堅守，[三]375，[三]1441 而殺阿，[聖]1509 法釋提，[宋]374 身，[宋]642 法若見，[乙]2434 併不識，[原][甲]1775 見他樂。

如：[三]2154 夫崐山。

若：[明]392 酒者令。

失：[宮]659 正法者，[宮]732，[宮]2102，[甲][乙]1736 故唯識，[甲][乙]1799 二，[甲][乙]2393 亦無所，[甲]1709 棄屍當，[甲]1775 江海之，[甲]1914 人天何，[甲]2036 凡流傲，[甲]2281 方，[甲]2362 得彌，[明]143，[明]156 白四羯，[明]1336 力沙路，[明]1463 安居法，[明]1636 若聞比，[三][宮]485 十九名，[三][宮]1562，[三][宮]2085 所重重，[三]186 是能堪，[三]2103 難覩所，[三]2122 善名利，[聖]125，[聖]1509 復次若，[另]790 人還，[宋][宮]2034 財有五，[宋]

[元][宮]2102 六家之，[宋][元][宮]2102 飾，[宋][元][宮]2103 以畫像，[乙]2296 教法也，[元]2102。

矢：[甲]2119 賕刑措。

是：[甲]1781 有爲必。

太：[明]2110 道玄。

天：[宮]374 人，[宮]507 身者四，[宮]650 聞佛，[宮]1425，[宮]1425 主亦復，[宮]1507 時處靜，[宮]1552 性諸得，[宮]1602 慧所化，[宮]2034 宮門守，[宮]2102，[宮]2102 形分涉，[宮]2103 僧尼合，[宮]2103 生在三，[宮]2121 女言不，[宮]2121 作奴給，[宮]2122，[宮]2122 得走，[宮]2122 斷截分，[宮]2122 人有罪，[宮]2123 愛羅刹，[甲]1804 等論若，[甲]1860 象於霄，[甲]2266 人知已，[甲][乙][丙]2381 子是聖，[甲]1821 五蘊上，[甲]2128 乾礭然，[甲]2128 威儀也，[甲]2261 道有情，[甲]2270 不終朝，[甲]2401 婦或圖，[明]2041 神排山，[明]35 見吾經，[明]1562 類無明，[明]2045 人諸垢，[明]2102 輪捴兮，[明]2103，[明]2121 者願，[三]189 人，[三]1673 眷屬，[聖]210 爲世間，[聖]1440 瞋恚佛，[聖]2157 出家者，[宋]、于[元][明]152 三塗爲，[宋][宮]2102，[宋][宮]2121 福之將，[宋][宮]2121 家念彼，[宋][元]1442 人太，[宋][元]154 命婦即，[宋][元]1546 人無色，[宋][元]2061 何遠乎，[宋][元]2103 理臻畢，[宋][元]2110 且封且，[宋]125 人貪利，[宋]189 人婇女，

[宋]310 地佛告，[宋]1339 人於其，[宋]1451 敢狎朝，[宋]1488 人中香，[宋]2045 人聞此，[宋]2121 人恐欲，[宋]2122 配焉略，[宋]2122 人所以，[乙]2207 道覆載，[乙]2408 印，[乙]2777 妙極之，[元][宮]2122 答言此，[元][明]、大[宮]2103 人從氣，[元][明]152 亦何失，[元][明]172 早得相，[元][明]324 人俱到，[元][明]397 人無量，[元][明]2059 人詣崇，[元]125 病，[元]152 命難，[元]190 也憐愍，[元]196 得爲之，[元]228 亦，[元]264 人，[元]624 人悉發，[元]701 人生處，[元]1435 人廣説，[元]1578 然就共，[元]1579 尚不迷，[元]2103 靈圃要，[元]2104，[元]2104 興廢之，[元]2110 善惡有，[元]2122，[元]2122 呼之二，[元]2122 取彼藕，[元]2122 受千萬，[元]2125 聲明者，[元]2145 一行之，[原]2339 五事也，[原]2192 人和合。

忝：[三][宮]2103 曰出家。

亡：[甲]2036 不敢田。

王：[聖]99 人輩白。

未：[宮]310 世間者，[甲]1805 學謂勤，[明]1552 欲愛未，[三]201 行道者，[宋]1546 染污心，[元]1451 厭己妻。

文：[甲]2266 見補。

吾：[乙]1736 子欲見。

無：[甲][乙]1866 迷倒不，[宋]397 修慈者。

先：[甲][乙]1822 分，[甲][乙]1822 建立聖，[元][明]2121 作是願。

婿：[三][宮]1435 家遣使。

夭：[宋]211 我家群。

以：[甲][乙]1822 性罪者。

矣：[三][宮]2103，[三]2060，[宋][宮]2103，[宋][明][宮]2122 但法身。

亦：[三][宮]2122。

用：[乙]2263 得士用。

又：[甲][乙]2263 郎座，[甲]2263 無本質，[三]、不[宮]397 無量者。

餘：[甲]2039 之別種。

者：[甲]2219 法。

支：[甲]2219 所成一。

玞

琰：[元][明]2103 石出其。

趺

跋：[甲]901 竪安壇，[明][乙]1254 途徙。

跌：[明]220 坐證得，[明]2151 水中若，[明]100 倒地從，[明]220，[明]598 也遊，[明]1341 也彼，[明]1428 坐場者，[明]1526 平足下，[明]1536 坐讃，[明]1546 坐勤行，[三][宮]1471 九者，[三][宮]1551 祇羅經，[三][宮]1610 義足者，[三]157，[三]1092 唎蜜嘌，[宋]2122 跺佛俛，[元][宋]409 坐手捉，[元]190 而坐正，[原]855 里仙次。

夫：[石]1509 坐其身。

跗：[宮]661 高平與，[三][宮]579 隆起。

敷：[明][乙]1092 座而坐。

扶：[元]2122 坐梵志。

跏：[甲]2070 趺而終，[宋][元]26 坐爾時。

焰：[三][宮]2103 出。

正：[甲]1921 坐端直。

跖：[三]152 脛髀尻。

鈇

鐵：[明]下同 1341 之所斫。

廓

翻：[聖]2157 筆受大。

廓：[三]、隣[宮]2122 人勤衛。

敷

般：[宮]2102 二隨三。

布：[三][宮]425 設衆座，[三]1426 地比尼。

持：[聖]1435 一。

當：[甲]893 獻所得。

敦：[三][宮]2102 仁廣濟，[三][宮]2104 訓所先。

莩：[三]375 榮江河，[宋]375 與其眷。

恚：[三][宮]2053 愉。

趺：[三][乙]1092 座而坐。

扶：[聖]2157 琢玉。

孚：[元][明]721 產卵龍。

弘：[三][宮]2122 十地耆。

華：[三][甲][乙][丙]930 葉勢。

敫：[宋]375 鮮榮。

教：[另]1453，[原]2339 明白遂。

開：[三][宮]785 演說我。

類：[甲]1724 實菩。

沒：[元]158 刹中菩。

囊：[三][宮]1421 具應持。

鋪：[三][聖]643 師子座，[三][聖]下同 643 尼師，[三]643 佛蹈，[聖]643 置白佛。

普：[聖]211 演大法。

蓐：[聖]125 臥具病。

褥：[三]、一[宮]384 臥具病，[三][宮]309 臥具病。

散：[宋][宮]403 之何謂。

殺：[三][宮]266 母者終。

施：[三]6 牀座畢。

勢：[甲]904。

數：[宮]848 置漫荼，[宮]2034 林，[明]212 演道義，[明]285 演十住，[明]423 百千億，[三][宮]1428 衆多坐，[宋][元]2104 究幽，[知]1785 名護他。

微：[原]1856 色雖常。

臥：[三][宮]1428 具而宿，[三][宮]1458 具棄而，[三][聖]125。

勲：[石][高]1668 服膺之，[原]、揚[原]2196 因爲讚。

彰：[三][宮]630 演散告。

掌：[三]193 藕花。

坐：[明]1463 具，[三][宮]1451 具疲苦。

座：[三][宮]1428 者或草。

膚

層：[另]1721 色充潔。

處：[甲]1830 無加行。

肥：[三][宮]1425 味如純。

骨：[聖]1428 香葉香。

盧：[三][甲][乙]1092 骨反步。

實：[聖][另]1548 非妍，[聖][另]1548 非妍，[元]614 脂肪腦。

庸：[宮]2122 色如常，[三][宮][乙]2087 淺恐，[三][宮]2087 淺其俗，[三][宮]2103 淺雖竭，[三][乙]2087 淺外道，[三]2103 淺所，[三]2110，[三]2145 淺之説，[宋][宮]2103 王役課，[宋]2145 淺道識。

牗：[甲]2434 焉探隱。

弗

不：[內]2777 夷大包，[宮]2112，[甲]1928 宣而且，[三][宮]813，[三][宮]2053 忘乃使，[三][宮]2103 可修以，[三][宮]2104 忘故救，[三]192 獲，[三]2063 許因遂，[原]1858 已饗讄。

串：[甲]1969 數。

第：[三]2145 內施藥。

沸：[甲]2395 沙，[三]1440 星現時。

費：[三]1336 損家財。

佛：[宮]1646 尼迦謂，[宮]2034 若多羅，[甲][乙][丙][丁][戊]2187 有三十，[明]261 言善男，[明]1509 聞此偈，[明]2102 等皆得，[明]2121 沙蜜多，[明]2145 調譯，[三][宮]380 略何處，[三][宮]1461 陀多羅，[三][宮]1509 妬路部，[三][宮]2121，[三]203 迦羅城，[三]632 羅等即，[宋][宮]2103 可尚也，[宋]1137 巴二頭，[元][明]380 略阿浮。

拂：[三]2145 剗漏結。

疾：[宋][元][宮]2123 愈雖和。

利：[甲]1781 夫求法。

曰：[三]98 請比丘。

子：[甲]1782 言諸佛，[甲]1823 觀第一，[明]1450 具壽大，[明]1450 默然受，[三][宮][西]665，[三][宮]455 隨汝所，[三][宮]461 謂舍利。

伏

拔：[三][宮][甲]2053 群邪來，[三][宮][聖]1602，[三][宮]1606 故又由，[乙]2320 煩惱。

彼：[三][宮][聖]1442 叛逆今，[三]720 大力鬼。

蔔：[元][明]194 華有種。

床：[三][宮]2040 枕慷慨。

從：[宮]2121。

大：[宋]1340 法。

代：[甲][丙]2120 帝王聖。

斷：[明]1585 盡八地。

伐：[三][宮]2102 治，[聖]754。

法：[明]220 移轉眼。

吠：[甲]2266 世師難，[三][宮]2122。

佛：[宮]2059 暮末於，[甲]1734 馱跋陀，[三][宮]2122，[三][宮]2122 虜凶虐，[乙]2157 陀不思。

服：[宮]2085 而退佛，[明]2053 法師即，[明]2053 如，[明]2060 馳名，[明]2102 膺下流，[明]2154 膺已後，

[明]2154 膺至教，[三][宮]1647 自捨壽，[三][宮]425 普，[三][宮]534 十方非，[三][宮]1581 是名信，[三][宮]1593 膺未久，[三][宮]1646 人樂又，[三][宮]2034 以弘始，[三][宮]2059 其才，[三][宮]2059 其精理，[三][宮]2059 膺入，[三][宮]2060 人者焉，[三][宮]2103 欲師事，[三]186 琴更相，[三]189 三十四，[三]2145 膺上法，[聖][另]790 從我，[聖]189 其時思，[聖]189 一姓拘，[宋][元]、眼[明]、狄[宮]2053 以，[元][明]2053 膺，[元][明]2053 膺佛道，[元][明]2053 膺問，[元][明]2059 膺，[元][明]2060 膺，[元][明]2060 膺甘，[元][明]2060 膺鼓簸，[元][明]2060 膺請，[元][明]2060 膺請業，[元][明]2060 膺四分，[元][明]2060 膺曉夕，[元][明]2060 膺玄宰，[元][明]2060 膺章簡，[元][明]2060 膺智，[元][明]2110 膺之禮，[元][明]2154 膺遂忘。

茯：[甲]2290 苓文至，[三][宮]2122 苓伏，[三][宮]2122 苓木株。

栿：[元][明]2040 頭作欒。

復：[明]65 婬如法，[明]945 還元覺，[三][宮]1562 緣彼煩，[三][宮]1681 無所取，[三]154 本淨，[三]1335 如故諸，[宋][元][宮][聖]1462 者以兩，[元][明]754 自惟曰。

縛：[明]1170。

覆：[三][宮]278 世界入，[三][宮]1425 臥仰臥，[三]193 強難伏。

供：[宋]1546 質直任。

狗：[宮]2121。

化：[甲][乙]2223 衆生安，[明]201 爲死至，[三][宮]1680 魔怨正，[三]1331 令其受，[三]1341。

惑：[甲][乙]1751 頓伏故。

見：[原]1308 危十七。

魔：[明]598 一切諸。

匿：[三]2123。

仆：[明]2121 來還是。

乾：[三][宮]2040 沓。

然：[聖]790 如雨。

柔：[甲]1775 則。

軟：[三]、服[聖]211 可中王。

勝：[宋][宮]285 默然樂。

使：[乙]2207 勅以流。

似：[甲][乙]2263 無其理。

受：[三][甲]1335。

鼠：[三]1339 藏家往。

述：[三][宮]2060 陳其矯。

順：[甲]2349 能破煩。

天：[三]186 書三十。

外：[三][宮]1545。

無：[原]1205 藏。

休：[甲][乙]1709 咎獲如，[三][宮]606，[三][宮]606 首楞嚴，[三][宮]632 諸有，[三]194 息智欲，[三]1336 婁浮。

依：[甲]1821 煩惱同，[三]、服[宮]616 禮敬有，[三]187 者寂靜，[乙]1239 閻浮衆，[原]、[甲]1744 如來下。

擇：[甲]、道[甲]2266 道爲作。

仗：[宮]1460 本語當，[甲][乙]

2391 諸天鬼，[甲]2266 因託緣，[三]
[宮]2122 信乃，[三]991 龍王帝，[三]
1340 我爲師，[原]1230 於天下。

　　杖：[元][明]99 應殺欲。

　　狀：[宮]、－[乙]866，[甲]2167
蒙，[甲]2266 相似以，[甲]2339 切，
[三]186 恭敬自。

　　佐：[宮]、作[聖]1435 耶以。

　　坐：[三]26 自在。

扶

　　拔：[三][宮][聖][另]285 濟使得。

　　拔：[宮]847 護佛法，[甲]2039 城
又云，[三][宮]2122 濟耳便。

　　持：[甲]2035 奉律儀，[明]1596
了別此，[明]2087 憤怒何，[原]920 佛
甲在。

　　怵：[甲][乙]2087 於邪説。

　　得：[聖][另]1435 起乃醒。

　　對：[原]2263 二云諸。

　　夫：[宮]2025 唱衣之，[明]1665
會阿字。

　　柉：[元]681。

　　浮：[甲]1828，[甲]1828 根塵名，
[甲]1828 根四塵，[甲]1828 根五塵，
[明]2016 塵根并，[明]2016 塵器世，
[明]2016 塵五色，[明]2016 塵異界，
[明]2016 根。

　　符：[宮]2122 稼苗重，[甲]1912
文，[甲][乙][丙]、丙本冠註曰符略出
經作扶、六卷經作赴 862 本願，[甲]
1736 順毘婆，[甲]2015 會以知，[三]
[宮]1607，[原][明]152 明猶日，[原]

[明]2103，[原]1898 者至於。

　　附：[甲]1914 教門依。

　　荷：[三]186 枕臂脚。

　　救：[三][宮]403 之若。

　　扶：[甲]2128 也説文，[甲]2128
雲反龍，[宋]99 我闇處。

　　決：[甲]1828 無。

　　快：[聖]627 接今。

　　劬：[三][宮]1646 盧。

　　使：[甲]2263 生五根。

　　投：[宋][元][宮]、仗[明]2104 信
道士。

　　榑：[三]192 桑。

　　無：[明]1562。

　　校：[三]2103 數輪未。

　　挾：[元]2016 塵器世。

　　杖：[元][明][甲][丙]866 菩薩三。

　　枝：[三]1336 達。

　　株：[元]643。

　　祑：[宮]2103 成教義。

　　狀：[宮]2121 格登觀，[甲]1075
蓮花莖，[甲]2366 習生非，[明][宮]
2102 其本也，[三]、軼 [宮]2103 詔
鍾超，[聖]2157 疾翻，[乙]2120 風
縣。

　　狀：[甲]1921 計心。

芙

　　扶：[宋][宮]2103 藥育。

佛

　　八：[甲]1202 法怨家。

　　拜：[三][宮]630 天尊并。

伴：[甲]1782 侶菩提。

保：[甲][聖]1721 執小乘。

備：[甲]2274 云所依。

彼：[甲]2219 土中某，[三][宮]1511 即彼如，[三][宮]374，[三][宮]468 足下微，[三][宮]587，[聖]341 侍者一。

便：[三][宮]1421 更爲説，[聖]200 即微笑。

勃：[宋][元]1057 陀達摩。

不：[宮]221 言於無。

部：[宮]885 大集會，[甲][乙]2228 三十七，[甲]2214，[甲]2412 付增益，[乙]2228 眞言金，[乙]2391 加持灌。

察：[和]293 以偈讚。

成：[甲]2339 説法授。

城：[三][宮]1425 告諸比。

持：[宮][聖]278 法覺如。

出：[三][宮]2122 道欲詣。

處：[甲]1799 亦我識。

揣：[三]99 是則上。

此：[甲]1816 餘肉眼，[明]1339。

但：[甲]2339 諸有情。

道：[宮]754 道法，[甲]957 於菩提，[甲]1718 已來，[甲]1722 故法花，[甲]2195 遲速事，[甲]2195 歟，[甲]2263 遲速，[甲]2300 者彌勒，[明]2110 法改，[三][宮]2121 佛言車，[三][宮][知]384 假號音，[三][宮]263 尊，[三][宮]425 化諸當，[三][宮]631，[乙]1736 已來不，[原]1695 已來雖。

得：[甲]2196 果有四，[甲]2219

當知是。

德：[聖]627 世尊所。

地：[乙]2396 以顯無。

等：[三]1130，[聖]1818 云何不。

弟：[甲][乙]2393 子故當，[三][宮]286 子雨上，[三][宮]671 子，[三][宮]1604 子一體，[三]125 子無有，[乙]2192 子所。

諦：[甲][乙]2261 相應增，[三][宮]285。

頂：[甲]、佛頂[乙][丙]973 即得諸，[三]2145 經。

而：[三][宮]1509 不聽比。

爾：[宮]2122 已訖正。

二：[宮]1808 言五法，[明]293 虛空音。

法：[宮]671 若有人，[宮]1435 教斷若，[甲]2017 了知三，[甲][乙][丙]2381 發得戒，[甲][乙][丙]2397 實相，[甲][乙]966 眼成佛，[甲][乙]2288 者，[甲]1782 錯逗根，[甲]2195 性名得，[甲]2434 甚深本，[甲]2434 作化衆，[甲]2792 念譯胡，[明]1545 皆是不，[明][和]293 皆無障，[明]2034 朔二部，[三][宮]278 清淨諸，[三][宮]286 不可言，[三][宮]397 界及以，[三][宮]1507 爲在先，[三][宮]1545 雖雜，[三]211 齋過中，[三]474，[三]2154 念共譯，[聖]225 常以大，[宋][宮]468 不畏，[宋]1092 速疾成，[乙]913，[乙]1723 行隨應，[乙]2370 眞，[乙]2396，[乙]2396 界，[乙]2408 性之，[元][明]1509 實相智，[原]、法

佛[甲]2396 平等身，[知]598 法無。

梵：[三][宮]425。

沸：[三][宮]2103 星下現，[三][宮]2121 星適現，[三]6 星出時，[三]202 星下現，[聖]2034 經一，[宋]397 已，[元][明][宮][聖]310，[元][明]620 如黑象。

奉：[甲]1792 教設。

弗：[宮]458 白佛言，[宮]462 空出，[宮]606 生，[甲][乙][丙][丁][戊]2187 以下訖，[甲][乙][丙][丁][戊]2187 於汝意，[甲]1717 同往經，[甲]1806 在舍衞，[甲]2130 多羅譯，[明]125 告諸天，[明]1428 告諸比，[三][宮][聖]606 解人身，[三][宮]518，[三][宮]2121 迦沙王，[三][聖]100 羯羅，[三][聖]125 舍二名，[三]1341 婆若多，[三]2146 若多羅，[聖]2157 土嚴淨，[石]1509 乘人是，[宋][宮]1462 亦成受，[宋][元]208 汝往勸，[宋]2149 母般泥。

伏：[三]2145。

拂：[甲]1701 跡，[明][丙]1214 最後，[三][甲]901 左手掌，[三][甲]1227 下手執。

佛：[明]485 世尊亦。

服：[明]1435 言不得。

浮：[宋][元][宮]2122 圖。

復：[宮]425 德根念，[明]99 言置彼，[明]642 說阿難，[三]220 告慶喜，[三][宮][聖]223 微笑種。

伽：[甲]1731 教不異。

簡：[乙]2396。

功：[聖]1733 國土中。

供：[博]262 壽六萬，[明]156 塔僧坊。

共：[別]397。

故：[甲]1816 種不絕。

國：[宮][甲]1998 恩平昔，[明]186 土供養，[明]310 土故聞，[明]318 土豐饒，[三][宮][聖]586 一切，[三]375 土所有，[另][石]1509 土無量，[石]1509，[石]1509 土諸佛，[元][明]310 土雨於。

何：[宮]383 涅槃後，[宮]1546 世尊責，[甲]2204 能證無，[三]1340 事將作，[原]2208。

弘：[甲]2339 願爲有，[乙]2370 宣方等。

化：[甲]1782，[元][明]220 事令往。

火：[石][高]1668 性外中。

已：[聖]625 神力從。

伎：[宮]228 已咸作。

迦：[三][宮][聖]397 羅漢餘。

假：[三][宮]1646 名四大。

見：[聖]1462 神通使。

劫：[三]2112 事雜糅。

結：[宋]643 坐已爲。

解：[宮]223 十，[三][宮][聖]271，[三][宮]1451。

界：[甲][乙]1816 施悲。

誡：[三][宮]748 語諸比。

進：[三][宮]425 解縛佛。

經：[甲]2401 所謂大。

淨：[甲][丙]2397 土者是，[甲]

1781 土皆法，[明]894 部灑淨。

久：[三]186 已心中。

覺：[三]187 耶如來。

來：[三][宮]671 所，[宋][元][宮]448 南無一。

理：[原]、[甲]1744 未始二。

禮：[明]26 所稽首。

羅：[三][宮][聖]625 陀。

律：[三][宮]481 道斯等，[三]119，[元][明]426 所說無。

名：[甲][乙]1822 教，[甲]1709 道齊即。

魔：[甲]2219 同時現。

那：[三][宮]2102 圖也劉。

能：[宮]619 至百千，[宮]1509 說因緣。

念：[甲]1958 一口功。

俳：[明]1340 如來有。

品：[甲]2339 無漏五。

菩：[明]222 佛言行，[聖]221 不耗於，[聖]224 授。

其：[三][宮][聖]1451 鉢持奉，[元][明]67 所，[元][明]310 上於時。

奇：[宋]、寄[元][明]2154 像是優。

千：[乙][丙]2381 佛授手。

切：[聖]397 法故說。

清：[三]1331 淨。

去：[三][宮]1562 告始欠。

人：[宋][宮]1509 寶亦如。

仁：[甲]1816 乃至順。

日：[元][明]440 王佛。

肉：[三]375 眼乃至。

灑：[三]402 供養是。

薩：[甲][乙]897。

三：[乙]2263 寶也既。

色：[甲][乙]1751 身不涉。

僧：[宮]1435 教現，[宮]2123 語聞，[甲]1735 難遇故，[三][宮][聖]1435 言度我，[三][宮]2122，[三]987，[三]2103 而，[聖]1435 在舍衞，[宋][宮]468 不畏。

沙：[甲]1781 門釋子。

剎：[三][宮]2121 土。

捨：[明]125。

伸：[聖]199 子。

身：[甲][乙]2231 如來有，[甲]1920 對緣如，[甲]2317 體廣如。

神：[宮]414 說正念，[宮]637 之威神，[宋][宮]657 力當遊，[元][明]2102 明其宗，[原]1089 舍利神。

師：[宮][久]1486 之所行，[甲]1724 乘亦爾，[甲]1731 同明因，[甲]2401 則能更，[明]2149 經，[三]、師佛[宮]2034 弟子廣，[三][宮][聖]754 說人行，[三][宮]813 不想出，[三]125，[聖]305 像文殊，[宋][元]1336。

十：[原]1744 地論說。

時：[甲]1512 即答言，[三][宮]616 如我心，[宋][宮]221 十八法，[原]2208 一，[原]2208 亦應如。

實：[三][宮]587 法中無。

使：[甲]1731 徒眾亦。

世：[甲]2300 界即得，[三]157 界一。

市：[三]2110。

似：[乙]1816 菩提有，[原]2196 大雲法，[原]2271 現量知。

是：[明]1518，[三][宮]342 世尊所，[三][聖]375 菩薩一，[三]631 所說學，[聖]425 從其所，[宋][元]343 視之無，[宋]374 菩薩一。

釋：[明]2103 道門人。

雙：[三]220 足合掌。

說：[甲]2036 書精微，[明]1008 所說皆，[明]1636 所說暫，[乙]2336 三世間。

鑠：[甲]975 訖底印。

斯：[甲]1921 以其散。

死：[甲]1733 命六自。

所：[明]1546 說相近，[三][宮]461 語普遍，[聖]224 所有諸。

他：[甲][乙]2259 方世界，[甲]2263 受用變，[三][宮][聖]639 持是經，[三]1452 言汝有，[宋][宮]1509 功德皆，[宋][明]1017 陀。

歎：[三][宮]278。

體：[甲]2299 也故涅。

停：[甲]1828 觀中初。

偷：[另]1428 言偷蘭。

土：[宋][元][宮][聖]、佛土[明]310 界名善。

王：[三][宮]1435 言我於，[宋][元]208 言欲治。

爲：[宮]527 甚眾。

位：[甲]1735 位取其，[宋][元]、[宮]2102 儒。

聞：[三]157 法中各，[元][明]99 法無厭。

問：[三][宮]1425 言汝實。

我：[明]2059 生何以，[明]2103 生何以，[明]2122 生何以，[三][宮]456 滅度後，[三][宮]1458 正法久，[三][宮]2122 所以事，[三][聖]643 諸弟子，[三]374 悉不受，[聖]375 與釋天。

無：[宮]649 智慧善，[明]1012 所譽自。

物：[甲]2299，[甲]1736 之，[甲]1763 第二移，[明]321 菩提，[宋][元]2155 法非法，[元][明]311 不親近。

仙：[甲]1111 摩羅引，[甲]1782 位天，[甲]2266 領會大，[甲]2299 論淨眼，[甲]2299 人者本，[甲]2401 子所行，[三][宮]2123 樂寂修，[三]2105 號生，[宋][宮]2034 藏方等。

香：[原]965 花歌詠。

像：[明]1459 教不惱，[三][宮]698 功德經，[三][宮]2122 亦放眉，[宋][宮]671。

信：[明]1435 言一器，[元][明]310 施食能。

行：[甲]1863 爲轉彼。

性：[甲][乙][丙]、情[甲]2396 之時自，[石]1668 性離染。

修：[宮]309 永寂而，[甲][乙][丙]、修佛[丙]973 瑜伽觀，[三][宮]278。

脩：[聖]225 法學也。

言：[宮]1425 言喚，[甲]1831 此二何，[甲]2396 乎金剛，[明]312 宣說，[三]、流布本作佛言360 受佛重，

[三][宮]673 世尊毘，[三][聖]200，[三][聖]200 唯然已，[宋][宮]1435 言。

眼：[原]852。

仰：[甲]1736 解脱中，[三][甲]951 手把香。

養：[三]1341 故或衣。

葉：[宮]2034。

一：[甲]1722 乘出離，[三]2030 若供養。

依：[甲]、佛[甲]1782 法教，[甲]1755 正勸物，[三]1646 差別。

已：[甲][乙]869 爲説教。

以：[甲][乙]894 部心真，[甲][乙]1822 令異門，[甲]893，[甲]1733 文中正，[甲]1851 可見故，[甲]2217 其信邪，[甲]2434 即爲圓。

億：[三][宮]2122 土有。

因：[三][宮]1451 告諸苾。

有：[三][宮]286 無量無，[原][乙]871 所願皆。

於：[甲]1225 世尊成，[明]415 然燈前，[三]202 世尊佛。

語：[三][宮]1435 問。

遇：[三][宮]456 無上大。

圓：[甲][丙]2397 他受用。

緣：[乙]1796 滅度或。

曰：[三][宮]342。

云：[元]2122 言皆不。

在：[聖]278 非緣合，[乙]1816 欲得。

讃：[甲][乙]1821 等若行。

㫋：[宋][元]2061 當有證。

丈：[宮][聖][石]1509 光邊。

正：[三][宮]656 法入深。

之：[甲]1736 教，[三][宮][聖][另]1543 佛弟子，[三][宮]534 佛，[乙]2223 相授故，[乙]2391 形然。

值：[三][宮]278 善知識。

智：[乙]2396 爲五方。

中：[甲]1816 入滅時。

衆：[三][宮]569 弟子誠。

珠：[乙]2391 由如佛。

諸：[宮]310，[甲]2075 法以彼，[明]212 弟子名，[明]278 莊嚴長，[三][宮]397 世界中，[聖]223 國，[乙]1823 如來身，[乙]931 菩薩與，[元][明]310 法無有，[元][明]223 道不應。

住：[宮]221，[甲]2371 法爾前。

足：[三][宮][另]1442，[三][聖]189 而白佛。

尊：[三]100 所聽受，[三][宮]330 開解敷，[三][宮]1521 所或起，[原]2426。

作：[三][宮]809 布施後，[三][宮]1424 法時中，[三][宮]1530 利益安，[三][宮]2122 自造自，[元][明][乙]1092 瑜伽觀，[原]1869 佛想佛。

孚

浮：[三][宮]721 陀，[乙]2207 味反耗。

赴：[三]199 遠相求。

可：[三]2121 行衒賣。

受：[丙][丁]866 化者隨，[甲]1821 煖觸位。

遊：[元][明]425 疾暢達。

于：[原]1856 斷見二。

宇：[原]2409 日日每。

卒：[元][明]309 有懼亦。

拂

沸：[甲]2036 三有超。

疿：[三]2125 子寒乃。

弗：[三]2149 提一部。

佛：[宮]2102，[三][宮]2040 窟佛攝，[三][聖]157 提闍耶，[聖]515 掩映搖，[聖]953 除一切，[聖]953 於佛世，[宋][宮]2122，[宋]1421 去落高，[乙]897 利曳應，[原][甲]1851 煩惱故。

耕：[甲]1983 口願往。

捧：[甲][乙]1069 形。

掃：[三][宮]1470 拭席當，[乙]1772 塔塗地。

苻

浮：[甲]1828 根四塵。

符：[宮]2034 秦姚秦，[三][宮]2122 堅之末，[三]2154 秦西域，[原]1309 此日是。

附：[甲]2263 此識而。

扶

扶：[明][和]293 疏布影。

彿

律：[聖]222 法界如。

服

報：[宮]374，[甲]2087 今日何，[三][宮][聖]425 消除眾，[聖]354 一種成。

被：[三][宮]1425 飲食床，[三][宮]223 飲食，[三]100 於法衣，[三]168 瓔珞，[三]171 飲食城，[三]185 什物諸，[三]212 飲食床，[三]212 飲食者。

膊：[三][甲][乙]1092 結。

等：[乙]2249 境文此。

揲：[三][宮]1435 裏著肩。

飯：[元]26 令坐金。

肥：[原]1756 乞。

伏：[宮]2060 以開皇，[甲]2792 也，[明]2076 膺作園，[明]2122 人馬亘，[三][宮]278 承王，[三][宮]2122 自非福，[三][宮]384 心降魔，[三][宮]425 爲弟子，[三][宮]2053 其中有，[三][宮]2060 不久勅，[三][宮]2060 道合欣，[三][宮]2060 尼流聲，[三][宮]2060 其异度，[三][宮]2121 登，[三][宮]2122 澄因而，[三][宮]2122 後記畢，[三][宮]2122 栖止行，[三][宮]2122 信革誠，[三][宮]2122 之及獄，[三][宮]2123 咸皆讚，[三]209 無，[三]209 咸，[三]2059，[三]2059 後還，[三]2059 有見鬼，[三]2063 不知所，[三]2145 愧惋無，[三]2154 後吳主，[三]2154 及受大，[聖]278 與千采，[宋][元][甲]1033 蘇末那，[元][明]658 便生信，[知]598 美飲食。

服：[甲]2128。

幞：[宮]263 臥。

襆：[三][宮]2122 搜求。

復：[宮]263，[甲]1778 飲食而，[明]201 本形爾，[明]204，[明]310 清，[明]398 著大藥，[明]2060 如故更，[明]2103 禮觸事，[明]2122 華，[三][宮]462 道而去，[三][宮]813 食肉不，[三][宮]1507，[三][宮]2060，[三][宮]2122 沙彌形，[三][宮]2123 道而去，[三][甲]901，[三][聖]200 本形爲，[三]200 本形四，[三]201 沙彌形，[三]212 氣，[三]212 形其人，[三]2088 本風俗，[三]2103 麁陋醜，[宋]2110。

腹：[甲][乙][丁]2244 第四層。

股：[甲]2035 隆起痛，[甲]2128 外也説。

合：[甲]2128 也戰而。

經：[元][明]2060 麁布。

立：[三]2122 自法水。

覓：[三][宮]263 飲食甚。

眠：[宮]1425 而犯者，[宮]2122 三代之，[甲]1921 調食調，[聖]2157 寐憒密。

膜：[宋][元]2061 拜未興。

母：[甲]2250 向脊而。

槃：[宋]、般[元][明][宮]2026 數百千。

葡：[三][宮]1549 當觀如。

取：[聖]1470 藥若飲。

若：[三]1427 過七日。

裳：[三]374 用敷床，[三]375 用敷床。

勝：[明]下同 2123 幢世界，[三][宮]411 袈裟成，[三][宮]721 而共此。

食：[宮]2123 又四分，[甲][乙]1822 等所生，[三][宮][另]1428 波逸提，[三][宮]397 湯藥丸，[聖]157，[宋][宮]660 五者於。

俗：[三]2108 是故凡，[三]2145 爲己僚。

脫：[三][宮]606 以法甘，[三]738 皆是佛。

文：[聖]125 飾所謂。

物：[三][宮]1421 非是五。

現：[聖][甲]1733 本形四。

形：[三]198。

眼：[丙]2286 此字及，[丙]2381 異俗應，[宮]721，[宮]2025，[宮]2122 識泰萬，[甲]2792 藥，[甲][乙]2219 文金界，[甲]1040 又以淨，[甲]1718 還，[甲]1811 患愈慈，[甲]2130，[甲]2204 所以者，[甲]2299 故廣持，[明]1299 藥著新，[明]2154 者除煩，[三][宮]384 沙石，[三][宮]384 遭，[三][宮]1452 藥合除，[三][乙]1092 藥者得，[聖]2157 其才明，[乙]2174 內氣決，[乙]957 令內外，[乙]1069 等，[元]1色盡同。

耶：[聖]99。

衣：[三][宮]2104 普同黃，[三][宮][聖]1425 著右手，[三][宮][另]281 當願衆，[三][宮]665，[三][宮]1435 而作比。

飲：[三][宮]606 良藥今，[三][宮]1425 油訖有，[三]118 食無所，[三]

186 食，[三]194 此味當，[三]375 我今亦。

用：[三][宮][聖][另]790 孛，[三][宮]1428 爾時比。

照：[三][宮]385 諸十方。

莊：[宮]1509 飾不亦。

怫

悒：[宮]737 吾。

茯

伏：[三][宮]2060 苓甘松，[三]2122 苓之氣，[宋][元]2088 苓也又。

罘

罜：[宮]2025 罳椅，[宮]2025 罳椅子。

俘

浮：[甲]2128 獲也從。

祓

妭：[聖]2157 氛愚。

祅：[甲]2035 並勒還。

枎

柢：[甲][乙]1821 後以板。

伏：[宮][聖]1435 衣，[宮]1435。

呼

孚：[三]1336 烏思羅。

浮：[明]1336 那胡兜，[三]1336 兜破波，[三]下同 1336 思坻呼，[宋]1336。

呼：[三][宮][聖]1421 山上，[三]987 婁呼，[三]1336，[三]1367 吒吒一，[宋]1093 嚧呼。

浮

波：[明]1336 律多睺，[三]1582 陀那經。

淳：[甲]1733 淨不雜。

渡：[明]838 水而渡。

扶：[明]1988，[三][宮]592 持世間，[元]2016 塵。

佛：[明]2106 圖，[三][宮]2122 圖澄傳，[三][宮]745 圖以求，[三]2145 調斯二。

呼：[三]1336 律置呼。

桴：[甲]2128 也古作。

淨：[甲][乙]1705 觀等雖，[甲]2219 此心故，[三][宮]617 相習之，[聖]2157 行。

流：[元][明]1332 呵暮多。

婆：[三][宮]2122 膩耽。

沙：[聖]1441 呵那時。

沈：[三][宮]2060 浮更勞。

陀：[三]1028 無子以。

王：[宮][甲]1912。

游：[宋]21 游皆上。

杖：[三][宮]、扙[西]665 擊金鼓。

桴

桴：[甲]2128 非也。

抒：[甲]2196 鼓定生，[聖]1537 金鼓於，[宋][元]184。

符

褒：[三][宮]、衰[甲]2053 纘運追。

便：[甲]2250。

不：[甲]1863 會説教。

持：[宮]224。

得：[甲]2250 順瑜伽，[明]2060。

對：[甲]2259 過我立，[甲]2281 云言陳，[甲]2367。

扶：[甲][乙]2778 同生以，[甲]1792 佛地論，[三]、狀[宮]1808 同何得，[三][宮]2122 悲喜夜，[三]2154 同然此，[宋][元]、扶[明]2154 同一無，[宋][元][宮]1595 拔根，[原]、扶[甲][乙]1799 律談常。

苻：[明]2034 秦沙門。

府：[甲]1733 同世務，[甲]2290 行，[甲]1772 機，[三]2103 告平。

付：[甲]1238，[三][宮]2103 所在與。

骨：[甲]2255 者所言。

荷：[甲]2362 順想五，[三][宮]2103 不盡而。

蔣：[宮]2108 契此一。

快：[甲]、扶[甲]1698 合故得。

蒲：[宮]2034 健本氏。

契：[三][宮]1613 順亦名。

宿：[明]969 賀反婆。

有：[甲]2266 故論言。

笮：[三]2103 融託佛。

匐

蔔：[三][宮]308 華鬘解，[三]60

華鬘婆。

鳥：[三]170 哀鸞聲。

仆：[元]、什[明]2121 墮落此。

涪

泣：[宋][宮]2060 陵瀼三。

紱

跋：[三][宮]2049 婆譯。

紋：[甲][乙]2390 空若有。

緋

拂：[三][宮]1488 明鏡末。

菖

婆：[三]1335 羅果而。

幅

幡：[甲][乙][丙][丁]2092 上隸。

福：[宮]637 一切寂，[知]418 無有諂。

輻：[甲]2128 而輾，[明]1242 輪於，[三]883 輪以金。

蜉

浮：[宋]747 蝣。

鳧

亮：[三][宮]2102 越人以。

鳥：[元]221 鴈鴛。

鶩：[三]186 鴈孔雀。

福

報：[聖]125，[聖]211 如此若。

備：[三]211 自守以。

遍：[甲]2266 滿眞如。

補：[宮]1493，[三][宮]416 伽羅想。

禪：[甲]2035 懷，[甲]2870 不，[三][宮]1596 資糧餘，[三][宮]2060 門宏敞，[聖]1509 德因緣。

稱：[三][宮]292 報應觀，[三]201 勝。

稻：[三][宮]1509 田其婦。

得：[三][宮]1509 增。

德：[甲]1829 田，[甲]1733 智皆不，[甲]1816 不趣菩，[三][宮]2122 無量後，[三][宮]397 短壽擧，[三][宮]397 之人入，[三][宮]414 果報得，[三][宮]425 熾盛而，[三][宮]632 欲譬之，[三][宮]656 無有盡，[三][宮]1425 無，[三][宮]1435 已大是，[三][聖]125 不可計，[三]100 者是名，[三]196 本行所，[三]202 弘大何，[聖]1509。

度：[三][宮]263 於時世。

法：[三][宮]313 行其，[元][明]656 明爲慧。

非：[三]202 德其母。

幅：[甲]2084 八丈素。

輻：[乙]2263 輪足下，[元][明][丙][丁]866 莊嚴次。

副：[三]201 利衆德。

富：[甲]1158 德持阿，[明][聖]200 樓那等，[明]397 羅山捨，[三][宮][聖]278 伽羅空，[三][宮][聖]278 伽羅無，[三][宮]416 伽羅不，[三][宮]813 持戒生，[三][宮]1421 利請如，[三][宮]1484 饒財七，[三][宮]1493 樂果若，[三][宮]1509 道七法，[三][宮]1646 因亦，[三]159 智巧方，[三]209 我自得，[三]1440 故糴米，[聖]643 力，[元][明]397 羅山眼，[元]685 樂無。

腹：[明]2088 巖者山，[三]1301 縮低頭。

功：[三][宮]657 德，[三][宮][聖]223 德迴向，[三][宮][聖]416 聚勝前，[三][宮]263 德相一，[三][宮]657 德，[三][宮]657 德舍，[三][宮]657 德說無，[三][宮]657 德說之，[三][宮]657 德巍巍，[三][宮]657 法求無，[三][宮]1521 德善根，[三][宮]2121，[聖]223 德何以，[石]1509 德，[石]1509 德迴向，[元][明]642 德不可。

國：[三]187 王長者。

果：[宋][宮]657 報汝當。

禍：[宮][聖]425 不亂，[宮]1650 子復生，[宮]2112 之事故，[明]211 七者因，[三][宮]234 追之善，[三][宮]606 故致死，[三][宮]796 不復識，[三]152 所趣佛，[三]152 追己猶，[三]202 如是，[三]608，[聖][另]342 業亦悉，[宋]1331，[原]1311 災害不，[甲][乙]2297 如何。

極：[三][宮]397 善之行。

將：[乙]2092 故能功。

禮：[三][宮]400 智圓堪。

祿：[三]203 緣。

祿：[乙]2207 所以頤。

論：[甲]1816 轉勝損。

滿：[元][明]1080 願。

偶：[三][宮][聖]225 知供養。

橋：[三]150 行從後。

善：[明]1450，[三][宮]1467 業離惡，[三][宮]1577 德者得，[宋][宮]1425 業離惡。

稍：[甲]1828 可爾。

攝：[宮]274 無福有，[甲]2299 智門。

神：[甲]1731 德人見，[三][宮][聖]1428 力隨意，[三][宮]639 德所出，[三][宮]2123 力所制，[元]1579 亦名自。

生：[聖]211 遠矣正。

勝：[三]、聖[宮]2122 寺。

施：[三][宮]2060 利處處，[元][明]1509 田妙故。

祐：[宋][元]374 唯食此。

事：[宮]657 身色具。

誓：[三]373 世世稽。

韜：[三][宮]2059 道宗。

望：[三][宮]1513 殊勝。

謂：[甲]2266 防護受。

信：[甲][乙]2250 正見人。

積：[三]2154 積富於，[元][明]401 廢乃爲。

業：[明]210 淨修梵，[聖]200，[宋]1509 無縛無。

益：[三][宮][聖]790，[原]1089 智即得。

祐：[三][宮]2041。

智：[明]210 慧生死，[三][宮]479 慧入城，[三]2146 施經一。

種：[甲]1775 者誰爲，[三]200 生，[聖]221 功德不，[聖]225 執多佛，[聖]1509。

諸：[知]1581 業獲。

祚：[宮]263 復超於。

蝠

蝮：[明]263 螫，[三]1336 螫皆不。

襆

襆：[三][宮][聖]1435 見是，[三][宮][聖]下同 1425 裹中有，[三][宮]1435 來漸漸，[三][宮]1435 詣竹園，[三][宮]2060 而不，[三][宮]2122 衣來嘲。

澓

彼：[宋][明][宮]2122 流離於。

狀：[宮]721 所轉中，[三][宮]278 或復如，[三][宮]721 澓河次，[三][宮]1559 能制持，[三]209。

復：[宮]2043 深，[三][宮]721 如是之，[三][宮]2122 駛疾，[三]2103 早帳風，[三]2103 渚含波，[聖][另]1548 是瘡是，[另]1548 是瘡是，[宋][宮]721 捨離境，[宋]721。

覆：[三][宮]2122 沈沒鐵。

後：[宮]2122 流者譬。

獸：[三][宮]721 之所漂。

輻

輻：[明]、輪[乙]994 想十二，

[明]939 輪輪外。

福：[宋]187 具足光。

副：[三][聖]375 軸一無。

輪：[甲][乙]2194 也者以，[甲]853 辟支佛，[甲]966 間當佛，[甲]2227，[三][宮]611 尻骨與，[宋][元]1257 畫第三，[乙]994，[乙]1723 等，[元]1545 具足轂。

輞：[聖]1670 爲車耶。

諭：[三][宮]305 及。

襆

幞：[三][宮]、[聖]1437 頭入白，[三][宮]1421 持歸時，[三][宮]1436 頭入白，[宋][元][宮][聖][另]1442 夜詣佛。

複：[宋]2122 新衣曰。

裏：[三][宮]、[聖]1437 頭不。

僕：[宋]1425 物頃即。

樸：[三][宮]2122 向寺問。

甫

哺：[甲]、鋪[乙]2261 十歲能。

補：[宮]226 當來怛。

步：[三][宮]534 出。

復：[聖]350 當來未。

再：[元][明]224 當來出。

棗：[甲]2128。

轉：[另]1509 當更勤。

吹

吹：[宮]2040 咀我形。

拊

坺：[三]2122 岸溝坑。

傅：[三]212 藥治目，[三]2110 藥明旦。

撫：[甲]1735 擊故曰，[甲]1799 而安，[甲]1969 馴其子，[明]2076，[明]2076 背曰好，[明]2076 掌呵呵，[明]2076 掌三下，[明]2076 掌曰苦，[三][宮][聖]下同 1537 胸迷悶。

付：[三][宮]2123 之癰熟。

附：[三][宮]1509 之即。

傅：[三][宮]2121 其瘡室，[三][聖]375 令我得，[元][明]374 自在當。

拍：[三]1340 其脅上。

樹：[甲][乙]2385 風側屈。

斧

鏘：[丙]1184 不能傷。

黼：[元][明]2060 藻人。

父：[宮]1425 則不離。

附：[宮][聖]1552 持。

鐵：[聖]190 長刀劍。

斬：[乙]1909。

銖：[聖]190 或持鐵。

斫：[甲]2044 是衆寶。

鑽：[三]、[宮]402 利劍。

府

符：[丙]2286 字等者，[甲]1722 同新學，[三][宮]2103 子曰老，[乙]2370 過若言，[元][明]1509 攝諸。

俯：[宋][宮]2122 歷劫相，[宋][宮]2122 昔是至，[宋][宮]2122 貽

厥，[宋]2125 之津梁，[乙]2296 墜
之根。

腑：[甲]2312 品品自，[三]945 藏
在中，[三][宮]2053 文槃，[三][宮]
2103 偷榮瞬，[三][宮]2122 藏鳩裂，
[三][宮]2123 消耗不，[三]153 不令
忘，[元][明]945 見人則，[元][明]
2123。

傅：[三][宮]2103 憑，[元][明]
2105。

國：[甲]2003 常侍王。

路：[宮]2025 某寺。

神：[三]2110 精去則。

王：[三]2149 記室王。

尉：[明]2154 屆于江，[原]2897
伏龍一。

州：[明]2076 盤亭宗，[明]2076
興化存，[明]2122 給。

俯

低：[聖]125 仰著衣。

符：[甲][乙]2194 斯行無，[明]、
俯[明]2103 應有盈。

府：[甲]2087 仰天地，[甲]2119
墜，[聖]223 仰服僧，[聖]278 刹仰刹，
[聖]278 仰，[聖]1428 仰執持，[聖]
1788 己乘，[乙][丁]2244 首反激。

腑：[三][宮]2123。

附：[三]984 多。

何：[元]2016 爲群。

顙：[三][宮]627 于天下。

依：[宋][宮]2103。

傴：[三]200 而行四，[三]俯傴

府腰[聖]200 傴而行。

釜

鉼：[宮]1472 裏三者。

父：[宮]1442。

谷：[三][宮]2122 口祈雨，[三]
[宮]2122 中煮取。

腑

府：[甲]2196 夏即木，[三][宮]
聖 1606，[三][宮]639 藏辯無，[宋]
[宮]2103 不調適，[宋][宮]2122，[宋]
[宮]2122 更反以，[宋][宮]2122 消耗
不，[宋][元][宮]2103 疼蹇嬰，[宋]
[元][宮]2122 自餘筋，[宋]945 見人
則。

俯：[三][宮]2122 如說聽，[宋]
[宮]2122 外事之。

腐：[三][宮]610 毛髮與。

輔

報：[甲]1273 瑟置二。

補：[甲]1861，[甲]2087 佐遷其，
[三][宮]2102 秀之，[宋][宮][丁]848 峯
半巖。

車：[宮]2060 作書召。

觸：[宋][明][甲][乙]921 於地。

傅：[宋][宮]、傅[元][明]2059 殷
王伊。

附：[宮]2060，[三][乙][丙]930
近，[三][乙]1092 龍王外，[三]1124
二中指。

傅：[三][宮]2122 殷王伊。

光：[三]2145 以祖名。

神：[甲]1728 佛不同。

轉：[宮]2034，[甲]1816 翼，[明]1216 大軍衆，[三][宮]721 筋風之，[三][宮]2108 政克著，[三][甲]1085 二中指，[聖]1562 天攝若，[宋][明]921，[原]1936 爲事理。

腐

負：[三][宮]2045 如影隨。

內：[宋][聖]99 敗。

撫

捬：[宮][甲]1998 掌呵呵，[甲]1792 我，[甲]2006 掌，[三][宮]1442 拍若不，[三][宮]1562 掌喻等，[三][宮]1562 掌喻契，[三][宮]2122 手指，[三]185 馬，[乙]1822 擊得發。

搔：[乙]2391 各頭指。

授：[三][宮]1664 問經云。

殕：[三][宮]1462 壞於是。

托：[甲]1736 集亡國。

舞：[甲]1828 林中。

憮：[甲]1969 急景以，[明]1543 然恨之。

惜：[甲]2038 生民奈。

搖：[明]2121 鉢叉問。

拯：[乙]2397 救隨衆。

父

白：[宮]2122。

次：[甲]1805 約三位。

大：[東]643，[明]187 王王聞。

夫：[甲]2196 類是異，[甲]2006 耕鋤女。

公：[三][宮]1425 作非威，[宋][宮]2122 母亦自，[宋][元][宮]2122 母，[宋][元]212。

谷：[甲]2082 與魏太。

火：[甲]2128 也雄也，[三][宮]2122 今黃，[原]1771 也又諸。

及：[明]99 諸比丘。

交：[甲]1736 起愛生，[元][明]1442 是我父。

久：[宮]1451 曰可隨，[甲]2068 仕隋爲，[三][宮]627 無愆咎，[三]192 亦歸本，[三]212 有。

母：[明]2131 三，[三][宮][聖]1425 無，[三][宮]1579 精朽爛，[聖]1579，[元][明]2059 般泥，[元][明]2149 具說諦。

人：[甲]2266 猶彼所，[聖]1451。

受：[元]380 往日臨。

天：[宋]310。

王：[三]152 意解釋。

網：[三][宮]288 帝界所。

文：[宮]2087 去已，[甲][乙]1833 外意者，[甲][乙]2261 無間謂，[甲]1717 者即以，[甲]1719 門問三，[甲]1723，[甲]1781 前問次，[甲]1821 子，[甲]2087 王年壽，[甲]2087 兄遐棄，[甲]2244 子深達，[甲]2299 王無事，[甲]2299 啞鹽舊，[明]1581 餘財，[三][宮]519 佛時是，[三][宮]1648 說偈，[三][宮]2102 故人所，[三][宮]2121

佛時舍，[三][宮]2122，[三]1336 中者字，[三]2063，[三]2102 以配帝，[聖][另]1721 明三乘，[聖]1721 化於，[宋]152 前哀號，[原]、又[原]1760 爲三，[原]1721 有三一，[原]1819 才反陼。

翁：[三][宮]1462 親者伯。

我：[元][明]310 王還本。

吾：[三][宮]2103 入齊凡。

心：[甲]1921 而入五。

爺：[明]2076 孃向下。

已：[宋][元][宮]2122 門外遣。

英：[明]2059 所不至。

又：[甲]1724 爲一，[明]2123 毋不集，[三]2110 云周將，[聖]190 王何故，[聖]1440 知子堪，[宋][元]1451，[元][明]2060 宣恢廓，[元]2122 以歷劫，[原]1987 得爲異。

云：[乙]2296 虛指門。

丈：[甲]1828 隱列生。

之：[甲]1724 孝等二。

足：[三][宮]1425。

祖：[甲]1792 林野乃。

付

報：[三][宮]495 佛恩相。

不：[甲]2249 應名爲。

持：[甲]1799 法，[甲]1799 故云成。

傳：[宮][另]1428 與若不，[宮]2025 故經云，[甲]2081 法次第。

待：[元][明][宮]614 老竟然，[元][明][宮]2060 庫生長。

耽：[甲][乙]2263 染名愛。

得：[聖]1471 十者若。

對：[甲]1816，[甲]1816 天親。

佛：[明]2151 法藏因。

符：[原]1936 事理不。

父：[甲]1722 子。

附：[甲]2349 食堂法，[三][宮]649 所無，[聖][甲]1763 故也，[原]1781 同衆生。

富：[三]2154 長者財，[聖]2157 長者財，[宋][元][宮]2026 法愍念。

何：[宮]2122 法藏經，[甲]2287 阿梨，[聖]1421 身量今。

化：[甲]1816 法論云。

就：[甲]2263 如色非，[甲][乙]2263，[甲][乙]2263 不起身，[甲][乙]2263 初釋成，[甲][乙]2263 初釋料，[甲][乙]2263 此，[甲][乙]2263 此義，[甲][乙]2263 當時化，[甲][乙]2263 二乘一，[甲][乙]2263 俱舍六，[甲][乙]2263 六現觀，[甲][乙]2263 我境釋，[甲][乙]2263 增勝名，[甲][乙]2263 之思外，[甲][乙]2263 中道云，[甲][乙]2263 中同喻，[甲][乙]2263 中醯尼，[甲]2191 不，[甲]2195 當品中，[甲]2195 今品題，[甲]2195 之見法，[甲]2195 之婆沙，[甲]2254 之識所，[甲]2263，[甲]2263 初，[甲]2263 此義先，[甲]2263 定姓二，[甲]2263 三過共，[甲]2263 攝論所，[甲]2263 勝鬘經，[甲]2263 疏燈意，[甲]2263 現行爲，[甲]2263 小乘證，[甲]2263 之圓成，[甲]2263 中祕三，[甲]2263

中於菩，[甲]2263 中蘊處，[甲]2285 淺略三，[乙]2263 正機談，[乙]2263 次，[乙]2263 多分舉，[乙]2263 古師義，[乙]2263 一地一，[乙]2263 有漏位，[乙]2263 之旣云，[乙]2263 之入，[乙]2263 之一切，[乙]2263 智一字，[乙]2263 中天親。

利：[甲]1700 囑者亦。

然：[甲][乙]2263 老死即。

什：[宮]2060 領，[甲]1736 公意故，[甲]1816 善現發。

謂：[明]524 財寶多。

行：[聖]2042 囑阿難，[乙]1709。

依：[甲]2195 之見，[甲]2263 之第八，[乙]2263 之見本。

於：[甲]2081 德美。

與：[三][宮]553 王。

育：[三]1 養。

云：[甲]2322 此疏有。

賊：[知]741 香。

杖：[三][宮]2121 授阿難。

註：[甲]1239 二大指。

附

逼：[甲][乙]1211 忍願側。

彼：[甲]2273。

波：[三][宮]2121 天菩薩。

跗：[甲][乙]2250 足上也。

泲：[甲]2128 曰桴大。

拊：[明]2087 拂懷國。

輔：[甲]1225 願上二。

付：[甲]1763 囑也，[甲]1828 者依定，[三]1582 不令生。

坿：[明]2087 出。

傅：[元][明][乙]1092 則得除。

時：[甲]2130 歌盧醯。

學：[甲]1736 佛。

依：[原]1799 不惜衣。

在：[三]205 後漢録，[宋][元]、出[明]205 後漢録。

肘：[三]873 於背。

轉：[甲]923 近。

阜

埠：[敦]262 琉璃爲，[宮]2102 智。

堆：[三][宮]613 上有自。

窐：[甲]1717 陶造獄。

準：[甲][乙][丁]2092 財里死。

忷

蚪：[甲]2128 蠃蛻蝓。

赴

報：[三][宮]1462 而自往。

超：[宮]1562 感差別。

趁：[三][宮]2122 昇高昇。

伏：[甲]2392。

訃：[甲]1805 請篇，[宋][宮]、計[元][明]2122 感還宗，[宋][宮]、計[元]2122 物機色。

覆：[三][宮]2040，[三][宮]2040 舍衞使，[宋][元][宮]、履[明]2121。

計：[甲]1929 縁而説，[甲]1929 縁化物。

起：[丙]1211，[丙]2163，[宮][聖]

310 世利若，[宮]278 道，[宮]745 本誓觀，[宮]2060 聽者欣，[宮]2102 機垂答，[甲]、赴[甲]1796 願，[甲]923 此三摩，[甲][乙]1709 諸經，[甲]1030 心印者，[甲]1733 成益故，[甲]1733 佛心一，[甲]1733 故身土，[甲]1778 諸結業，[甲]1783 緣作四，[甲]1823 義謂隨，[甲]2053 者如，[甲]2068，[甲]2223 差別之，[甲]2223 於空三，[甲]2300 大小兩，[明]1199 不來，[明]1450 王訪者，[三][宮]582 至佛所，[三][宮]656 復有，[三][宮]2060 道，[三][宮]2060 齋供後，[三][宮]2104 抗詔帝，[三][宮]2122 彼，[三]125 趣村中，[三]192 叢林劍，[三]202 入林上，[三]984 梁言自，[三]984 陀踏，[三]2110 會昌而，[聖]1425 日時已，[聖]1443 眾，[聖]1458 後受時，[聖]1509 信汝是，[聖]1562 理故或，[聖]1851，[另]1442，[另]1442 期法手，[另]1442 食佛言，[另]1442 眾所眾，[宋]2103 慈善寺，[乙][丙]2394 願垂加，[乙]1929 通教赴，[乙]2408 片足，[元][明]2145 五欲以，[原]1282 便跪合，[知]1734 智三法。

去：[三][宮]1458 量食多。

趣：[甲]1717 難無作，[甲]1733 群機故，[甲]1734 機會，[甲]2395 化城以，[三][宮]227 藥所蛇，[三][宮]2040 斯所以，[三][宮]2102 僧破，[三][宮]2122 自餘諸，[三]99 大海其，[三]199 八方乳，[聖][甲]1733 大海何，[聖]1788 或佛威，[乙]2394 海亦，

[原]、趣[甲][乙]1796 之近而，[原]1796 之，[知]2082 南門垂。

行：[三][宮]2059 祖少發。

詣：[原]1861 佛所王。

越：[宮]2060 不著三。

走：[明]2122 火焰擘，[三][宮]2040 時舍利，[三]201 不避。

柎

跗：[宋][元]2061 複葉香。

撫：[明]2103 卷從老。

附：[三][宮]2121 之即著。

負

背：[甲][乙]1796 本誓欺。

賓：[甲]2348 後之諸。

埠：[三][宮]2122 財里爲。

持：[甲]2192 諸有。

觸：[聖]222 也賢者。

擔：[聖]1546 父一肩。

等：[聖]1546。

福：[三][甲][乙]2087 然我狂。

附：[甲][乙][丙]1184 心。

護：[元][明]2016 初心或。

會：[乙]2263 難二師。

錄：[三][宮]2121 聽還布，[宋][元][宮]2121。

賣：[元]211 薪薪中。

貧：[甲]1775 門也，[元][明]669 地，[元]2053 自是支。

色：[明]2087 王曰輒。

貪：[三]100 於一切。

違：[三][宮]1451 同心戮。

烏：[三]1335 負喇憂。

相：[三][宮]1610 種類內。

扆：[甲]、孤扆[乙]2296 前，[甲]2130 伽園應。

頁：[甲]2128 合聲或。

員：[宮]2103 之尸經，[聖]272 一切世，[聖]1425 人錢未，[宋]1694 沫使度。

圓：[宮]2102 內默之，[三][宮]2103，[宋][宮]2060 山，[原]2196 食無有。

直：[三][宮]2121 至于今，[三]1440 故二以，[聖]1546 重擔求。

注：[三][宮]402 多四婆。

貯：[甲]2244 書箱也。

訃

赴：[明]2122 機愍焰，[三][宮]2103 物感則，[三][宮]2122 傾國春，[三][宮]2122 若無相，[三]2103 響。

計：[三][宮]2060 時過三，[元][明]2122。

副

福：[宋][宮]309 自至衆。

輻：[三]374。

赴：[宋][元][宮]2104 共。

覆：[元][明]125 復以八。

列：[甲]1828 十種十。

剖：[三][宮]1537 惑莫不。

謚：[甲]2395 爲穆王。

嗣：[甲]2255 祖位乃，[甲]2167 安集一，[三][宮]2053 承之業，[三]

[宮]2060 君親搖，[三][宮]2060 年將壯，[聖]2157 大都護。

制：[丙]2286 解釋詞。

婦

婢：[三][宮]1425 不聽受，[三]1425 言，[聖]1425 者如諸，[知][甲]2082。

媒：[三]212 女善心。

定：[宋]、室[元][明]202 要令殊。

夫：[明]2123 時有。

佛：[宮]1435 如是蒙。

父：[甲]1750，[明]141 國中豪，[明]2040 悶絕墜。

歸：[甲][丙]2163 人，[甲]2006 人，[甲]2035 之明旦，[三][宮]1425 將欲，[三]205。

嫁：[聖]1421 女乘乘。

老：[三]125 母男女。

贏：[三][宮]392 人以母。

奴：[原]1862 婦者供。

女：[三]310 等有智，[三][宮]2122 北非唯。

妻：[三][宮]606 愛欲甚，[三][宮]1509 女戲笑，[三]125 是也爾，[三]152 豈有惡，[三]154 不喜見，[聖]211。

去：[明]2121 掃佛地。

娌：[宋][元][宮]、嫂[明]2122 言常云。

掃：[甲]2129 之黨爲，[甲][乙]1822。

姪：[三]1428 女家大。

姊：[甲]1778 子其雖。

傅

博：[宮]310 衆生令。

補：[三][宮]2122 像面迦。

傅：[宮][甲]1805 語參自，[宮]2059 畫釋迦，[宮]2103，[宮]2122 既遍鼠，[宮]2122 毅開顯，[甲]2131 毅對曰，[甲]1723 春秋言，[甲]2036 戒顏公，[甲]2128 毅亘既，[明]2060 詞文有，[明]2060 教學徒，[明]2145 叔玉，[三][宮]2103 妖不可，[三][宮]2104 說上爲，[三][宮]2122 頸有頃，[三]27 九曰廣，[三]225 相教如，[三]1341 教來各，[三]2088，[三]2110 豫子，[聖]2157 師子國，[宋][宮]2060 緯學通，[宋][宮]2103 謂佛法，[宋][元]2149 氏之讒，[宋][元][宮]2060 教以書，[宋][元]1227 之以足，[宋][元]2061 鄉校推，[宋][元]2145 舊首楞，[宋][元]2154 詞側聽，[宋]2122 亮，[元][宮]2104 奕者先。

得：[甲]1998 説孔子。

付：[宮]1507 膏，[宮]2060 并吉祥，[三][宮]1478 脂粉迷。

杍：[宮]1463，[宋][宮]、拊[元][明]2122 之癩熟。

縛：[明]2121 飾飛鳥，[聖]2060。

官：[原]2248 者官也。

塗：[三]375 之苦。

偃：[三]2103 巖之下。

復

報：[三]1608 相續若。

倍：[三][宮]310 應當離。

備：[甲]1909 受衆苦。

彼：[宮]1542 當修故，[宮]646 有情起，[甲][乙]1821 能起彼，[甲][乙]2254 染污定，[甲][乙]1821 義釋符，[甲][乙]1821 有餘師，[甲][乙]1822 緣處，[甲]1089 若不作，[甲]1512 空，[甲]1828 有情亦，[甲]1960 云何有，[甲]2192 言文具，[甲]2305 入勝相，[明]721，[明]675，[明]1217 次敬愛，[明]1257 有成就，[明]1545 入有漏，[三][宮]415 諸善男，[三][宮][聖]1549 能分別，[三][宮]415 佛滅度，[三][宮]618 有種大，[三][宮]649 餘衆生，[三][宮]1442 爲讚歎，[三][宮]1536 生在色，[三][宮]1546 作是念，[三][宮]1552 次有自，[三][宮]1608 有，[三][宮]1810 問言若，[三][宮]2122 以聞慧，[三]125 即，[三]125 醍醐於，[三]125 有何等，[三]1428 行愛欲，[聖]125 語母言，[聖]200 出家常，[聖]1454 苾芻知，[宋]194 有助歡，[宋]882 次頌，[乙]2394 隨息，[乙]2394 以加持，[乙]2397 還入云，[元][明]125，[元][明]1579 由三種。

便：[甲][乙]2237 如次依，[甲]1733 即下句，[甲]1763 優量可，[明][乙]921 獻閼伽，[明]310 還，[三]、後[宮]384 取命終，[三][宮]425 重啓佛，[三][宮]1425 入，[三]24 有怯提，

[三]2123 雨弓箭，[聖]200 生，[聖]1425 於狼前，[元][明]26，[元][明]375 還取破，[原]2263 有決定。

不：[明]2122 精進四，[三][宮][聖]1421 出家財，[三][宮]342，[三]374 動者不，[聖]224 到一佛。

除：[甲]2262 此心所。

處：[三][宮]2121 造塔出。

此：[乙]1821 約別人。

次：[宮]1595 次約佛，[甲]1718 燒兩臂，[三][宮]721 以異法，[元][明][宮]374 噉其夫。

從：[甲][乙][丙]2087 此東北，[甲]1709 於，[甲]1813 快意是，[明]643 勅比丘，[明]816 問何所，[三][宮]398 苦惡行，[三][宮]1421，[三][宮]2060 來處而，[元]125 從中出。

答：[甲]2301 云古來，[三]375 言我知，[聖]1428 言汝但。

大：[三][宮]1660 寂靜。

當：[甲][乙]2192，[明]310 教彼如，[三]125 報曰憍。

蕩：[甲]2879 大赦解。

得：[丙]2381 應還受，[敦]450 復遇醫，[甲][乙]1822 名爲苦，[甲][乙]1822 有何例，[甲]974 有欲得，[甲]1512 生疑若，[甲]1700 成此言，[甲]1821 自誓言，[甲]1851 得之合，[甲]2266，[明]220，[明]613 教攝，[明]194 汝今力，[明]1336 欲樂説，[明]1594 次法身，[三]1，[三][宮]1647 次有諸，[三][宮][聖]225，[三][宮]397 生天上，[三][宮]640 生嫉妬，[三][宮]657

大果我，[三][宮]665 自存身，[三][宮]683 值佛心，[三][宮]703 本位如，[三][宮]1421 及伴被，[三][宮]1545 彼，[三][宮]1558 有餘得，[三][宮]1562 多得故，[三][宮]1599 有餘別，[三][宮]1646 生如焦，[三][宮]2122 迴以是，[三]375 名中般，[三]1604 上故名，[聖]99 責我愚，[聖]99 往來唯，[乙]2249，[乙]復[乙]1736，[元][明][宮]310 令無量，[元][明]266 迴還，[元][明]411 如是於，[元][明]2122 何因緣，[元][明]2123 觀十二，[原][甲]1825 求。

德：[宋][宮][聖]425 衆患是。

獨：[乙]1736 爲其本。

度：[宋]2041 出著。

段：[甲]1834 釋外難。

多：[元]834 有人於。

墮：[宮]1808 應如是。

而：[甲]2092 問之曰，[三][宮]2043 説偈曰，[三]460 別水及，[宋]212 如是善。

發：[乙]1909 至心五。

法：[明]1191 欲成就。

反：[三][宮]1581 重加不。

返：[三][聖]643 凡十。

非：[明]1552 然。

伏：[甲][乙]1799 還元覺，[明]1014 多衆多，[三][宮][聖]1425 本座爾，[三][宮]1579 有情善，[聖]1425 如前，[宋][甲]1332 如本無，[宋][甲]1332 仙人答。

佛：[明]719 告大衆，[明]1129

説鉢訥，[明]2042 告阿難，[三][宮]749 告諸。

服：[宮]520 如故篋，[宮]1483 常位爲，[甲]1733 所求一，[明][乙]1092 塗，[三][宮][另]1458 往觀軍，[三][宮]815 住如故，[三]193 迷惑狂，[聖]125 本形作，[聖]224，[聖]227 如故薩，[聖]272 樹林草，[聖]475 飲食而，[聖]1425 不應與，[另]410 人身蒙，[另]1428 如故佛，[石]1509 其心大，[宋][元][宮]660 示現薄，[宋]200 釋身願。

狀：[甲]1778 沒衆生。

福：[三][宮]1421 其官裏。

澓：[明]1537 性心沈，[三][宮]1509 深處有，[三]278 喜愛淤。

負：[三][宮]495 自然犯。

富：[三]1336 多等畏。

腹：[甲]2266 減西山，[明]1817 心行，[明]2145 微序，[三][宮]2121 見肝反，[三][宮]2122 粗，[元][明]86 內其中。

複：[甲]、復[甲]1782 本形勘，[甲]1795 不同故，[甲]1830 次至文，[甲]2053 成以此，[三][宮]2041 有類此，[三][宮]2122 歷然，[三]2145，[三]2145 文約義，[宋][宮]1579 重或復，[宋][宮]2122 一年罪，[元][明]2145。

覆：[宮][聖]1562，[宮]613 當更教，[甲]1795 則隱磨，[甲][乙][丙][丁][戊]2187 講初敎，[甲][乙]2387 言及印，[甲]1736 答意云，[甲]1736 釋，

[明]101 身不念，[明]154 設行少，[明]1450 往報言，[明]2103 審六經，[三][宮]2123 從，[三][宮][另]1451 來有所，[三][宮]263 演訓其，[三][宮]495 遂爲三，[三][宮]640 佛終不，[三][宮]2122 我寧令，[三][聖]1 自思，[三]198 散摩尼，[三]264 自念言，[三]672，[聖]1421 以無根，[聖]425 解義，[聖]613 當至心，[宋]152 虛飾行，[宋]361 無有報，[乙][丙]2092。

改：[甲]2219 有九又，[甲]2400 以淨妙。

敢：[三]203 然燈供。

告：[三][宮]481 持人菩。

更：[明]2122 名除垢，[三][宮][甲]2053 言法師，[三][宮]1425 須何，[三][宮]1425 有比丘，[聖][石]1509 有人言，[石]1509 有分別，[石]1509 有人言，[原]1248 呪楊枝。

苟：[乙]1909 不勤學。

故：[甲][乙]1822 由對治，[甲]1717 還下謂，[乙]1723 有教言，[乙]1723 造功德。

觀：[宮][甲]1912 如是。

還：[三]374 沒何以，[三]1154 以此事。

海：[三]721。

漢：[甲]1512 未此細。

何：[甲][乙]1822。

後：[甲]1816 審無違，[丙]1076 取，[敦]1957 亦不應，[宮][甲]1804 卷具有，[宮]223 教令得，[宮]244 説密印，[宮]386 有金毘，[宮]721，[宮]721

入七寶，[宮]887 次漸略，[宮]1421
作，[宮]1425 不作，[宮]1425 起益食，
[宮]1451 受大王，[宮]1509 何以爲，
[宮]1536 進，[宮]2121 有八，[已]1830
明迫受，[甲]、復[甲]1781 問空室，
[甲]、復[甲]1782 問至無，[甲]、復
[甲]1851 有分別，[甲]、原本註曰復
下經有是希二字 2299 有，[甲]1821
説，[甲]1823 須斷下，[甲]1828 識，
[甲]1830 説至染，[甲]1851 通論十，
[甲]1912，[甲]1912 聞文殊，[甲]1959
有人聞，[甲]2035 以二十，[甲]2227
須始念，[甲]2250 從心處，[甲]2255，
[甲]2269 更以二，[甲][乙]、以藥本
作已 894 以此眞，[甲][乙]1072 亦繞
三，[甲][乙]1723，[甲][乙]1816 福具
足，[甲][乙]1821 不能修，[甲][乙]1821
能數，[甲][乙]1821 謂見一，[甲][乙]
1821 以五心，[甲][乙]1821 有何，[甲]
[乙]1821 有所餘，[甲][乙]1821 緣他，
[甲][乙]1822，[甲][乙]1822 別此名，
[甲][乙]1822 出聲，[甲][乙]1822 過
於此，[甲][乙]1822 或五或，[甲][乙]
1822 幾，[甲][乙]1822 見以，[甲][乙]
1822 就所依，[甲][乙]1822 起空定，
[甲][乙]1822 生故明，[甲][乙]1822
是，[甲][乙]1822 受七支，[甲][乙]
1822 數數了，[甲][乙]1822 爲別我，
[甲][乙]1822 相違以，[甲][乙]1822 言
至多，[甲][乙]1822 有，[甲][乙]1822
有病佛，[甲][乙]1822 有所餘，[甲]
[乙]1822 云何自，[甲][乙]1830 無尋，
[甲][乙]2219 三義也，[甲][乙]2250 戒

師與，[甲][乙]2261 有意用，[甲][乙]
2309 從此緣，[甲][乙]2376 於一時，
[甲][乙]2397 主者是，[甲][知]1785
業，[甲]893，[甲]951，[甲]952 以種
種，[甲]1132 陳內外，[甲]1227 有一
切，[甲]1239 誦我呪，[甲]1512 拘瑣
生，[甲]1512 明，[甲]1512 以一河，
[甲]1700 積持戒，[甲]1700 説言若，
[甲]1708 念欲昇，[甲]1708 如是二，
[甲]1708 五兜率，[甲]1709 二且初，
[甲]1709 三且初，[甲]1709 三脱門，
[甲]1709 勝位菩，[甲]1709 四且初，
[甲]1724，[甲]1728 次，[甲]1733 成
滅滅，[甲]1733 計禪定，[甲]1735 二
時三，[甲]1735 攝他同，[甲]1736 不
放捨，[甲]1736 改其懸，[甲]1736 釋
雙非，[甲]1736 云汝等，[甲]1736 云
又形，[甲]1744 續，[甲]1782 次第起，
[甲]1782 夜降伏，[甲]1783 問因佛，
[甲]1816 二初，[甲]1816 二初正，[甲]
1816 施設大，[甲]1816 釋後如，[甲]
1816 釋經有，[甲]1816 説於燃，[甲]
1816 相，[甲]1816 依，[甲]1816 譯所
以，[甲]1816 欲也願，[甲]1816 執佛
説，[甲]1821 經十劫，[甲]1821 明，
[甲]1822 慧等，[甲]1822 有七一，[甲]
1822 有無漏，[甲]1822 者以不，[甲]
1828 次第解，[甲]1828 二復次，[甲]
1828 廣此則，[甲]1828 還生惡，[甲]
1828 如前所，[甲]1828 説離又，[甲]
1828 問答辨，[甲]1828 問答重，[甲]
1828 言世間，[甲]1828 以頌結，[甲]
1828 由生，[甲]1828 有，[甲]1828 有

因，[甲]1828 與未得，[甲]1828 云何界，[甲]1830 二初外，[甲]1830 極成頌，[甲]1839 人若有，[甲]1842 有無相，[甲]1851 得兩分，[甲]1851 得之能，[甲]1851 屬，[甲]1851 説四空，[甲]1851 息妄染，[甲]1851 修二是，[甲]1851 於一切，[甲]1863 第八一，[甲]1863 名於法，[甲]1863 違彼論，[甲]1921 我已造，[甲]1921 用合生，[甲]1924 爲淨業，[甲]1924 依分別，[甲]1969 於道場，[甲]2129 以神，[甲]2195 經文八，[甲]2195 退還不，[甲]2217 但問心，[甲]2223 釋所由，[甲]2227 有人下，[甲]2227 有異知，[甲]2244 化不得，[甲]2244 有小仙，[甲]2249 有所餘，[甲]2250 出觀心，[甲]2253 離欲等，[甲]2255，[甲]2255 此因果，[甲]2255 念古來，[甲]2261，[甲]2261 次故彼，[甲]2261 還至第，[甲]2261 數往至，[甲]2261 以，[甲]2262 純有苦，[甲]2262 更修六，[甲]2262 生色界，[甲]2262 云有劣，[甲]2263，[甲]2266 後地，[甲]2266 無間別，[甲]2266 言以諸，[甲]2266 有執心，[甲]2266 助五生，[甲]2271 作決定，[甲]2273 所立宗，[甲]2273 一相符，[甲]2274 將不極，[甲]2274 三是者，[甲]2290 已明故，[甲]2299 據如繩，[甲]2299 有人言，[甲]2309 處處粳，[甲]2339 有，[甲]2386 以加持，[甲]2396 有小差，[甲]2434 説菩薩，[甲]2823 因總持，[明]1635 覺了諸，[明]2076 嘗問於，[明][宮]2042 見佛生，[明][甲]1177 就一葉，[明][聖]99 我等當，[明]86 於人中，[明]293 有劫名，[明]553 有汝，[明]649 疾觸勝，[明]749 更前進，[明]997 像法流，[明]1450 不貴重，[明]1450 作是念，[明]1523 自觀知，[明]1545 歇，[明]1546 問毘婆，[明]1547 爾説分，[明]1551 捨之猶，[明]1579 追悔二，[明]2076 諡曰無，[明]2122，[三]、使[宮]606 長壽會，[三]157 起我於，[三][宮]606 且無失，[三][宮]883 結大，[三][宮]1421 使沙彌，[三][宮]1545 還接取，[三][宮]1546 曾更而，[三][宮][甲]2053 手報書，[三][宮][聖]397 末，[三][宮]329 生，[三][宮]397 更悲啼，[三][宮]459 口宣斯，[三][宮]581 爲人閨，[三][宮]639 了知無，[三][宮]721 離正聞，[三][宮]748 墮猪中，[三][宮]847 屬長子，[三][宮]1425 第，[三][宮]1442 令大，[三][宮]1451 思此二，[三][宮]1458 因舍利，[三][宮]1488 當教之，[三][宮]1521 能，[三][宮]1545 有説，[三][宮]1545 作是説，[三][宮]1548 七日如，[三][宮]1558，[三][宮]1579，[三][宮]1584 五種事，[三][宮]1598 説多，[三][宮]2053 至人壽，[三][宮]2058 珍寶於，[三][宮]2059 有沙門，[三][宮]2060 纏名教，[三][宮]2060 從乞以，[三][宮]2060 掌翻，[三][宮]2103 七日而，[三][宮]2103 致間言，[三][宮]2121 生，[三][宮]2121 聞女，[三][宮]2121 有毒蛇，[三][宮]2121 有一鬼，[三][宮]2121 作，[三]

[宮]2121 坐定意，[三][宮]2122，[三][宮]2122 皆備訖，[三][宮]2122 生，[三][宮]2122 知之即，[三][宮]2122 至種種，[三][宮]2122 至渚中，[三][明]1421 往佛所，[三][聖]120 作是念，[三][聖]157 過一恒，[三][乙]1200 曲如鉤，[三]1 能還入，[三]23 更始生，[三]125 醍醐於，[三]125 往至，[三]125 至樂我，[三]152，[三]190 當聽汝，[三]190 毘棄音，[三]202 來求之，[三]211 當，[三]212 知惡馬，[三]375 記牸牛，[三]1123 陳四尊，[三]1545 有執相，[三]1559 有，[三]1559 有別因，[三]1644 上勝，[三]2103 意事，[三]2122 往世尊，[三]2122 業應盡，[三]2122 至，[三]見 664 得銀主，[聖][德]1563 從八萬，[聖][甲]1733 或六七，[聖][另]1442 苾芻者，[聖]99 依，[聖]125 尋時改，[聖]210 仰食虛，[聖]1428 欲出家，[聖]1509 更説答，[聖]1733 取無，[聖]1733 隨所有，[聖]1763 有生不，[聖]1788 當，[聖]2042 雨大樹，[聖]2157 請同行，[另]1442 有居，[另]1543 説若比，[另]1721 開爲二，[宋]1635 侵奪所，[宋][宮]1509 思惟我，[宋][宮]1509 以手，[宋][宮]2121 思惟佛，[宋][元][宮]1483 師是非，[宋][元][宮]1546 有説，[宋][元]1264 作一切，[宋][元]1546 有説者，[宋][元]1562 立愛恚，[宋]375 如，[宋]2087 結氷經，[乙]2263 言重者，[乙][丙]2778，[乙]912 治其地，[乙]922 獻閼伽，[乙]1736 説多果，[乙]

1821，[乙]1821 不，[乙]1821 出者者，[乙]1821 各得幾，[乙]1821 名觸耶，[乙]1821 偏説，[乙]1821 審定之，[乙]1822，[乙]1822 色依彼，[乙]1822 有一師，[乙]1832 決定知，[乙]2081 經十二，[乙]2194 不得斷，[乙]2227 其瓶下，[乙]2227 應作悉，[乙]2263 不執，[乙]2309 學類，[乙]2376 見坐處，[乙]2391 諦思惟，[乙]2391 住於笑，[乙]2397 信佛不，[乙]2408 懺悔，[元][明]1545 有二種，[元][明][宮]1545 亦以此，[元][明][宮]374 不得一，[元][明]901 有無量，[元][明]1097 於壇南，[元][明]1421 應語言，[元][明]1464 當學五，[元][明]1488 一時以，[元][明]1507 緣既至，[元][明]1562 云何知，[元]200 有花樹，[元]402 出最惡，[元]2061 禮慧表，[元]2122 如故乃，[原]、[甲]1744，[原]2270 云見非，[原]904 陳懺悔，[原]1744 現知而，[原]1776 非是屬，[原]1776 歎之實，[原]1818 得爲物，[原]1819 以神力，[原]1829 從因生，[原]1840 難成相，[原]1840 云是宗，[原]1851 非無爲，[原]1856 障，[原]1863 云無種，[原]2253 捨已上，[原]2271 應，[原]2319 由第八，[原]2404 還爲，[知]1579 現，[知]1785。

許：[甲]1841 共定於。

護：[甲][乙]2250 生歸淨。

或：[三][宮]1545 有生疑。

獲：[甲]1781 平等心，[甲]1782 任運自，[明]261 次慈氏，[元]200 然可時。

即：[三][宮]2122 言今此。

皆：[三][聖]125 言非也，[三]196 有何人，[三]1644 空虛一。

今：[元][明]360 得相值。

經：[甲]2339 有十心。

淨：[甲]952 諦聽我。

俱：[乙]2157 出家從。

可：[乙]1909 再遇。

離：[宮]2123 龍身二，[明]1567 次。

量：[明]2103 聲聞無。

論：[甲]2262 云惑云，[乙]2263 下文明。

履：[明]1602 有十二，[元][明]2016 圓通。

沒：[三]202 不有恨。

難：[甲][乙]1822 無。

能：[甲]2339 益眾生，[三][宮]267 聞此經。

譬：[三][宮]606 如有人。

貧：[原][甲]1781 貧相繫。

僕：[元][明]167 使。

普：[宋]190 爲我而。

其：[甲]1775 本處。

寢：[三]、復床寢寐[宮]263 床臥以。

傾：[三]186。

頃：[宮]610 不安斯，[宮]1425 來問還，[三]193 林樹現，[宋]624 供事佛。

人：[明][元]233 問汝眾。

如：[三][宮]1443 是世尊。

若：[三][宮]688 有善男，[三][宮]1458 無纏搔。

僧：[明]1435 次取。

傷：[甲][己]1958 一切眾，[甲][乙]1796 故名爲，[甲]2087 人或，[甲]2128 也哀，[三][宮]616 害如著，[三]100 破，[三]212 害人受，[乙]2087 聲曰，[元][宮]461 如故終，[原]、[甲]1744 第二。

設：[甲][乙]1822 爾時雖，[甲]1841 云法。

生：[宮]746 受此苦，[聖]1428。

師：[甲][乙]1822 說若諸。

時：[甲][乙]1822 云一切，[三][宮]1537 有一類，[三][宮][聖][知]1579 有一類，[三][宮]1537 有。

蝕：[甲]1227 止麼沙。

使：[三]1 不死久，[宋]、使眾[元][明]152 負石杜。

示：[聖]200 本形醜，[聖]200 釋身讚。

是：[甲]1796 如意寶，[甲][乙]1822 是異。

授：[三][宮]481 決見億。

數：[明]1260 滿食此。

說：[宮]1592 有四種，[三][宮]1562。

巳：[三][宮]2123 滅若不。

雖：[甲]2239 無量無。

隨：[三][宮]309 求巧，[三][宮]1425 起復坐，[三][宮]1453 覆藏已，[宋][元][宮]1541 云何謂。

損：[三][宮]2123 口不妄。

所：[甲]1742 現寶。

同：[三][宮]1421 如是時。

往：[宮]416 詣彼摩，[宋]、明註曰復南藏作往 2122 常云有，[乙]2157 會稽畢，[元][明]202 過去久。

爲：[宮]263 下方諸，[元][明]511 不得脱，[元][明]945 撞鍾即。

位：[甲]2250 數有十。

謂：[聖]1733 取豆土，[乙]1796 次明，[乙]1821 謗言大。

問：[明]1538 何因有。

我：[聖]1488 立大願。

無：[明]316 諦察觀。

悉：[三][宮]537 盲其母。

現：[宮]309 經行而。

相：[明]1482 續不相。

項：[甲]2087。

像：[甲]、像[乙]1796 現。

小：[三][宮]1435 默然，[三]168 宿留。

行：[聖]466 有二行。

興：[三]2088 佛教光。

修：[甲]2249 修如是，[另]1548 次比丘。

須：[宮]263 如是，[宮]1425 更慇懃，[宮]2043 語大王，[甲]、徒[甲]1841 説合支，[甲][乙][丙]1202 來乃，[甲][乙]2393，[甲]1007 果子或，[甲]1512 來以前，[甲]1512 上第二，[甲]1722 廣辨，[甲]1912 順從鬼，[甲]2223 當説三，[明]1559 由此心，[三]1340 更學大，[三][宮]2058 著佛法，[三][宮]1530 説依持，[三]1332 能還，

[聖][另]1721 備，[聖]222 現生轉，[聖]1421 不敢取，[聖]1509 受其讚，[聖]1509 作是念，[乙]1736 分之初，[乙]1736 破三歸，[原]、[甲]1897 復緩打。

遙：[三]、經[宮]2122 到王所。

依：[甲]2250 言無想。

疑：[知]418 難。

亦：[宮]374，[甲]1724 有多，[甲]1724 煩惱，[甲]1734，[甲]1927 教相秪，[甲]2266，[三]220，[三][宮]1425 不語去，[三][宮]1488 有三事，[三]26 復再三，[三]157 有好香，[三]1532 有二種，[聖]1721 離二乘，[乙]1210 無損壞，[乙]1821 各有可，[乙]1823 無遺形，[元][明][宮]374 有三種。

憂：[三]125 喜想便。

優：[甲][乙]1822 有所餘，[三]1 婆樓多，[三]1547 鉢尸，[聖]425 喜樂講，[原]、[甲]1744 劣不同。

友：[宮]263 聞此説。

有：[甲]1782 二，[明]220 女人爲，[明]316 諸佛刹，[三]374 服甘露，[三]945 女子五，[三][宮]281 憂戚見，[三][宮]374 示現七，[三][宮]656 亂，[三]25 熏修事，[三]192 何怪，[三]212 滯礙多，[三]631 學意譬，[三]985 多足龍，[三]1341 生彼，[聖]125 打戰鼓，[聖]125 衆生身，[宋][宮]721 甚利無，[宋]341 隨惡行，[乙]1816 二初廣。

又：[甲]1718 經，[甲]1724 更説，[甲]1724 餘有釋，[甲]1832 四不同，[明]1520 無數方，[三]26 訖後夜，[三]

[宮]1579 有施設，[三][宮]2123 噉衆生，[三]153 於後時，[三]185 請，[三]375 作是，[聖]1421 爲我滅，[另]1435，[石]1509 幻作須，[乙]2192 有人臨。

於：[三][宮]639 法外而。

餘：[宮]1581 種種象，[三][宮][聖]397 小事而。

與：[三][乙]1028。

語：[三][宮]1566 非也。

欲：[三][宮]810 得佛當，[元][明][宮]614 以善妙，[元][明]125 聽聲時。

緣：[甲]2266 因緣變，[乙]1822。

云：[宮]1562 何因證，[乙]1723 言所住。

在：[宋]221 是我法。

增：[三][宮]374 修習於。

者：[甲]2266 彼論第，[宋][元][宮]2122 有衆生。

知：[三][宮]1458 日。

值：[三][宮]664，[三]188 是死遂。

重：[乙]1909 白佛言。

諸：[原]1818 乘差別。

著：[三][聖]125 道而行。

狀：[三][宮]2122 問曰佛。

墜：[宮]1673 墮三惡。

作：[甲]952 當誦此，[另]1435。

富

百：[乙]1822 樂我。

寶：[三][宮]2121 慳貪，[三][宮]2123 有大，[三]193 好施與。

不：[三][宮]314，[三][聖]211 蘭迦葉。

當：[甲]2068 陽玉泉，[甲]1724 等同所，[甲]2087 饒即此，[明]203 由此樹，[明]263 章悅喜，[明]1562 異熟業，[明]1577 多饒財，[三][宮]493，[三][宮]1543 造化妙，[三][宮]1647 聖言勝，[三][宮]2060 夸罩，[三]99 於供養，[三]2103 陽令後，[三]2137 我離此，[聖]272 足手中，[聖]1462 樓天沙，[宋][宮]424 人即與，[宋][宮]883 樂一切，[宋][元]1562 樂，[乙]1796 吉祥富，[元][明]2106 無有過，[元]200 貴生業，[元]1336 坻婆波，[元]1664 樂自在，[元]2122 因常招。

福：[明]1560 果，[三][宮]1509 持戒生，[三][宮]1558 果，[三][宮]2042 樂猶有，[三]425 德勳護，[聖]211 長者舉。

高：[甲][乙]1822 貴家等。

官：[乙]2795 受用是。

貴：[三][宮]565 尊卑皆。

家：[三][宮]729 輒得父。

軍：[聖]1425。

留：[甲]2130 沙譯曰。

羅：[三][宮]2122 嚧莎訶，[三]1332 單那一。

馬：[甲]1708 樓魔三。

爲：[宮]1562 樂壽量。

聞：[明]1462 知苦諦。

姓：[三]202 無有子。

言：[三][宮]2034 妙盡。

腹

腸：[甲]2193 不現，[三]、膝[宮]2122 大上氣，[三][宮]720 其身，[三][宮]2060 中，[三][宮]2121 潰，[三][宮]2121 胃身體，[三][宮]2121 中從羊，[三]150 不，[三]310 胃。

腸：[宮]513 痛而氄，[乙]2309 窮力碎。

瞋：[三]100。

從：[三]、復[宮]1602 口所生。

胖：[三]、膣[聖]125 脹之想。

伏：[三][宮]2122 其中轉。

服：[甲]1775。

福：[三][宮]2122 巖者山。

復：[明]2122，[三][宮]1647 如經説，[三]42 內其中，[宋][元]2122 行之類。

富：[三][宮]1462，[三][宮]1462 羅革屜。

屩：[甲][乙]2390 字等。

履：[三][宮]397。

膒：[宮]1551 胎修多。

隨：[明]1681 形方正。

胎：[甲][乙]1822 或嬰孩，[明]2122 及，[三]1649，[聖]1451 亦復如。

腕：[三]2110 圓不現。

脇：[宋][元][宮]2122 而住若。

脹：[明]1450 結痛如。

複

福：[聖]1470 衣如是。

復：[宮]2103 前修之，[甲]1717 疎明體，[甲]1921 具足四，[甲]2036

十二陰，[甲]2073 禮綴文，[明]316 語善，[明]2145 之似人，[宋][元][宮]1453 衣二，[宋][元][宮]1505 文。

富：[三][聖]1435 羅革屜。

榎：[宋][元]2122 殿基列。

腹：[聖]1463 衣。

後：[甲]1921 四句。

禎：[甲]2193 見及具。

賦

布：[三][宮]638。

傅：[三][宮]462 食疲頓。

付：[三][宮]、賊[聖]1463 之是名，[三][宮][聖]1471 花有，[三][宮]1488 食若偏，[三]202，[三]2121 之忽然。

傅：[元][明]744 甘露藥。

稅：[三]192 歛仙人。

賊：[聖][另]790 節用赦，[聖]1859 也出爾，[另]1442 稅無虧。

蝮

復：[宋]1354 蛇蚰蜓。

蟒：[三][宮]500 形常食。

土：[三][宮]2122 虺蚰蜓。

縛

伴：[原]1072 途麼麼。

薄：[甲]1268 迦羅準，[三][聖]1579 貪瞋癡，[乙]1239。

彼：[乙]2263 斷及。

博：[宮]2121 此，[甲]2135 嘌膩二，[三][甲][乙][丙]930 著手腕。

搏：[明][甲][乙]1254 二頭指。

愽：[原]852 字壞諸。

綵：[三][宮]2122。

禪：[三]873 四竪五。

纏：[甲]1733 名垢又，[甲]1918 無，[三][宮]721 無緣之，[聖][甲]1733 可。

繼：[宮]752，[明][和]293 而能測，[三][宮]339 所惱障，[三][宮]383 猶如惡，[三][宮]716 亦名上，[三][宮]721 境界海，[三][宮]1543 使垢，[三][宮]1581 修，[三][聖]125 休息得，[三][聖]157 臂以油，[聖]190 亦同諸，[另]279，[宋][元][聖][知]1579 及隨眠。

傳：[宮]2103 也形者，[甲]1068 悉儞曳，[甲]2135 疑儞婆，[甲]2263 名爲眼，[甲]2266 馱刺那，[聖]1733 十隨順，[宋]446，[乙]2408 法次。

綽：[三]220 字門悟。

待：[甲]、縛時待[乙]2254 時勝緣，[甲][乙]2254 言但説。

得：[甲][乙]1822 義是離，[甲]2434 之術也。

底：[原]2409 娑縛賀。

絰：[明]、姪[甲]1094 渤縛。

方：[乙]2261。

伏：[三][宮]411 於三乘，[原]1205 諸結業。

傅：[甲]2362 雖彼諸。

覆：[聖]200 眠不覺。

繫：[三][宮]721。

跏：[三][甲]1080 無可反。

結：[甲]1723 盡名入，[甲]2299

者三界，[甲]2400 二中指，[甲]2400 令喜作，[甲]2400 已想二，[三][宮]630 清淨安，[三][宮]1428 縛天及，[聖][另]765 破大黑，[聖]566 受於此，[元][明]309 盡。

解：[甲]1828 一云因。

淨：[元]2016 心解故。

練：[甲]1254 自道盜，[三]585 世俗相，[三]2121 淨行沙，[聖]1462 束白欲，[乙]2393 無可反，[原]、揀[甲]2339 機根應。

淪：[三]2145 語衆變。

輪：[聖]157 令無量。

綠：[甲][乙]1822 若前未。

囉：[丙]973，[丙]2397，[丁]2244 羅，[丁]2244 曩野，[甲][乙]2390 云蘇悉，[甲][乙]2394 字即無，[甲][乙][丙]2397 日羅金，[甲][乙]848 字門一，[甲][乙]1796 薩埵一，[甲][乙]1796 著，[甲][乙]2223 曰，[甲][乙]2223 曰羅達，[甲][乙]2223 智等作，[甲][乙]2390，[甲][乙]2390 多十七，[甲][乙]2390 二合訶，[甲][乙]2390 日，[甲][乙]2390 字亦蓮，[甲][乙]2394 塞迦香，[甲][乙]2397 是字緣，[甲]904，[甲]938 哩鉢，[甲]1220 置膝上，[甲]1796，[甲]2081 曰，[甲]2207 弭東宮，[甲]2223 曰，[甲]2394，[甲]2394 字起，[甲]2396 阿縛，[甲]2396 二，[甲]2396 日羅薩，[甲]2397 字頂，[甲]2399 二合引，[甲]2400，[甲]2400 怛他誐，[甲]2400 二合，[甲]2400 二合惹，[甲]2400 二合三，[甲]

2400 始引，[甲]2400 曰囉二，[明][甲]
[乙]1225 日，[明][甲][乙]1225 日哩
二，[明][甲][乙]1277 引，[明][乙][丙]
[丁]1199 日囉二，[明]883 二合，[明]
894 日囉以，[明]994 義也若，[明]
1243 引囉野，[明]1257 以二中，[三]
[宮][甲][乙][丙][丁]866，[三][宮][甲]
[乙][丙]876 二合，[三][宮][乙][丙]
876 制六那，[三][宮]2053 盧枳多，
[三][甲][乙][丙][丁]866 素補使，[三]
[甲][乙][丙]930 底孕二，[三][甲][乙]
[丙]1211 日囉，[三][甲][乙]1244 二合
引，[三][甲]1227 日囉二，[三][乙][丙]
[丁]866 無可，[三][乙][丙]873 二合
三，[三][乙]865 祖父，[三]865，[三]
865 二合呬，[三]865 日，[三]882 六，
[三]982 二合惹，[三]999 二合，[三]
1359 底七尾，[宋][元][宮]848 二合，
[宋][元]69 生苦增，[宋][元]1257 不
能，[宋][元]1303 刀劍毒，[乙]966 二
合，[乙][丙]2397 日羅，[乙][丁]2244
冒地薩，[乙][丁]2244 婆，[乙]852 二
合拏，[乙]897 摩，[乙]914 縛，[乙]
1204，[乙]1796 是種種，[乙]1796 悉
令如，[乙]2393 怛他蘗，[乙]2393 字
之德，[乙]2394 斯阿，[乙]2397 云有
情，[元][明]883 二合引。

莫：[甲]2779 聽背却。

難：[三]201 真實得。

飄：[宮]273 飄流。

婆：[三][甲]1024 盧羯尼，[三]
[乙]970 阿素洛，[乙]2254 地文惠，
[乙]2397 三字今。

溥：[宋]1092 怛。

綺：[元][明]721 句無義。

遣：[甲]1238 遣打即。

繞：[三]201。

弱：[原]、弱[乙]1822 故亦證。

繩：[宮]725。

推：[甲]2068 極急勘。

脫：[明]222 無脫又，[三][宮][聖]
1509 無，[三][宮]476 能解他，[三]642
魔言我。

外：[乙]2391。

網：[三]24 永離世。

繋：[三]、練[宮]2060 向市且，
[三][宮]1546 如受想，[三][宮]1546 為
縛所，[三]397。

續：[甲]、傳[乙]1816 依此，[甲]
2266 文今謂，[明][宮]671 生世間，
[三][宮]1566 如幻焰。

欲：[三]186 解要在。

緣：[宮]309 是謂菩，[甲]2255 等
者述，[三][聖]190 離地獄，[三]1485
生十二，[另]1543 中欲愛，[原][甲]
1851 事煩惱，[原]1851 相。

約：[甲]2128 反。

織：[聖]1462 及宛轉。

著：[聖]278，[聖]278 解脫心。

轉：[丁]1830 者顯變，[宮]721
觀鼻受，[宮]1545 煩惱盡，[宮]1551
不滅未，[甲]1715 成上品，[甲]1782
若能如，[甲]1786 如網二，[甲]1816
故名煩，[甲]1816 後非身，[甲]1833
永無名，[甲]2250 也以其，[三][宮]
310 增長，[三][宮]423，[宋]1543 阿

那含，[乙]1822 七，[乙]1822 隨增是，[乙]2391 合二，[元][明]671，[原]、傳[甲]2196 衆。

賵

贈：[三][宮]2060 令於南。

鍑

鑊：[明]2121 地獄，[三]1 地獄獄，[三]1 有摩尼，[宋][明]374 大小銅。

覆

礙：[三][宮]397 故是故。

寶：[三][宮]721 幢或紫。

布：[三][宮][聖]1428 地爾時。

處：[甲]1821 無記不，[甲]2035 其上，[聖]1425 者若闇，[聖]1579 藏想樂，[另]1435 藏他罪。

麁：[三][宮]1509 若細諸。

惡：[宮]1462。

敷：[三][宮]1435 上佛即。

佛：[三][宮]1451 世尊使。

澓：[三][宮]1425 處尸收，[三][宮]2121。

赴：[三][宮]744 佛與弟，[三]156 水火荊，[元][明]125 下舍爾。

復：[宮]721 作第二，[宮]545 自思惟，[宮]1425 名比丘，[甲][乙]1929 不即，[甲]2299 明四句，[明][乙]901 作終是，[明]1450，[三][宮][聖]292 欲安己，[三][宮][聖]625 何言已，[三][宮][知]598 擁護如，[三][宮]760 買

三爲，[三][宮]2122 於郡病，[三][聖]211，[三]190 憂愁更，[三]202 海色之，[三]1331，[三]2060 之後自，[宋]310 以寶帳，[元][明]、欠[宋]153 作是念，[元][明][聖]100 於佛前，[元][明]2060 靡造次，[元]1425 處，[原]、[甲]1744 多無多。

覈：[三][宮]2060，[三][宮]2060 所翻，[三][宮]2104 高祖，[三]2110，[三]2110 審名，[聖]2157 所翻其。

護：[三][宮]1425 處而今。

記：[甲]2312 性中有。

浸：[原]1091 嬈不安。

罍：[三]1425 者最後。

露：[甲]1512 善法覆，[三][宮]1425 處強牽，[三][宮]1425 處死地，[三][聖]26 處宿亦，[聖]1421 犯者突。

履：[三][宮]741 福德人。

滿：[三][宮][聖]664 其上爾，[聖]663 其上爾。

蒙：[三]2145 首忽然。

起：[三][聖]210 如兵。

竅：[三][宮]1521 不現兩，[聖]2157 通非無，[原]2425 不現兩。

侵：[三][宮]598。

寢：[三]、[聖]210 藏無形，[三][宮]2102 暉華軒。

受：[甲][乙]2309 二所有，[聖]1509 是人。

屍：[原]2126 投形者。

霞：[宋][宮]2122 高六十。

下：[三][宮]2122 似紅蓮。

偃：[三][宮]2121 岳時諸。

翳：[聖]292 蓋諸菩。

又：[三]374 復問言。

遇：[三]2110 也猶鱗。

雲：[三]154 即爲説。

震：[三][宮]330 光。

重：[三][宮]2060 尋讀強。

衆：[宮]403 行無倒。

馥

翻：[明]1336 扇，[原]1744 法師
云。

馚：[甲]2129 香氣兒。

復：[甲]1092 於臺。

複：[甲]、穆[乙]850。

頹：[原]1744 師意攝。

覆

覆：[丁][戊]2187 寒困亦，[丁]
[戊]2187 講。

G

伽

阿：[明]1331 婁盧龍，[乙]996 梵又釋。

保：[三]190。

多：[元][明][宮]614 秦言明。

誐：[甲][乙][丙]1098 三弭戌，[甲]1120 摩，[明][乙]996 嚩底女，[三]865，[原]1212 娜南莎，[原]1212 南娑嚩，[原]1212 藥。

伐：[三]1357 泜。

法：[甲]1736 師能造，[甲]2266 等文僧。

佛：[宋]993 提波怛。

訶：[甲]2130 陀國亦，[甲]2195 陀此云，[甲]2195 陀國王。

和：[三][宮]374 離比丘，[三][宮]1462 或大德。

河：[甲]952 沙等世。

褐：[甲]2270 傳與。

極：[三]1335 羅羅郁。

偈：[三][甲][乙]2087 梵。

加：[丁]866 三，[宮]657 神力則，[宮]848 薩，[甲][乙]850 持，[甲]1828 他中説，[甲]2035 同三十，[甲]2362 智者愼，[甲]2401 或置，[甲]2879，[明][乙]1092 祐爾時，[明]846 彼以一，[三][宮][另]1463 比丘犯，[三][宮]下同 671 茶伽女，[三]1 陵，[三]157 帝，[三]397 臂龍王，[三]984 陵伽國，[三]2154 毘尼序，[聖][另]1458 事及邪，[聖]125 梨，[聖]158，[聖]1428，[聖]1463 蜜苦酒，[宋]、如[元][明]1424 羯磨以，[宋][甲]、迦[元][明]2087 國喝捍，[宋][元][聖]26 羅摩答，[宋][元][聖]26 羅摩所，[宋][元]1 毗延頭，[宋]984 國頭漏，[元]400 陀答蓮，[元][明]443 尼如來，[元][明]26 羅提，[元]1092，[元]1579 羅如其。

迦：[明]1336 羅怛地。

迦：[宮][聖][另]1442 若復苾，[宮][另]1435，[宮]657 羅今現，[宮]1423 陀八指，[宮]2087 經訛也，[甲]1933 法令不，[甲]2261 羅論解，[甲]2261 入寂滅，[甲]893 莎縛訶，[甲]901 迦上音，[甲]904 者今，[甲]1335 唎囉多，[甲]1816，[甲]2196 陀國之，

[甲]2250 羅母婆，[甲]2266，[甲]2392 難二手，[明][宮]305 樓羅緊，[明][宮]下同 310 樓羅，[明][甲]1227 華於火，[明][甲]1227 及毘，[明][乙]953 木搵，[明]99 莫以利，[明]310 樓羅，[明]310 樓羅龍，[明]310 樓羅乃，[明]618 邏達磨，[明]876 最勝法，[明]991 婆帝布，[明]1341，[明]1450 河岸劫，[明]1451 耶黨，[明]1602 等生類，[明]1650 婆，[明]2122，[明]2122 梨諸來，[明]下同 310，[明]下同 310 樓羅龍，[三]24 龍王燬，[三]278 龍於離，[三]1344 樓羅順，[三][宮]、《迦葉錄》十五字《前漢劉向集書所見者》九字[宮]2034 葉摩騰，[三][宮]1562 梵釋迦，[三][宮][甲]901 四，[三][宮][聖]423 牟尼如，[三][宮][聖]397 樓，[三][宮][聖]397 樓羅，[三][宮][聖]397 樓羅鳩，[三][宮][聖]397 樓羅摩，[三][宮][聖]1428 蘭陀子，[三][宮]231 華須摩，[三][宮]231 樓羅緊，[三][宮]310 樓羅，[三][宮]310 樓羅龍，[三][宮]383 那移枳，[三][宮]397 樓，[三][宮]397 樓羅王，[三][宮]402 樓羅緊，[三][宮]618 邏常觀，[三][宮]664 畢利易，[三][宮]671 亦爾，[三][宮]1425 兜羅婆，[三][宮]1425 二，[三][宮]1425 梨比丘，[三][宮]1428 羅尼，[三][宮]1428 自相，[三][宮]1435 尸王子，[三][宮]1435 稀那衣，[三][宮]1452 像即便，[三][宮]1509 多非兜，[三][宮]1547 毘陵伽，[三][宮]1547 婆修説，[三][宮]1562 耶見皆，[三][宮]1589

林，[三][宮]2121 尸，[三][宮]2122 尸時有，[三][宮]2122 陀王先，[三][宮]2122 王自爲，[三][宮]下同 1438 絺那衣，[三][甲]1167 山聖，[三][乙]1008 樓羅緊，[三]1，[三]1 樓羅足，[三]1 尸，[三]24 陵伽磧，[三]26，[三]26 支羅説，[三]99 蘭陀，[三]100 羅瑟辟，[三]158 樓羅亦，[三]158 樓羅有，[三]189 樓羅緊，[三]203 離謗舍，[三]203 婆周匝，[三]231 樓羅緊，[三]374 離比丘，[三]397 樓羅若，[三]407 留尼迦，[三]422 留茶緊，[三]1331 羅移嘻，[三]1331 優頭摩，[三]1341 羅四尼，[三]1462 迦留提，[聖][甲]1733 傍生餓，[聖]125 梨在虛，[聖]397，[聖]1427 絺那，[宋]1 毘延，[宋]991 邏伽，[宋]1343 娑離，[乙]953 彼藥叉，[乙]1238 羅咩，[元][明]、伽阿摩落迦[三][乙]、阿摩落伽[甲]2087 者印度，[元][明][甲]901 囉那去，[元][明]162 樓羅，[元][明]468 字度業，[元][明]831 樓羅畏，[原]1203 樓。

珈：[明]1661，[明]994 經云，[元]2053 對法俱，[元]2122 論云由。

跚：[三]233 趺坐告，[原]920 趺坐念。

揵：[明]2122 連子今。

揭：[三][宮]397 怛囉揭，[三][宮]1451 陀國行。

揭：[三][宮][甲][乙]2087 陀國下。

傑：[宮]2053 梨比丘。

喫：[元][明]、喋加[甲]1173 二合薩。

羅：[明]1539 羅二心。

毘：[三]1336 羅呵夜。

其：[三]187 羅書僧。

祇：[丙]973 者欲成，[甲][乙][丙]973 瑜伽，[甲][乙]912 速成大，[甲]973 為求有，[明][甲][乙]856 行，[明][甲][乙][丙]857 行，[三]682 妙定相，[乙]2250 即觀行，[乙]2397 經所說。

佉：[甲][乙][丙]1098 囀囉耶，[甲]1736 之計廣，[甲]2266 即數論，[明][丙][丁]866 反釳魚，[明]994 此云無，[三][宮]2034 論三，[三][聖]1440 陀是我，[宋][元][宮]310 去，[宋]26 碧玉珊，[乙][丙]1201 戰荼二，[乙]2408 慈軌，[原]2196 衞世等。

釰：[甲][乙]1239 藍三。

如：[明]220 羅意，[聖]1442。

他：[三]1336 比，[聖]272 陀。

陀：[聖]375 離比丘，[宋][元][宮]2059 長者等。

謂：[元][明]2016 惑。

香：[原]2408 花燈。

研：[三][乙][丙]1076 以反。

嚴：[甲]1828 無量三，[甲]2035 疏所立。

宜：[三][乙]1076 以反。

伽：[三]1336 朱地蛇。

佐：[三]1683 娑囀二。

佹

陜：[宋]、挍[元][明]206 步怡悅。

垓

姟：[宮]263 人皆作，[三][宮][聖]285 眷屬，[三][宮]285 諸佛大，[三][宮]384 佛剎遍，[宋][元][宮]263 千，[宋][元][宮]315 三昧久。

諸：[三]184 天見佛。

荄

葰：[元][明]513 枯樹下。

篠：[三][宮]613 甚多不。

姟

陜：[宮]292 天悉來。

垓：[宮]309 眾生無，[宮]310 從無限，[宮]310 二萬億，[宮]815 諸天子，[宮]2122 劫所有，[明][聖]318 普來集，[明]263 皆來聽，[明]338 佛，[三][宮][聖]下同 310 積功累，[三][宮][聖]下同 310 人三百，[宋][宮]309 兆性行，[宋][明][宮][聖]310 諸菩薩，[宋]373 數無有，[元][明][宮]下同 310 八千億。

孩：[甲]1983 初教掌，[三]、咳[聖]125 哀喚我，[乙]2296 子即衰。

依：[知]266 周遍勤。

眾：[三][宮]263，[三][宮]263 無數菩。

諸：[明]185 天見佛。

絯

綩：[甲][乙]2194 而言之。

該

垓：[甲]1717 梓樓構。

駭：[宋][宮]2122。

揀：[聖]279。

詃：[三]196。

據：[甲]2339 其始通。

開：[三][宮]2122 通清淨。

攝：[甲][丙]2810 而爲頌。

説：[甲]2184 該一卷，[甲][乙]2219 餘趣故，[甲]2217 如蟲食，[甲]2266 眞俗心，[甲]2290 通攝一，[甲]2339 前，[原]2270 智言。

談：[甲]2035 從眞起，[甲]2299 佛土凡。

統：[甲]2339 攝門，[甲]2339 羅諸門，[乙]2218 通萬德。

婉：[乙]1816 分也不。

諺：[宮]2060，[三][宮]2060 等事尋，[三][宮]2060 所非聲，[三][宮]2060 所質惟。

液：[甲]2339，[甲]2339 名一。

引：[三][宮]656 無量法。

詠：[甲]1700 兩種見，[聖]1733 聞慧。

改

段：[宮]1808 對首人，[宮]1808 加法大，[甲]2196 准先，[甲]2266 疏文正，[甲]1721，[甲]1863 瑜伽即，[甲]2223 小爲大，[三]1808 結字作，[宋]1339 受持諦。

斷：[甲]2400 所願求，[乙]1736 無有窮，[乙]2263 因立自。

攻：[甲]2039 急忽有，[甲]2039 平壞，[三][宮]2108 其弊雖。

故：[宮]1799 判爲定，[甲]2249 云多恒，[甲]1709 經而，[甲]1709 義易，[甲]1802 惡向道，[甲]1816 轉他受，[甲]2250 易例如，[甲]2250 異矜，[甲]2339 轉身命，[三]310 發無上，[三]2154 爲單譯，[三]2154 鍾鼎屢，[宋][元]1433 悔僧，[宋][元]2059，[原]2196 滅衆。

後：[甲]2266 文今謂。

許：[甲]1841 因喻便。

既：[甲]2271。

叚：[宮]2122 決無濟。

假：[甲]1799 故爲新。

皆：[三][宮]2122 更求死。

解：[三][宮]1428 過懺悔。

狼：[三]1536 等改。

流：[三]2034 北海王。

憖：[宮]2122 惡生善，[聖]125 過自知，[聖]790 往修來，[聖]2157 服從道，[元][明]362 動八方。

壞：[三][宮]2122。

散：[甲][乙]2390 著。

收：[甲]1805 無不，[三][宮]2034 前本時，[聖]1421 過反更，[原]1700 採前布。

説：[乙]1822 壽富。

隨：[元][明]2016 轉大地。

現：[乙]2254 時續善，[原]、以[甲]1863 有行苦。

爻：[三]156 變豫知。

已：[甲]1719 故知二。

役：[宮]、伇[聖]310 變唯有。

正：[三]2103 教暫。

政：[宮]2034 元是文，[甲]850 空橫於，[甲]2259，[三][宮]2034。

丐

食：[宮]2122 往趣。

匄：[明]2131。

匃

初：[三][宮]1464 衣被賊。

垂：[三][宮]2121 原恕願。

句：[宮]1912 止他客，[宮]1562，[元]768 與之有。

乞：[三]202 命諸人。

食：[明]212。

行：[聖]211 如故恩。

句：[宋]152 陳昔將，[宋]1331 子與子。

匃：[甲]1799 懷寶迷。

胸：[三]2106 琳爲祈。

與：[三][宮]1464 者除其，[三]202 之所施。

自：[另]1443 噉麁踈。

盖

盡：[三]212 形爾時。

善：[三]16 藏乃得。

益：[三]35 無增減。

蓋

礙：[元]598 諸有塵。

並：[三][宮]2109 是天。

觸：[甲][乙]894 所取土。

答：[聖]1788 行之難。

得：[三]、－[宮]588 不墮諸。

惡：[三]186 興天路，[宋]374 心無高。

旛：[元][明]377 微妙天。

盍：[甲]2039，[甲]2128 反前高，[甲]2128 也形聲，[乙]2296 稱實境。

闔：[明]1988 國知聞。

戒：[元]2016 自除五。

盡：[宮]2103 天復與，[宮]2108 所未盡，[甲][乙]867 菩薩以，[甲]2362 東隅義，[明][宮]481 哀爲衆，[明]292 哀愍於，[明]309 雲雨於，[明]481 哀，[三][宮]225 佛出即，[三][宮]292 哀建立，[三][宮]398 哀是爲，[三][宮]598 慧何等，[三][宮]1648 心自在，[三]152 試之以，[三]193，[三]1336 慈入深，[聖]1537 永不生，[宋]565 哀救濟，[宋]622 哀明釋，[宋]1452 或有持，[宋]1546 耶答曰，[元][明]425 用貢上，[原]、盡[甲]1782 等至由，[原]2208 名一乘。

淨：[三]278 妙音次。

舊：[甲]2266 中邊至。

看：[三]125 然是不。

苦：[宮]785 志趣涅，[三][宮]1488 十二聽。

輪：[聖][石]1509 阿那。

慢：[宋]、－[宮]2123 即。

美：[三][宮]414 身普眼。

孟：[乙]2296 津。

逆：[聖]157 法起攝。

盆：[丁]2089 四十口。

善：[宮]263 迴轉盡，[宮]397 光明功，[宮]397 悉是一，[宮]657 是中有，[宮]837 障，[宮]1536 發盲發，[甲]971 天衣瓔，[甲]1922 習理之，[三][宮][甲]2053，[三][宮]425 修平正，[三][宮]445 嚴如，[三][宮]657 行列是，[三][宮]673 月花等，[三][宮]1579 名不善，[三][宮]1579 數，[三][宮]2059 能神呪，[三]397 土福藥，[三]1101 諸天妓，[三]1332 覆其國，[三]1549 縛拔者，[聖]231 障其心，[聖]278 勝妙，[聖]410 已於過，[聖]1462 是爲靜，[聖]聖本有傍註蓋或本三字1509 形不多，[另]303 幢幡鈴，[宋]、盡[元][明]193 安，[宋][宮]382 覆使纒，[宋][元]1648 心成定，[宋]146 車車名，[宋]2121。

事：[元][明]384 蔽令心。

衰：[宮][聖]425 諸入，[宮]399 故所修。

悉：[甲]1710 皆不能，[三]155 受之所。

養：[甲][乙]1822 猶如外。

益：[宮]285 別處所，[宮]2053 少宗事，[宮]2059，[甲]1706 能化所，[甲]1727 非生法，[甲]1775 不可以，[甲]2239 是意，[甲]1735 望後得，[甲]1782 乃有由，[甲]1873 其，[甲]1969 與極樂，[甲]2128 殊勝故，[甲]2775 其可，[明][宮]345 諸，[明]2102 萬域而，[三]、盡[宮]624 心等，[三]186 其種族，[三][宮][聖]285，[三]

[宮]285 故致得，[三][宮]309 曠大之，[三][宮]2121 同意周，[三]157 世亦五，[三]212 不足言，[三]2059 僧法，[三]2103 方使六，[三]2103 祛其滯，[三]2108 淺，[聖]2157 增翹勵，[宋][宮]2122 具此三，[乙]2092 見，[元][明][宮]624 欲作功，[元][明][聖]158 皆生喜，[元]227 少。

義：[宮][甲]1805 決越次，[甲]1786 取。

蔭：[甲]1782 衆生如。

烝：[甲]1828 熱。

住：[三][宮]2122 自縈外。

著：[甲]1733 以一切，[三][宮]338 菩薩。

坐：[聖]514 爲佛作。

座：[三][宮]2109 承軀出。

概

既：[甲]1921 流。

縣：[宋][明][宮]2122 羊。

溉

既：[元]896 潤無失。

濕：[三][宮]2122 其地乾。

甘

甞：[三][宮]2122 如。

等：[聖]190 蔗種大。

耳：[甲]2128 反，[甲]2128 反於禁，[甲]2129 作。

苷：[敦]262 蔗蒲，[三]26 彼一切，[聖]190 蔗種大，[聖]223 蔗稻麻，[另]303 蔗林胡，[另]1463 蔗漿二，[宋][宮]221 蔗竹葦，[宋][元][宮]721 蔗之莖，[乙][丙]973 松末。

柑：[明]2076 子甘，[明]2076 子呈云，[明]2103，[三][宮]1464 橘復有。

含：[明]985 反謎。

好：[三][宮]754 飲食後。

可：[乙]1287 露印明。

來：[原]2248 發名爲。

苜：[東][元][宮]721 蔗汁器。

其：[宋]206 脆美味，[原]、〔甘〕－[原][甲]1851 心。

日：[聖]425 露顯示，[宋]2122 心計城。

甚：[三]161 美。

世：[宋][元][宮]2122 雨充滿。

甜：[三][宮][聖]376 味之藥，[元][明][宮]374 味多故。

鹹：[甲]2193 味但洗。

有：[宋]1537 露迹。

雨：[聖]2157 露垂於。

芉

芉：[甲]2128 上希既，[明]25 等爲草。

忓

干：[明]1336 正虛不，[元][明]2060 陳。

忓：[明]2123 我我痛，[三][宮]1443 犯，[三][宮]2103 煩彌增，[三][宮]2122 我我痛，[三][宮]2122 者積

憒，[三]1394 擾亂我，[三]2122 擾官司。

于：[三][宮][聖]1442 忓便入，[三]1443 汝事尼。

杆

杵：[三]1096 三叉戟。

孟：[三]197 墮地皆，[元][明]2059 設。

屠：[元][明]612 屠机爲。

孟：[三][宮]下同 2121 謗佛地，[元][明]203 謗我者，[元][明]1435 受二。

肝

肺：[三][宮]2121 腸胃外。

精：[原]2431。

苷

甘：[宮][聖]1428，[宮]721，[宮]721 蔗，[宮]1425 蔗，[三][宮]386 蔗種中，[三][宮]675，[三][宮]1421 蔗糖石，[三][宮]1425 蔗束，[三][宮]1428 蔗，[三][宮]2121 蔗日日，[三][宮]2123，[三][宮]下同 1425 蔗家，[三]190 蔗，[三]190 蔗苗裔，[三]190 蔗種門，[三]201 蔗種中，[宋][明][宮]380 蔗種上。

汁

粉：[宮]1425 汁及。

甘：[三][宮]、苷[聖]1428 汁若。

潘：[三][宮]1425 汁槽盛。

竿

等：[明]293 覆以衆，[元]1458。

料：[三][另]、料[宮]1428 佛言聽。

杆：[甲][內]973 頭懸幡，[三][宮][另]1428 佛言聽，[三][宮]1546 繞其邊，[宋][元][宮]1546 在邊其。

干：[宮][聖]278 復有執，[宮][聖]278 夜光，[宮]278 金網羅，[宮]2053 懸幡幡，[三][宮]1458 名平頭，[宋]2122 緣竿。

上：[三]212 尋發誓。

算：[甲]2263 數占。

芊：[三]2034 同本異。

丈：[宋]152 破爾之。

竺：[甲]1239 上懸之。

滗

乾：[三][宮]1442 痟熱。

扞

衧：[三][宮][聖][另]1459 作，[三][宮]1457 石須時。

捍：[三][宮]2103 有異三。

扜：[甲]2128 城寒。

秆

稈：[三]1579 積等名。

幹：[三][宮]2122 時有衆。

筍

苛：[甲]2128 葛旱反。

敢

不：[宮]2108。

噉：[甲]、[甲]1851 相八，[甲]1813 不得，[三][宮]1507，[三][宮]1435 池物何，[三][宮]1451 其精肉，[三][宮]1458 更食由。

敵：[元][明]624 當則是。

感：[宋][宮]626 亦當如。

故：[甲][乙]2250 長行釋，[甲]1781 同其貧，[甲]2286 不可信，[宋][元]1428 留殘食，[乙]2263 不可與，[元][明]2016 言之而。

教：[三]190 剃我頭，[原][甲]2196 今意。

敬：[甲]、敢[甲]1782 對揚。

堪：[甲]1200 前進其，[三][宮]2122 殺生。

聊：[乙]2231 嬈亂譬。

能：[明][乙]1000，[明]1351 螫毒藥，[三][宮]2122 親自有，[三]1351 螫毒。

豈：[明]2122 是天民。

取：[甲]2053 符好事，[三]、教[宮]1428 以，[三][宮]2111 忘乎三，[聖]1 相許，[聖]361 失也佛，[宋]208 取火，[元][明]328 欺所以，[元][明]810 來衆會，[原]1763 無學地。

散：[三][宮]635 説慧達。

豕：[三][宮]2102。

咸：[三][宮]2060 樹高碑。

須：[宮]1689 復遮門。

言：[宮]、最[聖]1509 佛弟。

輒：[宮]292 值佛世。

致：[三]2110 無佛而。

最：[元][明]2103 上聞願。

稈

稗：[甲]2128 也從禾。

幹：[三][宮]480 金剛色，[宋]1
云何。

芋：[三][宮]1608 相。

株：[三]1 現爾時。

感

藏：[三][宮]810 至眞如。

成：[甲]、無性攝論本文作惑
2266 智二障，[甲]2217 佛神通，[甲]
[乙]1822 不，[甲][乙]1822 由親作，
[甲]2196 佛德，[甲]2254 其身是，
[明]1522 是故菩，[三][宮]1610 種種
貴，[三]2063 勞疾雖，[原][甲]1980 西
方極，[知]384。

戴：[聖]2157 交慮釋。

減：[聖]1536 得有損。

得：[宮]659 利養無。

敢：[三][宮]2060 希先，[三][宮]
2102 有謀圖，[聖]1017 得生念，[宋]、
咸[元][明]200 有。

憾：[元][明]2121 心裂七。

懷：[甲][丙]2087 生。

歡：[三][宮]598 欣。

或：[甲]1736 所歸處，[甲]2129
反方言，[甲]2266 殊勝生，[甲]2274
三所有，[三][宮]2122 應藉彼。

惑：[宮][甲]1912 衆苦次，[宮]
1545 爲由雜，[宮]2103 於所，[甲]

1735 集故不，[甲]1778 正報故，[甲]
1782 業所招，[甲]2255 果之功，[甲]
1763 今説境，[甲]1763 可得損，[甲]
1763 也以勝，[甲]1781 染，[甲]1782
如界爲，[甲]1828 之，[甲]1830 故雖
知，[甲]1863 又若菩，[甲]2036 爲因
外，[甲]2207 也灑，[甲]2266 盡證佛，
[甲]2299 無不淨，[甲]2339，[甲]2339
盡義同，[明]2122 世樂若，[三][宮]
639 世間法，[三][宮]2122 其言以，
[三][聖]190 無已，[三]2103 即發，[宋]
1559 無量，[宋]945 應圓成，[宋]1644
風力所，[宋]2087 輒爲刺，[乙]2254
非斷道，[元][明]187 於菩薩，[元]220
墮惡趣，[元]2108 淪暉於。

機：[甲]1733 令喜喻，[甲]1733
依自業。

減：[宮]659 地獄，[甲]1830 眞，
[甲][乙]1822 多壽至，[甲]1709 淨，
[甲]1724 如來大，[甲]1763 無，[三]、
咸[知]418 明者如，[三][宮]1545 一劫
壽，[聖]1509 物故不，[乙]2087 悟而
還。

堪：[甲]2311 相。

滅：[甲][乙]1822 有作是，[甲]
1512 果向何，[甲]1828 問若然，[甲]
1863 但資故，[甲]2299 報故是，[甲]
2336 分，[三]2154 應品第，[聖]1763
果窮此。

慼：[宮]2029 事，[三][宮][聖][另]
1442，[三]186 又其，[三]1487 痛我
常，[元][明]171 且恚，[元][明]2058
白言大，[元][明]2121 不。

盛：[甲]2217 見受用，[甲][丙]2381 遍身皆，[甲]2262 報四蘊，[明]991 反鞞，[明]2088 衰，[宋][元]2060 化之來，[乙]、咸[丙]2396 所，[乙]2263，[原][甲]2199 應自他。

識：[甲]1973 其靈異。

思：[宮]2123 賢聖授。

威：[甲]2193 伏衆，[甲]2401 生諸惡，[三][宮]765 無欣安，[三][宮]1641 德者，[三][宮]398 所接彼，[三][宮]2121 靈無事，[三][宮]2122 冀必降，[另]765 後有業，[乙]2174 應訣一。

咸：[宮]263 味餘響，[宮]541，[宮]618 於事變，[宮]2066 生，[甲][丙]2397 見大小，[甲][乙]2309 共依此，[甲]1924 力斯乃，[甲]2035 格踵至，[甲]2053 戴之極，[甲]2128 反字書，[甲]2223 受人天，[甲]2230 招諸障，[甲]2397 華藏界，[三][宮][聖]481 來歸護，[三][宮]266 於八等，[三][宮]1443 得惡作，[三][宮]1545 有，[三][宮]2045 恚彼國，[三][宮]2059 致隨喜，[三][宮]2060 發心欣，[三][宮]2060 嘉其即，[三][宮]2122 有問，[三][聖]1440 令瞋滅，[三][乙]1092 反四那，[三]196 義嚴出，[三]2104 悦歎未，[三]2122 知已本，[聖]292 動神足，[聖]1512 得淨穢，[聖]1522 金言滿，[聖]1579 一，[宋]2087 有金銀，[乙]1822 文極分，[乙]1744 中，[元][明]950 招諸障，[元][明]2122 見鸞師。

効：[丙]1202 驗功。

宜：[甲]1736 現色無。

臧：[甲]2271 否。

招：[甲][乙]1822 異熟此。

重：[原]2339 今令暫。

成：[甲]2202 無上之。

趑

趣：[甲]1700 遠質以。

斡

笥：[三][宮]1647 世間説。

幹：[明]628 枝葉繁。

干

安：[宋]2147 寺譯。

犴：[明]261 狐兔虎，[明]1450 其性饕，[明]1450 取食多，[明]261 狐兔蚖，[三]1692 異師子，[聖]99 欲作。

豻：[宮]1551 看。

忓：[甲]2837 亂何以。

竿：[宮]1888 磬等類，[明]337 柘竹稻，[三]、千[宮]1456 隨意作。

乎：[三]152 今母，[聖]1 時國中，[元][明]125 我等亦。

了：[元][明]158 者。

牛：[明]896 之類又，[明]2123，[宋][元]2122 中若應。

千：[宮]224 百人若，[宮]224 巨億萬，[宮]263 種業因，[宮]318 是凡夫，[宮]627 種飾微，[宮]2122 即往善，[甲]1733 妙音聲，[甲][乙]1072 薩嚩迦，[甲]1736 而虛空，[甲]2192，

[明]224 百，[明]2123 觸惡罵，[明][宮]224，[明]125 頭或有，[明]220 百千聲，[明]263 種慧設，[明]278 世界中，[明]286 世界中，[明]288 變而種，[明]309 十慧，[明]329 百千天，[明]585 種隨其，[明]626 種色名，[明]637 百日復，[明]682 體，[明]729 福得上，[明]816 百，[明]1341 地處阿，[明]1341 數人以，[明]1341 歲於阿，[明]1341 諸佛佛，[明]1453 人爲，[明]1464 種鳥爾，[明]1470 里，[明]1505 得合命，[明]1546 義，[明]2104，[明]2123 身不能，[三][宮]671 提等隨，[三][宮]729 謗，[三][宮]2122 百年又，[三][宮]2122 百歲，[三]125 百種是，[三]1340 請善哉，[聖]379 蹉力士，[聖]1509 百千，[宋][明]1017 世界所，[宋][元][宮]2102 慮寄懷，[宋][元][宮]2122 塔石，[宋][元]607，[宋]384 色金花，[元][明][宮]610 百，[元][明][宮]2122 寶記云，[元][明]194 百三昧，[元][明]433 月光加，[元]1301 種變諸，[元]1550 種四心。

射：[原]2001 牛斗洗。

十：[和]261 事有，[甲]2266 戈相尋，[宋]760 苦。

巳：[明]485 虫與彼。

王：[甲]2128 櫓之屬。

午：[宮]2122 太。

忏：[三][宮]、于[甲]2053，[三]653 亂。

于：[宮]2108 時沙門，[甲]1786 時地神，[甲]2128 反杜注，[甲]1719 故以若，[甲]1723 戚羽毛，[甲]2128 聲或作，[明]99 不離邪，[明]721，[明]984，[明]1435 日別住，[明]1548 苦，[明]2060 雲四遠，[明]2102 非推，[明]2103 戚有苗，[明]2112 後爲漢，[明]2131 遁諸胡，[三][宮]2122 手天二，[宋][宮]2059 前諸栖，[宋][元]2060 其，[宋][元]2125 東語何，[宋]184 變，[西]1496 眾生見，[乙]2128 聲也下，[元][明]、千[宮]2102 寶孫盛，[元][明]2103 寶搜神，[知]384 事生滅。

於：[宋][宮]2066 長秋于。

旰

肝：[甲]2129 古案反。

午：[宮]、肝[聖][另]1442 忘食其。

泠

冷：[宋][元]2060 屬難耐。

旰

旰：[甲]1969 眙軍有。

軋

幹：[甲]2128 古旦反。

紺

泔：[甲]1733 澱奉佛。

駔：[宋][元][宮]2122 馬寶成。

紅：[三]193 花獄，[三][宮][聖]397 色衣。

井：[元][宮]688 寶窓微。

絶：[三]184 目七。

鉗：[明][乙][丙]1075 薄伽嚩，[三][宮]2121 爲法燒，[另]1442 容見其，[宋][元][宮]2121 爲法燒，[乙]850 上占。

網：[三][宮][聖]310 琉璃帳，[乙]2391 青月光。

相：[乙]2231 髮垂言。

幹

竿：[元][明][甲]901 擬執將。

籛：[元][明][甲]、笱[宮]901 形而作。

骬：[元][明]212 獨存。

榦：[明]187 風靡而。

樺：[聖]190 悉傾向。

勢：[三]152 踰衆口。

輪：[甲]904 如來應。

體：[宮]609 立皮肉。

幹：[甲]2039。

樺

幹：[三]220 不枯不，[元][明]190 心根。

榦：[三][宮]397 不除根。

冈

囘：[三][宮]2123 測儻。

岡

崗：[宮]2059 東行頭，[三][宮]、明註曰岡宋南藏作崗 2122 下昔經，[三]2087 岑嶺嶂，[宋][元][宮]2059 釋僧侯，[宋][元][宮]2059 寺與，[宋][元][宮]2059 下昔經，[宋][元]2125 雪巘接。

解：[元][明]1336 下著淨。

山：[三][宮]2122 官軍收。

罔：[明]2131 不措。

缸

巩：[聖]190 口內。

巳：[甲]2128 罃音厄。

剛

對：[甲]1782 不壞二。

蓋：[三][宮]657 菩薩摩。

岡：[三][宮]2102 男王謐。

綱：[甲]、剛[甲]1782 健之，[甲]1734 目，[甲]1744 強應伏，[明]2131 要大有，[三][宮]2060 要宣示，[三][宮]2103 遐網明，[宋][元][宮]2122 強難化，[乙]1723 強非菩。

鋼：[明]1094 刀深慈，[明]2123 作刀著，[三][宮]224 鐵不可，[三][聖]211 鑽珠，[三]210 鑽珠人，[聖]294 摧滅一，[聖]639 強慳慢，[另]1509，[宋][宮]402 慧菩薩，[宋][宮]2122 柔得中，[宋][元]1509 及佛所。

光：[甲]2266 明經薩。

界：[甲]2408 曼荼羅，[乙]2408 行次，[原]2411 羯磨會。

輪：[甲]1067 左理持。

明：[三][宮]445 世界金，[聖]2157 菩薩等。

刹：[原]907。

石：[三]2153 而等堅。

夜：[原]1205 修羅王。

銀：[甲][乙]1246。

印：[宮]244 三昧大。

與：[宮]2122 強猶山。

則：[甲]2207 強難伏，[三][宮]847 修精進，[三]413 強於謟，[宋][元][宮]2102 強忿戾。

堈

崗：[三]2063 墳上起。

瓨：[三]2063 盛之著。

崗

岡：[宮]2060 饒野獸，[甲]2129 反切韻，[明][聖]545 下，[明]1330 娑嚩二，[三][宮]263 如來至，[三][宮]2060 焉然偃。

釭

工：[三][聖]99 運。

綱

岡：[三]2063 卒勅弟。

剛：[甲]2089 伏乞施，[三][宮]2122 領送至，[宋][宮]、網[元]2059 目示以，[宋][元][宮]1598 要分第，[元][明]2122 正，[原][甲]1825 柔之名。

光：[明]2016 之動可。

絹：[聖]2157 維考校。

經：[宮]901 布施金，[明]2145 釋慧林，[聖]2157 相繼。

縷：[宮]2121 紀如。

納：[甲]、網恐[原]2135 喏攞。

繩：[宮]2060。

提：[甲]2270 要爲五。

罔：[三]220 極之期。

網：[丙]862 重重三，[宮]310 嚴持，[宮]2060 然，[宮]2060 猷相續，[宮]2102 爲弘過，[甲]1806 要聞皆，[甲]2000 令清，[甲][乙]1978，[甲]1254 維又法，[甲]1717 列諸輕，[甲]1766 維，[甲]1778 爲斷此，[甲]1871 亦現，[甲]2212 寔爲瞽，[甲]2339 互生，[明]152 衆皆馳，[明]2110 維萬象，[明]2122 龍樹，[明]2131 抽覺戶，[明]2154 提目陳，[三][宮]443 引遮泥，[三][宮]846 皆，[三][宮]2060 今見領，[三][宮]2122 江湖香，[三][宮]2122 羅，[三]2154 云頹郊，[宋][宮]1458 目不廣，[宋][宮]1522 統理，[宋][宮]2034 歷世佛，[宋][宮]2034 一部二，[宋][宮]2060 理僧正，[宋][宮]2060 領煬帝，[宋][宮]2060 領追還，[宋][宮]2060 維於正，[宋][宮]2066 務不白，[宋][元]、紐[宮]2060 云頹郊，[宋][元]2061，[宋][元]2061 自，[宋][元][宮]1434 如，[宋][元][宮]1458 要，[宋][元][宮]2060 埋輪東，[宋][元]1433 如大迦，[宋][元]2106 述異，[宋]2112 略，[宋]2145 之落緒，[乙]1876 浩瀚妙，[乙]2350 所省寮，[元][明]2149 領頹值，[原]881 明綱傘，[原]1862 自我善。

總：[甲]2266 攝尋思。

鋼

剛：[宮][聖][石]1509 等者如，[宮][聖][石]1509 三昧爲，[宮][聖][石]1509 神，[宮][知]741 鐵，[三][宮][聖][石]1509 等故當，[三][宮][聖][石]下同 1509 用與阿，[三][宮][聖]1509 不應住，[三][宮]384 七寶神，[三]384 不可沮。

繩：[宋]2122 作刀著。

銅：[甲][乙]1072 威怒王。

網：[三]643 絡頸鐵。

港

巷：[聖][另]790 常好布，[宋]152 頻來，[宋]152 道退于，[宋]152 頻來不，[宋]152 一溝，[宋]152 之道也。

高

昌：[原]2039 又明甲。

出：[三][宮]2122 聲唱言。

當：[甲]2266 慢心高。

得：[甲]1733 意正云。

商：[宮]2122 王經緣。

多：[明][宮]2087 學沙門。

奮：[甲]1027。

膏：[三]193 藥。

槀：[元][明]188 草於樹。

告：[宮]2102 呼曰米。

廣：[宮]263 大儀體，[三]2122。

過：[三][宮]721 須彌山。

毫：[明]1521 毛上旋。

豪：[甲][乙]1822 族大。

懷：[甲]1969 玉智覺。

憍：[甲]2255 恨害也，[甲]2255 是煩惱，[三]639 慢，[三][宮][聖]310 慢，[三][宮]1435 貴中出，[三]192 慢迹，[三]1546 害如是，[聖]376 慢譬如，[元][明]99 慢者知，[元][明]639 慢，[元][明]1341 薩羅王。

逈：[甲][乙]957 峰最殊。

峻：[三]2063 峯秀絶。

考：[甲]1969 異驗寶。

空：[三][宮]2085 座莊嚴。

苦：[聖]2157 兼明經。

亮：[丙]2164，[宮]2074 遍徹天，[甲]1828 稱機益，[甲]1828 五有用，[甲]2183 法師，[甲]2300 法師云，[乙]2087 純信佛，[乙]2087 抑揚大。

馬：[宋]2147 有八。

魔：[甲]1733 山七應。

齊：[三][宮]2060 韻紫蓋，[三]2110。

喬：[三]2063 坐禪誦，[宋][元]、橋[明]2063 寶顯皆。

橋：[聖]278 慢爲。

熱：[三][宮]721 樹根下。

商：[甲]2400 主天，[三][宮]2108 略玄極，[三][宮]2122 臣害父，[聖][另]1548 諍訟。

尚：[明]2110。

深：[明]224 而不能。

雙：[甲][乙]1909 頰俱皁。

嵩：[宋][宮]1690 山頂見。

臺：[宮][聖]1435，[三][宮]2034 圖紺髮。

堂：[甲]2036 魏公擊。

王：[三][宮]2122 歡之第。

爲：[甲]1781 離離我，[甲]2214，
[三][宮]2034 行人三。

我：[三]153 無謙下。

下：[聖]1427 著内衣。

顯：[原]1867 現餘皆。

香：[原]2333 山頂已。

向：[甲]1735 大故十。

揚：[三][宮]749 聲。

一：[三]1644 半由旬。

意：[甲][乙]1909 佛南無。

音：[甲][乙]1909 佛南無，[聖]
190 聲。

有：[聖]1723 勝廣離。

彰：[三][宮]2109 兇撥亂。

智：[原]2262 言眼孔。

最：[元][明]399 無極懷。

羔

羊：[宋]2110 雁之禮。

皋

高：[三][宮]2122 辛。

睪：[宮]2103 詎牽而。

皥：[元][明]2102。

皇：[甲]2129 陶失厥，[甲]2129
陶始作。

犟：[三]2060 廣就諸。

嘷：[聖]1723 者熊虎。

睪

高：[三][宮]2122 辛。

皋：[宮]2060 亭神，[宮]2102 何

深味，[三]2088，[三]2122 緜獫。

膏

高：[甲]2087 腴南方。

告：[宋][宮]2122 車須油，[宋]
[宮]2123 車須油。

檊

抉：[甲]2183 隣釋慈。

篙

槀：[甲]1737 橈而舉。

杲

果：[宮]1683 二合，[甲]1728 又
續之。

某：[甲]1998 嘗問之。

泉：[宋]1105 二合瑟。

槁

稿：[甲][乙]2309 日輪。

熇：[三][宮]2122 日久光，[宋]
1332。

栲：[宋]2110 木舒華。

枚：[三]2145 流甘露。

藁

槀：[三]375 草故善。

蒿：[三][宮][聖]397 草示於。

好：[宋]152 草於樹。

杲：[甲]2128。

縞

鎬：[丙]2092 慕肅之。

薆

　膏：[甲]1793 果報第。

　蒿：[宮][甲]2053 街十八，[三]、高[宮]2122 爲席以，[三][宮]2122 以爲薦。

　苔：[元][明]26 草所。

告

　造：[甲]2266 成爲。

告

　白：[三][聖]643 父王。

　報：[宮]2041 此，[明]1490 言，[三][宮]585 曰假使，[三]196 度勝，[三]201 言。

　稱：[原]、誥[甲][乙][丙]1098 讚歡喜。

　赤：[乙]2376 陽鄉毘。

　次：[三][宮]376 比丘汝，[三][宮]656 三空云。

　答：[甲]1735，[明]24 摩多離，[三]、一[宮]754 曰汝今，[三][聖]211 之曰汝，[三]100 王曰汝，[三]202 言是王，[元][明]511 意弗迦，[元]99 羅陀汝。

　得：[明]2088 之得戒。

　而：[三]、並[聖]375 言瞿曇。

　高：[甲]2898 須彌登，[三][宮]2040 曰琉。

　誥：[三][甲]1080 觀自在，[三]375 令，[宋][明][乙]1092 執金剛，[宋][元]1092 言善哉，[宋][元]1092 觀世音，[宋][元]1092 言善哉，[宋][元]1092 執金剛，[元][甲]1092 言汝今，[元]1092 言大慈。

　共：[甲]2299。

　害：[三][宮]2060 使人逾，[原]1778 命不滅。

　吉：[宮]1424 詳唱稱，[宮]2060 之先見，[甲]1717 四衆言，[甲]1912 飢渴寒，[甲]1969 曼殊咸，[甲]2128 反孔注，[甲]2261 通被定，[明]278 善財言，[三][敦]361 來賢者，[三][宮]1451 靈鼠尾，[三][宮]1509 占，[三][宮]1546 者或有，[三][宮]2034 法驗經，[三][宮]2060 雖來皆，[三][宮]2060 之先見，[三]384 那天乃，[三]1406 當如是，[三]1424 現前僧，[三]2060 常行其，[宋][元][宮]、言[明]1509 宣示一，[宋]656 諸來會，[宋]1428 諸比丘。

　教：[宋][元][宮]315 踊躍歡。

　皆：[甲]1805 例此上。

　哭：[三][宮]2121 曰大海。

　苦：[甲]1708 至經中，[甲]1731 諸天子，[甲]2068 倦及經，[聖]1763 也以，[宋][元]2060 人曰母，[宋]205 之以錢，[乙]2087 淨信德。

　普：[聖]613 禪難提。

　乞：[原]1760 求資身。

　遣：[甲]1733 句告說。

　去：[甲][乙][丙]2163。

　若：[明]1450 舍利子，[明]1459 言令遣，[聖]200 守門者，[宋]125 阿那律，[宋]220 菩薩摩，[宋]2123 祇陀若，[元][明]2125 慇懃誰。

生：[甲]866 顯發於。

聖：[元][明][甲]1173 旨即説。

失：[甲]2084 經本枕。

示：[三][宮]2121。

亡：[原]1776。

往：[三]202 言佛在。

唯：[三][宮]2122 語家人。

謂：[三][宮]676 如理請，[三]196 瓶沙王。

問：[三][聖]125 彼比丘。

吾：[甲]2035 之曰汝，[三]6 盡道汝。

先：[明]2104 夢諸臣，[聖]1421 語即便，[乙]2390 説二龍，[元][明][石]1509 集伎樂。

興：[三][宮][知]384 常。

言：[宮]674 楞迦主，[宮]263 宿王，[甲]2266 許除悶，[甲]2901 寶明善，[明]220 善現如，[明][甲]967 天帝我，[明]220 善思賢，[明]220 善現二，[明]220 善現若，[明]220 善現諸，[明]220 善勇猛，[明]236，[明]1425 諸比丘，[明]1450 苾蒭汝，[三][宮][聖]376，[三][宮]232 文殊師，[三][宮]381，[三][宮]397 大王若，[三][宮]435 童子假，[三][宮]585 阿難斯，[三][宮]638 阿難受，[三][宮]721 諸比丘，[三][宮]813 文殊，[三][宮]1425，[三][宮]1425 比，[三][宮]1425 比丘，[三][宮]1425 比丘我，[三][宮]1425 諸比丘，[三][宮]1428，[三][宮]1443 苾，[三][宮]1443 諸苾蒭，[三][宮]2122 童子假，[三]99 欝多羅，[三]156 大王，

[三]196 長者若，[三]196 長者宿，[三]202 阿，[三]212 阿難汝，[三]376 諸比丘，[三]397 善男子，[三]474 阿，[三]1331 阿難國，[三]1331 普廣，[聖][甲]1763 善男子，[聖]223 釋提桓，[聖]223 須菩提，[宋][宮]1509 須菩提，[元][明]1165 持世若，[元][明]1810 比丘若。

詣：[聖]1425 其主時。

有：[三][宮]2121 木雀與。

與：[三]196 阿凡和。

語：[甲][乙]1822 舍利弗，[三][流]360 阿難生，[三][流]360 彌勒汝，[三]、説[宮]739 阿難有，[三][宮]263，[三][宮]1435 阿難時，[三][宮]1435 諸比丘，[三][宮][聖]1428 阿難凡，[三][宮][聖]1464 此諸比，[三][宮][聖]1509 釋提桓，[三][宮]313 舍利弗，[三][宮]813 阿難此，[三][宮]1425 諸比丘，[三][宮]1435 諸比丘，[三][宮]1462 比丘如，[三][宮]2059 弟子曰，[三][宮]2122 其妻言，[三][聖]375 祇陀言，[三]125 阿難，[三]187 諸比丘，[三]360 法藏比，[三]1331 阿難是，[三]1341 治鬚人，[聖]224 舍利弗，[石]1509 須菩提，[石]1509 諸比丘，[西]1496 汝及以，[元]1425 語家中，[知]598 龍王人。

造：[宮]2121 婦婦語，[甲]2219 事成，[甲]2837，[三][宮][聖]627 白，[三][宮][知]266 言求本，[三][宮]2122 勒勒曰，[聖]376 迦葉如，[聖]425 佛，[聖]481 地獄人，[聖]1562 故名爲，

[宋][宮]303 遮塞諸，[宋][宮]2059 辭曰遁，[元][明][宮]2060 但念觀。

占：[三]2041 不居王。

召：[元][明]2110 請道神。

旨：[甲]2371 三諦中，[原]、示[甲]1026 大眾即。

衆：[三][宮]502 諸比丘。

囑：[宮]1703 善現云。

作：[三]1452 白佛言。

曏

昺：[三][宮]234 然晃昱。

藍：[三][宮]2122 每年正。

誥

冊：[甲]1736 安。

稱：[三][乙]1092 讚歡喜。

告：[甲]2230 現瑞，[甲]2230 金剛手，[明][乙]1092 觀，[明][乙]1092 觀世音，[明][乙]1092 言汝今，[明][乙]1092 眞言者，[明][乙]1092 執金剛，[明]1058 觀世音，[三][甲][乙]950 金剛手，[三][甲]951，[三][甲]951 金剛密，[三][甲]951 曼殊室，[三][甲]951 於大眾，[三][乙]1092 語爲於，[三][乙]1092 觀世音，[三][乙]1092 慰瞻仰，[三][乙]1092 言，[三][乙]1092 言汝今，[三][乙]1092 執金剛，[三][乙]1092 諸大眾，[三][乙]下同 1092 諸仙言，[三]125，[三]1058 觀世音。

昊：[三][宮]2103 因茲而。

詰：[宮]1703 云如來，[甲]2128 反孔注，[甲]2128 告也亦，[甲]2266

問便託，[明]2145 夢想思，[三]152 曰緣竊，[三]152 之曰象，[三]2145 阿難經，[三]2154 會昱雅，[聖]2157 訖崩至，[宋][宮]2122，[宋][元][宮]2122 乃有多，[宋][元]2104 聊以相，[元]2108 王儉獻。

銘：[三]2149 經法東。

語：[明]2060 卷，[三][宮]2123 阿難經，[三]2110 苟，[聖]627 及，[聖]2157 不敢延。

詔：[三][宮]2103 恭承明。

戈

才：[甲]2120 忽於石。

伐：[甲]1795 戟。

迦：[宋][元]951 反。

戎：[宮]2104 從夏六，[三][宮]2105 不息是。

私：[甲]2129。

我：[宮]1505 反無。

弋：[三]2063 村寺始，[元][明]2053 獵開墳，[元][明]2063 村寺，[元][明]2063 村寺慧。

仡

吃：[宋][明][乙]921 哩二合。

爾：[宮]890。

伐：[明]894 囊上。

疙：[甲]982 囉二合。

紇：[甲][乙]2390 哩二合，[甲][乙]2390 哩𭃟地，[甲][乙]2390 羅二，[甲]981 哩二合，[明][甲][乙]1174 哩耶三，[三]982 哩二合，[三]1102 唎

二合，[乙]1032 哩二合。

擬：[原]1212 哩曩拏。

乞：[甲][乙]850 囉二合，[明][甲]964 曩。

訖：[甲]1110 哩二合，[明]890 囉，[明][乙]1225。

屹：[明][乙]、紇[甲]1174。

疙

仡：[明][甲]1175 哩二合。

疙：[乙][丁]2244 囉鉢底。

蘗：[明][甲]1175 哩二。

鄔：[丙]1056 囉二。

咯

路：[乙][丁]2244。

恕

加：[三]1013 蘭令到。

哥

歌：[三][宮]1459 羅蕊銐，[三][宮]2103 帝德而，[三][宮][下同]2103 笑乖。

胳

酪：[三][宮]458 欲著火。

割

部：[甲]2337 判一切。

刺：[三][宮]1486 心終不，[三]203 其咽子。

雕：[宮]1507 至三十。

刮：[三][宮]2123 舌惡業。

害：[宮]500 彼臭，[甲]2792 壞，[三][宮]1509 者罵者，[三][宮]2123 處所是，[三]202 其身，[宋][元][聖]210 欲，[元][明]1650 我身碎。

刻：[甲]2250 生三十。

剋：[三][宮]1462 繩留。

括：[宮]2121 口施僧。

剖：[宮]2122 愛崇道，[甲]950 其莽娑，[甲]2052 暢備盡，[三][宮]347 析樹身，[三][宮]2060 篇聚不，[三][宮]2103 此亦有，[三][宮]2103 之爲兩，[三][宮]2122 腹看，[三][甲]951 未盡復，[三]58 不爲風，[三]263，[三]2060 略前習，[三]2145 判眞僞，[聖]2157 析無滯，[宋][宮]、部[元][明]2103 萬邦奮，[元][明]2016 斗折衡，[元][明]2060 煩蕪。

咼：[聖]1579 皮肉及。

刖：[三][宮]657。

制：[宮]2102，[聖]1440 損血肉，[元][明]2121 王。

歌

稱：[三][宮]2059。

高：[三][宮]2103 人一百。

哥：[宮]498 潔淨器，[另]303 音。

何：[宋][元]951 反誐同。

視：[甲][乙]1822。

瓵：[甲][乙]1822 笑睇唅。

敬：[甲][乙]2250 便見半。

倨：[三][乙]1092 悉祇。

語：[三][乙][丙][丁]865 妙語。

欲：[甲]2266，[明]397 復有乾。

讚：[宋]286 歎佛功。

鵒

鶴：[三]2110 鷩蛇身。

黑：[甲]2261 色。

鳥：[甲][乙]1822 尚不能。

鳥：[宮]2102 情存乘。

鵒：[三][宮]1521 之類如。

鵒：[元]2122 雀鴛鴦。

謌

歌：[明]316 詠，[三]152 無上巍。

訶：[三][宮]1491 世界此。

佮

合：[三]212 生死棄。

挌

格：[三][宮]513 殺門衞，[三][宮]1421，[三]201 不肯去，[三]220 虛空而，[三]1301 十五曰，[宋][宮]606，[元]1301 北魚。

摳：[三][乙]1092 摩訶迦。

恪：[甲]2068 幽蹤罕。

革

輩：[宮]2060。

草：[宮]606 囊漸察，[宮]1435 屣合掌，[宮]2123 囊腹網，[甲]2128 用總稱，[甲]2128 充盈人，[甲]2128 覆屋也，[明]1435 屣韋繫，[三][宮][聖][另]1463 行纒除，[三][宮]1428 作，[聖]1433 屣禮僧，[宋][元][宮]2122 囊腹網，[宋][元]732 亦消腐，[乙][丙]、

甲本革以下至蹟九字空字 2089 履二，[元][明]1429 屣入佛。

單：[聖]1471 屣八者。

割：[明]2131 愛意趣。

苔：[三][宮]2123 葱三者。

隔：[甲]1718 凡成聖，[三][宮]410 身得辟，[三][宮]2104 凡，[三][宮]2108 千門或。

華：[另]1435 屣針筒，[元]2040。

莫：[甲]2244 反責也。

牟：[三][宮]1471 往住塔。

甚：[宮]1428 屣右膝。

韋：[甲]1804 簏革。

業：[三][宮]2102 化莫孚。

杖：[三]186 屣諸事。

至：[宮]2122 心相佐。

格

答：[三][宮]2028 改易券。

挌：[甲]2129 反俗作，[聖]1763 量功德，[宋]2145 格論問。

革：[明]2103。

鬲：[宮]1435 爾時有，[宮]1435 令得企。

枯：[聖][甲]1763 樹即問。

絡：[原]1111 披鹿皮。

洽：[宮]2087 四表虞。

校：[甲][乙]2185 量功用，[明]2016 量。

擽：[元][明]2121 在地生。

鬲

富：[甲]2035 縣之間。

高：[三][宮]785 五用斷。

隔：[宮]1435 又出入，[甲]1728
子八萬，[三][宮]266 人度無，[三][宮]
1435 施鬲，[三][聖]下同 643 四面劍，
[三]下同 643 周匝七，[宋]、鬲[元][明]
[聖]643 如，[宋][元]176。

膈：[甲]2128 中水病。

停：[宋]、鎬[元][明][宮]785 見
三。

葛

菖：[甲]2250 絎也今。

菌：[三][宮]1459 牽挽不。

蔓：[宋]1018 屣拏。

莎：[三]882 嚪左骨。

祴

誠：[另]1721 故前以。

祴：[甲]1969 華散於，[甲]1969
香食珍，[甲]1969 中於國。

裓：[宋]264 盛諸天。

械：[明]140 盛抱戴。

隔

癃：[乙]2263 悟於三。

高：[宋]、襄[元][明]196，[宋]186
斷。

革：[甲]1698 凡成聖，[三]2110
凡成聖。

鬲：[三][宮]2121 周匝。

膈：[三][宮]2123 凝寒口，[元]
[明]313 之病舍。

漏：[甲]2313 融通自。

滿：[三][宮][另]1428 聽在中。

躠：[聖]1440 一牆在。

融：[甲]1717 是六根，[甲]1719
彼聲聞，[乙]1821 本相故。

攝：[甲]2299 常住之，[甲]2299
之但云，[三][宮]1592 彼入定，[乙]
1816 欲得法。

停：[三]2060 幸觀佛。

隙：[甲]2250 舊名一，[乙]1821
若依正。

歇：[明]2076 不勞心。

隅：[甲][乙]2207 而高山，[三]
[甲]1003 四門安。

障：[甲][乙]1821 當命名，[甲]
[乙]1822 遠故可，[甲]1830 越尚稱，
[甲]2299 前段，[乙]2215 無礙義，[乙]
2408 子一一，[原]1833。

槅

軛：[三][宮]1650 在項上。

閣

闇：[宮]649 塵如言。

閣：[宮][聖]1425 是名割，[宮]
1428 無有疑，[宮]2108，[宮]2123 門
內有，[甲]1969，[甲]2036 門合掌，
[明]190 欄楯曲，[明]212 已入一，[明]
1450 諸臣聞，[明]2103 哲王愛，[明]
2122 內婦女，[三][宮][聖][另]1459 道
簷前，[三][宮]639，[三][宮]2059 虎
與后，[三][宮]2103 唯有一，[三][宮]
2121 房舍臥，[三][宮]2122 內至十，
[三][宮]2122 者皆憐，[三]154 一時

俱，[三]190 如天無，[三]2145 上爲姚，[三]2145 逍遙園，[聖]2157 以宴居，[元][明]363 或大或。

關：[原]1776 預以常。

闔：[明]、閣[聖]221 皆是七。

門：[宋]540 中有一。

閘：[三]2103 閘。

閣

闍：[甲][乙]2390 沒哩耽。

得：[宮]2122 莊嚴。

闔：[聖]1470 下。

格：[宮]292 故。

閣：[宮]671 及於虹，[宮]1459 道木作，[甲]2036 自經國，[明]1450，[三]、－[宮]2121 屋間黑，[三][宮]1537 臥具若，[三][宮]1648 列在王，[三][宮]2059 其，[三][宮]2059 舍人吳，[三][宮]2121 七重王，[三][宮]2122 吏啓，[三][宮]2122 下丁豐，[三]192 而告車，[三]2059 狹小不，[三]2123 之奴小，[三]2145 其弟子，[三]2154 其弟子，[聖]1 施其福，[宋]、周[宮]2122 前燒身，[宋][宮]292 殿與大，[宋][元]、闕[宮]824 窓牖幡，[宋][元][宮]2102 延，[宋][元][宮]2122 下鼓似，[宋]2146 錄載已，[戊][己]2092 浮道相，[元][明]2123 之婢小。

關：[三][宮][甲][乙]2087 反拒以。

門：[甲]、閣[乙]2207 也顙，[三][宮]1428 時祇，[乙]1723 高逾外。

關：[原]2408 等事。

土：[三][宮]2053 屬逢有。

問：[聖][另]1442。

屋：[宮][聖]1428 上住坐。

閣：[宮]310。

因：[甲]2266 三任持。

園：[甲][乙][丁][戊][己]2092 也延熹。

膈

鬲：[宮]732 脾著胃，[三][宮]、高[聖]1451 痰癊流，[三][宮]1507 上有水。

鞈

協：[三][宮]812 金剛之。

骼

枯：[三]1331。

靈：[三]192 神龍所。

臈

臘：[元][明]1331 而印門。

剴

迦：[三]984 羅他那。

阿

阿：[甲]853 遮吒多。

可：[宮]279 切娑。

那：[高]1668 毘提鳩。

我：[宋][元][宮]、餓[聖]231 反下悉。

个

斥：[甲]1816 何以故。

分：[甲]1830 邊見緣。

箇：[甲]2036 麼曰非，[甲]1816 涅槃涅，[明]1982 邊生，[三]、筒[宮]1459 爲要擬，[三][宮]1657 七十千。

介：[甲][乙]1796 然微。

今：[甲]1830 字訖。

各

必：[丙]2397，[甲]1821 通三性，[甲]2263 具自證，[乙]2263 證自乘，[原]1840 別亦應。

差：[甲][乙]1822 別故然，[甲][乙]1822 別也，[三]1579 別種種，[乙]2396 別有處。

答：[宮]1425 自説不，[甲]1007 安幢，[甲]1735 別於中，[甲]2266 有四種，[明]1545 別不相，[明]1545 欲界，[三]202 言，[聖]1723 以大乘。

大：[三][宮]2122 歡喜作。

當：[宮]638 令得所。

頂：[甲]866 各自己。

冬：[甲]2204 比。

多：[三][宮][聖]1462 教授弟。

二：[乙]1796 乘相也。

方：[元][明]1331 長一丈。

分：[甲]2255 別，[三][宮]1558 善染無，[乙]1822 別頭起，[乙]2261 別種者，[乙]2309 別論者，[原]1840 別。

奉：[甲][乙]1909 爲過去。

告：[三]190 言此諸。

箇：[甲]1735 世界海。

共：[聖]227 載一車。

谷：[甲]1782 響，[甲]2128 聲集從，[久]1486，[乙]2207 反經。

合：[宮]1545 有八智，[宮][甲]1912 散等準，[宮]1459 一種，[甲]、各成合或[乙]867，[甲]1709 三即爲，[甲]1735 二偈已，[甲]2227，[甲]2274 也云云，[明]2103 爲之條，[三][宮][甲]901 豎二小，[三][宮]415 三合十，[三][宮]2104 三，[聖]1425 一夜參，[乙]2157 之成其。

互：[甲]1733 有相攝。

灰：[明]1216 置一灰。

及：[乙]2228 與四大。

將：[乙]2261 明別意。

角：[元][明]2103。

皆：[三]25 有樓櫓，[乙]1736 有聲字。

界：[甲]2305 異。

今：[元][明]309 佛取證。

久：[甲]1816 應准立，[三][宮]1425 於人間，[聖]278 以衆妙，[聖]318 壽十劫，[聖]410，[宋][宮]848 當隨所。

各：[三][宮]656 解釋菩，[三][宮]720 正等俱，[三]984，[聖][甲]1763 此即第。

居：[明]2131 置天王。

客：[原]1869 亭平等。

苦：[宮]1552。

利：[甲]1782 別故有。

令：[三][宮]2121 無他鹿，[三]

[宮][聖]223 滿足從，[三][宮]2121 還國九。

路：[三][宮]895 部。

洛：[甲]2128 反下羊，[三]、落[宮]2085 有二門。

略：[甲]2277 以言陳。

密：[甲]2390 竝合豎。

名：[丙]1832，[宮]279 爲已得，[宮]2121 縱廣，[宮]2121 作七條，[宮]2122 感靈瑞，[甲]、各[甲]1781，[甲]、若[甲]2396 現法義，[甲]1828，[甲]1828 刹那生，[甲]1830 有二類，[甲]2276 別，[甲][乙][丙]2397 芬陀利，[甲][乙]1072 俱胝焚，[甲][乙]1705 無學皆，[甲][乙]1816 種類忍，[甲][乙]1821 一刹那，[甲][乙]1822 同一依，[甲][乙]2263 體一而，[甲][乙]2328 一云云，[甲][乙]2397 見蓮華，[甲]904 想青色，[甲]1268 被繫縛，[甲]1705 師子床，[甲]1717 有其致，[甲]1733 此三非，[甲]1733 無所依，[甲]1733 有一證，[甲]1735 初淺，[甲]1735 配之四，[甲]1735 有一相，[甲]1782 別初中，[甲]1782 有三一，[甲]1782 有由矣，[甲]1804 乃通要，[甲]1816 別勝法，[甲]1816 差別唯，[甲]1816 取當經，[甲]1816 一合二，[甲]1816 異遂乃，[甲]1816 有分齊，[甲]1816 有異意，[甲]1816 座菩提，[甲]1828 各如釋，[甲]1828 具一法，[甲]1828 是假有，[甲]1828 已現等，[甲]1839 隣，[甲]1839 是中謂，[甲]2035 起殺害，[甲]2128 異木也，[甲]2223 別有處，

[甲]2227 別辨廣，[甲]2227 有伏藏，[甲]2250 不相通，[甲]2259 有其界，[甲]2261 互明分，[甲]2261 有四重，[甲]2261 有同異，[甲]2263 通三解，[甲]2266 別若入，[甲]2266 別亦不，[甲]2266 發別願，[甲]2266 分段文，[甲]2266 計所執，[甲]2266 如次應，[甲]2266 爲一境，[甲]2266 無，[甲]2266 因既，[甲]2266 有故，[甲]2266 有相行，[甲]2284 如前列，[甲]2299 爲，[甲]2299 一念爲，[甲]2299 亦通，[甲]2305 了別末，[甲]2335 明因果，[甲]2339 異互不，[甲]2399 第二也，[明]377 有三十，[明]1451 以兵寶，[明]1562 一極微，[明]1563 離下染，[明]1563 異故然，[明]1636 差別，[明]2122 有相舍，[三]1597 別攝取，[三][宮]279 菩薩，[三][宮]310 供諸佛，[三][宮]1562 有差別，[三][宮][乙]866 各二十，[三][宮]511 合者謂，[三][宮]585 興歡豫，[三][宮]1509 有衆多，[三][宮]1530 證涅槃，[三][宮]1545 一法蘊，[三][宮]1563 別故苾，[三][宮]1563 五亦然，[三][宮]1646 相違若，[三][宮]1810 作餘語，[三][宮]2059 別異而，[三][宮]2122 當其，[三]152 佛，[三]288 住要行，[三]361 願達十，[三]361 自說其，[三]631，[三]631 佛本所，[三]632 如是，[三]1301 異生不，[三]1341 爲智者，[三]1562 別對治，[三]1562 於其中，[三]1563 表無表，[三]1563 三十一，[三]1595，[三]2149 不相詢，[聖][甲]1733 爲心伴，[聖]

1562 異未，[聖]1733 自皆不，[石]1509 異或有，[宋][元]664 以己德，[宋][元]1347 不相救，[宋][元]1435 隨所喜，[宋][元]1539 異想謂，[宋][元]1558 於二事，[宋]1545 成就所，[宋]2103 行七步，[宋]2122，[乙]1723 合爲一，[乙]2218 內所餘，[乙]2408 其院，[乙]1822 三所緣，[乙]2174 眞言阿，[乙]2192 不，[乙]2192 妙，[乙]2227 爲發覺，[乙]2263 義邊，[乙]2397 見，[乙]2397 性不同，[乙]2408 解散，[元]2016 總攝一，[元][明]2016 能緣慮，[元][明][宮]1552 有四種，[元][明]152 佛應儀，[元][明]2154 各說第，[元]1579 自許有，[元]1581 有無量，[元]2040 生力士，[元]2122 發三乘，[原][甲]1878 相形奪，[原]1851 有差別，[原]1863 偏執故，[原]1863 同舍利，[原]1936 通眞妄，[原]2196 義，[原]2339 說何答，[知]266 從遠來。

念：[三][宮]1421 行。

普：[甲][乙]2227 通三部。

且：[三]196。

去：[三]1331 離之惡。

容：[宮]1545 百又自，[三][宮]2122 數百，[三]186 兼數。

如：[甲]1805 因。

若：[甲][乙]1822 除自體，[甲]1958 宜量此，[甲]2393 灑其頂，[三][宮][聖]1595 各，[三][宮][聖]1617 尋，[三][宮]397 欲聽受，[三][宮]1435 自別有，[三]631 佛本者，[聖]、若[甲]1851 別知世，[聖][另]342，[聖]1 置，

[乙]1821 具，[乙]2087 與其國，[乙]2397 斷性惡，[元][明]、名[宮]810 妙音不，[原][甲]1829 有中衣。

色：[三][宮]637 各異非。

舌：[知]2082 長。

陞：[三][乙]1092 帳中坐。

水：[甲][乙]1822。

天：[原]1158 門。

外：[三]、水[宮]1537 別濕性。

爲：[乙]2296 舉僞過。

吾：[三][宮]534 等足下。

無：[乙]2263。

悉：[三]384 發心內。

一：[宮]415 不相知。

亦：[甲]2287 表實德，[乙]2392 以風。

異：[宮]721 異和合，[三]1613 自類相。

有：[甲][乙]1822 異依大，[甲][乙]2263，[三][宮]2122。

又：[宋]385 在。

右：[甲]1782 繞至施，[三]2145 佛亦獨，[知]266 懷悅。

欲：[明]198 念彼亦，[三][宮]1808 滿五人。

早：[三]154 豫知之。

者：[甲]2195 有，[甲]2400 云唵歟，[宋][宮][聖]、－[元][明]626 有坐菩，[乙]2394 梵名薩，[原]2306 執生滅。

之：[三]2059。

支：[明]1464 佛三。

自：[宮]2121 異衆人，[三]157
瓔珞。

宗：[乙]1736 計是。

尊：[宋][宮]624 從。

個

裡：[原]1987 喚作兼。

箇

分：[甲]2392 印前隱。

个：[宋][元]190。

過：[明]2076 超佛越。

角：[甲]1110 釘四角。

介：[甲][乙]2194 箇佛上，[聖]
1788 最勝三。

顆：[三]2103 甚大歡。

令：[甲][乙][丙]1866 無盡及。

木：[明]2076 杖子佛。

人：[甲]2266 三種故，[原]2001
中若了。

筒：[甲]、簡[乙]2207 中或捨，
[甲][乙]2194 耍，[甲]1718 是畢竟。

問：[甲]2300 則兩語。

犗

闍：[三]984 反婆夜。

獵：[三]186 怨惡一。

給

答：[原]1771 是明隨。

殆：[宋][元]、詒[明]2103 名僧。

紷：[元]2122 足眾生。

供：[三][宮]1435 佛二。

合：[三]1579 施衆多。

恒：[三]203 與殘肉。

及：[三]187。

汲：[元][明]187 水。

急：[三][宮]2060 手恰竟。

級：[三]2145 寺。

繼：[聖][聖]1509 與之於。

結：[宮]2122 使令用，[明]1092
侍人等，[明]1452 孤獨長，[乙]2408
之云云。

經：[聖]223 者亦聽。

綸：[甲]2290 哉馬鳴，[三]682
悉周遍。

洛：[聖]953 百千眷。

絡：[甲]2129 也説文，[明]238
衣持聞，[三]1331 迦，[聖]1509。

念：[三][宮]1425 彼病者。

洽：[丙]2120 煩此申，[三][宮]
2059 時人咸，[三][宮]2060 電，[三]
[宮]2060 一何傾，[三][宮]2060 之銛
利，[三]2154 顯慶元，[元][明]2060
至十八，[原]2270 遠人德。

捨：[三][宮]1499 施是名，[元]
[明]157 血肉頭。

什：[三]2123 物等渴。

施：[三][宮]425。

拾：[宋][元]、捨[明][宮]2121
棺。

所：[石]1509 與不須。

夕：[三][宮]2060 因覺爲。

養：[宮]223 聽法人，[明]2123 妻
子衣，[三][宮][聖]1435 供養竟，[三]
[宮]657，[三][宮]657 亦常頂，[三][宮]

657 之乃，[三][宮]657 諸佛及，[三][宮]754 使令，[三][宮]1458 身言具，[三][宮]1488，[三][宮]1509 所須得，[三][宮]2104 資須，[三]203 得爲孝，[三]375 衣食之，[聖]1458 湯水應。

耶：[甲]2263 若。

約：[甲]1805。

之：[甲]2195 進云二，[甲]2263 耶，[乙]2263 乎疏云。

終：[甲]1813 無空過，[甲]2087 濟，[三][宮]2122 不，[聖][另]342，[宋][宮]2121 事衆僧。

諸：[宮]1435 作婦是，[三][聖]99 沙門婆。

根

闇：[聖]754。

報：[甲][乙]2194，[甲]1736 成異故，[甲]1828 有斯進，[三][宮]1551，[三]2103 品云太，[聖]1723 悉迴施，[原]、報[聖]1851 垂盡之。

本：[三]192，[三]292 諸根寂，[原][甲]1851 禪而修。

塵：[三][宮]2122。

乘：[甲]2204 說小乘。

持：[聖]1552 慧。

處：[甲][乙]1821 畢竟斷。

答：[宮]1544 答一。

法：[和]293 器而爲，[甲]2266 依他起，[三][宮][石]1509 應廣說，[三][宮]374 是故雖，[三]311 悉迴向。

非：[明]1544 學者成。

福：[宮]263 千二百，[三][宮]

1521 爲人作。

跟：[甲]1925 相稱八。

故：[三]1 稈我，[乙]2263 至不動。

觀：[三][宮]403 菩薩離。

果：[甲]1763 結經名。

菓：[甲]2227 供養。

和：[三][宮]1558 是眼等。

恨：[宮]279 皆令顯，[甲]2036 所應皆，[甲]2067 通宵莫，[甲]2266 意，[甲]2366 其近從，[三]721 不知足，[三][宮]458 貪饕諛，[聖]1456 等粥應，[宋]626 故所施，[宋]1341 中癡不，[元][明][宮]614 諸佛稱，[元][明]624 已入衆。

惑：[甲]1792。

機：[甲]2299 緣方域，[乙]2263 應法處。

即：[三]2103 本常昧，[宋]1552。

既：[甲][乙]1821 現前爾。

見：[甲]2266 見斷亦。

莖：[三][宮]1425 種，[三]125 華散如。

境：[乙]2263 等依大，[乙]2263 章文尚。

俱：[三][宮]1425 不現又。

狼：[宋][元]、貌[明][宮]603 是名爲。

根：[宋][元]1597 如。

糧：[甲]1805。

跟：[原]、跟[甲]1897 著地。

林：[三]2153 譯出長，[三]2153 譯出竺。

輪：[乙]1909 進根，[乙]2390 側乃想。

貌：[三][宮]、狼[宮]266，[三][宮]398 無所行，[三][宮]810 無像無。

眠：[三][甲]1227 吉凶具。

杷：[宋]1546 粳米一。

品：[甲]2249 所起一。

起：[三][宮]1566。

情：[明]261 多放逸，[三][宮][聖]410 能善斷。

人：[明]1435 者亦人。

色：[三]721 眼不樂。

蛇：[三]99。

攝：[甲]2263 也付之，[甲]2266 及具知，[甲]2335 末本，[三][宮]1546 所以者，[乙]2309 其義顯，[原][乙]、擾[甲]2250 今欲廣。

識：[甲]2266 不共依，[甲]2266 於，[甲]2323 及種爲，[三][宮]1557 相著可，[乙]2263。

使：[宮]1547 本數數。

受：[三][宮]1544 苦根。

授：[宋]1425 四者於。

絲：[三]2042 懸須彌。

體：[甲]2266 即壽故。

通：[三]375 若依初。

限：[宋]186 知法住。

爲：[元]1428 十八。

五：[甲]2263 塵有種，[乙]2263 塵既無。

物：[宮]374 不令馳。

限：[甲]2285，[別]397，[三][宮][聖]425 是爲四，[三][宮]2123，[三]194，[三]643 罪誹謗，[三]682 量，[宋][宮]387 金剛手，[元][明]1339 量差。

現：[甲]2274 即量故。

相：[丙]2381 求淨戒，[宮]618 次第起，[宮]1545 蘊中何，[宮]2040 諸，[宮][甲]1912 雖盛當，[宮][聖]416，[宮][聖]1552 今當説，[宮]278 迴向以，[宮]384 性有，[宮]721 惡病急，[宮]1542 法非，[宮]1545 成與不，[宮]1549 智慧根，[宮]1646 可以分，[宮]2045 相類，[已]1958 不具聲，[甲]1786 二初簡，[甲]1830，[甲][乙][丙]1211 三麼，[甲]1709 迴向等，[甲]1735 後佛子，[甲]1736，[甲]1736 對望凡，[甲]1775 無不知，[甲]1816 本欲願，[甲]1816 入決，[甲]1830 本中慢，[甲]1846 深窮，[甲]1863 身，[甲]1918，[甲]2250 律儀正，[甲]2255 清淨二，[甲]2261 成就，[甲]2266 鈍智微，[甲]2266 相對名，[甲]2366 本况迹，[久]1486，[明]310 是亦如，[明]158，[明]397 具足無，[明]1450 以枯尸，[明]1545 非因不，[三]、貌[宮]656 亦無衆，[三]1545 斷道緣，[三]1545 順樂受，[三][宮]278 勝或號，[三][宮]613 境界漸，[三][宮]1546 此中亦，[三][宮]1563 如前已，[三][宮]1584 一物眼，[三][宮][聖]481 寂然相，[三][宮][聖]1563 如，[三][宮][知]1579 違當知，[三][宮]397 故無有，[三][宮]397 行若有，[三][宮]397 性無，[三][宮]411 四種，[三][宮]411 無缺，[三][宮]

633 具足及，[三][宮]671 不取未，[三][宮]1435 本彼不，[三][宮]1505 義也男，[三][宮]1506 所觀相，[三][宮]1509 地法雲，[三][宮]1523 故信空，[三][宮]1525 所伺眼，[三][宮]1530 謂自心，[三][宮]1545 等取所，[三][宮]1545 義等復，[三][宮]1546 體性愁，[三][宮]1551，[三][宮]1551 故此法，[三][宮]1562 應有對，[三][宮]1563 互勝必，[三][宮]1563 應，[三][宮]1632 覺爲耳，[三][宮]1646 故，[三][宮]1646 見此人，[三][宮]1646 盡更不，[三][宮]1648 觀者謂，[三][宮]2060 鮮明餘，[三][宮]2122 寺法穎，[三][乙]1092 不壞猶，[三]194 具足色，[三]201 有，[三]310 雖行諸，[三]606，[三]618 與命根，[三]656，[三]1340 知故云，[三]1341 生故若，[三]1545，[三]1545 及色俱，[三]1552 義五種，[三]1593 於法界，[三]1653 者是處，[三]2154 淺深八，[聖]1552 及梵天，[聖][另]、根[聖][另]1733 本非見，[聖][另]285 通達若，[聖]157 聲若我，[聖]231 境而化，[聖]272 定根慧，[聖]481 逮得道，[聖]675 力覺道，[聖]1440 女人是，[聖]1509 答曰知，[聖]1509 未知欲，[聖]1509 有利鈍，[聖]1544 根相應，[聖]1562 到彼岸，[聖]1563，[聖]1579 或能對，[聖]1579 自利現，[宋][宮]1509，[宋][宮]1509 復放光，[宋][元]766 有三種，[宋][元]1560 生，[宋][元][宮]1537 亦名，[宋]1428 聞根疑，[宋]1545 後還相，[宋]1562 定

成就，[宋]1571 等決定，[乙]1705 者我法，[元]1581 迴向菩，[元]2016 本之門，[元][明]1545 覺支道，[元][明][宮]333 不修德，[元][明]201 寂定如，[元][明]440 佛南無，[元][明]675 取二者，[元][明]702 善諸論，[元][明]1519 有如是，[元][明]1547 有意是，[元][明]1563 名雖二，[元][明]1571 境是，[元][明]1571 於，[元][明]1585 者爲破，[元][明]2103，[元]18 善男子，[元]1462 波羅夷，[元]1604 等安置，[原]2262 等云云，[原][甲]1851 名爲身。

想：[甲]952 心口發，[明]278，[三][宮]266 不可於，[三][宮]656 如野馬，[三][宮][聖]1549 彼行不，[三][宮]277 如猴無，[三][宮]606 靚色因，[三][宮]1513 既謝轉，[三][宮]1545 意根苦，[三]1647，[聖]268 是想皆，[元][明]384 捷疾即，[元][明]1562 律儀此。

心：[甲]1851 一向貪。

行：[三][宮]828 清淨善。

性：[甲][乙]1822 是故説。

芽：[三][宮]1646 莖枝葉。

眼：[宮]1530 所攝及，[甲][乙]1822 應非根，[甲][乙]1822 中，[甲]1909 佛南，[甲]2259 説是處，[甲]2266 等四識，[甲]2266 依大起，[明]220 舍利子，[明]1661 等界眼，[三][宮]221，[三][宮]222 得無見，[三][宮]397 塵亦復，[三][宮]397 亦如是，[三][宮]397 中左右，[三][宮]721 迭相愛，[三]

[宮]1505 識六情，[三][宮]1544 繫，[三][宮]1545 以眼觸，[三][宮]1598 識，[三]398 如車輪，[三]984，[聖]、相[另]1543 亦成就，[聖][另]1543 若不成，[乙]1816 依肉而，[乙]1821 愛由境，[乙]2309 根也識，[元][明]440 丹眼佛。

耶：[宋][元][宮]1546 答曰因。

葉：[三]1544 者喻有。

依：[乙]2263 爲同境。

因：[甲]2879 若人無。

垠：[明]2076 師曰白。

憂：[三]202 無。

有：[三]217 蜂蜜五。

於：[甲][丁]1830。

原：[元][明][宮][知]598 盡歸本。

緣：[明]1656 非不有，[宋][元][宮]398 或從無。

樂：[三][宮]1540 喜根憂。

招：[乙]2390 慧拳安，[乙]2392 爲異此。

者：[甲][乙]2261 現。

振：[甲][乙]2309 此云諂。

之：[聖]1733。

支：[三]、枝[宮]374 諸戒所。

枝：[三][宮]2123 布散諸。

智：[三][宮]1488 三昧轉，[三][宮]1546 捷度。

種：[明]1550 極微九，[乙]2157 過患經。

衆：[明]1509 是諸。

住：[三]、一[宮]278 一切佛。

跟

根：[宮]1912 滿跌稱，[宮]2040 相稱八，[明]1660 平正，[明]1450 向前鞋，[三][宮]1425 處還拭，[三][聖]125 拔筋，[聖]223 廣具足，[聖]1421 人見譏，[聖]1421 下上量，[宋][宮]1425。

艮

良：[甲]2128 聲獸音，[甲]2128 尚反考，[甲]2129 反白虎。

亘

但：[三]、旦[宮]2059 到門不。

定：[聖]425 然開化。

豆：[甲]2039 乃山縣，[甲]2128 聲。

恒：[三][宮]2122 之周。

緼：[甲]1733 十，[三][宮]278 生死海。

具：[三]2154。

坦：[三][宮][聖]425，[三][宮]398 然，[三][宮]398 然寂靜，[三][宮]398 然仁者。

通：[乙]2263 二性煩。

宣：[甲]2167 撰。

亘：[甲]2128 反下起。

召：[甲]2195 一切有。

亙

迭：[三]1 相是非。

亙：[甲]2339 融相即。

庚

丙：[甲]2039 申始奉，[三][宮]2103 寅造鍾。

廣：[甲]2207 曰顛越，[甲]2207 反目無。

甲：[甲]2036 子升法。

景：[聖]2157。

康：[甲]2128 聲也下。

廈：[三]2145。

唐：[宋][元]、－[明]984 具反杜。

庾：[甲]2128 朱反介，[明]2145 伽遮羅，[三]1092 反六，[宋][元][宮]2102 桑善誨，[宋][元][宮]2103 治九年，[宋][元]2061，[元]2149 午歲七，[原]1212 二合鉢。

耕

耕：[聖]1428 有客比。

犁：[聖]1428 此精舍。

囨：[三][宮]2122。

羮

美：[三][宮]1425，[宋][元][宮]1425 酥酪。

絙

組：[三]2088 棧梁鎖。

羹

餅：[三][宮][聖]1462 法師曰。

美：[丙]973，[三][甲]1333 饍自然，[聖][另]1458 菜或用，[聖]1440 菜等得，[聖]1440 淨草淨，[乙]2227 香下至。

挭

梗：[甲]1733 概廣引。

耿

歌：[聖]2157 光不遺。

哽：[三]2087。

哽

感：[三]2063 咽。

梗：[聖]515。

鯁：[另]1451 咽而言，[宋][宮]2053 泣觀蒸，[元][明]99 嬰兒。

鳴：[三][宮]397 咽。

咽：[聖][另]1435 情塞佛。

梗

便：[三][宮]2060 因攝而。

粳：[甲]2087 概異政。

椺：[三][宮]2060。

綆

硬：[宋][元][宮]1540 故使三。

鯁

哽：[三][宮]656 咽死而，[三][宮]2053，[三][宮]2053 咽不能，[三][宮]2123 塞不能，[元][明]2154 奘生常。

梗：[明]2053 悲不自，[三]2110 唯眠與。

硬：[元][明]190 塞嗚咽。

更

愛：[宮]1488 有無量，[甲]2748 無所資，[聖]376 説如人。

便：[宮]1462 復爲男，[甲][丙]2812 無差別，[甲]1718 已謂謝，[甲]2230 以偈略，[甲]2266 斷滅今，[甲]2792 食若必，[明][宮]1545 攝耶答，[明]377 悶絶昏，[明]542 欲悔之，[明]1340 入斯一，[明]1442 覓難求，[明]1442 往室，[明]1451 大怒便，[明]2121 明出大，[明]2122 生兩枝，[三][宮][知]353 説勝鬘，[三][宮]461 作化爲，[三][宮]477 無有異，[三][宮]730 見五百，[三][宮]1421 相語言，[三][宮]1421 笑之華，[三][宮]1421 作小丸，[三][宮]1428 生白羽，[三][宮]1435 娶，[三][宮]1451 低目長，[三][宮]1451 無勞泣，[三][宮]1470 白，[三][宮]1549 請摩訶，[三][宮]1549 忘失所，[三][宮]2028 共鬪諍，[三][宮]2103 覷舍衞，[三][宮]2104 尿其口，[三][宮]2108 責，[三][宮]2122 呼兩兒，[三][宮]2123，[三]24 飛下以，[三]125 立禁戒，[三]193 勅行何，[三]199 補治起，[三]204 自端，[三]209 悔恨悔，[三]209 有異人，[三]212 自害是，[三]221 食之須，[三]267 作是説，[三]1421 審定爲，[三]1425 呼亦復，[三]1433 重説戒，[三]1442 請之以，[三]1485 重説如，[三]1547，[三]2087 諸之曰，[三]2145 呼上客，[聖]、使[甲]1763 有，[聖]1425 有林樹，[聖]1509 求諸法，[聖]1579 復尋思，[另]1428

增長不，[石]1509 説因縁，[宋][宮]384 劇，[宋][宮]1579 受非不，[宋][宮]2058 共，[宋][明]2058 思惟我，[宋][元]2061 蕃，[宋][元][宮]1421 施阿難，[宋]125 謗毀設，[宋]199 泥犁中，[宋]1451 問，[乙]2192 生福智，[元]2122 覓數箇，[元][明][宮]374 轉於無，[元][明][宮]614 生怨惡，[元][明]212 不造新，[元][明]985 隨，[元][明]1425 無餘人，[元][聖]224 食六十，[元]221 棄捨去，[元]1425 一月來，[元]2108 始策三。

不：[三]1 求他利。

曾：[宮]847 修如是。

曾：[甲][乙]1821 事念故。

處：[己]1830 憂根何，[甲][乙]1822 有異名，[甲]1839 生示，[甲]1839 有煖，[甲]2214 無物可，[三]2087 建石窣，[乙]1822 蘊在心，[原][甲]1796 問。

觸：[宋][宮]635 心法諸。

蹈：[三]23 行。

得：[元][明]598 無爲之。

定：[甲]2271 不明異。

東：[宮]901 外院東。

反：[宮]614 不來後，[三]212 畏之是。

復：[三][宮]721，[三][宮]1435 語猶故，[三][宮]1442 有餘如，[聖]223 樂説者，[石]1509 無功德，[乙]2376 出一部。

高：[甲]、言[乙]2261 造三十。

各：[宮]453 相傷害，[三][宮]

2121 獻珍異，[宋][元]2121 獻珍異。

根：[明]22 生比丘。

梗：[聖][另]1733 沈重故。

故：[聖]1509 説四空。

果：[甲]2195 說入義。

還：[甲]2001 有事否，[三][宮]1646 生無學。

恒：[甲]1909 立。

會：[三]2121 出門勞。

既：[宮]2049，[甲][乙]1821 無所為，[甲][乙]2249 顯畢重，[甲][乙]1821 滅心便，[甲][乙]1821 有同分，[甲][乙]1822 釋如此，[甲]2217 深修乃，[乙]2249 不可云，[乙]2263 無止息，[乙]1821 加十八，[乙]2263 非，[乙]2263 非因果。

既：[甲][乙]2263 無別障，[乙]2263 無自在。

加：[乙]1785 深遠即。

間：[聖]1435 犯一罪。

見：[三][宮]656 輕賤今，[三][聖][另]310 受身知。

交：[甲]1778 互由根，[甲]2195 說十無。

經：[三][宮]544 歷數萬，[三][宮]2121 勤苦又，[三]26 歷彼我。

決：[甲]、既[乙]2249 釋俱有。

吏：[甲]1731 不被燒，[甲]2128 聲下陝，[甲]2261 起求名，[三][宮]1644 驅入還。

令：[三][宮]2045 立限。

能：[乙]1909 動常行。

其：[原]1776 中目之。

虔：[聖]2157 請結誓。

且：[明]2076 無。

入：[元][明]2016 無別用。

奘：[宋]1579 相應謂。

三：[甲]2195 無說一。

實：[甲][乙]2261 相間雜，[甲]1851 明此一，[甲]2195 非其筆，[甲]2195 無大乘，[甲]2195 有劣根，[甲]2266 有新熏，[乙]2396 相繫屬。

世：[乙]1909 復增大。

事：[明]1464 諸比丘。

是：[宮]1425 得梵行，[宮]1546 不生不。

受：[宮]721 生生則，[甲][乙]1821 經停便，[甲][乙]1822 無餘因，[甲][乙]2309 惡道，[甲]1823 修加行，[甲]2217 成疑若，[甲]2249 可有何，[甲]2263 非別法，[甲]2337 死未能，[明][宮]603 想行識，[明]1545 如當所，[明]2122 如剛鑽，[三][宮]459 心法所，[三][宮]1546 五欲境，[三][宮]309 心法普，[三][宮]1458 請食，[三][宮]1546 諸生義，[三]156 之今，[三]197 是無限，[三]202 勤苦，[三]211 此生死，[三]222，[三]360 惡趣神，[聖][另]675 無明觸，[聖]1452 難得遂，[宋]385 色法，[元][明]99 住心樂，[原]1205 用復次，[原]1890 梵天請，[原]2208。

說：[甲]2183 同道獻，[三][宮]1421 論論已。

叟：[宮]2103 君人之，[宋]2103 是以兼。

文：[丙]、更故[丙]2163 不注之，[乙]2393 出此中。

無：[聖][知]1441 不起善。

悟：[三]2059 禮事供。

顯：[原]1764 明有兩。

雅：[三]2060 張綱目。

央：[甲]2266 者字書。

要：[甲]2339 無生處。

已：[元]175 生。

亦：[甲]1830 無失也。

異：[明]2102 闡啓幽。

意：[三]、竟[宮]619 旋意東。

應：[丁]2244 相現。

用：[明][宮]1646 他人能，[明]31 斷有流。

有：[明]1562 思擇世，[三][宮]398 聞如是。

又：[明]1462 説。

臾：[丙]2381 問破僧，[宮]272 觀不失，[甲]1781，[甲]2266 亦住山，[元]26 受有知，[元]125 取，[原]2001 指響彌。

於：[宋][元]361 勤苦極。

災：[三][宮]1562 生能速。

造：[宋][明]212 不造新。

支：[甲]2266 撰車從。

直：[三][宮][聖][另]1463 竪鉢是。

至：[三][宮]606 是衆惱。

重：[甲]2400 讚由大，[宋]1428 犯重罪。

轉：[三]、－[甲]1080 增長齊。

工

二：[宮]2060 部尚書，[甲][乙]1822 論等亦，[宋][宮]2122 匠之法，[元][明]1562 師不作。

公：[宮]2111 觸山傾，[明]2122 之相高，[三][宮]2121 墮上即。

功：[宮][聖]1428 匠巧人，[宮]1985 夫總是，[甲][乙][丙][丁]2092 帝率百，[甲][乙][丙]1184 巧人須，[甲]1736 故立其，[甲]1834 虧化畢，[甲]1918 夫於，[甲]2012 夫今日，[明]2076 夫人問，[明]1450 巧自得，[明]2076 夫便頓，[明]2076 夫但向，[三]1566，[三]2154 其妙加，[三][宮][另]1458 自下因，[三][宮]321 巧，[三][宮]1443，[三][宮]1584，[三][宮]1594 論明處，[三][宮]2060 將立不，[三][宮]2060 繡柱金，[三][聖]1441 巧，[三][聖]1582 等是名，[三][乙]2087 不虧既，[三]191 如給孤，[三]1191，[三]2060 住日嚴，[三]2063，[三]2110 於絶代，[聖][另]1463 師信心，[聖]1552 巧非報，[宋][宮]656 巧之人，[宋][明]1191 巧技能，[宋]1092 巧，[宋]1191 巧之人，[宋]2087 飾僧徒，[乙]1736 時節爲，[原]1764 方便生。

攻：[明]225 吹合會，[三][宮]2060 辯對時，[三][宮]2060 呪符術，[三]2122 相人爲。

奇：[三]2059 江。

巧：[三][宮]1509 幻師於，[三][宮]1548 鍛熱鐵，[三]210 説法快，[三]212 言善如，[聖]、功[另]1459 巧作業，[聖][另]285 之師善，[另]1428 師爲比。

上：[宋][元]2122 部尚書，[宋]2087 諸。

師：[三]2154。

士：[甲]2068 入山採。

土：[宮]2059，[甲]1973 正如抱，[甲]2128 橋也字，[聖]385 幻法，[聖]1763 亦稱力。

吐：[甲]2039 含山王。

亡：[三][宮]1681 然於小。

王：[甲]1786 奉人法，[原]1819 路反。

吾：[三]210 語有行。

五：[宮]2103 人率，[三][宮][聖]292 言巧辭。

匸：[甲]2128 音方從。

一：[宮]2123 圖妙相。

亦：[三][宮]2121 追我作。

曰：[三]2087 巧明伎。

竹：[三][宮][聖]421 作師種。

弓

卷：[三][宮]771 分。

矛：[三][宮]2104 盾。

名：[三]190 將弩將。

興：[原]2349 羯磨教。

肘：[聖]1428 量法也。

子：[甲]、于[乙][丁]2244 放反欺。

公

安：[三]2154 云上二。

房：[甲][乙]2263 意也。

分：[甲]1804 云門，[宋][明]2122 顯。

紛：[宋]2122 見皆屈。

夫：[三][宮]2112 子前惑。

父：[三]68 便前言。

工：[三][宮]2059 見而謂。

功：[明]2060 名趣雲，[三][宮]2060 文才亞。

恭：[乙][丙]2092 懿琅琊。

官：[三][宮]2060 給葬儀。

江：[甲]2036 亟往上。

君：[乙]2408 是也故。

母：[聖]200 者今波。

卿：[三][宮]2053 等宿福。

王：[甲]2006。

翁：[三][宮]744 姑，[三][宮]2122 命，[乙]1736 謂梵。

玄：[三]2145 論州符，[三]2154 所出法。

亦：[原]2271 至聲。

云：[甲]2275 比量相，[甲]1911 皇帝問，[甲]2068 往忉利，[甲]2299 請，[甲]2339 以前義，[三][宮]2122 爲論據，[聖]2157 卒時諸，[乙]2370 通涅槃。

妐：[宮]630 姑父母，[宋]142 姑及以。

功

本：[三][宮]656 德經歷。

彼：[聖]211 匠調木。

成：[明][宮][石]1509。

出：[宋][元]1546 心得。

初：[甲]2266 用名無，[知]384 德充足。

大：[聖]663 德。

德：[甲]2239 也釋迦。

分：[聖]225 德復知。

福：[甲]2157 德經或，[明]2123 德等無，[三][宮]286 德藏充，[三][宮]396 德男子，[三][宮]569 祚難計，[三][宮]657 德百分，[三][乙]972 德力如，[三]374 德成就，[宋][聖]、明註曰功南藏作福 279 德常勤。

工：[甲]951 巧，[甲]1728 能義謂，[甲]1736 巧處諸，[甲]1921 五欲亦，[甲]2006 夫有修，[甲]2128 巧明五，[明]2016 夫如華，[明]2076 貪種竹，[明]1425 更造，[明]1453 夫後人，[三]53，[三]2103 眞，[三][宮]1546，[三][宮]374 匠，[三][宮]397 自然周，[三][宮]761 巧，[三][宮]1548 巧恃多，[三][宮]1579 又如美，[三][宮]1610 用應自，[三][宮]1641 等因緣，[三][宮]1646 則字得，[三][宮]2060 彼國，[三][宮]2060 發掘乃，[三][宮]2085 有邪見，[三][宮]2103，[三][宮]2122 纔登其，[三][宮]2123 夫甚重，[三]2087，[三]2087 而此池，[三]2087 尋則地，[三]2154 畢，[聖]1670 説十，[另]1721 顯灼如，[宋][元][宮]1581 巧業一，[宋][元][宮]1610 用得是，[元][明]1334 巧受持，[元][明][乙]1092 巧相或，[元][明]424 巧所能，[元][明]1342，[元][明]2060 其趣至，[元][明]

2122 夫甚重，[元]2016 夫古德。

攻：[明]2122 射，[三][宮]2060 小學，[三][宮]2066 草隸復，[三]2087 習學天，[三]2087 綜，[三]2154 律部譯。

貢：[三]26 高還家，[三]2122 高。

故：[宮][聖]1602 德故數。

光：[明]2103 韜火化。

劫：[宮]385 勤未獲，[甲][乙]1799 倍勝故，[甲]2266 用行經，[甲]2370 之後得，[三][宮]637 所生常，[三][宮]656。

空：[原]、功言[原]2339 言法師。

恐：[石][高]1668 而曜羅。

力：[宮]1607，[甲][乙]1822，[甲]1512 有在非，[甲]2128 以書其，[三][宮]292 行殊特，[原]1309 當須死。

明：[知]384 德轉盛。

乃：[甲][乙]1822 能此名。

巧：[甲][乙]1822 能隨眼，[甲]1719 難可具，[甲]1782 能平三，[甲]2207 也號也，[甲]2259 德乃至，[甲]2266 妙又言，[甲]2299 備一切，[甲]2434 成應，[甲]2434 意而作，[明]220，[明][宮]415 決疑事，[三][宮]2066 殊人智，[宋][元]2155 方便經，[乙]1816 用者即，[乙]2296 俱稱慧，[元][明][宮]614 非時失，[原]、[甲]1744 第二釋，[原]2001 若拙用。

切：[宮]2060 實一人，[甲][乙]1822 等事此，[甲][乙]2194 也所言，[甲]1871 德一切，[甲]1887 德不可，[甲]2266 用皆悉，[甲]2270 而能存，[甲]2290 磋琢磨，[明]2016 不可起，

[明]2087 禁呪爲，[三]、如[宮]2102 豈若佛，[三]1050 所須必，[三]1559 能故不，[三][宮]1562 能別，[三][宮]2102 豈當與，[宋][宮]2102，[乙]1744 德此明，[元]、巧[宮]1648，[元]1604 用信從。

趣：[聖]2157。

上：[另]1721 用。

事：[乙]2370 能品中。

他：[甲]2317 故名無。

爲：[三][宮]2122 德或爲。

習：[元][明]2103 以移性。

効：[宮]341 乙已畢。

行：[明]1666 德自。

印：[甲]893 左右安。

譽：[三]2059 而以草。

讚：[三][宮]2111 德之有。

征：[三][宮]2040 舍夷國。

徵：[三][宮]2122。

之：[聖]125 德是故。

作：[甲][乙]1821 用勤勞。

攻

服：[宮]1670 敵耳佛。

改：[甲]1709 伐故皆，[甲]1719 而敗，[甲]1728 惡。

工：[三][宮]2122 草隸時，[三][宮]2122 放彈所。

功：[宋][元][宮]、政[知]384 不用力。

固：[三][宮]2122 所患心。

竊：[三][宮]768 取持去。

收：[甲]1932 餘四十。

頭：[宮]2034 顯走爲。

以：[甲]1921 破四魔。

征：[三]167 伐廢退，[宋]125 釋種爾。

正：[三][宮]768 解智慧。

政：[聖]1421 得不。

供

兵：[三][宮]2060 祿不專。

充：[三][宮]1425 官。

典：[乙]2222。

法：[甲]1781 之供養，[元][明]25 具所謂。

奉：[三][宮]544 事諸尊，[元][明][宮]374 事六。

佛：[明]1336 養此陀，[聖]1462 設諸婆，[宋][元][宮]1464 而到園。

賦：[膚]375 給宗親。

給：[三][宮][聖]376 活欲，[三]152 道人使。

恭：[明]1245 養廣爲，[明]228 養於我，[明]333 敬侍養，[明]2122 承之勿，[三][宮]263 敬，[三][宮]285 順天人，[三][宮]425 敬歸命，[三][宮]425 順奉敬，[三][宮]425 順歸命，[三][宮]1425 奉長老，[三][宮]2060 奉清淨，[三]152 恪綺，[三]201 敬修諸，[三]384 敬，[聖]125 設爾時，[聖]1421 給，[石]1509 給所須，[宋][元][宮]1425 給所須，[宋][元][宮]1435 給飲食，[宋][元][聖]190，[元][明]425 是三昧，[原]1898 旨當時。

拱：[明]2145 經。

共：[宮][知]1522 之物具，[宮]310 心和同，[宮]397 諸佛緣，[宮]534，[宮]2034 除爐添，[甲]1735 佛福行，[甲]1861 事之業，[甲]2801 病人，[甲][乙]867，[甲]1816 傳説故，[甲]1924 獻諸最，[甲]2075 佛四月，[明]1536 者謂諸，[明]1421 養恭敬，[三][宮]513 來下以，[三][宮]657 散佛上，[三][宮]744 授緣覺，[三][宮]745 設食具，[三][宮]1451 給已復，[三][宮]2121 一日食，[三][宮]2122 持齋戒，[三]1，[三]26 明日食，[聖][另]1442 而告之，[聖][另]1442 養善根，[聖]1435 一，[宋][元][宮][聖][另]1453 餘芯芻，[宋]627 俱供養，[乙]2192 眞如妙。

洪：[甲]1782 震猶如，[甲]1788 震猶如，[三][宮][聖]292 業無極，[三][宮]606 象王除，[三]2145 造丈六，[元][明][宮]425 稱佛初。

化：[聖]223 給之各。

借：[原]1311 天千百。

敬：[三]6 養父母。

俱：[甲]2036 給之夜，[三]2122 施度僧，[聖]1462 養帝釋，[乙]1796 具供養，[元]1566 養中論。

其：[聖]425 散其佛。

饒：[三]148 給不知。

任：[三][甲][乙]1261 意問。

施：[聖]200 養。

世：[元][明]1235 婆嚩諦。

似：[三]1007。

侍：[甲]1709 五。

位：[乙]2394。

俠：[宋]、狹[元][明]2145 喪其玄。

依：[宮]2060 寶昌寺，[乙]1796 養雲以。

以：[甲]1969 自莊嚴。

用：[宮]263 奉養諸。

帙：[甲]1828 中廣解。

致：[甲]1775 養之。

智：[乙]2408 讚不。

衆：[聖][另]285 養無所。

住：[宋][元]2122 千僧。

作：[聖][另]310。

肱

股：[三]2103 屈右脚。

恭

暴：[原][甲]2196 凡。

參：[甲]2392 其尊容。

奉：[甲][乙]1822 水或。

功：[明]2151 敬經。

供：[甲][乙]850 敬而遠，[明]220 敬尊重，[明]1257 俱摩於，[明]99 敬，[明]225 敬，[明]997 敬而白，[明]1191 俱摩香，[明]1332 敬下天，[明]2042 敬而説，[三][宮]384 奉心恭，[三][宮]425 敬閑，[三][宮]635 忍調之，[三][宮]749 意財富，[三][宮]1570 敬婆羅，[三][宮]1601 敬等遠，[三][宮]2045 敬聖賢，[三]2087 職貢時，[聖]425 敬忽下，[聖]425 敬於經，[聖]1425，[聖]1425 敬袈裟，[聖]1425 敬爲無，[聖]1427 敬者波，[乙]1723 敬

贊，[元][明]656 奉得福，[元][明]2060。

躬：[元][明]901 身而坐。

冀：[宋][元]2110 克讓庶。

拱：[宋][明]、供[元][宮]2102 已。

共：[宮]2025 惟堂頭，[甲]2777 敬圍繞，[明]657 敬心深，[乙]2795 給衣食。

赫：[三]2045 逸。

懷：[宮]403 恪從經。

敬：[丙]1184 白諮請，[三][宮]848 禮，[三]2110 俗，[聖]1509。

略：[宮]2034 筆受見。

慕：[三][宮]327 營事業，[宋]186 勤無數。

泰：[戊]1958 敬聽受。

茶：[甲]1709 畔。

欽：[三][宮]701 敬四者。

蚣

虹：[甲]1921 蚰蜒毒。

躬

供：[乙]2092 來見。

盡：[三]2060 誠肅于。

聘：[三][宮]263 迎，[三]2034 觀書於。

窮：[宮]2060 致，[三][宮]2060 處巖阿。

射：[宮]384 行堅固，[聖]2042 自爲説。

新：[三][宮]2040 自供養。

宮

當：[甲]2410。

道：[乙]2396 皆爲淨。

殿：[聖]211。

供：[乙]2408 具十。

官：[宮]263 屬邪神，[甲]2128 亭湖盖，[甲][乙]2087，[甲]1305，[甲]1709 南桃園，[甲]1709 子城周，[甲]1721 者婬姤，[甲]1830 者所餘，[甲]1969 須有功，[甲]2035 説法師，[甲]2073 云天帝，[甲]2128 傳説似，[甲]2128 中水道，[甲]2186 尊女人，[明]1005 并諸眷，[明]1331 珍，[明]1459，[明]2034 齋七日，[明]2060 懿，[明]2088 二寺供，[明]2103 侍南瑯，[明]2112 及，[明]2131 爲出，[明]2154 殿補陀，[三]、官屬[宮]263 而轉，[三][宮]292 何謂成，[三][宮]626，[三][宮]656 復有弘，[三][宮]656 何以故，[三][宮]895 等令調，[三][宮]2122 長護遣，[三][宮]2122 辰爲馬，[三][宮]2122 侖二女，[三][宮]2122 屬悉皆，[三][宮]2122 斯，[三][宮]2122 寺即是，[三]100 視，[三]150 象自守，[三]212 馬駒謂，[三]375 然我已，[三]397，[三]2102 顯驗趙，[三]2103 人道俗，[三]2112 或拜四，[聖]953 於中求，[聖]1425 人倚直，[聖]1509 視之無，[宋][元]201 悉皆滅，[宋][元]2106 曰忉利，[元]1428 人妓，[元]1546 光明火，[原]1205 事逼惱，[原]2126 謹愿者，[原]2126 立班爾。

國：[三]152 巨細喜。

害：[宮]627 分別逆，[宮]2122，[甲]1239 室世尊。

宦：[三]、官[聖]125 所謂勇。

家：[甲]2195 者以此。

教：[三][宮][另]1458 通爲一。

經：[甲]2128 上卷已。

究：[原]、冥[原]1782 權方濟。

居：[三]99 中得天。

軍：[三]125。

空：[甲]2217 中須彌，[甲]1839 故言等，[甲]2167 記一卷，[甲]2393 室仙人，[三][宮]2122。

窟：[甲]2227 故應作，[三]、一[宮][甲]895 自在變。

品：[乙]2397 中云上。

穹：[宮]2103 爾其百。

是：[甲][乙]1822 無常義。

室：[丙]2397 也而，[甲]1775 必因地，[三][宮]276 宅，[三]125 眠寐不。

釋：[聖]125。

宿：[乙]2394 星張。

所：[明]293 遙見彼。

堂：[甲]2425 面二千。

天：[三]、一[宮]263 宮。

星：[甲]2035 天七寶。

宣：[三]2103 逮。

言：[明]162，[明]1227，[聖]2157 中自有。

亦：[甲][丙]2397 帝釋天。

獄：[三]360 中繫以。

雲：[三][東]643 臺諸。

卝

艸：[甲]2128 任聲苿。

汞

求：[甲]2035 也〇錢。

拱

供：[甲]1112 十六尊。

廾：[甲]2128 從音滔。

珙：[三]2145。

栱：[宮]2122 九華之，[明]1458 飛簷，[宋][元]2061 矣凡所。

控：[聖]2157。

捧：[甲]1728 手爲恭。

收：[甲]2128 上從亦。

總：[甲]1839 取別故。

栱

拱：[甲]2035 元年十，[三][宮]2122 承雕角，[原]2001 北無水。

共

別：[宮]1435 住犯者。

兵：[明]1443 戰若不，[宋][元]189 集議，[宋]191 議斯事。

並：[宮]2121 起寺或，[甲]2089 被燒，[甲]2298 應用之，[三][宮]1428。

竝：[乙]2263 生一既。

出：[三][宮]1421 譏呵言，[三][宮]1425。

得：[明]1421 發去即，[三][宮][聖]754 相見也，[三][甲][乙][丙]1076

同彼聖，[知]598。

等：[宮]1547 會者彼，[甲]2075 諸軍將，[三]55 諍彼各，[聖]1509 福德故。

第：[另]1435。

爾：[甲]2317 明。

二：[乙]2263 戒爲思。

發：[聖]1509 擁護。

法：[三]2059 同遊後。

非：[三][宮]1505 合爲一。

夫：[三]190 妻二人。

婦：[聖]200 入海足。

告：[三][聖]1443 住本性。

各：[宮]374 相，[三]1 封田，[三]186 持身命，[元][明][宮]374 相指示。

供：[宮][甲]1805 梵唄既，[宮]1428 出，[宮]2122 佛，[甲]1750 不生，[甲]2035 養病患，[明]1509 法，[三]125 王用聰，[三][宮][聖]639 無上尊，[三][宮]425 上首智，[三][宮]1464 相佐助，[三][宮]2034 百法師，[三]125，[聖]125 奉修如，[聖]1425 去使摩，[聖]1462 作妓，[石]1509 住故婬，[宋][元]1488 作之，[原]2425 食者。

恭：[三][宮]693 敬愛作，[元][明]6 順之汝。

拱：[三][宮]2059 北辰。

故：[乙]2397 依心故。

赫：[三][宮]2102 如日，[三]2145 奕敷化。

弘：[甲]2227 法界群。

洪：[三][宮]2122。

互：[甲]2270 相差別。

黃：[聖]2157 法甗渴。

及：[三][宮]1493。

即：[乙]2263 所執故，[乙]2263 住所緣。

皆：[甲]2370 爲一，[三][宮]456 發是問，[三][宮]2042 集拘舍，[三]202 專修有。

禁：[三]2063 請意。

敬：[三]212 重法已，[三]2059 事之齊。

具：[甲]、其[乙]2250，[甲][乙]2263 大造意，[甲]1851 修八智，[甲]2259 通三性，[甲]2313 足故無，[宋][宮]1509 爲眷屬。

俱：[甲][乙]2263 不明先，[甲][乙]2263 任運也。

俱：[甲]、－[乙]2263 付多過，[甲]2281 具合離，[甲][乙]1822 有心解，[甲][乙]2250 非今正，[甲][乙]2250 判，[甲][乙]2263 舉爲隣，[甲][乙]2263 以正，[甲]1823 戒等一，[甲]1823 無，[甲]2263 十，[甲]2266，[甲]2271 許有法，[甲]2274 許等者，[明]1450 養育之，[三][宮]1571 有因體，[三][宮]2102 開祇，[三][乙]1092 生天界，[三]196 破薪各，[乙]2263 不，[乙]2263 不明先，[乙]2263 相，[乙]2263 相應故，[乙]2263 造尙可，[乙]2263 自性體。

龕：[元][明]203 啄我拔。

空：[甲][乙]2219 法盡是，[三][宮]1602 根色由。

苦：[丁]1830 餘相故，[宮]1559 識一時，[甲]、共[甲]1782 言我見，[甲][乙]1822 捨異生，[甲][乙]1822 唯有漏，[甲][乙]1822 相故異，[甲][乙]2263，[甲]1709 相雜住，[甲]1721 有而同，[甲]1724 所惱亂，[甲]1733 喜俱名，[甲]1816 以雖不，[甲]1816 義故言，[甲]1822 二畢竟，[甲]1828 相攝初，[甲]1851 相比知，[甲]1851 行裸形，[甲]2219 相所住，[甲]2259 相法有，[甲]2263 無常，[甲]2266 不樂位，[甲]2290 之，[甲]2367 者是世，[三][宮]603 名爲不，[聖]170 合長，[聖]225 害者如，[聖]1442 譏罵出，[聖]1509 行初四，[聖]1547 有法彼，[宋][宮]1509，[宋][宮]2121 相，[宋][元]、若[明]1584 相何者，[宋][元]1546 伴行離，[乙][丁]2244 議爲世，[元][明][宮]614 緣故何，[原]1851 相纏縛，[原]2339 非蘊十，[原]2339 可捨，[知]1579 相一。

來：[三]185 會七日，[三]201 聚集此。

累：[三][宮]2122 騎白象。

六：[宮]1421 語時有，[明]1552 相煩惱，[聖]2157 智賢譯。

民：[明]1547 諍由當。

莫：[元][明]1509 入涅槃。

某：[甲]2339。

幕：[三]、慕[宮]2121 樂淨修。

慕：[宮]1428 行住勇。

能：[乙]1821 成有情。

貌：[甲]2410 習也。

其：[宮]310 和合，[宮]1435 餘戒和，[宮]2060 通數之，[甲]1727 義皆不，[甲]1735 三道則，[甲]1766 驚異因，[甲][乙]2228 所迷惑，[甲][乙]2385 普印在，[甲]1512 法中願，[甲]1512 陰不離，[甲]1735 深玄篤，[甲]1736 染淨共，[甲]1736 天神與，[甲]1766 同一名，[甲]1828，[甲]1828 沈掉然，[甲]1852 利故立，[甲]1863 等如何，[甲]1863 住爲轉，[甲]2035 人言議，[甲]2128 激經亦，[甲]2128 窟側近，[甲]2128 通交遺，[甲]2128 行土俗，[甲]2128 一木也，[甲]2195 一名，[甲]2266 相若於，[甲]2266 相應故，[甲]2270 因，[甲]2313 一一中，[明]、戒[宮]1503 要竟歡，[明]209 買一婢，[明]721 龍，[明]1559 一時死，[明]1562 取一境，[明]2121，[明]2123 毒蛇同，[明]2154 會經維，[明]2154 覺賢譯，[明]2154 譯諸録，[明]2154 竺叔蘭，[三][宮]263 去亂心，[三][宮]1428 拗神力，[三][宮]2122，[聖]1425 聞知多，[宋][元]2061 不告之，[乙]901 後菩薩，[乙]1246 貴人同，[乙]1834 諸同學，[乙]2263 相言可，[元][明]200，[原]、[乙]1744 通名解，[原]1840，[原]2270 違比量。

丘：[宮]224 在其中。

佉：[乙]2261 故。

若：[宮][甲]1805 拾遺衣，[甲][乙]1821 分互無，[甲]1227 誦一十，[甲]1700 兼會名，[明]1435 沙彌傳，[明]1440 一處食，[明]1559 緣起有，

[明]1562 於中説，[三][宮]1462 營功德，[三][宮]1548 行欲法，[三]721 氣生共，[三]2151 聽其所，[宋]220，[元][明]1425 相勞問，[元][明]1451 往觀看。

山：[三][宮]2122 郝伯平。

善：[元]1550 二十無。

生：[甲][乙]1822 果此中，[明]293 毀滅作。

失：[甲]1782 責不知，[甲]1828 六無盡，[甲]2266 無明者，[甲][乙]2261 如前一，[甲]1709 功德神，[甲]1830 中其實，[甲]1921 法是，[甲]2230 通，[甲]2259 所許事，[甲]2266，[甲]2299 相離分，[甲]2400 唎二合，[明]310，[三]23 會，[三]1579 財當所，[聖]1427 比丘尼，[乙]2218 忽得因。

識：[宋][元][宮]1421 人語以。

守：[乙]867 護決定。

所：[三][宮]263。

同：[甲]2012 寶，[三][宮][久]761 上，[三][宮]1458 差遣有，[三][宮]1458 告由於，[三][宮]1458 集故，[三][宮]1458 集一處，[三][宮]1484 住同僧，[三]154 飢渴時，[三]761 上樂説，[另]1428 一器盛。

爲：[三]152 拂拭今。

未：[元][明]1598 成立故。

昔：[三]125 同吾今，[原]1721 會本爲。

先：[甲]1830 無明迷。

相：[三][宮]1644 觀聽以，[三]157 鬪諍末，[原]2263 相及虛。

詳：[三][宮]1458 和遣使。

言：[三][宮]1435。

要：[聖]1428 同道行。

業：[另]1548 住不共。

已：[三][宮]2122 成佛道。

以：[元][明]379。

亦：[聖]643 相振。

益：[原]1771 彌勒則。

異：[三]1633 諍我。

意：[原]2271 許。

應：[三][宮]1458。

有：[三]1545 逼迫相。

於：[宮]2066 會龍華，[甲]2196 能引攝，[明][甲]1177 曼殊室，[明]234 乃復有，[三][宮]671 諸濁。

輿：[甲]1912 惑俱名。

與：[甲][乙]1866 諸聲聞，[甲]1828 等無間，[甲]1828 前二一，[甲]1828 死法死，[甲]2167 遍智同，[甲]2266 問違殊，[三][宮][甲]2053 相見訖，[三][宮][聖]223 語何，[三][宮]223 一切衆，[三][宮]341 如來語，[三][宮]1435 十七群，[原]、與[甲]1897。

芸：[甲]1268 臺。

之：[甲][乙]1822 所護持，[三]366 所護念。

値：[三][宮]653 惡知識。

執：[宮]1546 財義是。

只：[原]2248 云。

自：[明]2076 同心是，[三][宮]653 鬪諍，[三][宮]2122 居隨順，[原]2271 相也彼。

貢

奉：[聖]211 上願蒙。

負：[甲]2898 受持經，[宋]403 高自大。

功：[三][宮]397 高勝十。

供：[明]152 焉道人。

貴：[甲]2207 高是也。

會：[三][宮][聖]425 者。

眉：[明][和]261 高之者。

切：[聖]26 高不爲。

責：[明]266 高。

眞：[甲]2044，[明]2145 太山贖。

直：[三][宮]2121 發女開，[宋][宮]2121 獻相給。

勾

鉤：[宋]、枸[元][明][宮]480 欄藻。

句：[宮]461 迹共相，[聖]1595 芒於廣。

絢：[三][宮]769 束上下。

鈎

釣：[甲]1717 鎖終自，[三][宮]612 餌肉如，[三][宮]657 生被，[三][聖]99 餌鈎釣，[三]200 不可得，[宋][元]310 苦中。

珣：[聖]223 鎖七者。

構：[元][明]190。

栒：[三][宮]下同 310 欄四寶，[三]190 欄白銀。

拘：[聖]211 牽，[元][明]310 不度生。

鉤

鉋：[宮]1488 縫治浣。

籌：[宮]1462 鑰錫杖。

釣：[甲]2217 鎖歟或，[三][宮]2122 釣，[三]100 取於魚，[聖]1435 時藥時，[宋][元]1646 衆生亦，[宋]375，[宋]1545 上著深，[乙]1171 豎進力。

葢：[明]、釤[甲][乙][丙]948 隨誦眞。

勾：[三][宮]2104 虛驗實，[宋][元][宮]901 右壓左。

狗：[宮]1548 六，[甲]1909 牙上出。

枸：[三][宮]721 欄者一。

構：[三]190 柱白。

鈷：[宋]、股[宋][明]908 善哉並。

釼：[甲][丙]973，[甲]2228 愛箭喜，[甲]2400 左拳，[宋]、劍[元][明][甲]1173 陀羅尼，[原]2130 譯曰者。

劍：[甲][乙]862 眞言引，[甲][乙]2391 不住想，[甲][乙]2391 形以二，[甲]1174 印請二，[甲]2400 左右，[三][宮]896 或，[三][宮][甲]901 一百十，[三]2110 何其鄙，[乙]2228 大器妙，[乙]2390 權僧正。

劒：[宮]1435 捉革。

拘：[甲][乙]1069 散開竪，[三][宮]1425，[聖]1435 衣鈎壁，[宋][宮]2034 深見聞，[元][明][聖]272 那羅鳥，[元][明]310 沒在一。

駒：[三]2110 懸。

句：[甲][乙]981 竪進，[甲]1238 申之如，[甲]1238 左手其，[三][宮]2103 陳翼駕，[另]1442 畫其，[宋][明]1129 印。

均：[三]2145 衆經。

斂：[明][甲][乙]1225 六度端。

鈴：[丙]1209 次弓次，[甲]866 金剛請，[乙]2391 菩薩觀，[原]2241 次弓次。

留：[元][明]984 孫陀夜。

紐：[宮]1808 後八指。

鈕：[聖]下同 1451 可。

排：[三][宮]、[聖]1435 曲戶。

釦：[甲]1239 申之如。

响：[三][宮]1463 鈎紐。

鑲：[三][宮]1456 菩薩像。

約：[甲]1783 鎖從闇。

溝

講：[甲]2128 反説文，[甲]2207 澗正載，[明]225 港頻來。

讓：[宋][宮]2103 之念有。

緱

候：[甲]2052。

維：[聖]2157 氏人也。

韝

韝：[三]1341 囊以風。

苟

包：[甲]2006 鳳依稀。

道：[三]2153 章句經。

獨：[甲]2425 執遂興。

狗：[三]152 貪肉味，[聖]1464 爲惡行，[宋][元]、枸[明]1096 杞木是，[原]1212 牙上出。

垢：[甲]1718 妨將何。

曷：[甲]1781 爲善吉，[乙][丙]2777 曰不異。

局：[甲][乙]1929 執。

句：[甲]2132。

苦：[元][明]1421 困同道。

尚：[乙]2397 非頓悟。

首：[乙]2396 發一念。

笋：[甲]2017 故非神。

苟：[宮]2122 悦碩疑，[甲]2269 陀王等，[三][宮]2102 悦奮筆，[三]2060 氏河內，[三]2103 簡爲我，[三]2149 問慧遠，[元][明]2063 女也宣。

狗

豹：[三][宮]721，[三]125 皮覆者。

狛：[另]1509 爲主守。

畜：[乙]1822 千倍非。

鉤：[丙]1958 牙上出，[宮]721 牙鋒利，[宮]2040 牙上，[明]293 牙上出，[元][宮]333 及犲狗。

苟：[宮]721 下若其，[宮]1547，[甲]2870 出已五，[明][聖][另]790 得舐之，[三][宮][聖]1579 行者，[聖][另]1442，[聖]294 王蚊虻，[聖]1425 以金銀，[聖]1464 鼻壞云，[聖]1471 十五者，[聖]1536 惡水牛，[聖]1723 之頭以，[石]1509 臨井自，[宋][元][宮]

[聖]1579 類欲作，[宋]1103 乳咒七，[乙]2394 也又於。

枸：[甲][乙]901 是也寸，[明]1096 杞爲柴。

垢：[三]下同 833 煩惱多。

鬼：[三]1228 不傷人。

狐：[三]2121 犬鳥獸，[元][明]664 犬鳥獸。

拘：[甲]1846 那羅陀，[甲][乙]1709 勿頭花，[甲]1723 有十果，[甲]2130 毘羅者，[甲]2193 羅者凡，[甲]2207 盧陀此，[三]199 獵王，[聖]1440 肉惡鳥，[聖]1579 行彼由，[乙]2244。

徇：[聖]1723 形。

俱：[原]2248 睒彌犍。

利：[三][宮]2122 牙上出。

獵：[聖]1859 監侍上。

猫：[聖]125 牛羊六，[聖]1425 乳藥囊。

切：[宮]2122 群臥五。

犬：[三][宮]1428 牙相。

獸：[三][宮]415 斯食最。

物：[甲]2261 翅羅聲。

徇：[甲]2035 物不。

殉：[三][宮][聖]1546 腸佛經。

於：[明]1341 若烏若。

之：[聖]1721 不死作。

枸

鉤：[明]721 欄莊嚴，[元]721 欄亦如。

拘：[甲]1870 礙謂貪，[三]201 沙陀那。

筍

笥：[甲]2129 莊子云。

苟：[聖]1462 將去離。

猗：[聖]1462。

猗

苟：[三][宮][西]665。

枸

鉤：[元][明]2053 欄。

垢

埃：[三]194，[聖]125，[知]266 及與苦。

岸：[三][聖]125 使度垢。

城：[甲]2214 竊記。

地：[元][明]200。

姤：[宮]、妬[聖]272 害故名，[明]279 心得清，[明]293 息諸怨，[明]1490 心俱復，[三][宮]425，[三][宮]1521 競勝施，[三][宮]1579 弊，[三][宮]1646 等諸煩，[三]99 心在於，[三]179 恪是故，[三]186 者出諸，[三]193 惡覆蔽，[聖]99，[聖]318 佛法，[元][明]1341 聖。

皋：[三][宮]2040 或臥荊。

苟：[宋][宮]309 超德如。

妬：[明]1494 光，[明]1523 身心受，[明]2122 濫未曾，[三]162 則不能。

好：[乙]1076 義。

怙：[甲]2266 正。

跡：[三][宮]630 刈欲根。

界：[元][明]329 無垢世。

經：[三][宮]425 一會説。

咎：[宮]1521 不。

苦：[三][宮]1546 生者是。

恬：[三]220 已離五。

惱：[甲]1708 難二所。

蟠：[三]20 結。

清：[甲]866 淨不可。

丘：[三]184 壚皆平。

始：[甲]2370 無明住，[甲]2196 清淨如，[乙]2215。

胎：[三][宮]445 如來東。

恬：[宋][元][宮]2104 啓瑞迹。

相：[三][宮]1522 功德善。

婬：[元][明][宮]221 地已辦。

污：[三]168 穢出於。

欲：[三]、始[聖]下二頌巴利文無 210 爲塵。

姤

妒：[原]1212 無貪瞋。

姤：[宮]278，[甲]1033 薄底夜，[甲]1813 心等諸，[明]894 那婆二，[三]、姤－[聖]158 使其男，[三][宮]1523 心倒説，[三][宮][聖]1579，[三][宮][乙][丙]876 囀入聲，[三][宮]310 恬邪見，[三][宮]318 種姓六，[三][宮]721 安詳昇，[三][宮]721 嫉心常，[三][宮]721 嫉之患，[三][宮]721 無我所，[三][宮]847 三者於，[三][宮]1421 心發即，[三][宮]1421 心作是，[三][宮]1428 是故女，[三][宮]1428 心生瞋，[三][宮]1509 路乃至，[三][宮]1545 弟子與，[三][宮]1549 瞿舍盧，[三][宮]1559 結慳恡，[三][宮]2058 弊素懷，[三][宮]2103 而增狀，[三][宮]2103 世可度，[三][宮]2112 忌僞造，[三][宮]2121 憍慢自，[三][宮]2121 太子時，[三][宮]2123 弊事無，[三][宮]2123 心爲人，[三][甲]951 仙類，[三][甲]1069 納婆二，[三][甲]1332 摩晋，[三][乙]1092 裔魔障，[三]99，[三]125 意兼抱，[三]134 心懷姦，[三]145 陰謀敗，[三]148 不知厭，[三]196 惡有入，[三]212 屑一切，[三]1237 意生惡，[三]2110 世可度，[三]2122 議識者，[宋][元][明]309 癡疑穿，[宋]1336 摩晋，[元][明][聖]278 路知去。

婦：[三]20 女。

垢：[甲]2130 路譯曰，[甲]2130 應云獨，[三][宮]721 結慳結，[三][宮]1680 心於劣，[三]143 定意一。

后：[宮]2122 見甚歡。

弭：[甲]952 捺。

始：[甲]2792 黃門四。

裕：[三]2110 善疾惡。

坵：[甲][乙]894 一娜婆。

詢

昫：[三]721 喊唱叫。

論：[甲]、詢[甲]1816 慈。

遘

搆：[三][宮]790 廣怨，[三][宮]1650 讒計語。

構：[三]807 精而生。

過：[甲]1811 人謂持。

結：[原]1813 兩頭五。

遘：[宮]2060 疾少。

搆

稱：[甲]1826 及故非，[三]2112 虛徒有，[聖][另]1458 集破。

摖：[甲][乙]1821 取乳與。

勾：[元][明]、拘[宮]847 引伴侶。

遘：[甲]1799 久而功，[三][宮]294 我於爾，[三][宮]2059 疾菴然，[三][宮]2060 疾彌留，[三][乙]2087 疾彌留，[宋][元][宮]、構[明]742 以致不，[宋]152 謀勸女。

搆：[三][宮]2121 取阿難。

縠：[三][宮]721 角乳如。

縠：[明]、構[宮]310 千頭牛。

媾：[宋][元][宮]1505 反系。

構：[宮]1451 芯，[宮]2111 淳因福，[甲]1828 畫，[甲]1828 畫唯有，[甲]2039 寺塔，[明][甲]1988，[三]375 集以直，[三][宮]1545 彼，[三][宮]1536 氏大迦，[三][宮]1562 言詞能，[三]26 爲，[三]151 作惡無，[三]190，[三]2149 明后重，[三]2149 仍都雍，[宋]、[元][明]375 諸牛著，[宋][元][宮]1562 多言都，[宋][元]1602 所成若。

縠：[明]1 牛，[元][明]1509 角求乳。

橫：[甲]2266 撿兩本。

將：[宋]、[元][明]209 驢。

講：[乙]2396 一家義。

角：[三][宮]2103 堂宇若。

拒：[三]哲[宮]2103 崔浩禍。

犛：[三]24 牛乳間，[三]24 牛乳頃，[三]25 牸牛乳，[三][宮]1554 取乳等，[三][宮]416 牛乳間，[三]2110 取好乳，[宋]、抨[元][明]2110 之還即，[元][明][甲]901 取牛乳，[元][明]210 牛。

廓：[明]2103。

攝：[甲]2266 行分別，[甲]2266，[甲]2266 獲云何，[原]1781 乳而牛。

聲：[明]1521 牛乳頃。

檀：[甲]2254 上命曰。

詬

話：[甲]2087 而退十。

媾

搆：[宮]2041 姻婭，[三][甲]951 兌戲縛。

媒：[宮]1443。

構

稱：[甲]2281 哉次。

撗：[乙]2426 一。

搆：[甲]1805 造非頓，[甲]2039 之地洛，[甲]1912 法相事，[明][和]293 龍，[聖][甲]1733 畫爲立。

合：[甲]、搆[乙]1799 故云交。

楠：[明][甲]951 木如是。

覯

觀：[三][宮]2053，[三]2151 法師妙。

佔

沽：[甲]1851 販種種，[明]1299 賣，[明]1450 賣人見，[三][宮]1425 酒前屠。

古：[聖]1421 金錢一。

賈：[宮]2058 客從遠，[明]、商侶[聖]664 往還多，[明]154 客謂三，[明]202 客兄弟，[明]202 種田畜，[明]202 最得多，[明]1299 客上，[明]1339 客爲作，[明]1421 客從北，[明]1425，[明]1425 客婦篤，[明]1435 客爲，[明]1451 之類若，[明]1545 備作自，[明]1579 營農仕，[明]2121 客，[三]201 客至家，[三]1300 之人及，[三][宮]2043 客名優，[三][宮]1435 客，[三][宮]1435 客俱來，[三][宮]1435 客有翅，[三][宮]1521 家居士，[三][宮]1521 能獲其，[三][宮]1545 爲業三，[三][宮]1690 以偽珠，[三][宮]2121 客從海，[三][宮]2121 客名優，[三][宮]2121 客入海，[三][宮]2121 客欲詣，[三][宮]2123 客，[三][宮]下同 2121 客見比，[三][宮]下同 2123 客常入，[三]201 來詣漢，[三]202 客共相，[三]202 客上船，[三]1339 客周，[三]2137 客在於，[三]下同 1435 客，[宋][元][宮]2121 客七爲，[元][明]、生[宮]2121 客是也，[元][明]1435 客向舍，[元][明][宮]1435，[元][明]1425 客手執，[元][明]1425 客遠行，[元][明]1435，[元][明]1435 客，[元][明]1435 客見已，[元][明]1509 客無方，[元][明]1509 客於，[元][明]1509 客主慰，[元][明]1509 客主欲，[元][明]2121 到大曠，[元][明]下同 1435，[元][明]下同 1435 客，[元][明]下同 1435 客見是，[元][明]下同 1435 客遊行，[元][明]下同 1435 客子比，[元][明]下同 1435 客子在。

僑：[三][宮][聖]1462 客若日。

酤：[明]1450 賣。

呱

蛙：[三]2154 品一卷。

沾

波：[明][宮]1646 義言忿。

佔：[宋][宮]、賈[元][明]1425 客念，[元][明]2016 諸基夙。

姑：[明]2103 洗，[三]2110 洗之辰。

酤：[甲]1811 彼竟不，[甲]2881 與人，[明][甲]951 酒住，[三]、估[宮]2085 酒者貨，[三][宮]、活[另]1428 酒家爲，[三][宮]742 酒飲之，[三][宮]1425 酒邊，[三][宮]1435 酒，[三][宮]1442 酒家，[三][宮]1442 酒家鄔，[三][宮]1464 酒家偷，[三][宮]2121 酒女人，[三]26 酒師，[三]99 酒家執，[三]374 酒婬女，[三]1485 酒若有，[三]2121 酒飲之，[元][明][甲]951 酒家往，[元][明]721 酒不與，[元][明]下同 2121，[元]2121 酒語主，[元]2121 之守者。

活：[明]1457 轉根寺，[三][聖]26，[原]1756 法。

結：[乙]、繫[丙]2134 衣。

怡：[聖]425 果報而。

語：[三][宮]2122 之。

沾：[三]26 漬衣服，[乙][丙][丁]
2092 憲章弗。

治：[三][宮]1646。

泒

流：[三]2154 陳化録。

派：[宮]2060 剖析憲，[三]2154
別行録，[宋][元]2154 別行録。

支：[乙]1736 後或是。

孤

豻：[三][宮]720 狼野干。

姑：[元][明]2104 息。

辜：[宮]1509 負。

辜：[宮]1998 負明招，[甲]1997
負諸聖，[三][宮]332，[三][宮]2121 負
彼心，[三][宮]2121 負言信，[三][宮]
2121 逆當見，[三][宮]2122 親無量，
[三][宮]2123 親無量，[宋][元][宮]
1509 負衆生，[元][明][宮]614 負重
恩。

觚：[三]1 四面四。

孩：[三]202 幼當何。

海：[三][宮]2087 島或沈。

狐：[宮]2102 犢之聲，[三][宮]
1451 制底殘。

枯：[宮]2045 爾云何。

苦：[宮]681 露無有。

憔：[三]153 悴唯仰。

孫：[三][宮]2045 兒耶奢。

爪：[乙]2227 勿令。

峙：[三]、派[宮]2059 峯嶺高。

子：[元][明]152 步婦喜。

姑

姑：[三][宮][另]1442 毘等見，
[三][宮]1451 毘子名，[宋][元]、姑[宮]
1442 毘等并，[宋][元]、呫[明][宮]
1443 毘等自，[宋][元][宮]1442 毘多
諸。

姤：[甲]1964。

沽：[聖]1595 洗神紀。

辜：[三][宮]2123 六。

古：[甲]2128 春秋傳。

湖：[三][宮]2122。

名：[宮]2060 臧漸。

如：[宋][宮]2122 六。

始：[甲]2053 墨停一，[三]2087。

呫：[明][宮]1442 毘先有，[三]
[宮]1451 毘子聞，[三][宮]1442，[三]
[宮]1451 毘子第。

姓：[甲]2129 之子爲。

柧

孤：[甲]2130 賓茶，[宋][宮]2122
四。

菰

慈：[三]、叢[宮]607 愛。

蛄

古：[甲]2128 莊子云。

辜

差：[明]2109 長惡不。

孤：[明]1985 負這一，[明]2016 負己靈，[明]2122 負檀越，[三][宮][聖][石]1509 負彼心，[三]202 逆當見。

事：[甲]2157 經一卷，[三][久]、罪[宮]1488 由於汝。

有：[三]375 罪云何。

罪：[明]2121 咎但持。

酤

估：[宋]374 酒之家。

沽：[明]154 美酒呼，[三][宮]2122 酒婬，[三][宮][石]1509 酒兵，[三][宮]2122 酒若，[三][宮]2122 酒添灰，[三][聖]375 酒之家，[三]154 之守者。

活：[宋][元][宮]2122 四不得。

酤：[明]882 嚕二合，[宋]1602 酒家四。

沽：[三][宮]1457 酒婬女，[聖]1435 酒未償。

喟

骨：[明]1243 二合引。

食：[三]643 之嘔吐。

觚

觚：[甲]2128 是也律。

觴：[三]、腸[宮]2122。

枛：[元][明]1509 即時。

縠

輻：[聖]1670 爲車耶。

縠：[乙]1772 衆。

聲：[另]1552 故立道。

古

百：[甲]2217 佛所行。

寶：[甲]2006。

本：[三]171。

方：[甲]1782 人旁穿。

公：[甲][丙]2173。

股：[甲][乙]2390，[甲][乙]2390 上如置，[甲][乙]2390 印外縛，[乙]852 印少不，[乙]2392 印右手，[乙]2393 印二大。

詁：[三]2145 訓音義。

鈷：[甲]904 金剛，[甲]1065 而界於，[宋]、股[元][明]、估[乙]1069 第四金。

故：[宮]604，[宮]1647 言道非，[宮]2040 仙人住，[甲][乙]2297 中何答，[甲]2207 反瑞應，[甲]2748 明釋迦，[明]2016 後念，[三][宮]2104 語，[三][宮]627 有何恩，[三][宮]2059 老廣訪，[三]20 世，[三]201 人壽長，[三]602，[三]992 恒以陵，[三]2103 昔殷太，[宋][宮]2103 奚舊之，[乙]1723 鹿反玉，[原]2220 云方便。

胡：[三][宮]2104 族晉中。

祜：[三]2149 錄衆錄。

吉：[宮]1526 時人處，[宮]1648，[宮]2103 制，[甲]1211 譯，[三][宮]1462 貝華有，[三][宮]1462，[三][宮]

1482 貝樹花，[元][明]1333 縷草用。

　　舊：[甲]1722 本，[甲]1782 經二文，[甲]1782 經云本，[甲]2266 翻名淨，[乙]1723 曰悉達。

　　可：[三]152 今任爲。

　　苦：[三]266。

　　名：[乙]2157 與此同。

　　前：[甲]2274 云能立。

　　舌：[元]2106 無度者。

　　石：[宋]2122 無度乃。

　　士：[三][宮]2104 同，[三]193 烈，[聖]2157 語簡理。

　　台：[甲][乙]2250 家濫稱。

　　苦：[甲]2036 今日則。

　　土：[乙]2408 印非，[原]2409 境山川，[原]1776 實淨土。

　　昔：[甲]1719 次，[甲]1873 定爲無，[三][宮]263，[三]2088 有比丘。

　　下：[原]1819 甲反。

　　寫：[甲]2263 本云已。

　　言：[甲]2128 今正字。

　　有：[甲]1841 人云問，[甲]2271 云初，[三][宮]598，[宋][元]2059 聲所存，[乙]2263 人云疏，[原]2196 鷲峯山。

　　又：[原]1840 破他救。

　　右：[甲]1718 仙，[甲]1721 佛説之，[甲]2089，[甲]2217 點菩薩，[甲]2275 疏釋相，[甲]2792，[三][宮]2103，[另]1721 人呼，[宋]99 道而，[宋]2110 學通人，[宋]2153 維摩詰，[乙]2092，[乙]2391 上股之，[乙]2408 精舍五，[元][明]1547 律省其，[原]

2408 決也大。

　　祐：[三]2154 録云梵。

　　云：[甲]2128 迴反。

　　在：[乙]2261 因明師。

　　占：[甲]2036 本噴噴，[甲]2087 之初文，[甲]2128 候反毛，[甲]2129 反爾雅，[聖]2157 等，[元][明]186 梵志入。

　　召：[甲]2039 金嚩智。

　　者：[宮]1998 者道末，[乙]2215 佛昔趣。

　　支：[三]2145 佛。

　　衆：[甲]2195 賢抄出。

　　諸：[三]125 佛之所。

扢

　　杚：[三][宮]、枕[聖]1451 以鐵柭。

谷

　　答：[三][宮]2105，[乙]1822 故無諸。

　　父：[宮]2108 崛園幽。

　　各：[宮]2122 達于崖，[三][宮]2060，[三][宮]2060 增慨彌，[宋]2122 與魏太，[元][明]893 祀百，[原]1220 口撥之。

　　公：[三][宮]2060 山山谷。

　　宮：[甲][乙]2254。

　　合：[三][宮]721 互相打。

　　咎：[甲]2299 在門人，[明][宮]2108 投措靡，[三][宮]2059 不知所，[三][宮]2103 慚懼實，[三][宮]2103 投

措靡，[宋][宮]2102 宇宙雖，[宋][明]
[宮]2060 莫知投，[宋][明]2122 高蹈
可。

空：[三][甲]1007 水陸諸。

路：[宋][明][聖]291。

筌：[三]2145 挿高木。

俗：[聖]1602 而發響。

爲：[甲][乙]2219 響云何。

峪：[甲]2879 虎狼中，[三][宮]
425 不見衆。

浴：[聖]419 譬如糶。

欲：[三]211 取水身。

股

般：[宮]848 印二首，[宮]1435 叉
侍衞，[甲]、鈷[乙]2173 小金剛，[甲]
903 三股，[甲]974 香沈，[甲]2227 復
三，[三]1301 闍國百，[宋][宮]901 金
剛杵。

釰：[甲][乙]1204 鉤。

服：[甲]2128 外也從，[甲]2128
之絕粒，[宋]、腳[宮]653。

估：[三][聖][甲]953 金。

古：[甲]2401。

鼓：[聖]1462。

鈷：[甲]、枯[乙]1204 杵天衣，
[甲][乙]867 於五分，[甲][乙]867 是
名金，[甲][乙]1204 杵而乘，[甲]1065
金剛其，[甲]1112 金剛火，[甲]1248，
[甲]1274 杵，[明][和]261 鐵，[明]
[乙]、般[甲]1225 金剛，[明]1119 股
跋折，[三][乙]1200 金剛杵，[三]1003
金剛杵，[宋]、估[甲]、[乙]1211 金剛

杵，[宋][明][丙]1056 金剛杵，[宋][元]
1227 叉并妃，[宋][元]1227 形徐動，
[宋][元]1227 徐動，[宋]1003 叉一，
[宋]1031 杵當心，[宋]1125 金，[宋]
1125 金剛杵，[宋]1146 杵形即，[宋]
1173 金剛火，[宋]1211 金剛杵，[宋]
1227 叉或佉，[宋]1227 叉守護，[宋]
下同 908 杵降伏，[宋]下同 1227 叉
或，[元][明]1004 金剛。

胡：[甲][乙]2390 印靈巖。

肌：[三][宮]481 肉煮之。

結：[甲]904 叉求敬。

剠：[三]2122 或作師。

明：[原]2404 或爲三。

膝：[甲]2391 左股忠。

眼：[明]1225 徐動之。

印：[甲]2400。

肢：[三][宮]2122 節斷而。

骨

膏：[三][宮]1462 亦名白。

跟：[宮]374 以拄踝。

嚕：[明]244 嚕二合。

骸：[三][宮]2122 無處取。

滑：[三][宮]1546 人生細，[元]
[明][宮]1546 人著憍。

盲：[甲]2035 目出。

皮：[三][宮]616 肉等分。

實：[三]1582 得喜行。

是：[聖]613 人皆悉。

首：[宮]2123 身中焰。

髓：[三]152 七日之。

血：[三][宮]1521 髓及以，[三]

[宮]2123 肉消竭。

牯

諸：[原]1141 迦姹。

罟

眾：[三]152 師得龜。

羖

羠：[甲]1227 羊乳加，[聖]1435 羊角脚。

股：[宮]473 羊龍牛。

羧：[三][宮]2123 羊呪呪。

羘：[三]、牯[宮]2122 羊以角。

羺：[宋][元]、散[明][宮]1425 羊不具。

叛：[甲]2035 羊，[宋][宮]1435 羊毛若。

殺：[宮]374 羊。

崛

崛：[三][宮]2034 多四部，[三]2146 多共疊。

堀：[甲]2395 摩羅彈。

詀

詰：[甲]2128 今作撝，[甲]2128 云溜謂，[聖]2157 訓尤所。

詀：[明]882 竹咸切。

鼓

跛：[丁]2244 毘馱。

穀：[甲]2261 鳴山郎。

瞽：[原]1859 其。

固：[三]187 菩薩而。

錮：[元][明]1509 石然後。

伎：[三][宮]2060 樂至七。

記：[甲]2367 所解非。

段：[甲]2266 等聲釋。

磬：[聖]643 樂。

懿：[宮]2121 摩蓋方，[三][宮]2040 師摩彌，[三]2040。

致：[聖]2060 言奇能。

諸：[明]285 天。

鈷

古：[甲]904 形，[甲]2217 云法身，[三][宮][乙]895 又第。

股：[甲][乙]2228 是名金，[甲][乙]2228 於空中，[甲]1209，[甲]2229 是名金，[明][丙]1202 金，[明]785，[明]887 大金剛，[明]887 金剛杵，[明]896 大叉或，[乙]895 五鈷，[乙]921 形心想，[元][明]、估[甲]1124 金剛杵，[元][明][丙]1202 金剛杵，[元][明][乙]895 大叉或，[元][明]885 而四面，[元][明]885 金剛熾，[元][明]885 金剛杵，[原]2425 輪劍摩。

楞：[宋]、股[明]785 者用斷。

穀

縠：[元]1564 子相續。

搆：[三][宮][甲]901 木柴五，[聖]278 石又有，[宋][元]、構[明][甲]901 柴已次，[宋][元][宮]、構[明][甲]901 柴松明。

觳：[明]1451 積上。

構：[三][宋]、枸[甲]、拘[乙]901 木柴一。

鼓：[甲]1705 王四子。

槳：[石]1509 以草木。

果：[乙][丙]2092。

斛：[明]1032。

穀：[甲]1788 此即由，[甲][乙]1796 衣，[甲]2401 以爲上，[三]152，[三]195 淨王有，[三]2122 帛飲食，[元][明]2059 是故摩。

擊：[知]2082 州鹿橋。

殼：[三]1331 持散家，[三]2053 州可宜，[原]2001 漏子與。

庫：[三]375 亦能令。

設：[明]1558 麥豆等。

聲：[宮]294 神，[甲]1861 種，[三][宮]1559 熟等若。

數：[甲]893 珠如上。

土：[聖]211 養民來。

繫：[甲]1732 不別劫。

槳

穀：[三][宮]309。

絹

輯：[元][明]2060 僧衆妙。

澂

瀂：[宋][元]2061 江鑄丈。

瞽

鼓：[宋][宮]322 或有隱。

皷：[甲]2128 皮也有。

蠱

虫：[宮]2122 也捨蠱，[甲][知]1785 須實法，[三][宮]1547 道如有，[聖]397 及餘物。

蠱：[甲][乙]1929 道舊醫，[甲]2128 道工戶，[明]293 毒和合，[明]1153 毒中水，[三]694 身恒居，[三][宮]2041 故切磋，[三][宮]2122 等皆不，[三][甲]1228，[三]1182 毒，[聖]1354 道起死，[宋][宮]323 狐獼猴，[宋]2059 家乞食，[乙][丙]1246 毒者呪，[元]1264，[原]1248 毒食者。

祷：[三]1092 呪詛蠱。

蛄：[宮][聖]278 毒等，[宋][宮]1421 毒殺因。

固：[三][宮]1421 迷亂其。

故：[甲]2882 良善唯，[宋][甲]1007 無終。

胡：[宋]1332 鬼名矇。

魅：[三]、－[甲]1335 蠱道毘。

瘦：[和]293 魅所著。

冶：[宮]531 說我吉，[宮]2122，[三][宮]2122 不知其，[元][明][宮]1509 姿則。

野：[宋][宮]2121 狐及，[宋]1103 道除一。

詛：[元]1045。

固

閉：[三]125 至今不。

出：[聖]291 在於海。

恩：[三][宮]、思[聖]419 慚羞具。

箇：[甲]951 反。

故：[甲]2787 執不捨，[甲]2787
執己心，[明]2102 必應而，[三][宮]
[甲]2053，[三][宮]2046 其宜矣，[三]
[宮]2103 使天龍，[三]185 諸善鬼，
[三]2110 當殊世，[三]2125，[三]2125
先無江，[三]2125 亦趁矣，[元][明]
400，[元][明]400 嬈壞時。

錮：[三]2125 之高出。

顧：[三]171 違太子。

國：[宮]1453 非行，[甲]2036 公
武德，[三][宮]1608，[三][宮]2122，
[三]2151 建元十。

害：[明][宮]345 如來。

黑：[三][宮][聖]278 殊妙旃。

迴：[元][明][宮]310 轉。

堅：[三][宮]443 如金剛，[石]
1509 復次。

困：[宮]292 何謂佛，[宮]2122
窮，[明][宮]292 何謂爲，[三]381。

牢：[甲][乙]876 故復授，[三][宮]
397 生。

窂：[宮][聖]1602 事二十，[聖]
663 修。

羌：[三][宮]2121 難得而。

尚：[明]2076。

四：[明]2103 知李。

同：[甲]2339 味耳問，[甲][乙]、
目[丙]2163 得十利，[甲]1833 者見，
[甲]2266 欲界無，[甲]2323 義云佛，
[聖]1464 不原我，[宋][元][宮]1462 少
有，[乙]2376 爲大，[元]1579 想欣樂，
[原]、同[甲]1782 事以此。

網：[三]、國[宮]2102 之災豈。

問：[宋]721 之法攝。

因：[宮]649 是有爲，[宮]310，
[宮]1562 求此言，[宮]1562 執如是，
[宮]1591 非於彼，[宮]2060 住心深，
[宮]2060 蹤可即，[宮]2122 盡心於，
[宮]2122 行滿因，[甲]、自[乙]1822，
[甲]1969 知聞正，[甲]2266 無有失，
[甲]1763，[甲]1775 者非虛，[甲]1781
汝耳即，[甲]2128 古行其，[甲]2266
非，[甲]2266 亦無咎，[甲]2299 先本
有，[明]997 是大王，[明]1592，[明]
2060 得行藏，[明]2131 即謂龍，[三]、
西[宮]2104 仁矣李，[三][宮]1571 網
所籠，[三][宮]1591 不相，[三][宮]
2059，[三][宮]2102 疑，[三][宮]2104
當捨著，[三][宮]2111 以父王，[三]
[宮]2122 嫌每自，[三]1547 何緣沙，
[三]2106 疾將終，[三]2110 無救請，
[三]2151 其是乎，[宋]、困[宮]2103 不
能甘，[宋]292 棄衆亂，[宋][宮]、姻
[元][明]2028 所以者，[宋][元]、同[明]
[宮]616 所以者，[宋][元]2102 自教
源，[宋]262 如是菩，[乙]1796 和合
義，[元][明]2060 約前論，[元]26 不
失持，[元]633 不固水，[原]1816 以，
[知]2082。

用：[三][宮][石]1509 是解脫，
[三][宮]2122 當受之，[原]、用[甲]
[乙]、固[甲]1796 然。

圄：[三]1092 縛復加。

圓：[甲]2196 如鼓住。

周：[宮]2122，[甲]1863 別詮咸，
[甲]2207，[乙]2376 遊遍覽。

故

礙：[三][宮]402 能令諸。

般：[三][宮]2122 涅槃。

報：[宮]2123，[三]159 或有菩，[乙]1909 故獲斯。

本：[三][宮][聖]397 何以故，[原]1840 下四。

彼：[甲][乙]2261 二境界，[甲]1705 此男女，[甲]2266 於欲界，[三][宮]1545 作論者，[三][宮]402 於後時，[三][宮]1506 雖有慈，[三][宮]1550，[乙]1736 疏取意，[乙]1821 於此中，[元]1563，[原]、－[原]1855 九十六，[原]2249 違此，[原]2320 文云問。

別：[聖]1552 據處所。

不：[三][宮]588 住於無，[三][宮]1559 是故。

鈔：[甲]1736 十八不。

陳：[聖]223 葉。

成：[宮]310 增辯是，[甲]2262 疏中獨，[三][宮]279 此由智。

初：[元][明]1509 佛言汝。

處：[明]1547 成就此，[三][宮]396 日月轉。

此：[宮]1425，[甲]1848 兼云無。

次：[甲][乙]2223 入此三，[甲]1717 譬，[甲]2266 一頌說，[甲]2285 次說經，[三][宮]1584 礙法亦，[乙]2391 此，[原]1851 約二境，[原]2339 上云。

從：[三]58，[三]2060 生至終。

存：[甲]2300 亦同此，[原]2339 盡不盡。

大：[甲]2266 義曰一，[明]1596 功德。

但：[甲][乙]2263 於疏。

當：[三][宮]2122 如一比。

道：[甲][乙]1821 已上論，[明]279 其心無，[三]1563 且理云，[宋][宮]639。

得：[甲]2195 表法高。

地：[三]1016，[三]1532 以是菩，[乙][丙]2810 餘五緣。

燈：[甲]2262 云〇三。

等：[甲][乙][丙]2810 並持，[三]586 數名有，[三]1532 是，[宋][元][宮]1515 經曰如，[乙]2263 云云。

第：[甲][乙]1736 十住滿。

諦：[甲][乙]2259 然所觀。

典：[宮]277 十。

定：[三]1593 能了義。

段：[三][宮]1547 不改。

而：[甲]2275 直難非，[甲][乙]2261 不相違，[甲]2274 不開，[三][宮]1566，[乙]、－[丙]2089 今親奉。

爾：[宮]1545 乃至廣，[甲]1821 婆沙。

二：[三][宮][聖]1602 了知二，[三]1603 了知二。

發：[原]1764 疑云何。

法：[甲][乙]1736 下文亦，[甲]893 故作，[甲]2261 爾無，[明]1450 菩薩爾，[三]、法故[宮]、－[聖]1509，[三][宮]399 如來普，[三][宮]415 祈願最，[三][宮]1562 決，[三][宮]1566

論者言，[三][宮]1571 是則，[三]201，[聖][另]285 極重愛，[聖]663，[宋][宮]1509 若自性，[原]1856。

反：[甲]1839 中庸處。

犯：[宮]1483。

梵：[宮]2102 漢譯言，[元][明]2154 漢譯經。

方：[三]26 便以。

放：[宮]1545 答所，[甲]1828 捨舊云，[甲]2266 逸故隨，[甲][乙]2259 逸不名，[甲]1232 調柔，[甲]1512 者論主，[甲]1717 華嚴下，[甲]1723 二者義，[甲]1782 逸贊曰，[甲]1851 光明其，[甲]2261 化，[甲]2299 此出論，[甲]2299 光所照，[明]1538 水中見，[明][和]261 捨是名，[明]1602 彼果功，[三][宮]2122 言來事，[宋]380 生於地，[宋]1545 於滅盡，[乙]2408 光照，[元]1466 爲病軍，[元][明]1424 制作白。

分：[甲][乙]1822 是異生，[甲]1736，[甲]1782 攝故爲，[乙]2778 名各各。

伏：[甲]1709 障不現。

復：[甲][乙]1821，[甲][乙]1822 婆，[甲]1717 名約，[甲]2192 初標涅。

改：[宮][甲]1805 之次科，[甲]、故[甲]1782 他受用，[甲]1828 得輕安，[甲]1786 號者大，[甲]1805，[甲]1805 變還令，[甲]2250 從強立，[甲]2271 之事，[甲]2309 名顯義，[甲]2339 字同，[甲]2434 轉，[三][宮][聖][另]285，[三][宮]1451 名增養，[三][宮]2104 競

扇高，[三]159 十者轉，[宋]2061 以納衣，[元]2154 爲單本。

敢：[宮]1425 驅我驅，[宋][元]2123 繫屬於。

根：[三]1340。

功：[明]1603 德故數。

攻：[甲]、政[乙]2173 懷道闍。

垢：[乙]2376。

辜：[三]193 手探者。

古：[甲]2129 反釋名，[三][宮]1608 名意攀，[三][宮]263 世自興，[三][宮]754 世，[三][宮]1425，[三][宮]1425 錢市者，[三]203 昔偈，[乙]852 佛所開，[乙]1821 晉仙王，[乙]2263 業令身，[元][明]2108。

蠱：[三]1336 鬼名。

固：[甲]1736 不在言，[甲][乙]1866 非如言，[甲]2006 和彌寡，[明]397 菩薩，[明]2102 百姓之，[明]2103 有，[三][宮][甲][內]、國[乙]2087 日入已，[三][宮]656 自獨，[三][宮]1558，[三][宮]2122 又以，[三][聖]1440 不，[三]20 請信意，[石]1509 名爲如，[宋][元]554 求爲醫，[元][明][宮]1562，[元][明]1332 七日七。

雇：[三][宮]501 人將其。

顧：[三][宮]629 意欲還，[三][宮]2102 言稱先，[三][宮]2121 謂賈，[三]185 梵志佛，[石]1509。

廣：[三][宮]2121 欲爲害。

歸：[甲]2255 是本有，[原]2317 於相分。

果：[宮]721。

過：[甲]1709 讚已成，[三][宮]721 三者順。

合：[甲][乙]1822，[甲]1828 或如謗。

何：[甲]2266 故不説，[三][宮]657 比丘造。

後：[甲][乙]1736。

忽：[聖]190 獨於空。

胡：[宮]2122 時人謂，[甲]1708 名迦摩，[甲]1804 桃積成，[甲]2087，[甲]2128，[甲]2207 瓜反，[甲]2207 可反何，[甲]2299 章悉曇，[明]1435 便欲，[三][宮]2102 書詭怪，[三]2102，[三]2103 沒其能，[聖]1549 第四二，[宋]、梵[元][明]2145 本闕乎，[原]2317 章。

護：[甲]1735 三有一，[三][宮]653 疾得至，[三][宮][聖]278 及佛今，[宋]220 世尊若。

化：[明][甲]1177 三千大。

毀：[三][宮]226。

慧：[三][宮]1646。

或：[甲]952 以鉢盂，[明][另][石]1509 自往語。

積：[宮]310 集智積。

及：[甲]1960 涅槃，[甲]2249 唯，[聖][甲]1733 佛得。

即：[甲][乙][丙]1866 非，[甲]1723 耳舌，[乙]2192 行者唯，[原][甲]1825 名爲因。

極：[甲]1782 無邊。

既：[甲]2249 雖無執，[甲]2250 總緣唯，[甲]2266 依他起。

寂：[甲]1782。

加：[甲][乙]1822 善言已。

間：[三]1982 敬禮無。

教：[甲]2261 名一時。

教：[宮]815 化寧有，[甲]1778 經云敬，[甲]2036 胡王，[甲][乙]2254 方得解，[甲][乙]2309 也十二，[甲]1705 也名見，[甲]1733 不約説，[甲]1863 未，[甲]2195 於彼邪，[甲]2250 兼，[甲]2274 耶可云，[甲]2390，[明]1636 佛言天，[三][宮]485 教示我，[三][宮]588 是，[三][宮]1521 則能淨，[三][宮]1563 豈不今，[三]154，[聖]1723 於，[宋][宮]285 使有往，[乙]2261 通三性，[乙]2396 云云此，[元][明][石]1509 不能讀，[原]2196，[原]2339，[原]2339 方便引。

皆：[乙]1736 云汝等。

劫：[原]2416 前疏。

解：[甲][乙]1822 已上論。

戒：[三]201 不敢挽。

界：[乙]1822。

今：[宮]1703，[乙]1821 佛無加，[元]1662 迷惑賊。

經：[甲][乙]1816 單，[宋]1545 説所繫。

竟：[三]196 不。

敬：[甲]1828 於彼菩，[甲]2207 也，[三][宮]403 其所發，[三][宮]2102 尊其神，[三]311。

境：[甲][乙]1822 後識不。

靜：[聖]1579 所有清，[元][明]375 名大涅。

咎：[三][宮]268 阿難是。

救：[甲]2255 反雜也，[甲][乙]2309 之，[甲]1828 苦各爲，[甲]1958 受老苦，[甲]2195 誠可爾，[乙]2249 今論能，[原]2339 生求菩。

就：[甲]2271 此。

居：[乙]1821 別解也。

舉：[原]2270 兩喻名。

聚：[甲]1512 集也非。

據：[甲]2266 等已上。

決：[甲]1965 定得生。

絕：[甲]1717 無所絕。

堪：[三][宮]、－[另]410 任法器。

坎：[丁]2244。

空：[明]397 說客煩。

枯：[三][聖]643 骨相。

苦：[三][宮]1451 憂懷若，[乙]2263 三和合，[元][明]1562 滅如有。

快：[三]161 故從。

況：[元][明]310 如來成，[原]、原本註曰義苑故下有不字 2339 般涅槃。

力：[三][宮]665 我當擁，[三]278，[乙]1171 速滿精，[乙]2263 說三乘。

令：[明]203 出家我。

亂：[甲]2428 而有答。

綠：[宮]721 今生此。

門：[甲][乙]1086 先佛方。

慜：[三][宮]376 更。

名：[甲]2214 名理胎，[甲]2266 不名心，[三][宮]1604 差別業，[三][宮][聖]292 曰無上，[三][宮]398 曰

智積，[三][宮]1521，[三][宮]1579 菩薩爲，[三][宮]1595 爲隨順，[三]2125 乃體德。

明：[聖][甲]1733 知已作。

能：[甲][乙]1821 起二定，[三][宮]1559。

念：[宋][宮]、今[元][明]618 我當說。

披：[甲]1709 讀受持。

瓶：[三]202 而受惡。

破：[甲]1912 三諦之，[甲]2253 意，[甲]2261 彼寂，[三][宮]1462 無明覆，[三][宮]1566，[聖][甲]1733，[元]1579 比知有。

期：[原]、斯[甲]1851 言盡。

其：[三][宮]2123 良福。

起：[宮]672，[甲]1828 如本地，[甲]2263 非遍地，[甲]2266 故名緣，[甲]2299，[乙]2261 基疏解。

啓：[三][宮]2103 又廣引，[三]2110 競扇高。

且：[乙]1821 作此解。

切：[甲]2192 知妙法。

取：[宮]1912 亦不便，[甲][乙]1822 有差別，[甲]1512 須菩提，[甲]2274 不定亦。

去：[甲]2266 阿，[甲]2299 何必同。

缺：[宮]1810 若是重。

人：[宮]1435 能過度，[甲]1893 名憍謟，[甲]1973 天下禪，[元][明]656 欲令。

仍：[乙]2391 竝。

如：[宮]1566，[甲][乙]2288 或以一，[甲]1778 於此品，[三]865 金剛薩，[三][宮]1646 應觀苦，[三][宮]1559 意爲體，[三]1566 論偈，[聖]613 佛説一。

辱：[三][宮]1458 第八由。

若：[甲]、－[乙]2396 供養，[明]1435 妄，[宋]220 善現一，[元]220 淨戒安，[元]220 四靜，[原]2248 爾。

三：[宮]1646 名苦不。

色：[石]1509，[元][明]247 舍利子。

殺：[宮]1509 也快心，[甲]1811 有罪有。

善：[宮]374 善男子。

上：[甲]2266。

設：[甲][乙]2259，[甲]2266 許五識，[甲]2266 約疎所，[三][宮]1545 雖有能，[三]1440。

生：[甲][乙]1821 問若不，[三]883 金剛薩。

施：[三]397 無盡不。

時：[甲]1929 亦可得，[甲]2299 能斷也，[三]、故時[聖]125 二比丘，[三][宮]721 或微薄，[三][宮]2123 癡野干，[三]125 比丘當，[乙]2263 次如。

使：[甲]1736 論易了，[聖]1509 修道斯。

始：[原]2339。

事：[三][宮][聖]1602 分別種，[三][宮]1425 悔過難。

是：[甲][乙]1866 故經云，[甲]

1733 名，[甲]1929 故稱二，[明]261 名爲捨，[三]682 希有妙，[三][宮]636 爲天中，[三][聖]375 名讚歎，[三]202，[三]1537 名名色，[聖]1509 甚，[乙]1866 所言，[乙]1909 知萬善，[元]1545 復次勸，[元][明]26 如是，[原]、[乙]1744 大力菩。

釋：[甲]2195 一者由，[甲]2196 故。

收：[甲]1828，[甲]2073 入便。

手：[宮]325 犯犯塔。

疏：[甲]1735 故服朱，[甲][乙]2263，[甲][乙]2263 不。

述：[甲]1719 以息此。

數：[甲][乙]1821 唯有四，[甲]2195 天親釋，[甲]2271 論是無，[三][宮]532 得花。

説：[甲][乙]1821 於，[甲][乙]1822 是小乘，[甲][乙]1822 餘無此，[甲]1782 彼説法，[甲]1782 舊但有，[甲]2266 是，[明]1547 説盛謂，[三][宮]1598 名無常，[三]1341 世間共，[三]1532 是，[聖]1509 大悲心，[宋][宮]、明註曰故南宋藏作説 310 於善法，[元]2016 知眞如。

死：[甲]2305 從因。

巳：[三][明]1332 所願。

誦：[乙]2391 八供五。

所：[甲]2266 舉種例，[元][明]1653 非彼體，[原]1780 以菩薩。

特：[明]2087 此遠尋。

王：[宮][聖]231 佛説是。

網：[三][宮]1509 而爲説。

唯：[元][明]671 建立説。

爲：[宮]1594 意識無，[甲][乙]2261 名，[甲]1922 菩薩於，[甲]2261 空者此，[三]192 服，[三]245 大王捨，[三]245 一切聖，[三]1093 八種，[原]2339。

畏：[三][宮]1521 何有是。

謂：[明]1553，[聖]1546。

文：[甲]1786 使十住，[甲]2035 然華嚴，[甲]2250 亦於，[甲]但作細註 2250，[明]1341 意爲首，[石][高]1668 作正因，[元]、又[明]1552 舉不染。

蚊：[甲]1839 非烟故。

問：[甲]1828 又身業。

我：[宮]1566 如耶若，[三][宮]380 作譬，[三]1523 於涅槃，[聖][甲]1763 樂淨等。

無：[甲]1736 恒不可，[明]614 非有常，[乙]1822 比量可。

誤：[甲]2266 也。

下：[甲]1736 阿僧祇。

顯：[甲]2195 知總說，[元][明]99 念且停。

相：[甲]1733 二見身，[甲]1839 違因總，[甲]2305 三性，[甲]2412 也，[乙]1736 疏然此，[元][明][石]1509 故。

想：[甲]2305 業識已。

効：[甲][乙]2391，[乙]2397 基師云。

心：[乙]2263 也意既。

行：[甲]2195 乃至能。

性：[三]1509 則知虛。

修：[三]375 苦行。

虛：[甲]2266。

旋：[原]2216 迴布之。

血：[元][明]643 焚燒山。

言：[甲]2305 淺故不，[三][宮]1520 疑義者，[聖]222 言曰空。

演：[宮]374。

耶：[甲]2337 答三，[宋][宮]、一[元][明]586 網明言，[原]1700 謂有相。

也：[甲][乙][丙]2778 惑者謂，[甲][乙]1822 論若，[甲][乙]1822 如何乃，[甲][乙]1866 五，[甲]1709 從此第，[甲]1709 又了身，[甲]1736 第二經，[甲]1736 疏法若，[甲]1792 三藏釋，[甲]1805 七中明，[甲]2196，[甲]2814，[明]1520，[乙]2254 是智所，[原]論[原]1840 問因陳。

夜：[明]1341 彼夜叉。

業：[三][宮]754 何謂爲。

一：[宮]721 所受苦，[甲]1721。

衣：[三][宮]1431 若得衣。

已：[甲]1821 下論云，[三][宮]1606 滅故因。

以：[宮]397 大乘難，[甲][乙]2207 名鷲頭，[甲]1512 是法非，[甲]1722 柔和忍，[甲]1733 知顯，[甲]2204 十信修，[甲]2217 瑜伽論，[甲]2223 今爲毘，[甲]2270，[甲]2270 三相言，[甲]2337 華，[明][宮]1646 不，[明]1425，[明]2123 兩舌復，[三][宮]1548 彼因緣，[三][宮][聖]1421 自作無，

[三][宮][聖]1509 不住答，[三][宮][石]、－[聖]1509 夢難菩，[三][宮]586 一切言，[三][宮]616 復言斷，[三][宮]616 行捨莫，[三][宮]1425 愁憂苦，[三][宮]1425 汚衣佛，[三][宮]1602 於我無，[三][宮]1646 但説四，[三][宮]1646 失禪定，[三][聖]200 忽然，[三]125 説如來，[三]211，[三]1564 言都無，[聖]227 憂愁啼，[宋][元]374 佛性即，[宋]2122 戴火答，[原]1834 無少法，[原]1840 其喻亦。

矣：[甲][乙]1709 從此第，[甲]1709 從，[甲]1709 從此第，[甲]1709 因緣故，[乙]1709 從此第。

亦：[甲]1733 立此名，[甲]2266 名無，[三][宮]585 無流演，[元]228。

義：[甲]2273 屬，[三][宮]268 是故名。

因：[甲]1736 無所得，[甲]2273，[三][宮]403 至生死。

飲：[宋][元]613 即得飽。

應：[三]1532。

由：[三][宮]1558 此定非，[三]99 彼。

有：[甲]2814 所變者，[明]1547 説因彼，[三][宮]305 大功德，[三][宮]1592 自事中。

又：[甲]1735 非，[甲]2219 上疏釋，[甲]1863 唯識論。

於：[宮]2043 大地其，[甲]2266 諸性罪，[明]2016，[三][宮]398 無等倫，[乙]2263 現法中，[乙]2408 大，[原]1201 無相。

歟：[甲]2217 問此六，[甲][乙]2263，[甲][乙]2286 是，[甲]2195，[甲]2195 或又，[甲]2195 云云，[乙]2263 亦論因，[乙]2263 又七識。

與：[甲]2371 理即名，[聖][另]1435 以是因。

語：[石]1509 得涅槃。

欲：[宮][聖]1579，[宮]1443，[宮]1509 來見，[宮]1559 諸世界，[甲][乙]1866 得阿羅，[甲][乙]2070 絶食畢，[甲]1717 頓點三，[甲]1822 苦集，[甲]2068，[甲]2400 可成五，[明][宮]398，[明]210 害人亦，[明]293 令其愛，[明]2131 先悲後，[三][宮]263 啓勸願，[三][宮]274 發道心，[三][宮]292 開，[三][宮]374 服者當，[三][宮]588 道天子，[三][宮]606 懷怨結，[三][宮]1428 利益故，[三][宮]1546，[三][宮]1548 取愛色，[三][宮]1549，[三][宮]1558 説前，[三][宮]2103 使自天，[三][宮]2121 取舍利，[三][聖]211 害人亦，[三][聖]1563 應，[三]99 共來具，[三]153 修行善，[三]186 曠然其，[三]212 觀者斯，[三]489，[三]607 爲生，[三]1532 是名根，[三]1562 但闕樂，[三]1582 二指智，[三]1647 如內怨，[三]2152 遊天竺，[聖]1433，[聖]2157 廣見敏，[宋][宮]1453 告言具，[宋][元][宮]1579 名重貪，[乙]2249 簡此類，[乙]1816 言，[乙]1822 女男，[乙]2261 五爲，[乙]2296 現應化，[元][明]656 不復愛。

爰：[甲]2263 知後念，[乙]2263 知義燈。

緣：[甲][乙]1822 論最，[三][宮] 414 天尊忽，[三][宮]721，[元][明]658 不作法。

曰：[甲]2339 法花經。

樂：[三][宮]382 應捨一。

云：[甲][乙]1821 感身時，[甲][乙]1822 稱冥滅，[甲][乙]1822 如色說，[甲][乙]2397 冒，[甲]1736 小通耳，[甲]1785 常在根，[甲]2217 淺深，[甲]2255 皆作因，[甲]2266，[甲]2299 名無始，[乙]2381 文殊所，[乙]1821 婆沙，[原]2271 爲決定。

哉：[乙]1239 而見此，[原]2335 答諸大。

在：[甲][乙]1822 正，[明]164 轉種地，[乙]2249 此位俗，[原]2271 自體後。

暫：[宮]374 出重故。

則：[甲]1784 智成智，[三][宮][聖]1509 得生不，[三][宮]305 能清淨，[三][宮]1646 得增長，[元][明]1509 不能，[原]1764 不可說。

照：[甲]1928 故各名。

者：[丁]1831，[宮]263，[宮]272，[甲][乙]1822 謂說阿，[甲][知]1785 更說爾，[甲]1733 有二，[甲]1816 此解一，[甲]1828 當無二，[甲]1828 何扶根，[甲]1851，[甲]1911 瞋我，[甲]2219 字修行，[甲]2263 離諸過，[甲]2266 有假卒，[甲]2814 復說爲，[明]264，[三][宮]411 樂行十，[三][宮]721

不久退，[三][宮]1552 此，[三]1520 如經我，[石]1509，[宋][宮]639，[元][明]2016 名所緣，[元][明]272 不能得，[元][明]1579 諸有無，[元][明]1646 不名動，[原]1744 即正法，[原]1840 名爲生，[原]2266 是表業。

正：[三]205 與佛，[元][明]624 道其急。

政：[宮]356 如是何，[三][宮]2102 言未知，[原]、政[甲]1782 事，[知]2082 不殺汝。

支：[乙]1823 無指陳。

知：[甲][乙]1909 然若無，[甲]2075 順言說，[甲]2266 疏云此，[甲]2274 本量所，[甲]2274 後三相，[甲]2286 然金剛，[甲]2337 勸令受，[三][宮]278，[三][宮]1509 名多安，[三][宮]1641 然根塵，[三][宮]1646，[三][宮]1646 生五道。

至：[原]1858 能。

治：[甲][乙]1822。

致：[三][宮]1428 患銓，[三]2145 一言耶，[宋]100 得無害。

中：[甲][乙]1822 恒名有，[甲]2035 天子唱，[明]1522 此七地，[聖]225 來，[元][明]1602。

諸：[明]220 雖學空，[三][宮]374 大衆及。

自：[聖]639 未食令。

總：[甲]1816 有頌云。

足：[石]1509 在生死。

最：[明]310 能出現。

者：[甲][乙]2263 是法差。

雇

酬：[三]161 婆羅門。

固：[三][宮]1558 守田。

顧：[明]190 得一，[明]1423 織，[明][聖]790 直強者，[明][石]1509，[明]190 取多人，[明]190 五人三，[明]190 五人所，[明]703 擔尸燈，[明]1421 數倍使，[明]1425 人闍維，[明]1428 戲笑惡，[明]1452 爲客作，[明]1458 而作若，[明]1459 作此事，[明]1463，[明]1463 比丘，[明]1464 卿三衣，[明]1464 四力人，[明]1559 守田釋，[明]1560 守田，[明]2053 人等有，[明]2060 匠營造，[明]2060 人前後，[明]2121，[明]2121 之伯，[明]2121 直比於，[明]2122 擔屍燈，[明]2122 匠營造，[明]2122 經像之，[明]2122 令防護，[明]2122 殺生受，[明]下同 1442 與他作，[三]152 其婿直，[三]152 如數梵，[三]1421 織師織，[三]1425 直瞋恚，[聖]1425 直嫌言，[石]1509 人書寫，[元][明][聖]125 人使事，[元][明]171 婆羅門，[元][明]2122 人開。

價：[聖]1425 直云何。

賞：[元][明]1421 汝物世。

售：[元][明]2121 錢而告。

直：[三][宮]2085 直取物。

痼

固：[三][宮]2122 病及差，[宋][元][宮]2122 病實難。

涸：[元]411 之宿疾。

錮

銅：[三]2103 腹透迤。

顧

頒：[三][宮]292。

併：[三][宮]2103 茅廬。

墮：[三][宮]401 短乏舍。

額：[宋]2154 延住制。

赴：[三]、覆[宮]1464 須臾時。

故：[宮]310 男女，[甲]1736 即其義，[聖]99，[元][明][聖]1 來問三。

雇：[內]973 賣不售，[甲]1717 其寶，[明]185 曰買華，[三]184 至五百，[三]205 使，[三]211，[聖]419 其親屬，[宋][元][宮]1509 已即以。

規：[三]、願[宮]2123。

賈：[元][明]5 其直黎。

領：[宮]2034 謂尚，[甲][乙]2309 四，[甲]1238 録爾時，[甲]2053 靡識所，[甲]2119 德薄行，[甲]2119 庸愚懼，[甲]2195 少分也，[甲]2362 戀身二，[聖]2157 城闕。

令：[甲]2119 失圖玄。

履：[宮]1425 臨此屋。

面：[宮]2123 作是念。

愍：[三]196 若茲王。

念：[甲]2195 二乘現。

頗：[三][宮]1451 能與我。

傾：[甲]1782 拔名善，[甲]2036，[三][宮][聖]1465 錢帛死，[三]156 動疲勞。

求：[甲]2311 障礙問。

然：[三]125 世尊若。

視：[明]2087 身若浮，[三]192 顧瞻菩。

首：[明]2076 石頭云。

碩：[三]2154 望恐奪。

題：[三][宮]1425 身臥敷。

頭：[聖]1425 共比。

顯：[甲]2271 有性同，[甲]1733 本來性。

須：[宮]1690 視猶如，[宋]743 望於天。

顏：[甲]1816 未成悲，[明]2060，[聖]2157 延住制。

願：[宮]421 自，[甲]1816 戀二了，[甲]2036 面試奈，[甲]2311 自輒趣，[明]220 有情善，[明]220 者彼人，[明]1450 見菩薩，[三][宮]2103 惟糟魄，[三][宮]322 爲斷俗，[宋][宮]790，[宋][元]220，[宋][元]1579 戀愛所，[宋][元]2047，[宋]125 時如來，[宋]744 臨至舍，[乙]2425 善法九，[元][明]1585 自他者，[元][明]186 意欲還，[元][明]193 求道心，[元]125 影所謂，[元]190 而，[元]221 視行時，[元]639 入王舍，[元]1579 戀俱，[元]2122 視道邊，[元]2122 望四方。

瓜

苽：[甲]1750 比瓠猶，[甲]1826 爲小於，[甲]下同 2255 義二師，[明][宮]2122 種，[三][宮]1451 瓶於中，[聖]1723 音讀玉，[宋][元][甲]1033 果等眞，[乙]1833 蔕不相。

立：[乙]2218 而高昇。

蓏：[三]2121 食飲飽，[三][宮]2121 子到，[三][宮]下同 2121 而消息。

水：[甲]2087 瓠葷陀。

衣：[三]1644 如竹。

依：[甲]2087 熟則黄，[甲]2243 云云四。

爪：[甲]1804 極長如，[明]1435 莖貯褥，[三]、爾[聖]99 刮令其，[三]、抓[聖]200 梵志，[三][宮]2034 甲取土，[三][宮][聖]354 甲赤薄，[三][宮][聖]379 甲及以，[三][宮][聖]1462 瘡或口，[三][宮]2122 齒皮肉，[三][聖]1441 作偸婆，[三]24 長而，[聖]1425 食之爲，[聖]1723 豚之屬，[宋][元][宮]2122 州城東，[宋][元][宮]2122，[宋][元]2154 梵志等，[元][明]、抓[聖]125 齒成，[元]2061 豈繫。

苆：[三][聖]190 二名跋，[聖]99 田時有，[聖]1859 名爲熱。

抓：[三][宮]1505，[宋][宮]、爪[元][明]671 自在。

抓

抓：[聖]1763 上土案。

苽

瓜：[甲][乙]1821 其味甘，[甲][乙]1822 樓性短，[甲]2879 長七尺，[明]1462 菜不，[明]1462 大紫色，[三][宮]1488 施於塔，[三][宮]2102 祭祀其，[三][宮]2122 求寄載，[三][乙]1092 木截治，[宋][明]、爪[元]375 名

爲熱，[乙]1821 始終，[乙]2296 鼉良由，[元][明]1509 雖形似，[元][明]2121 田無摸。

　蓏：[宮]2123 當，[三][宮]2122 子，[三][宮]1488，[三][宮]2123，[三][宮]2123 食飲飽，[三][宮]2123 子到自，[三][宮]下同 2121 然後自。

　爪：[聖]1428 疑佛言。

刮

　割：[三]156 餘肉用。

　亂：[三][宮]1562 眞然後，[宋]2121 作聲維。

　削：[聖]1428 垢刀水。

栝

　枯：[甲]2128 聲類作。

　括：[三][宮][聖]626 鎭遮薩。

刷

　攢：[三]、咼[宮]2060 折都盡。

寡

　寮：[甲]2053 力玄奘。

　裸：[三][宮]2122。

　冥：[乙]2087 昧迫於。

　貧：[三]1441 女語比。

　少：[三]360 世間忽。

　遺：[三]154 獨與母。

　置：[甲]2887 獨守空，[聖]1451 習俗生。

卦

　封：[宋][元][宮]2108 象之所，

[元]2105 也爾時。

　排：[甲]、柱[乙]2879 著城。

　起：[原]1744 應但釋。

　柱：[元][明][宮]、拄[聖]2060 腹。

挂

　掛：[宮]1421 著界内，[宮]1458 象牙或，[甲]2006 箇中雙，[甲]2006 向御樓，[明]、桂[聖]1443 於樹枝，[明]2076 氷霜不，[明]2076 角，[明]2076 情情不，[明]2076 子，[三][宮]、桂[久]1452 壁要處，[三][宮]、柱[另]下同 1451 眠處，[三][宮]789 身或安，[三][宮]1482 法幡然，[三][宮][甲]2053 尊兩臂，[三][宮]451 以天繒，[三][宮]847 其身上，[三][宮]1442 在樹枝，[三][宮]1451 象牙，[三][宮]1458 杖頭荷，[三][宮]1559 置壁上，[三][宮]2123 樹網，[三]1039 種種寶，[宋][明][宮]、桂[聖]1452 於塔上。

　桂：[甲]1728 骨劍樹，[甲]1913 況本文，[明][甲][乙]866 接從，[三][宮]2066，[聖][另]1442 義其所，[聖][另]1459 花鬘，[聖][另]下同 1458 肩而去，[聖]2157 懷。

　捐：[聖]279。

　拄：[乙]1086 諸度。

　柱：[三]1123，[宋][元]2103 杖伏地。

掛

　拂：[甲]2053 臂者以。

挂：[宮]1998 恁麼去，[宮]1998
片雲超，[宮][甲]1998 露柱，[宮][甲]
1998 片雲古，[宮][甲]1998 起鉢盂，
[宮]672 其頸爾，[宮]1457 眠處，[宮]
1998，[宮]2103 旛蓋於，[宮]2103 刑
網禿，[宮]2104 樹捧心，[甲]1969 方
便風，[甲]2006 垢衣云，[甲]2035 腸
胃于，[甲]2035 名於官，[明]261 樹
上，[明]2076 一兩尺，[三]、桂[甲]
2125 僧籍同，[三][宮]1451 以金瓶，
[三][宮]1470 肘入三，[三][宮]1650 無
由可，[三]2110，[另]1459 幡不應，
[石]2125 髀而去，[宋][宮]2122 著池
邊，[宋][元][宮]2121 樹不齎。

巾：[三][宮]1471 著樹上。

客：[宮]2025 點茶牌。

樹：[三][宮]866 與種種。

推：[元][明]、挂[宮]2103 刑網
有。

懸：[三][宮]2122 之。

拄：[三][宮]1545 龍。

罣

得：[宋]、礙[元][明][宮]2043。

卦：[三]2110 於群生。

挂：[三]2103 於群生。

絓：[聖]375 礙故，[聖]375 礙智，
[聖]397 礙，[聖]397 礙處説，[聖]397
礙故故，[聖]397 礙是名。

桂：[宋]、結[宮]309 礙心常。

畫：[宋]374 礙智雖。

繼：[宋]、絓[宮]414 礙能通。

空：[三][宮][聖]625 礙行。

量：[三][宮]1509。

湮：[三]192 羅月光，[三]192 羅
轉輪。

障：[乙]2397 礙一切。

住：[宋][宮][知]598。

罪：[三][宮]403 所見審，[聖]
1788 無量廣，[宋][聖]99。

絓

但：[三][宮]2122 是弓刀。

凡：[宮]2103 是寺舍。

繼：[宮]2102 諸訓詁，[甲][乙]
[丙]973 綵帛四，[三][宮]2060 是聖
迹。

結：[三][宮]2060 是前。

經：[宮]659 是如來，[甲]、珪[乙]
2397 是八萬，[甲]1783 是八萬，[三]
[宮][甲]2053 塗茌苒，[三][宮]2053。

緤：[明]、經[宮]2121 足不離。

詿

繼：[甲]2270 誤焉。

乖

背：[甲][乙]2263 闕後二，[甲]
2263 違順故。

乘：[甲]1735 理顛倒，[甲]1775
寂故常，[甲]1816 無著説，[甲]2183
自宗義，[甲]2250 業敗非，[三][宮]
2123 苦樂報，[三]1566 空，[三]1616
道即無，[乙]、來[乙]2157 誤故，[元]
[明][宮]1618 八聖道。

垂：[宮]1424 文及唱，[甲]1778

鏡像拳，[甲]1909 勝善未，[甲]2266 條多所，[明]2060 僧法共。

妨：[甲]1736 者是第。

非：[甲]、乖[甲]1781 於實相。

淨：[宋]、爭[元][明]2149。

來：[三]2154 誤故附。

離：[三]192 有心執。

窮：[甲]1816 角今依。

丘：[甲]1805 請懺。

求：[宮]2108 通理又，[甲]1925 理猶預，[甲]2362 現前觀，[宋]2145。

順：[原]2339 違稱歎。

形：[甲]1816 角。

耶：[乙]1724 僻故名。

亦：[甲]1708 爾名假，[甲]2036 違終無，[聖]1509 錯破壞。

永：[甲]1851 稱曰體，[甲]1710 離，[三]6 異，[聖][石]1509 異或受，[聖]1522，[另]1721 損上二，[另]1721 至理故，[宋]99 乖離傳，[知]266 闊。

卒：[甲]2073 歲以此。

掴

猚：[三][宮]、掣掫[聖]514 食之身。

拐

捌：[另]1459 行等類。

枴

拐：[三][宮]1443 行腫脚。

怪

怖：[三][宮]310 遠離一，[三][宮]500 宗，[三][宮]1509 畏皆捨，[三][宮]1545 王不失，[三]1644 衆寶所，[石]1509 未曾有，[宋][明]1272 四，[元][明]658 云何名。

煩：[三][宮]2060 昔日仰。

卦：[甲]2879 野蟲入。

怙：[宮]2103 焉未合，[原]2196 羅此云。

懷：[聖]1464 愁憂用。

恢：[宋][元]2102 所述。

苦：[三]156 哉世間。

快：[甲]1969 無遮礙。

愧：[甲]2035 問之師。

恪：[甲]1110 惡夢悉，[宋][元][宮]、恪[明]2103 神。

奇：[三][宮]2122。

事：[三]、性[宮]2122 出搜神。

悵：[三][宮][聖]419。

帖：[甲]2167 十八上。

物：[三][宮]2122 其歌謠。

惜：[甲]1775 也。

笑：[三][宮]、[石]1509 於脚。

性：[宮]263 佛，[甲]2068，[三]2103 令智惛，[聖][另]285 未曾有。

怡：[三]、治[宮]2121 問之汝。

裕：[三][宮]2102 昭昭之。

芝：[原]1898 遂殺之。

佐：[三][宮]2122 違也營，[聖]1763 者理玄。

忹

在：[三][宮]398 故諸法。

噲

嚕：[甲][乙]2390 拏天形，[乙]2390 拏六執。

官

安：[三]616 位寶藏。

臣：[甲]2068 於門外，[乙]2092 浮虎慕，[元][明]1509 集議雨。

當：[明]1435 作閏月，[明]2123，[三][宮]1435。

定：[甲]2036 之有誥。

惡：[原]1248 人於三。

宮：[內]1184 事王厄，[宮]598 水火盜，[宮]1435 大聲唱，[宮]1435 人不得，[宮]1451 拘，[宮]1547 豐富如，[宮]2059 寺釋弘，[宮]2122 捕推移，[甲]1754 夜摩即，[甲][乙]2207 卿宗廟，[甲]893 訖那木，[甲]912，[甲]1156 自開恩，[甲]2036，[甲]2068 夜夢見，[甲]2089 沙彌寺，[甲]2128 反左傳，[甲]2128 毋說文，[甲]2129 室卑無，[甲]2129 惣一千，[甲]2362 天台宗，[明]196，[明]263 屬棄國，[明]341 作大衰，[明]515 美人眷，[明]1336 盜賊水，[明]2060，[明]2103 鳥紀未，[明]2103 紋，[明]2110 至侍中，[三]158 如來座，[三][宮]2060，[三][宮]2060 臣及三，[三][宮]2102 將於丹，[三][宮]2104 臣及三，[三][宮]2121 人大臣，[三][宮]2122 城門守，[三][宮]

2122 宜爲，[三]186，[三]186 屬一，[三]189 倍加警，[三]200 法爲王，[三]202 前諫喻，[三]2087 垂憲至，[三]2088 供四事，[三]2103 一日將，[聖]2157 教，[聖]下同 1509 事起是，[東][宮]721，[宋][元]2060，[宋][元]2061 人日，[宋][元]2122 庶後宮，[宋][元]2153 寺刋定，[宋]2103 女，[乙]2190 法界之，[元][明]623 屬具足，[元][明]2154 彌勒成，[元]2103 於江潯，[原][甲]1781 內官，[原]2126 醮祀祈，[知]598 屬三萬。

冠：[明]2108 等道爲，[明]2110 勵織何，[明]2122 之儔夫，[三][宮]2102，[三][宮]2108 趂承訓，[三][宮]2108 官等拜，[三][宮]2112 二流彼，[三][宮]2122 不禮三，[三]2102 女官道，[三]2103 道士女，[三]2103 等有精，[三]2108 僧尼恭，[三]2108 僧尼於，[三]2110 云姜元。

棺：[宮]2060。

關：[三][宮]1488 津稅賣。

莞：[三]2063 曾成法。

管：[甲]2289 可，[三]2110，[三]2110 學道士。

害：[甲]1227 亦爾，[明]1153 及水火。

宦：[甲]1820 曰譯，[甲]2035 檢送寺，[明][和]下同 1665，[三][宮]2060 故又居，[三]2154 徙寓新。

家：[明]2122 儻不肯，[乙]2157 又爲。

眷：[三]184 屬顛倒。

軍：[明]186 而轉法。

空：[乙]966 本命星。

令：[聖]1421 見已便。

榮：[三][宮]2028 事國中。

王：[三][宮]2048 王便困，[三]202 若其是。

姓：[明]2110 星如是。

言：[三][宮]1464 所賜。

印：[甲]1248 人愛敬。

營：[元][明][聖][石]1509 從是。

宰：[三]2104 漁屠辛。

冠

別：[甲]1086 坐自在。

戴：[宋][元]1092 髑髏半。

等：[明]1545。

帝：[甲][乙]2362 問曰汝。

觀：[三][宮]2108 空有理。

貫：[甲]1719 十，[甲]1775 於，[明]185 日之精，[明]2060 通賢綴，[明]2122 日處胎，[三][宮]2102 群識鑽，[三][宮]2108，[三][宮]2121，[三]2110 世敬信，[聖][另]285 造大瓔。

髻：[聖]279 被以火。

菅：[宮][聖]292 正。

尩：[甲]2164 混。

寇：[宮]2108 已居國，[三][宮]2122 氏本信，[宋][宮]2103 捉金杖。

樹：[宮]278 一切佛。

鬚：[甲]1918 問曰耆。

衣：[三][宮]2104 服並是。

中：[甲]1067 住佛身。

棺

官：[三][宮]2060 樣不須。

舘：[宮]2059 升空而。

槨：[三][宮]2121 裏復。

藉：[三][宮]2041 終夜燒。

檀：[三][宮]2122 車下其。

關

礙：[甲]1884 涉也。

閉：[甲]1921 門靜坐，[三][宮][聖]1456。

闡：[三]2060 延敵莫。

閤：[聖]1435 戶。

閣：[宮]2102 運當周。

共：[甲][乙]1822 破斥准。

棺：[三][宮]2103 殮但以。

觀：[甲]1786 三教四。

間：[三][宮]2060 懷中書。

卷：[乙]1184 齋戒訖。

開：[丙]2381 初心如，[敦]1960 不見陳，[宮]1598 徵責立，[宮]1610，[宮][聖]515 密掩種，[宮]384 身迴旋，[宮]2008 一門深，[宮]2102 西引之，[宮]2123 僧，[甲][乙]1822 此義，[甲][乙]1822 反問各，[甲][乙]1822 問也，[甲][乙]2194，[甲][乙]2207 之東西，[甲]966 齋戒於，[甲]1302 顯法門，[甲]1719 下正示，[甲]1724 敬，[甲]1728 觀音德，[甲]1731 兩所有，[甲]1744 教前人，[甲]1763，[甲]1763 來仍答，[甲]1783 於業各，[甲]1830 由此性，[甲]1918 餘地若，[甲]1921 度生，[甲]1960 三界牢，[甲]2119 張掖，

[甲]2129 謂之楱，[甲]2263 勘文者，[甲]2271 取此空，[甲]2299 什公也，[甲]2299 識法若，[甲]2300，[甲]2339 等言或，[甲]2339 故非連，[甲]2397 況乎，[甲]2434 字者預，[甲]2778 輔時競，[三]201 邇門，[三][宮][聖]2060，[三][宮]1428 居彼犯，[三][宮]1547 故問若，[三][宮]1559 竟今應，[三][宮]2059 四澗亘，[三][宮]2060，[三][宮]2060 者間出，[三][宮]2122 互市當，[三]198 閉聽，[三]202 欅，[三]2103 所立之，[三]2145 獎利自，[三]2145 解先後，[聖]2157，[聖][另]1459，[聖]1595 外緣，[聖]1721 昔大爲，[聖]1763 菩薩之，[聖]2060 河晉魏，[聖]2157 內恒相，[聖]2157 勸請勤，[石]1509 木，[宋][宮]2034 山西東，[宋][宮]2060 辯曰，[宋][宮]2060 徵覈莫，[宋][宮]2103 衆僧何，[宋][宮]2122 河聽澄，[宋][元][宮]1591 憶念縱，[宋][元]2122 人事，[宋]156 預王告，[宋]190 安，[宋]1092 鎖總開，[宋]2087，[宋]2103 古典束，[宋]2110 中死，[宋]2122 典內外，[宋]2122 中僧道，[宋]2145 獵罪俄，[乙]2297 故無不，[乙]2249 立色心，[乙]2296 八萬理，[乙]2296 佛乘，[乙]2362 能詮一，[元][明]2106 度浮圖，[元]1092 閉十六，[元]2016 閉一切，[元]2060 住興善，[原]1778 呵不知，[原][甲]1781 蓋，[原]1744 有逾常，[原]1960 齋戒金，[原]2339 義途一，[知][甲]2082 鎖之。

門：[宮]2060 壞時有，[甲][乙]1822，[三][宮]2109 關五乘。

闞：[宮]309 三，[甲]2266 滅力問，[甲]1112 使心散，[甲]1785 啄一捨，[甲]1969 生前之，[甲]2128 反劉兆，[甲]2266 乘位此，[甲]2274 宗同品，[明]2149 異言傳，[三]、開[宮]607，[三][宮]2034 亦更有，[另]1451 塞怖八，[宋][元][宮]2103 三木者，[宋]2121 齋如是，[原]2271 能別言。

同：[甲]、闞[甲]2223 他部故，[聖]2157 秦主興。

聞：[甲]2035 二十，[三]1440 了若遺，[聖]2157 中僧衆。

問：[宮]2060 多誦陳。

閑：[三][宮]2060 以金鑰。

異：[甲]1841 因明自，[甲]2266 經中所。

與：[三][宮]1521 陰馬藏。

預：[甲]1851 事。

鰥

孤：[聖]514 寡王如，[宋]1 獨卑陋。

觀

愛：[三]643 如梵王，[元]220 嘗無厭。

儞：[三][宮]2122 那祇梨。

處：[聖]125 此人以。

觸：[三][宮]1592 故彼初。

當：[甲]2400 鑀字在。

諦：[甲][乙]1751 須知於，[甲]

2362 方便道，[三][宮]1579 又此聖，[三][乙]1092 觀聖者。

都：[甲]、覩[乙]1724 見何須。

覩：[宮]222 解一切，[宮]263 察眾生，[宮]263 宿所緣，[宮]403 一，[甲]1782 來，[甲][乙][丙]2381 見以普，[甲][乙]1723 光來集，[甲]1512 我法體，[甲]1709 斯，[甲]1781 希，[甲]1782 報佛況，[甲]1782 光明或，[甲]1960，[甲]2129 也正作，[甲]2195 三事空，[甲]2219 見種種，[甲]2801 自過二，[明][宮]318 彼發道，[明]156 本緣尋，[三]、見[聖]200 已問，[三][宮][知]266 此即當，[三][宮]233 見無喜，[三][宮]263 諸佛興，[三][宮]397 見無有，[三][宮]401 見本悉，[三][宮]416 見無，[三][宮]425 於，[三][宮]425 眾難無，[三][宮]477，[三][宮]481 察造證，[三][宮]481 一切功，[三][宮]598 世所有，[三][宮]606 諸天宮，[三][宮]2102 近弊將，[三][甲]1333，[三][聖]125 無窮前，[三][乙]1092 九十九，[三]152，[三]159 餓鬼道，[三]186 散花右，[三]193 我是大，[三]202，[三]1301 見種姓，[聖]231 者無厭，[聖]663 得正分，[聖]1763 見至不，[宋][宮]664 得正分，[醍]26 者歡悅，[乙]850 一圓明，[乙]1709 之不惑，[乙]1796 此不思，[乙]2393 此灰中，[元][明]310，[原]1796 如來無，[知]266 已過罪，[知]1785 是報身。

墮：[三]159 畜生道。

法：[三][宮]、得[別]397 法故信，

[三]1537 彼由。

方：[聖]1428 之。

閣：[甲]2217 莊嚴之。

覲：[三][宮][聖]606 其身謂。

顧：[甲][乙]1822 自性，[三][宮]1546 視不見。

官：[宮]1421 自觀身，[原]1987 察使語。

冠：[甲]1912 下文故，[元]、貫[明]383 日之精。

觀：[乙]874 紇哩。

館：[三][宮]1421 有諸比。

貫：[甲]1775 一相，[三][宮]2121 練神呪，[三][宮]2040 日之精，[三][宮]2059 風俗家，[三][宮]2060 心彼此，[三]125 博書疏，[聖]1723 生死聰，[宋]212 珠音，[元][明]2121 日之精。

灌：[乙]1796 漉淨水，[乙]1796 漉中置。

光：[三][乙]1092 霧，[另]1509 世音菩，[石]1509 世音遍。

過：[宮]2103 如一馬，[和]293 一切道。

歡：[宮]671 地餘地，[甲][乙]2254 娛天大，[甲][乙]1833 喜於違，[甲]2120，[甲]2266 喜住菩，[明]721 陀，[明]2131 喜藏摩，[三][宮]440 丹鄉本，[三][宮]618 喜增，[三][宮]2103 於物類，[三][宮]2123 欣其力，[乙]1909 釋佛，[原]2362 魔歷劫。

惑：[甲]1912 觀三諦。

覰：[甲]2823 其述作，[三][宮]1454 遊兵打。

既：[元][明]1587 無常時。

見：[宮][聖]1552 者是慧，[宮]310 成就金，[宮]721 行於正，[宮]816 如來亦，[甲]2266 又二攝，[甲][乙]1821，[甲][乙]2263 文，[甲]1799 欲如避，[明]310 見凡夫，[三][宮]666 衆生雖，[三][宮]721 善惡業，[三][宮]1442 同汝已，[三]125 此人已，[三]602，[石]1509，[乙]2396 其機隨，[元][明]2016。

教：[三][宮]619 令觀身，[三][宮]620 而作是。

覩：[甲][乙][丙]2089 無由我，[三][宮]263，[三][宮]272 諸佛，[三][宮]433 如來覩，[三][宮]2060 禮旦就，[三][宮]2122 此尼色，[三]2063，[宋][宮]2060 因與琳。

境：[甲]1736 後雙就。

鏡：[甲]2371。

就：[甲][乙]1822 知別中。

決：[甲][乙]2404 且述今。

覺：[宮]309 法，[宮]614 老少貴，[宮]1506 禪生答，[甲]1733 分生死，[甲]2193 樹通稱，[甲]1733 觀是身，[甲]1918 攝之令，[甲]2274 熱觸即，[明]1559 偈曰餘，[三]1340 知故能，[三][宮]222 智慧度，[三][宮]1548 定無覺，[聖][甲]1733 未，[聖]26 分，[聖]1548，[石]1509 一切法，[宋][元]1559 唯有，[元][明]1541 若心行，[知]1581 有。

看：[三][宮]1425 亦不得，[三]1427 軍發行。

空：[甲]2263 以論文，[乙]2263 既淺何。

苦：[甲]2337 苦。

覽：[三][宮]2060 若值。

離：[甲][乙]1796 一切觀，[明]671。

樓：[三][宮]537 上聞其。

論：[乙]1796 彼人成。

覿：[甲]1728 解者覆。

覓：[甲]2053 禮聖迹，[原][甲]1980 念佛衆。

能：[甲][乙]1822 知又不，[三][宮]310 了知三。

破：[甲]2300 行品云。

勤：[宮]2060 用漸當，[甲]1828 也謂緣。

親：[宮][聖][另]1509 近供養，[宮]221 般若波，[宮]224 人離我，[宮]278 善逝瞻，[宮]656 不念淨，[宮]671 於外事，[宮]1548，[宮]2102 之徒莫，[宮]2121 見如來，[甲][乙]1822 前二從，[甲]1700 向義謂，[甲]1851 故能遍，[甲]1958 佛色身，[甲]2254 能緣自，[甲]2255 善譬即，[甲]2399 承三藏，[三][宮][聖]1462 二者攝，[三][宮]481 已從佛，[三][宮]670 計著起，[三][宮]1442 察徒衆，[三][宮]1549 近生不，[三][宮]2060 音樂五，[三][宮]2121 何以惜，[三][宮]2123，[三][聖]125 義，[三]1441 伴比丘，[三]1488，[乙]1796 聞之彼，[乙]1796 察都無，

[乙]2394 布字門，[原]1840 能證彼。

權：[宮]1912 實有無。

勸：[宮]481 助佛法，[甲]、勸[原]1778 方得發，[甲][乙][宮]1799 不由，[甲]1065 正觀自，[甲]1724 閻浮提，[甲]1735 物順行，[甲]1782 住眞，[甲]1795 讚況前，[甲]1816 二無我，[甲]1816 修三摩，[甲]1828 損減惡，[甲]1921 修初事，[甲]2299 二乘學，[三][宮]656 彼無所，[三][宮]425 無想戒，[三][宮]2060 勤行，[三]2110 百姓依，[三]2122 立殿望，[聖][甲]1763 令依法，[聖]222，[聖]292 此十義，[宋]675 世自，[宋]951 讚尊重，[乙]2227 知用處，[元][明][宮]1562，[原]2208 修雜想，[原]1776 修學欲，[原]1962 護故諸。

散：[三][宮]1546 不住乃，[三][宮]2060 國乘機，[聖]380 我供養。

是：[甲][乙]1929 總身念。

視：[宮]309 彼已還，[甲]、覿[乙]1069 本尊愍，[甲]、觀[甲]1782 緣起理，[甲]1717 行者雖，[甲]1863 已行阿，[甲][乙][丙]1184 彼患人，[甲]1042，[甲]1182 彼，[甲]1512 二空彷，[甲]1717 心唯對，[甲]2068 矚山水，[甲]2195 佛故重，[甲]2207 而大悅，[甲]2223 察如來，[甲]2250 論顚末，[甲]2263 待此令，[甲]2311 餘，[甲]2323 聽非時，[三][宮]283 如師十，[三][宮][另]1428 時無，[三][宮]385 空，[三][宮]602，[三][宮]602 色耳不，[三][宮]617 於世間，[三][宮]656 無

厭足，[三][宮]1478 之當遠，[三][宮]1478 之當直，[三][宮]2121 大兒見，[三][宮]2123 之無厭，[三]310 供養畢，[三]1341 面故知，[聖]606 外火爲，[聖]613 無明識，[乙][丁]2244 不見餘，[乙]2207 萬里內，[乙]2254 聞聲乃，[乙]2261 眞理而，[乙]2394 自身五，[元][明][宮]374 不已雖，[元][明][聖]158 女人，[元][明]1509 其指而。

釋：[甲]2305 此文云。

說：[甲]2261 空有諸。

説：[宮]1509，[甲]2362，[明]2146 此經妖，[三][宮]1549 羸劣不，[三][宮]1552 色，[原]1863 淨土又。

雖：[明]220 何義。

隨：[三][聖]157 佛如影。

歎：[甲]1782 生滅無。

推：[甲]2901。

頑：[甲]1781 境云何。

望：[三][宮]2122 使染著，[元][明]、親[聖]210 其報，[元][明]211 其報。

聞：[三][宮]286 法正觀。

我：[宮]2121 願見救，[三]1428 其。

戲：[元][明]721 百河具。

戲：[明]1450 歡樂以。

顯：[甲]2396。

現：[宮]278 一切世，[宮]1458 略教如，[甲]2214 金剛界，[甲][乙]1821 修未曾，[甲][乙]1822 知他心，[甲][乙]1866 見故二，[甲]1512 勝境爲，

[甲]1512 我法二，[甲]1705 忍也，[甲]1717 分齊若，[甲]1733 如虛空，[甲]1823 已唯成，[甲]1828 通故與，[甲]1834 實有化，[甲]1863 行佛性，[甲]2204 之而爲，[甲]2217 故專可，[甲]2219 寂覺如，[甲]2259 故即下，[甲]2259 已後屬，[甲]2312 解者歟，[甲]2400 我被佛，[甲]2428 菩提心，[甲]2434 此一切，[明]、明註曰現北藏作觀 279 一切諸，[聖]1 問訊，[聖]99 大師，[聖]1788 有也攝，[宋]721 僧迦山，[乙]2215 令衆人，[乙]2396 華嚴金，[乙]2215 受至得，[乙]2391 金剛薩，[乙]2393 曼荼羅，[乙]2408 智身，[元][明]1545 上境故。

相：[甲]1911 不相違，[甲]2263 冥眞俗。

想：[三]375 者亦是，[乙]2408 海水底。

像：[元][明][乙]1092 變陀羅。

欣：[甲]1802 寂靜理。

信：[明]1656 自利一。

行：[甲]1705，[三][宮]1543 竟若成，[聖]1541 及。

形：[甲]1709 待假且。

修：[甲]2408 成就。

學：[三][宮]397 能數隨。

夜：[甲]1111 行自在。

亦：[三][宮]1644 聽音樂。

飲：[三][宮]2123 食有九。

印：[明]1056 也修行。

應：[元][明]1549 在物言。

有：[乙]2396 八葉蓮。

緣：[聖]1552 於下苦。

願：[甲]2168 讚，[三][宮][聖]227 我此福。

悅：[甲]2362 也故次。

樂：[明]1521 業果。

云：[聖][另][甲]1733 若觀若。

運：[甲]1784 即是三。

讚：[甲]1092 歎擁護。

照：[甲]2837 察，[三]375。

者：[三]2123 哉故涅。

正：[甲]1922 門第五，[三][宮]671 念眞如。

知：[三]375 是人即，[聖]227。

執：[三]1616 定淨不，[乙]2425 唯識於。

止：[原]1201 羽握。

種：[三]212 欲觀恚。

諸：[乙]1796 聖尊竟。

最：[三][宮]1543 在後。

作：[甲]2410 耶答弘。

莞

管：[三][宮]2122 窺覽不。

慨：[宋][宮]2103 然而悅。

晥：[宋][元]2060 爾而。

兎：[宋][元][明]1566 角生設。

莧：[宮]2034 席草屨。

苑：[甲]2244 共妻子。

琯

管：[三][宮]2103 茲園。

筦

管：[三][宮]2122 墨一挺，[三][宮]2122 凄，[三][宮]2122 異香芬。

苑：[三][宮]2103 維所屬。

管

菅：[丙]1214 之葉一。

勞：[甲]1239 於佛法。

撕：[宮][甲]1998 如僧。

鐵：[三][宮]1458 言作者。

脘：[元][明]643 閉塞蟲。

習：[甲]2274 見所窺。

也：[三][宮]2104 椿菌不。

營：[明]2122 人樊元，[三][宮]309 無地水，[三][宮]2102 穴偏見。

舘

觀：[聖]125 共相娛。

籬：[甲]1728 五拔刀。

錧

宗：[三]2154 轄矣。

館

觀：[明]2110 經目録，[三][宮][聖]223 有廬。

官：[甲][乙]2194 竪洛西，[三][宮]657。

管：[明]2103 有同。

綰：[乙]2120 告特進。

丱

了：[明]2076 角女子。

貫

安：[宮]2053。

寶：[明]190 復持種，[元][明]1509 珠電光。

冠：[明]1333 病人頭，[明]1421 頭衣以，[三][宮]1421 頭衣跋，[三][宮]2122 杖銘。

觀：[原]1780 雙流二。

眷：[三]25 屬四大。

顆：[三]2122 以奉太。

寬：[原]1840 通諸法。

覽：[三]2145 乃。

實：[丙]2120 盈陛下，[宮]2060 者萬計，[甲]2270 有同異，[明]2102 百，[明]1646 又若懈，[三][宮]288 焉，[聖]2157 三教同。

貰：[甲]2130 夷羅婆，[三]202 質豪貴，[元]588 不截亦。

聞：[三][宮][聖]397 惡聲中。

摜

持：[原]、慣[甲]975 五處心。

慣：[宋]1092 被身。

潅

崔：[乙]2296 嘉祥法。

盥：[宋]、罐[元][聖]99 杖梵志。

罐：[明]209 詐言洗，[三][宮]620 澡灌，[三]157 七寶妙，[三]180 前，[三]2053 一金錫，[元][明]26 請尊者，[元][明]153 以大，[元][明]157 燈燭七，[元][明]660 輪上，[元][明]1425 澆女人。

護：[聖]953 頂其人。

鑊：[三]86。

灌：[宮]1562 頂位於，[三][宮]1563 頂一切。

浴：[甲]、濯[丁]1141 本尊頂。

慣

串：[宮]1545 習者亦，[三][宮]1428 作患，[聖]1452 飲酒。

快：[三]171 憍樂何。

仆：[宮]、串[聖]703 富樂卒。

盥

澡：[三][宮]1425 比丘行，[三]20 浴死人，[三]198 浴太子。

灌：[宋]、灌盥[宮]2103 漱息瓶，[宋][元][宮][聖]、罐[明]1435 及繩掃。

罐：[元][明]25 鐵，[元][明]310 持用施。

鑵：[宋][元]、罐[明][宮][甲]901 一一各。

濫：[甲]2087。

盟：[聖]1460。

鹽：[三][宮]2122 掌唯夢。

已：[三]198 澡藏應。

溢：[宮]534 拱手對。

與：[宮]231 洗便易，[石]1509 水佛以。

萑

萑：[明]1548 荻聲。

灌

漼：[三][宮]2122 作聲鬼，[元][明]2060 已。

法：[宋]1331。

溉：[三]2088 餘根者。

冠：[三][宮]2122 須彌忉。

觀：[宋]、明註曰灌宋南藏作觀2122 佛微風。

盥：[三]2154 洗傍僧。

罐：[明]1421，[明]1435 繩掃篲，[三][宮]2123 盛水置，[三]1424 餘一切，[三]2088 受可，[三]2103 缽，[三]2149 可以備，[三]2154 內空弟，[三]下同、瓘[宮]2123 中飲水，[宋][明]、鑵[元]901 頂時一，[宋][明]、鑵[元]2110 咽細腹，[元][明]2063 與之博。

護：[宮]2123 名曰清，[宋]、濩[元][明]682 於無窮，[乙]2394 頂夜方。

加：[甲]2391 灌頂繫。

槿：[甲]2128 也亦漬。

囉：[三]1087 頂。

濯：[元]2061 園。

塗：[三][宮]866 之金剛。

推：[三][宮]2102 此之麁。

錐：[三][宮]1435 指。

濯：[甲]893 令淨然，[甲]1222 洗令瀉，[三][宮]549 浣二為，[三][宮][聖][另]1442 足方入，[三][乙]2087 身塗諸。

瓘

瓘：[三][宮]2060 等並陳，[三]

[宮]2060 閣，[三][宮]2060 二禪師。

罐

貫：[三]1336 須瓦燈。

潅：[宮]1425 佛知而，[甲][乙]973，[三][宮]、瓶[聖]613 口世間，[三][宮][聖]1425 時得越，[三][宮]1425 器繩，[三][宮]1425 水，[三][宮]1808，[三]125 及餘，[三]190，[三]190 以水洗，[聖]99，[聖]211 澡，[聖]下同 1425 中，[宋][宮]1425 是中床，[宋][元]125 一枚牛，[宋][元]156 盛滿清，[宋][元][宮][聖]1547，[宋][元][宮]1547 不覆，[宋][元][聖]190 出種種，[宋][元]72 復以八，[宋]26 語彼人，[宋]157 與妙音，[宋]1103 銅鑪亦。

盥：[三][宮]1425 隨後到，[三]154 及金澡，[三]184 最聰明，[宋][明]、與[元]201 諦視恐。

灌：[宮]1472 井中使，[宮][聖]1428 若杖若，[宮]374 綆汲取，[宮]1471 井中使，[宮]2060 在庭，[甲][乙]901 自頂上，[甲][乙]1250 華香，[甲][乙]2087 量可，[三][宮]、盥[另]1435 水著前，[三][宮]1428 盛水，[三][宮]1472 六者當，[三][宮][甲]901 於功德，[三][宮][聖]425 手執美，[三][宮][聖]1435 銅蓋，[三][宮]671，[三][宮]1464 外復有，[三][宮]1648 禪具高，[三][宮]2085 并餘物，[三][宮]2121 盆器香，[三][宮]2122 盆器香，[三]1336 有膩者，[三]1441 瓶蓋水，[聖]26 空無有，[聖]125 施復以，[聖]834 處處

尋，[聖]1451 及繩與，[宋][宮]1435 厠澡，[宋][宮]2060 内空弟，[宋][元][宮]、明註曰罐南藏作灌 384 一枚白，[宋][元][宮][聖]1428 杖扇言，[宋][元][宮]1421 灌長生，[宋][元][宮]1428 繩數斷，[宋][元][宮]1435 厠澡，[宋][元][宮]1435 繩縷樓，[宋][元][聖][知]1441 世尊聽。

瓘：[宋]、鑵[明]2121 乘虛而，[宋][宮]2121 到阿耆。

鑵：[宮]833 俱至佛，[宮]901 罐中寶，[宮]901 其腰以，[甲]2035 以爲獻，[甲]2128 上音早，[明]、潅[聖]643 世尊在，[三]、潅[聖]172 悉在室，[元][宮]901 一擬淨，[元][甲]901 塞中各，[元]620 水以灌，[元]901，[元]1092 索眞言。

鑵

棺：[原]2410 給超。
灌：[三][宮]2122 令飲並。
罐：[甲]1805 二斗已。

鸛

觀：[三][宮]2122 鴿既無。
鸛：[宋][元][宮]2122 雀。
鶴：[三][聖]100 雀三梵。

光

安：[三][宮]445 隱如來。
波：[原]、波[甲]2006 不萌枝。
步：[三][宮]445 力如來，[聖]446 佛南無。

常：[三]1545 淨故名。

冲：[甲]2036 瀆天聽。

充：[甲]1728 發火光，[三][宮]2042 備神通，[三]193 法寶慧。

憧：[乙]2391 跋折羅。

大：[三]2110 俠四層，[元][明]361 明威神。

德：[三][宮]765 熾盛，[乙]1171。

地：[宮]263 明照諸。

定：[甲]2266 記十九。

法：[宮]674 像法乃，[甲]2217 明門即。

方：[三][宮][聖]278 第六光。

高：[三][聖]643 顯微妙。

觀：[三]2154 世音大，[知]598 世音大。

莞：[三]2060 人九歲。

胱：[三]1336，[三][宮]2122 但盛屎，[三][宮]2123 脹急若。

廣：[甲]2779 慧。

虎：[明]1457 親問母。

華：[明]643 其寶光，[三][宮]279 王所入，[三]2088 以感，[中]440 佛南無。

晃：[宮][聖]425 明而無，[甲]1782 耀如妙，[三][宮]701 照除陰，[元][明]310 耀。

惠：[和]293 明燈。

火：[三][宮]1462 炎寧可，[三]185 於是俱，[三]186 晃晃明，[三]939 佛，[乙]2394。

界：[知]384 世界在。

淨：[三]1644 天散壞。

靜：[宮]1911 如須彌。

鏡：[乙]2393 內鏡中。

軍：[聖]2157 王，[石]2125 王親供。

亢：[甲]2036 明天十。

來：[三][宮]2040 乎光觸。

老：[三]2151 得遇大。

流：[原]920。

滿：[甲]850 離熱住。

毛：[宮][聖]613 走如是，[三][聖]643，[三]278 福。

明：[甲]1736 入如來，[三][宮]482 佛爲其，[元][明]443 如來作。

侔：[三][宮]2102 於先聖。

目：[三][宮]425。

色：[宮]423 從面門，[宮]456 照燿畫，[甲]1782 飲，[甲]2371 也今又，[三]187 遍照於，[三]1096，[聖]663 普照亦，[元][明]310 甚嚴淨，[原]1819 遍安樂。

少：[三][宮]721。

身：[聖]278 微妙難。

生：[聖]397，[宋][元]882 明爲出。

聖：[宮]263 明照于。

是：[甲][乙]2288 見光疏，[甲]1782 五。

視：[元][明]598 衆生除。

咒：[元][明]158 有無樂。

天：[宋][元][宮]、無[聖]446 王佛。

王：[三][宮]443 如。

威：[和]293 明或見，[聖]285 明所。

無：[甲][乙]1822 生於形，[甲]2183 性論廣，[甲]2261 宣於世，[明]293 照鬢次，[三][宮]451 勝佛號，[三][宮]477 於本際，[三]158 盡相三，[三]375 明六，[三]721 明起有，[聖]158 曜自在。

悉：[三][宮]647 照明譬，[三]643。

先：[宮]1602 爲照者，[宮]2060 山寺七，[宮]2123 者得，[宮]397 功德如，[宮]459 悔過改，[宮]633，[宮]1513 全滅故，[宮]2060 遠仁壽，[宮]2060 肇，[宮]2112 揚詎能，[宮]2122，[宮]2122 相無異，[甲]1969 容耳且，[甲][乙]1008 相爲誰，[甲][乙][丁]2092 遠景命，[甲][乙]1821 及臨入，[甲][乙]1822 釋也，[甲]893 成仙衆，[甲]1203 此儀軌，[甲]1705 讚下，[甲]1709 所釋皆，[甲]1733 明，[甲]1736 正釋，[甲]1828 明敬重，[甲]2053 揚又不，[甲]2067 欲舉忽，[甲]2087 父之業，[甲]2087 淨又有，[甲]2087 前國有，[甲]2120 師伏蒙，[甲]2120 天寺東，[甲]2120 幸尤深，[甲]2204 之妙術，[甲]2266，[甲]2266 記二，[甲]2266 耀高山，[甲]2299 入菩薩，[甲]2348 寺沙門，[甲]2391 印唯改，[明][宮]671 化，[明][甲]1177 修此，[明][內]1665 慧爲主，[明]721 明受第，[明]721 山其味，[明]1551 顯修多，[明]2153 經一卷，[明]2154 之照豈，

[三]1558 刹那及，[三][宮]2122 照一切，[三][宮]294 身同行，[三][宮]310 發長養，[三][宮]318 覩十方，[三][宮]481 勤學斯，[三][宮]1558 聲以爲，[三][宮]1562 明四洲，[三][宮]1563 聲以爲，[三][宮]1602 色作無，[三][宮]1604 授法自，[三][宮]2060 敷，[三][聖]125 上達如，[三]152 稟操淳，[三]158 思惟諸，[三]192，[三]279 示現於，[三]682 佛所知，[三]703 備閫門，[三]721 遍虛空，[三]1440 明暫住，[三]1563 觀是名，[三]2088 開佛教，[三]2125 茂，[三]2145 隆遺軌，[三]2145 雛理，[聖][甲]1733 相故能，[聖]231 揚善事，[聖]485 於彼，[聖]953，[聖]1456 寺大德，[聖]2157 經舊，[宋][宮]2122 瑞，[宋][元][宮]2103 反況今，[乙]、光[乙]1772 明六破，[乙]1736 牒，[乙]1822 及涅，[乙]2120，[乙]2223 明佛入，[乙]2408 可，[乙]2408 爆，[元][明][宮]816 祇，[元][明][宮]2060 價衆聚，[元][明]425 導衆生，[元][明]2059 襲業風，[元][明]2149 俗中，[元]2034 經，[原]2339 出三界。

鮮：[甲]1863 潔故文，[三][宮]638 潔不協。

現：[甲]1736 在身身。

向：[乙]2219。

宣：[宮]1673 宣眞。

懸：[聖]2157 諸萬古。

詢：[三]2154 筆受。

炎：[甲]2290 闢暗以，[甲]2317，

[宋]732 但可。

嚴：[宮]2034 殿出年。

兗：[三]2060 州自餘。

焰：[甲]1828 稱明風。

耀：[三]2060 難准又。

也：[宮]649。

影：[甲]2266 然。

尤：[宮]1799 明，[甲]2128 反彷徨，[聖]2157 深且文。

猶：[乙]1909 多凡難。

元：[甲]2270 法化并，[明]2122 和二年，[明]2154 寺，[宋]2153，[乙]2092 年中太。

月：[三]440 明佛南，[宋]、明[元][明][宮]374 從今永。

悅：[三]311 德菩薩。

雲：[明]2154 筆受，[乙]2157 筆受。

照：[宮]2040 其最，[三][宮][聖]566 明大德。

爭：[三]193 明田家。

呪：[甲]904 以爲其。

珠：[三]200 年漸，[元][明][宮]452 迴旋空。

洸

汪：[三]156 水中有。

洗：[三][宮]1425。

桄

抈：[聖]1549 始若從。

橫：[三][宮][聖][另]1453 不向。

廣

弼：[元][明]2122 曰蘭芳。

別：[乙]2263。

賓：[宋]125 願者空。

壁：[甲]2128 反考聲。

長：[甲]2266 對法，[甲]2269 所緣十，[甲]2339 第六五，[宋]2085 二丈高。

塵：[宮]下同 1548 創愛是，[甲]1735 境是用，[甲]1736 境者即，[甲]2269 乘品智。

處：[三]100。

當：[甲]1736 釋勝鬘，[明]1551 知答曰，[原]1289 繫前壇。

東：[三][宮][聖][德]1563 西二。

度：[宮]416 行，[宮]532 說四自，[宮]656 及度無，[甲]2128 也說文，[甲]1782 三十六，[甲]2266 六度皆，[甲]2271 推徵如，[甲]2299 則有無，[明][甲][乙]1225 舒，[明]2053 五六里，[三][宮][聖][另]285 救護，[三][宮][聖]222 界復有，[三][宮]285 無極，[三]194 求之，[三]199 行有周，[三]2060 之是知，[聖]1460 六手，[聖]1463 明是名，[元][明]1547 說四禪，[知]1581 大哀愍。

多：[聖]1509 如六念。

惡：[丙]982 目北。

爾：[甲]2128 疋脆弱。

廢：[甲][乙]1929 說大事。

泛：[甲]2219 指衆會。

佛：[明]340。

富：[甲]1722 是。

該：[甲]1912 若偏。

高：[三]184 大嚴峻，[三]397 亦爾其。

宮：[乙][丙]2092。

光：[和]293 大誓願，[和]293 大智光，[明]1669。

橫：[甲]2434 重重如，[元][明]1 鋒長八。

曠：[三][宮]656 大之心，[三][乙]2087 嚴麗今。

疾：[甲]1003 大供養。

敬：[三][宮]2103 設。

具：[三][宮]2122 如經。

康：[甲][乙]2261，[原]、康[乙]2261。

寬：[甲][乙]1821 順前句，[甲][乙]2263 明一切。

寬：[甲][乙]2263 故燈所，[乙]2263 故雖一。

詿：[明]227 天無熱，[三][宮][聖]227，[元][明]227 天無熱。

曠：[宮]425 歎演斯，[宮]1912 無礙令，[甲]2395 和上云，[三][宮]285 然其志，[三][宮]371 遠不可，[三][宮]262 大欲與，[三][宮]263 野，[三][宮]277 濟心，[三][宮]384 大清淨，[三][宮]403 大不住，[三][宮]425 遠而無，[三][宮]656 大不爲，[三][宮]656 大非汝，[三][宮]656 濟無量，[三][宮]656 濟衆生，[三][宮]1425 野聚落，[三][宮]1507 澤頓乏，[三][宮]1521 大心自，[三][宮]1664 野中一，[三][宮]2059 濟爲懷，[三]1 之處輪，[三]1527

濟不求，[三]2063，[聖]224 大極可，[聖]371 遠無量，[聖]1851 無邊一，[宋][宮]721 五由旬，[宋][宮]2060 國寺悶，[宋][明][宮]286 大無量，[乙][丙]2003 人稀相，[元][明]309 遠不計，[原]904 劫欲演。

續：[三][宮]2060 每緣情。

了：[甲]2313 彼此大。

禮：[原][甲]1980 懺。

屬：[三][宮]2103 微臣臨，[元][明]322。

慮：[甲]1828 義故譬。

略：[甲]1705 説恐時。

苗：[三][宮]2103 云自古。

摩：[甲][乙]2309 地二三，[原]1796 衍乃至。

魔：[甲]923 説即誦，[三][宮]2122 天宮殿，[三][聖]210 斷王邑，[三]99 説如上，[聖][另][石]1509 説但是，[原]1771 者譬如。

慶：[甲]2211。

善：[三]649 説喜王。

深：[原]2203 後説大。

實：[甲]1829 釋因緣，[元]1443 説乃至。

庶：[甲]2202 典之玄，[三][宮]2122 事。

頌：[甲][乙]1822 釋十一。

所：[明]220 説乃至。

唐：[三]220 爲利樂。

通：[三][宮]2060。

爲：[甲]2250 説諍論，[三]1559 由緣義，[乙]1723 説無上。

邪：[三][宮]411 辯鍼石。

虛：[甲]1863 引煩釋。

宣：[明]1579。

演：[甲]2339 四車如，[明]269 入道俗，[三][宮][久]1486 說舍，[三][宮]1521 說，[三][宮]1581 說菩薩，[三][宮]2122 常歎曰，[三]202 說四諦，[三]375 說流布，[乙]2192 尚在大，[元][明][宮]374 說，[元]1604 說則無，[知]1581 說正。

已：[宋][元][宮]1484 明三千。

以：[甲]1775 明有身。

亦：[乙]1816 爲斷疑。

應：[宮]618 分別，[甲]2323 所觀四，[甲]1733 故云十，[甲]2249 互相應，[甲]2339 如對法，[甲]2814，[明]1579 分別，[明]1546 說如雜，[三][宮]1451 說如餘，[三]220 爲他分，[另]1459 大福德，[乙]2391 如彼說，[原]1223 發弘誓，[知]1579 說。

圓：[三][宮][聖]271 廣滿好。

造：[三][宮]1549 無色界。

則：[乙]1736 闊今分。

之：[三][宮]、廣之[聖]627 施已入。

莊：[宮]848 嚴飾，[甲]2217 嚴處起。

獷

橫：[宮]397 萎黃少，[甲]1893 外相眞。

曠：[宮]279。

礦：[宮]702 調伏正，[三][宮]397 毒惡於，[三][宮]1551，[聖]1537 三於一，[聖]639 調伏，[宋][宮]397 無慈愍，[宋][宮]397 於諸衆。

礦：[宮]403 悉永消，[甲]1911 或先世，[甲]1717 凡所說，[甲]2087 烈王突，[聖]278 聲不愛，[聖]1549 是平等，[宋]375 虛妄非，[宋][宮][聖]278 不善語，[宋][宮][聖]292 禁戒平，[宋][宮]397 拒逆不，[宋][宮]397 輕躁生，[宋][宮]397 三不邪，[宋][宮]403 顯示，[宋][元][宮]403 篤信眞，[宋][元][宮]1428 慈心不，[宋][元][宮]2122，[宋][元][宮]2122 離恚恨，[宋][元][聖]125 不避尊，[宋][元]201 惡口而，[宋]263 辭。

鑛：[宮][久]761 者，[宮]421 語作相，[宮]1536 語五者，[宮]2122 惡故衆，[甲]1733 共住惱，[宋]190 言汝是，[宋][宮]2122，[宋][明][宮]2122 之人心。

細：[三]194 除去婬。

擴

橫：[三]189 生歡樂。

圭

三：[原]、生[甲]2298。

主：[宮]2103 至於鹿。

邽

邦：[三]2088 之次復。

皈

販：[明]1299 吉不宜。

珪

　圭：[明]2060 告錫方，[元][明]2060 寶而虛。

　理：[聖]2157 云歲在。

　珉：[宮]2060 璋解行。

規

　便：[聖]200 欲食噉。

　頓：[宋][明]374 欲殄滅。

　觀：[甲]1737 如大王，[三]2110 百王之。

　即：[聖]200 欲害我。

　見：[聖]1522 於季俗。

　矩：[甲]1911。

　窺：[甲]1834 淺義疏，[明]156，[三][宮]639 利憙樂，[三][宮]2122 受萬途。

　領：[三][宮]2122 統於徒。

　頻：[三]209 欲殘害。

　親：[明]663 往討，[明]664 往，[三]、頑[聖]200 欲刑戮，[三][宮]2102 相。

　視：[宮]2058 欲相螫，[三]205 欲居中。

　退：[三]、魂[宮]263 還。

　頑：[三]201 害世尊，[宋]200 欲盜取。

　現：[宮]263 採寶無，[宮]2102 諫其乖，[甲]、規[甲]1799 名聞豈，[明]2122 招勝樂，[宋]1096 界其壇。

　欲：[甲]2195 求何法。

　願：[三]201 至後世。

槻

　觀：[甲]1733 例宏致。

　規：[原]1760 頂。

瑰

　墳：[甲]2068 寶溢目。

闈

　闥：[三][宮]2104 輦潔。

嬀

　潙：[乙]2087。

瓌

　貴：[三]26 異種種。

　傀：[宮]2058，[宋][宮]、瑰[元][明]2060。

膭

　潰：[宋][明][宮]、殨[元]2121。

龜

　鼈：[三]86 水上有，[三]2149 經一。

　丘：[宋][元][宮]262 茲沙門。

　鼉：[三]152 亦日食。

竈

　電：[宮]2053 之未工。

歸

　寶：[甲][乙]1822 爲門正。

　從：[甲]、歸[甲]1782 識體者。

　到：[三]185 坐其床。

婦：[丙]2087，[宮][另]1442 由先施，[甲]1717 實體既，[甲]1717 世間之，[甲]2001 人鬢髮，[甲]2362 龍女現，[聖]、得[丙]1266。

隔：[甲][乙]2288。

故：[甲]2261 也已上。

龜：[三]2103 藏踰啓。

貴：[三][宮]587 敬故當。

還：[三][宮]310 得人由，[三]189，[三]192，[三]2154 比在西，[聖]211 家養以。

卽：[乙]2261 所唯言。

既：[宮][聖]318 笑必當。

寄：[三]192。

家：[三][宮]606 其心不，[三]203 語其婦。

皆：[三]196 空二。

結：[乙]1736 無住無。

敬：[甲][乙]1204。

空：[聖]310 空。

來：[原]1987 炭裡坐。

騋：[宋][宮]倈[元][明]2103 順。

漏：[甲]、屬[乙]2263 自性故。

滿：[甲]2434 畢。

命：[聖]2157 本國法。

曲：[聖]200 躬合掌。

取：[元][明]268 亦無有。

却：[甲]2314。

散：[三][乙]1092 本宮。

攝：[甲][乙]1822 鬼畜。

師：[宮]1451 俗佛言，[宮]1509 已失供，[甲]1763 法者僧，[甲]2035 受業崇，[久]、明註曰歸南藏作師 761

者復，[三]2060 承訓誨，[三][宮]630 佛所住，[三][宮]657 如，[三][宮]1472 飯時法，[三]144 教施與，[三]152 宗蟲道，[三]210 保亦獨，[三]682 所變化，[聖][另]310，[聖]278 長大悲，[聖]278 法救法，[聖]1451 房內時，[聖]1579 依由大，[宋][元]1579 投者及。

示：[明]2076 寂衆請。

説：[甲]1863 衆生即。

同：[原]1744 趣亦名。

投：[甲]2006 水。

爲：[原]1763 煩惱污。

聞：[宮]681 命即。

繫：[元][明]425 解。

修：[甲]1736 大處今。

依：[三][宮][聖][另]1543 虛空法。

移：[甲][乙]2263 所依卑，[甲]2001 海殿晚。

於：[三]1096 本宮。

緣：[三][宮]1521 塵不取。

樂：[甲][乙]1822 涅槃也，[三]51。

在：[甲]1735 一心十。

招：[三][宮]2103 常命若。

瓖

怪：[東]643 異如月。

瑰：[宮]374。

懷：[三][宮]2060 寶填委。

壞：[甲]2129 反孔注，[明]1451 偉如其。

環：[三][宮]2122。

偉：[宮]2060 偉德。

宄

軌：[宋]、究[明]2145 之匿入。

詭：[三]2103 者自。

究：[宋]、軌[宮]2121 強者陵。

冘：[宋]、宄[宮]2122 飲氣而。

室：[聖]125 虛僞無。

兌：[三][宮]、穴[甲]2087 人性獷。

伣

俔：[宋]291 戾衆會。

軌

次：[甲][乙]2391 不。

軛：[甲]1828 者如世。

法：[三][宮]1425 則。

軏：[元]322 之事者。

範：[宮]2108 猶弘孝，[三][宮]411 物時淪。

非：[甲]、彼[甲]2273 意。

規：[乙]1785 模文爲。

詭：[甲]2879 如是惡。

杭：[三]2110 至言以。

記：[甲]2409 云日別，[乙]2408 也謂上。

結：[甲]2391 結。

輅：[乙]2408 送阿閦。

瓶：[甲][乙]2391 水內各。

趣：[三][宮]1549 復作是。

軋：[明]、軌一卷[甲]、此下乙本奧書曰寬喜元年十一月十一日於清

瀧宮拜殿寫了賴口、文永八年四月二十七日於金剛三昧院護摩堂以御本書寫了金剛佛子實融 1125，[石]1668 則不動。

以：[甲]2391 進力度。

印：[甲]2391，[乙]2391 中先用。

則：[甲][乙]957 法香水，[甲]2274 故從所。

軫：[三][宮]2060 雖欲厝。

正：[三][宮]2108 儀俗減。

執：[甲]2230 則而修，[甲]1733 持法也，[甲]2204，[甲]2266 持，[甲]2266 持故但，[聖][另]285 德順無，[聖]1471 所修，[宋][元][宮]2104 老聃。

轉：[乙]2391 云先從。

鬼

奧：[三][宮]2122 人學之。

黿：[三]201 四。

魅：[三]152 魅爲妻。

惡：[三]1097 衆無能，[宋]1331 神名，[乙]1821 趣是善。

兒：[甲]1039 如一婆，[三]212，[宋][宮]664 子周匝，[宋][宮]2122 坐立精，[元]211。

由：[甲]2128 音弗象。

高：[三]2149 神名録。

軌：[甲]2006。

界：[另]285 神之妙，[元]901 像聚於。

塊：[宮]1435 來至我。

力：[原]1898 噉破戒。

彪：[甲]2128 象鬼生。

魅：[三]194 神，[三][宮][聖]1451 所，[三]152 難以慈，[三]1331 功德亦，[三]1331 厭祷呪，[原]1098 來相嬈。

魔：[三]374 亦復如，[三]1331 神得其。

男：[明]2146 子母經。

尼：[元]374 神大將。

人：[宮]901 食餅名，[甲]1792。

若：[三]620。

山：[三]211 神皆得。

善：[宋][宮]383 神前後。

神：[宮]664 乾闥，[三][宮]338 音。

思：[元]128 取人指。

死：[三][宮]527。

天：[聖]790 神助之。

畏：[宋]901 神。

星：[原]2216 兩宿是，[原]1309。

兄：[甲]2035。

颸：[宮]2045 彼人云。

妖：[元][明]1331 魅魍魎。

中：[甲]1792 復各有。

呪：[三]1336 能斷梵。

卒：[三][宮][石]1509 守之。

恑

詭：[原]1858 憍怪無。

癸

發：[三][宮]2109。

詭

讒：[宮]2104 以欺衆。

訛：[甲]1841。

鬼：[三][宮]1478 點諛諂。

跪：[宋]1559 言答我。

矯：[三]2110 妄尤甚。

究：[元][明]1332。

詭：[甲]2400 者。

說：[甲]2270 語類故，[明]2131 名時亦，[三]2110 皎然足，[宋][宮]2085 言明當。

爲：[明]658 威儀清。

謂：[三]、許[宮]1505 反身。

淫：[宮]2102。

柜

拒：[宮]1442 木告言。

桂

掛：[明]378 車，[明]2063 林下栖。

珪：[三][宮]1595 齊質弼。

柱：[甲]1912 蟲也，[甲]2128 苑珠叢，[三]、桂冠柱寇[宮]2122 冠翁，[原]、柱[甲]2304 等是名。

貴

寶：[三][宮]2122 而崇樹。

曹：[甲]1733 爾來此。

當：[三][宮][聖][另]790 行恩治。

費：[宮]2060 遊託。

富：[宮]1509 家女自，[三][宮]374 曰汝昔，[三][宮]790，[三][宮]

2029 墮縛不。

貢：[三]1 高憍慢，[乙]2092 侈於，[元]1191 圓滿。

官：[聖][甲]1733 共相輔。

貫：[明]2103 冲虛養。

賣：[三][宮]2121 正夫人。

敬：[三]1011 重十方，[石]1509 佛法亦。

覺：[原]1856 復何人。

可：[宮]262 坐禪得。

慣：[宮]513 姓聞凶，[三]1548 心如實。

偏：[三][宮]746 敬小夫。

人：[宮]1425 人女將。

賞：[三][宮]2122，[三]2060。

實：[甲]2128 反白虎，[元][明]2016 心城謂，[元]224 魔終無。

素：[三]20 是有常。

貪：[明]1509 著亦不。

宜：[原]2359 行。

遺：[三][宮]744 國命於，[三][宮]1507 皆是棄，[三][宮]2102 未見輕，[三]2060 蹤望而，[三]2145 緒也罣，[三]2145 訓三千，[宋][元]152 汝善行。

樂：[甲][乙]2207 壽量損。

責：[宮]1428 自在大，[宮]2034，[甲]1763 也若，[甲]1828 若不攝，[甲]2035 牒以限，[甲]2035 志慕苦，[明]1442，[明]2122 能修福。

者：[宮]1509 舍利弗。

實：[聖]1440 不問。

重：[三][宮]765 或姓卑，[三][宮]1509，[乙]996 菩提。

恣：[元][明]1509 爲何所。

尊：[甲]1698 如法華，[三]184 棄婬淨。

跪

蹲：[聖]1421 不得。

詭：[明]749 合掌而，[宋]1342 拜於餘。

跽：[三]26 手膝拍，[三]201 合掌作，[三]1340 以手扣。

家：[三][宮]2059 拜請還。

踞：[三][宮]2059 晏然不。

跣：[甲]904 脚想八。

瞶

聵：[甲]2036 愛聲高，[宋][明]263。

櫃

匱：[三][宮]1451 安六房，[三][宮]2060 玉韜之，[三][宮]2122 中綱食，[三][甲]1332 七處，[三]2088。

篋：[三][宮]2060 篋之事。

遺：[三][宮]2060 篋四壁。

袞

梵：[甲]2128 反。

究：[甲]2339 光乃將。

撝

誓：[甲][乙]2309。

輥

混：[原]2001 底流進。

棍

根：[甲]2130 香。

暉

暉：[甲]2129 也。

郭

淳：[宋][元][宮][聖]、純[明]221。

都：[宮]721 村，[三][宮][聖]416。

墩：[宮]397 則是良，[三][宮]2122 下折衝。

轂：[明]、塂[宮]、輪郭[另]1428 成就光，[明]1428。

塂：[宮]221 有城，[聖]411 村坊戍，[聖]125 極爲高，[聖]125 銀城金，[聖]125 園觀，[聖]272 周匝七，[另]1428，[另]1509 等種種，[石]1509 火起作，[石]1509 作是念，[宋][宮]221 七寶玄，[宋][宮]403 所聞勤，[宋][元][宮]2122 於須彌，[宋]158 男女妻。

國：[三][宮]2060 大齋行。

槨：[三][宮][聖]1462 門門扇。

曠：[宋][元]、曠[明]1464 兩耳。

嘟：[聖]223 火起作。

廓：[丁]2244 因，[甲]下同 2207 知玄曰，[明]627，[三][宮]2122 成就光，[三]212 境界方。

邑：[聖]223 念起方。

鄭：[甲]2128 璞曰盛，[甲]2128 注尒雅，[甲]2128 注云即。

聒

括：[宋]6 天地而。

胎：[宮]2123 已。

墎

郭：[甲]2434 用強堅，[三]190 却敵門，[三][宮]288 縣邑聚，[三][宮]670 宮殿以，[三][宮]1549，[三][宮]1690，[三][聖]627 丘聚則，[三]1 其城七，[三]1 圍遶舍，[三]1 瓔珞衣，[三]193 人民戰，[三]2110 羅百雉，[元][明]26 無門聖。

槨：[甲]1733 世界，[三][宮]2059 靈迹怪，[三][宮]2060 必謂九。

廓：[甲]2779 是想。

廊：[宋]、郭[元][明][宮][聖]627 於斯正。

鍋

髙：[元][明][宮]374 盛金自。

國

彼：[宋]202 羨那復。

芮：[三][宮]2122 進到于。

財：[聖][另]790 則以惠，[宋][元][宮]2123 主不必。

城：[甲]2195，[甲]2195 亦名毘，[三][宮]1425 爾時尊，[三][宮]1435 乞食得，[三]99 祇樹給，[聖]200，[聖]200 中有一，[元][明][宮]374 力士生。

處：[三]982。

大：[原]2431 德哉仍。

地：[三][宮]2085 之人乃。

兜：[三][宮]2122 白淨王。

闍：[甲]2395 王無上。

法：[宮]425。

方：[三][宮]2121 土護持，[三]161 貧鄙。

風：[甲]2250 俗非所。

弗：[三]2043。

佛：[三][宮]223 土，[三][宮]223 土施作，[三][宮]263 土坐，[三][宮]657 土成無。

福：[甲]2035 護聖國。

岡：[宋][元]、剛[明][聖]、明註曰國南藏作岡 291 普周一。

穀：[三]152 豐民富。

固：[三]2145 如此遠。

歸：[三][宮]2122 起。

黑：[甲]、[丁]2244。

或：[甲]2128 云多有。

際：[三]982。

間：[甲]1983 正法，[三]2149 遂逢志。

劫：[宮]262 中乃至，[三]656 通達度。

界：[三][宮][聖]下同 1509 至一佛。

經：[宮]2034 貧人，[乙]2396 菩提心。

郡：[甲]2039 開國公。

留：[甲]、屬[甲]2195 事自。

羅：[三]985，[三][宮]1435 爾時阿，[三]152 王號曰。

門：[甲]2068 人皆取。

人：[三]192。

潤：[甲]2362 法。

若：[三]25 王或王。

刹：[甲][乙]981 普供養，[三][宮]296。

山：[宮]1428 人復問，[三]1428 名白木。

神：[三]192。

士：[甲]2217 中。

世：[三][宮]221 界其地。

四：[聖][另]1543。

同：[甲]2196 故今卽，[甲]2396 人法五，[元][明]2154 師及薩，[元]1425 名伽尸，[元]2110 阿盤吒。

圖：[甲][乙][丙]2089 香，[甲][乙][丁]2092 佛與菩，[明]1299 城斫營。

土：[己]1958 教化衆，[甲]、國蒙佛授尊訳[乙]1958 皆共成，[甲]1698 之義亦，[甲]1775 嚴淨非，[三][宮]223 至一佛，[三][宮]223 從一佛，[三][宮]223 至一，[三][宮]223 至一佛，[三][宮]272 如來當，[三][宮]2104 不須廢，[三][宮]2111 已觀何，[乙]1909 七寶浴，[元][明][宮]310 上本國，[元][明]366 衆生常。

團：[明]211 火安能，[三]210 火安能。

謂：[明]1341 王何以。

聞：[甲]1728 示現佛，[宋][宮]、間[元][明]509。

夏：[甲][丙]2087 首飾方。

言：[宮]1451 時此。

因：[甲]1709 也從此，[甲]1804 緣一前，[甲]2036 會其，[甲]2128 名

耳，[甲]2167 恩隨使，[三][宮]2060 爲立碑，[三]202 民福王，[三]292 所念悉，[宋]23 天下惡，[原]、因[甲]1782 土同異，[原]2208 而自選。

應：[明]414 遇吉祥。

圃：[三][丙]2087 想千載。

於：[三][宮][聖][石]1509 王憑恃。

域：[甲][乙][丁]2092 大秦安。

園：[宮]2121 土安隱，[甲]1802 觀入于，[明]66，[三][宮]294 名難忍，[三][宮]1435 到比丘，[三][宮]1464 至齌單，[三][宮]2121 非凡夫，[三][宮]2121 有諸放，[三][宮]2121 在維耶，[三]125 人遙見，[三]187 波羅奈，[三]196 是時國，[三]2087 迎太子，[三]2145 高才蓋，[聖]2157 寺時宗，[宋][宮]2122 有獻火，[乙]2087 南。

圓：[甲]1728 隨俗赴，[甲]1771 明湛然，[三][宮]379 城汝等，[另]1459，[原]1251 內滿不。

月：[三][宮]313 中人民。

之：[宋][元]、－[宮]2112 號天竺。

周：[三][宮]2122 史。

主：[知]1785。

摑

攫：[明]721 裂破散。

甌：[三][宮]379 裂軀面。

號

號：[甲]2035，[元]2061 國常公。

果

礙：[乙]1822 也造色。

半：[乙]1723 因合。

報：[久]1488，[明]81 若復，[三][宮]1488 不如善，[三][宮]2123 地獄被，[元][明]375 俱輕善。

卑：[宋]1521 小出家。

彼：[宋]212 也。

畢：[三][宮]397 云何便，[三][宮]721 受苦無，[三][宮]2059 離垢清，[三]125 矣汝等，[宋]375 不復令，[乙]912。

并：[宋][元]2122 諸天世。

不：[元]1463 行。

菜：[宮]2121 獵師言，[三][聖]1 或復食。

草：[宮]1545 茂盛流，[宮]1808 食油胡，[三][宮]573 等一切，[三][宮]1425 汁，[三][聖]190 因，[三]153 足自存。

巢：[甲]2290 表實相。

車：[聖]、果[聖]1721 也無有，[宋][宮]310 林。

乘：[甲]1830 述曰諸。

乘：[宮][聖]310，[甲]2195 必樂，[甲]2196 初也本，[甲]2202 行爲體，[甲]2217 明法執，[明][甲]1177 又現，[另]1721 德無窮，[乙]2263 爲至極，[元][明]2016 不聞圓。

持：[甲]1924 無。

道：[三]202 及，[三]202 乃至四，[三]203，[石]1509。

得：[甲]2250 已上今，[三][宮][聖]1509 學無學。

等：[甲]2290 即是用。

惡：[原]2208 迴心受。

法：[三][宮]223 所謂須，[三]212 者彼修，[三]1568。

福：[三][宮]1509 盡還墮。

呆：[宋][元]2122 并有司，[元][明]2102 和南伏，[元]2102 答。

根：[甲][乙]1822 此釋爲，[原]、根[甲]1722 非一故。

功：[甲]1784 德雖以。

故：[甲]、果也[乙]2263，[甲]1361 者第，[甲]1736 染字即，[甲]2263 若在。

菓：[丙]2092 菜葱青，[甲][乙]897 諸嚴身，[甲][乙]912 飲食爲，[甲]897 麼路子，[甲]1708 甚小修，[甲]1717 則有九，[甲]1733 約起，[三]26 樹此樹，[三]220 或半，[三][宮]263 儲畜資，[三][宮]263 實，[三]80 實苦澀，[三]125 云何爲，[聖]190 花葉身，[聖]190 隨熟，[聖]190 悉皆乾，[聖][石]1509 熟應墮，[聖]26 世尊説，[聖]125 及作橋，[聖]125 樹木皆，[聖]172 種種美，[聖]190 羮臛溢，[聖]190 故衆人，[聖]190 泉流擇，[聖]190 藥木草，[聖]190 枝柯自，[聖]190 枝葉並，[聖]190 資，[聖]190 子熟不，[另]410 藥穀，[宋][宮]1435 若先噉，[宋][元]24 悉皆具，[宋][元]190 自然落，[宋][元][聖]26 熟自墮，[宋][元][聖]190 復，[宋][元][聖]157 子漸漸，[宋][元][聖]178 自墮落，[宋][元][聖]190 即便噉，[宋][元][聖]190 枝葉扶，[宋][元][聖]190 子及以，[宋][元][聖]190 子食是，[宋][元]24，[宋][元]24 林盛種，[宋][元]24 彌滿遍，[宋][元]24 樹其，[宋][元]24 樹其樹，[宋][元]24 樹樹有，[宋][元]24 中復取，[宋][元]24 種種妙，[宋][元]24 種種香，[宋][元]99 故林樹，[宋][元]99 如屠牛，[宋][元]99 以數汝，[宋][元]125 神願求，[宋][元]153 樹常出，[宋][元]154 蓏日日，[宋][元]154 茂盛不，[宋][元]154 實，[宋][元]154 授與食，[宋][元]158 草根用，[宋][元]158 實及諸，[宋][元]171 以飼太，[宋][元]187 而汝不，[宋][元]187 茂盛端，[宋][元]187 七者自，[宋][元]187 熟已，[宋][元]190，[宋][元]190 等種種，[宋][元]190 扶踈蓊，[宋][元]190 具足泉，[宋][元]190 茂盛非，[宋][元]190 茂盛枝，[宋][元]190 樹名摩，[宋][元]190 樹所謂，[宋][元]190 園林是，[宋][元]190 子等而，[宋][元]190 自然落，[宋][元]196，[宋][元]196 流泉奇，[宋][元]202 生熟難，[宋][元]220 果成熟，[宋][元]414 餚饍，[宋][元]414 一切衆，[宋][元]686 汲灌，[宋]26，[宋]202 茂盛一，[元][明]205 每供養，[元]156 亦名爲。

悈：[三]、梁[宮]2059 少遊葱。

裹：[甲]2882 黃土或，[元][明][宮]626 諸種皆。

粿：[宋][元]、[明][乙]1092 食一。

過：[宮]402 是二分，[甲]1816 出

離自，[三][宮]1546 過去世。

乎：[甲]2053。

花：[甲]2266 報果報。

華：[三][宮]263 芬馥伎，[三][宮]721 中出天，[三][宮]1425 波夜提，[三]99 無有種。

患：[三][宮]613 身心疲。

惠：[甲]2217 初，[甲]2218 初心者。

火：[乙]2263 有現況。

機：[甲]1863 理雖是。

集：[宮]1464 與比丘，[甲]1782 好功，[原]2263 斷。

家：[甲][乙]1822 出過若。

見：[乙]2263 至。

教：[博]262。

結：[元][明][宮]374。

界：[宮][甲]1912 報位在，[宮]657 空當於，[宮]1546 斷地斷，[宮]2122，[甲][乙]2396 可有云，[甲][乙]2396 一身，[甲]1736 不融下，[甲]1778 故，[甲]1805，[甲]1805 遙加法，[甲]2232 圓，[甲]2266 相而爲，[甲]2296 六入次，[甲]2299 及七方，[甲]2434 德勝，[甲]2434 故云廣，[明]1585 故説名，[明]2031 少隨眠，[三]81 復云何，[三][宮][聖]310，[三][宮][聖]1579 當知此，[三][宮]616 世間福，[三][宮]1435 得施依，[三][宮]1571 於，[三]220，[三]375 故離於，[三]1523 非求三，[三]1545 若，[三]1582 破衆生，[聖]99 得現，[另]1543 或無處，[乙]2192 義亦是，[元][明][聖]125 而般

涅，[元]179 報如我，[原]2196 體滅諸。

就：[宮]848。

具：[甲]2274 有二喻。

覺：[原]2412。

開：[甲][乙]1822 塗飾香。

科：[甲]2218 法相。

顆：[甲]1289 果燒蜜。

苦：[明]606 所致受，[原][甲]1851 別。

來：[三]1545 捨時。

累：[甲]1744 也有，[甲]2129 反，[甲]2255，[甲]2255 衆生受，[甲]2299 不盡故，[三][宮]397 緊那羅，[三][宮]2060 逢梟感，[三]618 興此諸，[聖]1547 知，[元][明]2060 言於，[原]、[甲]1744 故言空，[原]1721 不寂謂。

理：[甲]2195 何又。

裏：[聖]371 儼然而，[元][明][宮]639 皆是鍵。

力：[乙]2263 也今付。

梁：[明]1458 大如。

林：[另]1435 欝單。

略：[三][宮]2034 云曇無。

美：[三][聖]172 飲食香，[元][明]2122 以著盆。

昧：[甲][乙]2219 同，[甲]1728 皆名淺。

苗：[明][宮]665 實皆不。

男：[甲]1782 四名甘，[宋][元]200 報墮在。

品：[甲]2217 取意若，[甲]2214，[甲]2263 後三向，[甲]2263 也次自，

[甲]2271 色體是，[乙]2263 故不相，[乙]2263 故如所，[乙]2263 例者見。

齊：[乙]2261 等准解。

起：[三][宮]1562 又有心。

人：[原]2292 於。

剎：[乙]2173 寺悟佛。

善：[宋][元]1602 法謂如。

身：[三][宮]374 故是故。

生：[三][宮]1515 悕望乃。

食：[三][宮][石]1509 皆盡繼。

事：[甲][乙]1929 報之苦，[甲]1851 良以佛，[乙]2297 發心第，[原]1821 爲種子。

是：[明]1515 向第十，[明]223 饒益眾，[三][宮][聖]1602 即一法，[元][明]1435 中有生，[元][明]1543 退諸得，[元]415 報彼王。

樹：[宮]310 枝華蕚，[三][宮]2123 子食是。

思：[宮]1566 故如已，[明]1562 顯增上，[聖]1548 滅盡定，[聖]2157 經一卷，[宋]1545 異熟等。

粟：[三][宮]2122 園爲寺。

遂：[三]192 身滅山。

萬：[三][宮]612。

未：[宋][元]1545 作論。

位：[甲][乙]2263 無明妄。

畏：[明]1604 事皆具，[三][宮]411 能如是，[三]400，[三]1604 大由至。

無：[三][宮]374 報是名。

五：[明]397 味等強。

物：[三][宮]1458 陰乾擣。

相：[乙]2263 是自體。

學：[甲][乙]2263 菩提之。

牙：[宋]2121 經第一。

藥：[宮][聖]376 便往問，[宮]1425 等食，[宮]1647 根芽枝，[甲]、果[甲]911 處周匝，[三][宮]1476 草雜作。

葉：[宮][聖]278 無量妙，[明]293 樹林無，[明]1441 偸羅，[三][宮]1425 茂盛時。

業：[宮][聖]425，[甲]2370 之果應，[甲][乙][丙]1866，[甲][乙]1822 能感至，[甲]1708 略受速，[甲]1708 七地斷，[甲]1709 受果者，[甲]1733 用故起，[甲]1816 苦，[甲]1821 名業道，[甲]2262 皆攝在，[甲]2266 文俱舍，[三][宮]1611 性衆生，[三][宮]1425 報重是，[三]122，[三]212 徒壽於，[宋]374，[乙]1724 別散業，[原]2264 也如，[原]2271 所感故。

衣：[三][宮]、裏[聖]639 淨心而。

已：[明]2087 而有娠。

亦：[乙]1821 有二義。

異：[丙]2286 於此演，[宮]1558 故有餘，[宮]223 汝，[宮]721 而爲資，[宮]1509 報各各，[宮]1562 性亦有，[宮]1566 由如此，[甲]1736 報釋下，[甲][乙]1822 別也此，[甲][乙]1822 等性，[甲][乙]1822 熟何，[甲][乙]1822 性有四，[甲][乙]1833 熟因能，[甲][乙]2259 生位也，[甲]1007 願終不，[甲]1724 對第七，[甲]1731 行離世，[甲]1813 宗三捨，[甲]1828 二世俗，[甲]1828 故不應，[甲]1830 一向異，

[甲]1832，[甲]2261 緣上相，[甲]2266 生二唯，[甲]2266 熟之義，[甲]2266 說何以，[明]2123 報或從，[三][流]360 乘尊，[三]1546 彼餓鬼，[三]1562 如何知，[三]1562 無故如，[三][宮]1545 離染時，[三][宮]1563 定三，[三][宮]1563 功能即，[三][宮]221 耶等一，[三][宮]1545 少有說，[三][宮]1545 有勝功，[三][宮]1562 三靜慮，[三][宮]1562 位方能，[三][宮]1566 故因義，[三][宮]1566 者過如，[三][宮]1579 分由此，[三][宮]1610 色等變，[三]1559 隨似因，[三]1562 故已辯，[三]1564 亦壞故，[三]2034 出維，[三]2060 幽，[聖]1763 事不同，[聖][另][甲]1733 求施二，[聖]1452 時不能，[宋][元][宮]2104 敢故抱，[宋]1559 說名勝，[乙]1821 支顯非，[乙]2249 此初釋，[乙]2249 也，[乙]1723 利此非，[乙]1830 熟，[乙]2296 耳實無，[原]、－[甲]1722 果聲聞，[原][甲]1825 所以兩，[原]1851 體相起，[原]2339 門義別，[知]1579 等及於。

因：[甲]1736 即所，[甲][乙]1822 與，[甲]2196 不求果，[甲]2266 能變即，[甲]2270 六中，[甲]2274 也即入，[三][宮]848，[乙]1821 顯因也，[原]2271 六中攝。

用：[甲][乙]2250 者方說。

有：[聖]1763 果頭七。

與：[甲]2266 違前婆。

遇：[三]26 不遇其。

緣：[明]220，[三][宮]286 善知諸，[三]2153 經四十，[原]1851 一。

緣：[原]2263 定同時。

樂：[甲]1512 頭萬德，[甲]2214 云云疏，[甲]2273 爲有二，[三]192 少，[宋]173 樹開敷，[乙]2426 修其教，[原]1816。

早：[甲][乙]1822 或，[甲][乙]1822 前詣於，[甲]2249 相屬愚，[宋][明]1982。

章：[三][宮]、障[聖][另]1552 當說餘。

智：[甲]2195 簡二乘。

中：[三][宮]1558 修所斷。

種：[博]262 微妙，[乙]1822 別論主。

重：[甲]1823 故須異，[三][宮]2123 不識善。

衆：[乙]1816 善，[元][明]1341 生於千。

著：[甲]2255 於有雖。

子：[甲]2262，[甲]2195，[甲]2217 者城也，[甲]2299 故且，[甲]2299 在，[甲]2299 智慧斷，[乙]2263 俱有。

宗：[甲]2266 冥符，[甲]2266 有宗許，[甲]2266 愚非但，[甲]2274 有不定，[原]2271 是也云。

罪：[甲][乙]1822 答如是，[明]346 者善男。

作：[宮]721 在於地。

菓

草：[甲][己]1958 子樹皮，[甲][乙]1822 實非鴉，[甲]2227 下至亦，

[三][宮]721 其中生，[三][甲]1227 木枝塞，[三]721 以存性。

巢：[甲]2290 外者。

果：[甲]1828 多，[甲][乙]901 樹一一，[甲][乙]2397 等有求，[甲]1821 中出名，[甲]1823 子以續，[明]203 草夜兒，[明]24 種種香，[明]101 實實少，[明]190 往詣佛，[明]190 已於先，[明]196 待熟常，[明]203 菓不，[明]203 若於親，[三]125 菰若穀，[三]192 餌草根，[三][宮]704 上安相，[三][宮][敦][燉]262 衆生所，[三][宮]262 次第莊，[三][宮]262 爾時妙，[三][宮]262 華光如，[三][宮]262 菰隨時，[三][宮]262 茂盛流，[三][宮]262 樹香，[三]30 菓皆悉，[三]69 熟自落，[三]101 實已見，[三]125 菰以自，[三]125 之子所，[三]148 者後世，[三]152 豐熟，[三]156 漿蒲，[三]156 菰仰奉，[三]186 茂，[三]192，[三]192 違節熟，[三]193 實，[三]203 不生復，[三]212 先甜後，[三]262 敷實雖，[三]363 敷榮作，[三]363 實，[三]375 來至佛，[三]375 菰親近，[三]375 菰學諸，[三]375 茂盛無，[三]375 生熟難，[三]375 實不下，[三]375 實衆望，[三]375 樹多人，[三]下同 375 以是義，[聖][甲]1733 資，[乙]1822 茂盛狂，[元][明][宮]333 成熟較，[元][明]203 若熟，[元][明]203 爲，[元][明]203 以自供，[元][明]203 欲使身。

裏：[三][宮]2103 杌白蒂。

花：[甲]2204 之不染。

華：[宮]276 白齒四。

黃：[甲]912 油乳刺。

蓮：[甲]2204 者是約。

落：[三]202 佛從索。

莫：[甲]1268 將上厠。

樹：[石]1509 是阿耨。

藥：[甲][乙]850，[三][宮]1546 等酒，[原]973 盤。

葉：[宮]2053 一百二，[原]1311 國王常。

異：[三][宮]2087 繁植氣。

樂：[元][明]2053 出氄細。

㦗

果：[三][宮]635 所致而。

槨

棺：[三]1 內雙出。

塯：[另]1428 安鐵棺。

廓：[元][明][宮]2122 百雉紆。

裹

度：[元][明]1341 量以爲。

裛：[聖]26 我説彼。

懷：[三]、裏[宮]1551 孕女兒。

顆：[三]2125 及片子。

繪：[聖]125 極爲香。

裏：[宮]2060 平滑殆，[甲]1772 得如來，[甲]2128 也有所，[甲]2128 竹筐從，[明]190 時各不，[明]2151 足履險，[明]1191 頭亦得，[明]1260 將，[明]1435，[明]1509 縛入沸，[明]1547 啄，[三][宮]1435 持去或，[三][宮]

1591，[三][宮]2122，[三][宮]2122 甲
沙土，[聖][石]1509，[聖]1425 不覆
若，[聖]1458 之，[宋][甲]901 帶用繫，
[宋][元]1560 米，[宋][元][宮]1425，
[宋][元][宮]1483 得合，[宋][元]321 不
淨血，[宋][元]606 纏因心，[宋][元]
1451 方刀針，[宋][元]2106 結一重，
[乙]1796 八功德，[乙]2192 無價之，
[元]2122 猶如鼉，[元]2122 諸不淨。

　　囊：[另]1428 盛時有。
　　繞：[三][宮]2121 體次以。
　　下：[三][宮]2122 還歧州。
　　與：[聖]200 身而生。
　　重：[元][明]2121 衣其外。

綶

　　綵：[甲]2130 譯曰青。
　　纒：[三][宮]332 沒在盲。
　　裏：[三][宮][聖]703 筋脈露。
　　裏：[三][宮]332 鋒鋩。
　　裏：[三]193 牽曳向。

過

　　礙：[甲]2273 故雖俱。
　　逼：[三][宮]2122，[三]2145 陸渾
遂，[聖]1579 失是名。
　　邊：[宮]468，[宮]807 去當來，
[甲]1227，[甲]2249 哉是四，[甲][乙]
2163 此者具，[甲]1512 故知異，[甲]
2274 若，[甲]2339 皆是一，[三]1485
內性明，[聖]1509 無邊亦，[聖]2157
交河伊，[宋]1559 失故，[乙]2263 此
事處，[乙]2394 上，[原]2301 有一味。

　　遍：[宮]279 者故號，[宮]282，
[甲]1239 咽之凡，[甲]1287 於彼無，
[甲]1335 燒種種，[甲]2250 有說中，
[三][宮]485 去佛土，[三]992 一切
世，[三]1328 即愈，[三]1329 即愈，
[三]1332，[三]1336，[三]1406 并呪
願，[三]2110 此二人，[三]2154 燒香
懺，[宋][元]1332 唾刀，[宋]2103 爾
時猶，[元][明]220 有過常，[原]2339
何用天。

　　差：[甲]2195 也云云。
　　超：[聖]1733 前是故，[乙]1978
日月故。
　　出：[甲]2263 此分。
　　島：[甲]2281 云。
　　道：[宮]527，[甲][乙]2328 而付
此，[三][宮]1563 謂於此，[三][宮]288
轉法輪，[乙]1796 人之法，[乙]2795
六，[元]1579 去世求，[元]2016 答諸
佛。

　　德：[宋][宮]288 如百千。
　　度：[元]222 於無量，[原]2301 出
今即。
　　斷：[甲]1828 亦據三，[三][宮]
397 凡夫事。
　　多：[三][宮][聖]639 百種爲。
　　惡：[三][宮]721。
　　遏：[三]1 諸天光，[聖][甲]1763
解。
　　法：[三][宮][聖][另]675 佛言彌。
　　犯：[聖][另]1458 時給孤。
　　赴：[聖]、起[另]310 超絕於。

箇：[明]1988 中會。

骨：[甲]1999 如生鐵，[聖]613 一月已。

故：[甲]1729 現惡故，[明]201，[明]1450 復見地，[明]1569 修妬路，[明]1629 名如宗，[三]311 及餘過。

廣：[聖]200 度衆生。

歸：[甲]2036 無錫問。

過：[甲]2128 出淮陽。

果：[甲][乙]1822 六，[甲][乙]1929 之人三，[甲]1851 不同故，[甲]2266 異故即，[甲]2801 二明能，[宋][宮]、－[聖]790 耳語字，[宋]1562 去時可。

還：[三]、遇[宮]1579 觀察問，[元][明]194 去。

患：[明]194 心意不。

廻：[聖]1。

迴：[三][宮]1459 斂搬打，[乙]1816 四位始，[元]1597 數量已。

惑：[甲]1821。

禍：[甲]1111 薩嚩，[元][明]2122 非我罪。

及：[元][明][宮]374 旃。

迦：[宮]1436 量僧伽。

減：[原]2208 失也而。

近：[乙]、遇[丙]2396 日光，[原]1859 人情也。

盡：[甲]1821 若二乘，[乙]2254 即地皮，[乙]2254 若有灰。

逕：[宋][宮]、經[元][明]305。

廻：[元]2147 命神經。

迴：[宋]2146 命神經，[宋][宋]1579 失顯説。

咎：[三][宮]1463 若比，[三]1564 答曰，[原]1220 行者多。

句：[甲]2274 所攝即。

絶：[甲]2371 諸宗權。

科：[甲][乙]2186 段。

離：[甲]2434 於因分。

量：[三]152 民今。

邁：[明]202 不得出，[三][宮]674。

慢：[甲]1828 過慢。

滅：[甲]2195 是。

難：[三][宮]1546。

逆：[原]1697 理所以。

迫：[三]、迥[宮]2059 蔾藿不。

其：[三]154 半時叢。

千：[聖]223 萬億歲。

入：[三]1582 地獄。

勝：[甲]1710 異生。

失：[甲]2195，[甲][乙]2263 耶答本，[甲][乙]1821 又婆，[甲][乙]2263，[甲][乙]2263 次不共，[甲][乙]2263 次小乘，[甲][乙]2263 從强勝，[甲][乙]2263 可答申，[甲][乙]2263 其作法，[甲][乙]2263 然而非，[甲][乙]2263 也，[甲][乙]2263 云云是，[甲]2195 乎依歡，[甲]2195 或，[甲]2263，[甲]2263 初釋意，[甲]2263 七八所，[甲]2263 説名自，[甲]2263 耶依，[甲]2263 也又，[甲]2263 已上，[甲]2263 之，[甲]2263 准非一，[甲]2305 若言體，[甲]2371 一二界，[三][宮][石]1509 世

有如，[乙]2263，[乙]2263 背毀所，[乙]2263 彼既不，[乙]2263 難思歟，[乙]2263 勝義無，[乙]2263 耶次第，[乙]2263 也，[乙]2263 也凡因。

時：[乙]2263 始置其。

事：[宮]657 如來之。

是：[三][宮]1546 說，[宋][宮]1435 罪何以，[宋][元][宮]1435 罪何以。

適：[甲]1709 現同，[甲]2128 也，[甲]2792 心便酖，[三][宮]720 欲導發，[三][宮]2122 中鼠復，[三]203 醉詳共，[聖]125 大幸但，[宋]1546 去世曾，[宋]2122 去爲老。

雙：[明]220。

通：[宮]1611 嶮道到，[甲]1841 經中自，[甲]2412 十地攝，[三][宮]536 世，[三][宮]2060 事者通，[三][宮]2103 末法初，[三]184 因何等，[三]310，[三]2109 其曆秦，[聖]1733 二若我，[乙]2261 已，[元][明]513 足如斯。

透：[甲]2006 關。

退：[甲][乙]1822 況能止，[甲]1736 若不還，[聖][知]1581 心退不。

違：[甲]2270 彼教非。

撾：[宮]2122 鞭無著，[三][宮]2123 鞭無著。

現：[明]1563 不律儀。

向：[甲]1736 西來近。

已：[甲]1733 從法故。

邑：[甲]2266 未龜毛。

義：[甲]2281 也。

因：[三][宮]1525 起如經。

盈：[甲]1715 之間是。

有：[乙]2263 如前云。

愚：[三]、遇[聖]210 不，[三][宮]409 人世尊，[三][宮]532 人故我，[三][宮]618 日增長，[三][宮]2049 迷今欲，[三][宮]2102 懷所存，[三]1525 箭，[聖]1763 之所，[宋][元][宮]821 患善能，[元][明]186 有三十。

遇：[宮]227 百，[宮]329，[宮]657 愛珠，[宮]668 五百歲，[甲]1828 下第，[甲]2130 尼乾經，[甲]2266 見悔不，[甲]2266 樂少分，[甲]2339 此光明，[甲]2362 失難，[甲][乙]1822 過作意，[甲][乙]2087 此大山，[甲]1512 無善根，[甲]1708 惡病即，[甲]1744 故云歡，[甲]1816 經言有，[甲]2082 見其伯，[甲]2087 去，[甲]2255 猶故自，[甲]2255 者命將，[甲]2261 聲緣，[甲]2266 非會，[甲]2266 患義謂，[甲]2266 境位，[甲]2266 破緣戒，[甲]2266 生緣便，[甲]2266 緣還退，[甲]2266 增盛惡，[甲]2270 於瓶衣，[甲]2281 之時令，[甲]2317 緣即退，[甲]2339 即同無，[甲]2339 勝緣便，[甲]2376 時樹木，[明][宮]419，[明][宮]2026 佛及攬，[明]317 生等行，[明]374 優曇花，[三]100 值於佛，[三][宮]398 安隱若，[三][宮]1606 隨順教，[三][宮][聖]288 諸佛興，[三][宮][聖]1425 到是處，[三][宮]317 生也，[三][宮]477 苦惱甚，[三][宮]657 若沒不，[三][宮]1425 到其，[三][宮]1425 見迦葉，[三]

[宮]1425 行觀見，[三][宮]1562 未得正，[三][宮]1648 請除此，[三][宮]2053 乙之後，[三][宮]2059 進云昨，[三][宮]2059 識識共，[三][宮]2060，[三][宮]2085，[三][宮]2122，[三][宮]2122 之以紙，[三]193 後，[三]205 一大樹，[三]1229 若欲令，[三]2103 繮綿則，[三]2122，[三]2122 胡並有，[三]2149 見關中，[聖]1562 受律儀，[聖]99 勝妙微，[聖]190 久遠時，[聖]1428 二人三，[宋][宮]419 不，[宋][明]220 諸怨敵，[宋][元][宮]1451 到其傍，[宋][元]1462，[宋]99 則生憂，[乙]2215 至無言，[乙][知]1785 病二思，[乙]1821 應例如，[乙]2207 禍患禮，[乙]2249 生緣眼，[乙]2249 時此彼，[乙]2434 境界風，[元][明]184 佛無差，[元][明]190 名梵德，[元][明]310 烏曇花，[元][明]379 出一切，[元]190 樹神發，[原]1309 之諸，[原]1814 義亦同，[原]1309 之萬金，[原]1981 無障礙，[原]2196 聞心未，[原]2299 佛得涅，[知]384 眾生盡，[知]1579 故名善。

遠：[三][宮]228 離般若。

越：[甲]1579 一切餘，[甲]2196 人耶答，[三][宮]426 世間諸，[三][宮]597，[三]1579 一切世。

造：[三][宮]1660 我喜樂。

障：[聖]272。

遮：[三][宮][聖]1459。

執：[甲]1863 涅槃第。

中：[三]523，[聖]1435 誦得一。

終：[三][宮]1442 便作是，[三]2063。

週：[甲]2128 即此。

諸：[乙]1736 世間所。

追：[宮]2074 責信慕。

罪：[三][宮]1425 習近住，[三]1427 習近住，[聖]1427 莫相離。

腜

踝：[元][明]1563，[元][明]673 端正而。